SIETE AGUJAS
DE COSER

SIETE AGUJAS
DE COSER

SIETE AGUJAS DE COSER

LUCÍA CHACÓN

Papel certificado por el Forest Stewardship Council®

MIXTO
Papel procedente de
fuentes responsables
FSC® C117695

Primera edición: mayo de 2022

© 2022, Lucía Chacón McWeeny
© 2022, Penguin Random House Grupo Editorial, S. A. U.
Travessera de Gràcia, 47-49. 08021 Barcelona

Printed in Spain – Impreso en España

ISBN: 978-84-666-7227-6
Depósito legal: B-5.340-2022

Compuesto en Llibresimes

Impreso en Rotoprint By Domingo, S. L.
Castellar del Vallès (Barcelona)

BS 7 2 2 7 6

A mi «Catherine», donde todo empezó

Madrid, verano de 1991

Cuando ocupé mi asiento en el avión, aún conservaba esa sonrisa tonta que se me había dibujado en la cara unas horas antes. Pagar 8.000 pesetas por exceso de equipaje y sentirme la mujer más ligera del mundo hasta me pareció divertido.

Empecé a notar algunas miradas indiscretas así que, sin dejar de recrearme en esa desconocida y placentera sensación, aparté la idea de la cabeza y adopté una expresión más acorde con lo que tenía por delante: estábamos listos para despegar.

A punto de elevarme a 30.000 pies sobre el suelo, justo en ese preciso instante, me di cuenta de que estamos formados por retales, que cada uno de nosotros toma y deja algo en los demás y que la trama de nuestras vidas se teje con madejas de todos los colores.

Plegué la mesita del asiento delantero, cerré los ojos y, mientras el avión recorría la pista preparándose para el despegue, como en una película, las imágenes de mis últimos meses en Madrid se fueron sucediendo vívidamente ante mí.

Me vi entrando en aquella academia buscando cómo ocupar mi escaso tiempo libre, encontrar algo que me distrajera de una existencia anodina. ¿Cómo iba a sospechar entonces que aquellas mujeres, que tan generosamente me abrirían su corazón para compartir vivencias, historias pasadas, risas y alguna lágrima aguja en mano, cambiarían mi vida para siempre?

Recordé aquella primera tarde, cuando encontré a doña Amelia en la puerta con los labios pintados del carmín más rojo que se pudiera encontrar en la planta baja de El Corte Inglés, con un porte que dejaba entrever su origen y que hacía que te preguntaras qué hacía allí. A su lado estaba Julia, con los ojos más vivos que jamás he visto, menuda y nerviosa, con un entusiasmo del que era imposible escapar.

Cada una de las puntadas que he dado desde aquel día se han convertido en los pasos que me han guiado hacia el destino que yo sentía que la vida me negaba y que ahora se presentaban ante mí como un camino cierto que debía seguir.

Pero empecemos por el principio: en la vida, como en la costura, las prisas nunca son buenas.

INVIERNO

1990

1

Todos tenemos un sueño y Julia acariciaba el suyo desde hacía mucho tiempo. Empezó a alimentarlo de pequeña cuando, sentada a los pies de Nati, su madre, jugaba con unos retales a hacerle ropita a una Mariquita Pérez que en su casa no se podían permitir. La muñeca era un regalo de doña Amelia, la señora más amable de todas las que encargaban trabajos de costura a su madre.

Corrían los años cincuenta en un Madrid de posguerra que intentaba levantar cabeza. Las habilidosas manos de Nati y su inquebrantable espíritu de lucha hicieron que nunca le faltara el trabajo entre las señoras del barrio de Salamanca, siempre deseosas de lucir impecables y novedosos diseños.

La costura mantenía a aquella familia y pagaba los medicamentos que su padre enfermo necesitaba. Julia no conocía otra vida, trabajo duro, sacrificio y la certeza de que ella compartiría el mismo destino que su madre, de quien aprendió el oficio desde bien jovencita. Sin embargo, ella se permitía soñar. Se perdía entre los pasillos de las tiendas de telas, se imaginaba vestida con los tejidos más finos y se veía de mayor, viviendo en una casa elegante, como aquellas que en ocasiones visitaban juntas. La mayoría tenía una puerta de madera labrada en cuyo centro había siempre una mirilla de bronce que la mantenía alerta, inmóvil y en silencio hasta que la oía deslizarse. Tras la puerta, una asistenta sobriamente vestida, que casi nunca sonreía, las conducía a una salita donde ambas permanecían de pie, cogidas de la mano hasta que aparecía la dueña de la casa.

Casi todas las señoras eran mujeres estiradas y secas en el trato. Sin embargo, doña Amelia, algo más joven que las demás, era amable y siempre le ofrecía algún dulce. Entonces, como si se tratara de una ceremonia, Julia se volvía hacia su madre hasta que esta asentía con la cabeza dando su aprobación. Así pasaba el rato, entretenida mientras observaba cómo con cada prueba las prendas iban cobrando vida y cómo Nati, con un acerico en la muñeca, iba marcando una pinza, entallando una cintura, cogiendo un bajo... Le fascinaba descubrir cómo una pieza de tela podía convertirse en un vestido con vuelo, de esos que te hacen querer girar sin parar, sus favoritos; o mejor aún, los que llegaban hasta el suelo, esos que parecían propios de una princesa y atraían las miradas de todos los presentes.

Sin duda, aquellos años entre hilos y tejidos fueron un estímulo para desarrollar su creatividad y el germen de una idea que iría tomando forma como lo hacían las prendas, prueba tras prueba. Pero la vida de Julia aún tendría que experimentar muchos cambios y todos ellos, desafortunadamente, ocurrieron más deprisa de lo que hubiese querido.

Su padre falleció poco después de que ella cumpliera los quince, tras pasar años en cama aquejado de una dolencia pulmonar que tardaron en diagnosticar como tuberculosis. La enfermedad estaba muy avanzada, los antibióticos escaseaban y no eran baratos. Era vital asegurar la continuidad del tratamiento para poder curarle, y aunque Nati se afanara en conseguirlo y Julia echara horas fregando las escaleras de algunas comunidades de vecinos, no les fue fácil.

Después de la muerte de su padre, Julia dedicó cada vez más tiempo a ayudar a su madre con los arreglos que le llegaban. Por fortuna no les faltaban los encargos y aprendió muy rápido un oficio que cada vez la absorbía más.

Comenzó a servir en casa de doña Amelia al cumplir dieciséis años, cuando los señores, ajenos a las manifestaciones de estudiantes que se vivían en un Madrid en estado de excepción, se mudaron al magnífico piso de la calle Claudio Coello. Les faltaba personal de servicio externo y doña Amelia no dudó en preguntarle a Nati por su hija. Sabía de la reciente muerte de su marido e imaginó que el trabajo le vendría bien. Aquella niña dulce y educada que acompañaba a su madre durante las pruebas se había convertido en una jovencita alegre y dispuesta, justo lo que ella necesitaba. Por eso no dudó en acogerla cuando su madre enfermó y tuvo que dejar de coser para ella. Si emplearla había sido una forma de ayudar a la familia y de tener compañía, los lazos entre ellas se estrecharon aún más tras el fallecimiento de Nati pocos años después.

Doña Amelia provenía de una familia que encadenaba una lista de apellidos compuestos cargados de guiones y preposiciones, lo que solía ir ligado a una buena posición social. Se había criado entre los más finos linos y sábanas de hilo bordadas por las monjas más diestras de los conventos de Madrid. Todo su ajuar —sábanas, toallas, mantelerías, pañuelos— llevaba bordadas sus iniciales. A veces Julia curioseaba en los cajones de la antigua cómoda del cuarto de la plancha y descubría auténticos tesoros: mantelerías de doce servicios con sus servilletas a juego con sofisticadas vainicas, bordados y puntillas, cubre bandejas de guipur, tapetes de bordado francés, todo cuidadosamente envuelto en papel de seda amarilleado por el paso de los años.

Pero, a pesar de su buena cuna y de las comodidades entre las que había crecido, podía intuirse que doña Amelia no se había casado tan joven solo por amor, sino porque los rimbombantes apellidos de su familia ocultaban una situación económica delicada. La menor en una casa de siete hermanos varones se encaprichó de don Javier, un apuesto joven llegado a Madrid decidido a prosperar a toda costa, y su padre vio en él al candidato ideal para casar a su pequeña. Los tiempos, para cada cual a su manera, seguían siendo difíciles.

El matrimonio le abrió las puertas a un mundo nuevo, divertido, a una agitada vida social, viajes a Europa, recepciones y cenas de gala, a las que asistían como parte del ritual acordado, para que su esposo pudiera integrarse en un círculo en el que aún no se sentía cómodo, pero donde le era imprescindible encajar.

El vestidor de la señora era un espectáculo. La naturaleza la había bendecido con una belleza y un cuerpo apto para cualquier diseño y ella hacía lo imposible por mantenerse al tanto de las modas y las últimas tendencias.

A principios de cada temporada, la madre de Julia visitaba las tiendas de tejidos de Velázquez y Serrano para hacerse con algunas muestras y poder enseñarle a doña Amelia las novedades. Luego decidirían juntas, no sin antes hojear las últimas tendencias en *El hogar y la moda* y *Teresa*, las revistas de moda del momento.

Aquello duró tres años, hasta que por fin doña Amelia se quedó embarazada. Ella empezó a pasar más tiempo sola en casa mientras él no dejaba de encadenar reuniones, viajes y compromisos. Pronto, la joven madre se rindió a la evidencia: una vez cubiertos los objetivos vitales de ambos, su matrimonio se reveló como poco más que una fantasía que no tardó en desvanecerse. El señor descubrió las delicias de la ciudad y se entregó a su vida social mientras ella suspiraba por que le prestara algo más de atención, que compartieran más salidas al cine y al teatro, y también con retomar los paseos en verano por su añorada San Sebastián, cuando Madrid se quedaba desierta en pleno mes de agosto.

Con el nacimiento del pequeño Alfonso, correr detrás del niño por el parque del Retiro o disfrutar de alguna tarde de cartas con las escasas amigas que tenía cerca se convirtieron en las diversiones más emocionantes a las que doña Amelia podía aspirar. A pesar de su juventud, perdió la frescura de su mirada, olvidó el carmín en un cajón y se volcó en su hijo. Así vivió los años de infancia y pubertad del niño, salpicados por algunos embarazos fallidos que la sumieron poco a poco en un sentimiento de tristeza que no fue capaz de dejar atrás.

Al crecer, Alfonso se fue descubriendo como un muchacho con una sensibilidad especial que chocaba frontalmente con lo que su padre esperaba de él, un heredero que continuara la saga familiar y tomara las riendas de sus negocios cuando él faltara. Los desencuentros entre ambos se volvieron cada vez más frecuentes. Las discusiones y las diferencias fueron aumentando con el tiempo y a doña Amelia le tocó mediar entre ellos. Comprendía a su hijo y entendía que tenía derecho a seguir su propio camino, pero su marido se cerró en banda y Alfonso se vio obligado a marcharse de casa cuando aún era muy joven.

La única presencia constante en la vida de doña Amelia pasó a ser la de Julia, quien cada mañana, al cruzar el umbral de la puerta principal, inundaba la casa con su alegría.

Doce años después, don Javier falleció repentinamente de un ataque al corazón que cogió por sorpresa a la familia y a los amigos más cercanos, pero no a sus socios y a su médico, que venían advirtiéndole de que un estilo de vida tan estresante acabaría pasándole factura. El ritmo frenético de trabajo al que estaba sometido y algunas inversiones equivocadas, alentadas por el prometedor horizonte de un 1992 en que había puesto muchas esperanzas, terminaron de minar un corazón que ya estaba tocado desde hacía tiempo. Él nunca se tomó su hipertensión como algo serio, decía que prefería vivir a su manera el tiempo que pudiera que vivir a medias y llegar a viejo.

Su muerte supuso un golpe muy duro para doña Amelia, un imprevisto difícil de encajar. No solo porque tuvo que enfrentar la pérdida de su marido, sino porque, al hacerlo, se dio de bruces con un puñado de sentimientos que no sabía cómo manejar. Pensaba que debía convertirse en una viuda afligida y sumirse en el duelo más profundo y, al mismo tiempo, se descubrió fantaseando con la posibilidad de tener al fin una vida diferente. Sentía vértigo ante la posibilidad de quitarse el corsé que la constreñía, de dejar de fingir la entrega a un matrimonio que había dejado de existir hacía demasiado. Pero, sobre todo, ante la esperanza de recuperar a su hijo.

Julia fue el gran apoyo de doña Amelia durante los días siguientes al entierro, para soportar los pésames, las esquelas en los periódicos y todos los demás ritos, costumbres y pomposas muestras de afecto, sinceras o no, que se sucedieron tras el fallecimiento de don Javier y con los que era inevitable cumplir. De pronto, se quedaron las dos solas en el inmenso piso de Claudio Coello y Julia comenzó a pensar que sus servicios ya no eran necesarios, de modo que se decidió a hablar sinceramente con la que había sido su señora durante tantos años. Había surgido una posibilidad de cumplir un viejo sueño y tal vez era el momento de lanzarse a por él.

—Doña Amelia, ahora que el señor ha fallecido, puede que usted ya no me necesite y quiera mudarse a su antiguo piso; al ser más pequeño puede que le resulte más cómodo y manejable. Sabe que mi sueño siempre ha sido dedicarme a la costura, como hacía mi madre. Llevo algunos años ahorrando y me gustaría alquilar un local en mi barrio donde podría empezar un negocio de arreglos y, como ya acabé el curso de corte y confección, ampliarlo con encargos o, con el tiempo, enseñar a coser.

Después de haber reunido todas sus fuerzas y compartido sus planes con ella, pensó que quizá se había precipitado, pues en la casa aún se recibían cartas de pésame y puede que no fuera el mejor momento para plantear que se marchaba. Pero ya no podía esperar más, las oportunidades pasan y hay que saber verlas a tiempo.

—Acércame un vaso de agua.

Se movió tan rápido como pudo mientras doña Amelia sacaba una pastilla del cajón, la tragaba con un sorbo de agua y dejaba el vaso sobre la mesa de té.

Julia era mucho más que personal de servicio. En estos veintidós años juntas habían construido una relación de amistad y confidencias muy sólida. Doña Amelia la conocía desde pequeña y siempre le había tenido un cariño especial, le inspiraba mucha ternura. Era en quien solía refugiarse en los malos momentos y quien conseguía hacerla reír. Su carácter abierto y su bondad la conquistaron desde la primera vez que la vio.

—Entiendo. Hablamos el lunes si no te importa, ahora me voy a acostar. Alfonso llega mañana a primera hora y necesito dormir. Discúlpame, Julia.

Dudando sobre si debería haberlo dejado para más

adelante, Julia se cambió de ropa y, al salir, cerró la puerta con cuidado intentando no hacer ruido.

Mientras recorría el trecho que le quedaba hasta su casa en Embajadores, no paró de darle vueltas. «Tenía que haber esperado unos días, con lo abatida que doña Amelia está ahora, pero claro, y si me quedo sin el local, y si tengo todo al alcance de las manos y se me escapa por dos días... Desde pequeña he soñado con coser, me he formado para ello, he aprendido tanto de mi madre..., no quisiera que toda mi vida transcurriera en esa casa. Sé que tengo mucho que ofrecer y que la vida está para vivirla. Un día enfermas y se acabó, no quiero que ese día llegue sin tener la certeza de que hice todo lo que pude por labrarme un futuro. Bien sabe la señora que para mí es casi una madre y que le estoy muy agradecida por lo que ha hecho por mí, pero no quiero renunciar, siento que esta es una buena oportunidad. Espero que ella lo sepa ver así».

Sin embargo, lo que no imaginaba Julia era que sus palabras no habían caído en saco roto. Doña Amelia no tardaría en darse cuenta de que quizá ese proyecto era lo que le hacía falta para poner de nuevo en marcha su vida. Ayudar a Julia le permitiría no solo devolverle parte de lo mucho que había hecho por ella todos estos años, sino también compartir su ilusión. Pero ¿por qué no dar un paso más y embarcarse juntas en aquella aventura?

Era temprano cuando, a la mañana siguiente, sonó el timbre. Doña Amelia todavía seguía en bata, pero eso era lo de menos. Salió al descansillo a recibirle, el recorrido del ascensor se le hizo eterno.

—Alfonso, corazón, qué alegría más grande —exclamó abrazándolo con todas sus fuerzas.

Sostuvo su cara entre sus manos y con los ojos llenos de lágrimas observó fijamente a su hijo. Su rostro se le aparecía como el de aquel muchacho que se fue de casa tantos años atrás. Larguirucho, despeinado, con la camisa por fuera, un vaquero desgastado y algo parecido a un petate al hombro.

—Al fin aquí, mamá, estos días se me han hecho tan largos. ¿Cómo te encuentras? Déjame verte. Estás fantástica. Cuéntame, tenemos tanto de que hablar... Hubiera querido venir enseguida, pero me ha sido imposible. No sabes cómo está Barcelona con tanto proyecto por terminar antes de las Olimpiadas.

—Mucho mejor así, de veras, no sabes lo que ha sido esto. Una locura de gente que ni conocía hablándome de lo mucho que apreciaba a tu padre, de lo gran persona que era. Socios con sus esposas, compañeros de trabajo, empleados..., hasta el bedel apareció por el tanatorio, todo inundado de coronas que no me decían nada, una pesadilla. Y tan repentino que aún estoy en una nube. Es como si no me estuviera pasando a mí, como si fuese a despertar y todo siguiera igual. Pero ¿sabes qué? Para bien o para mal ha sucedido y en este momento te tengo aquí conmigo, y, aun sintiendo su ausencia, no puedo estar más feliz. Puede que eso me convierta en una mala persona, pero es exactamente lo que siento.

—No tienes nada que reprocharte. Anda, vístete y salimos a desayunar, tengo muchas ganas de volver a pasear por Madrid. ¿O prefieres que haga café?

—Me visto corriendo y salimos. A mí también me apetece tomar el aire.

Doña Amelia se perdió en su vestidor mientras Alfonso recorría una casa que no había pisado en doce años. Todo seguía como lo recordaba, las mismas pesadas cortinas con borlones en sus abrazaderas, el mismo tapizado de terciopelo en el orejero de capitoné donde don Javier fumaba sus puros, el chéster de piel que, incluso desgastado por los años, mantenía ese carácter burgués que Alfonso siempre detestó.

Nada había cambiado de lugar, cada cosa seguía inmóvil en el espacio que le había sido asignado décadas atrás, como si cualquier ligero cambio —el ángulo de un jarrón, una foto o una figura de porcelana— pudiera poner en peligro la armonía de un decorado meticulosamente diseñado. Un orden tan rígido que no dejaba espacio para que el aire encontrara nuevos caminos por donde discurrir.

Se asomó a la biblioteca de su padre. Recordaba con nitidez aquella mesa de madera con patas labradas y un tapete de piel verde inglés con un ostentoso ribete dorado alrededor, y el sillón cuyos brazos acababan en una especie de garras de animal cubiertas de pan de oro. Todo permanecía exactamente igual, como si el tiempo se hubiera detenido. Era como contemplar un escenario después de una función, vacío, despojado de las emociones que lo habían habitado.

Su antiguo dormitorio era la única estancia que había sido reconvertida en un cuarto de invitados. Las contraventanas parecían llevar mucho tiempo cerradas y apenas dejaban entrar un haz de luz. Las paredes estaban vestidas con un *toile de jouy* en tonos burdeos a juego con dos descalzadoras que había a los pies de cada una de las camas, ambas de madera decapada en blanco con cabeceros de rejilla. Las flanqueaban dos mesitas de noche con tiradores dorados en los cajones. Ni rastro de su espacio, aquel lugar en el que creció y del que tuvo que huir para ser él mismo.

Al final del pasillo seguía esa salita donde su madre recibía a sus amistades más íntimas. Allí era donde siempre la veía feliz, ya fuese jugando a las cartas, tomando café o chismeando. Tan llena de vida como entonces, con flores frescas sobre la mesita de té. En las paredes contempló su retrato de niño y las fotografías de los buenos tiempos, recuerdos que para él quedaban muy atrás pero que parecían ser el refugio de su madre.

—Ya estoy, ¿nos vamos? Me muero por unas porras.

—¡La de años que hace que no me como yo unas porras! Oye, ¡qué guapa te has puesto en un minuto!

—Bueno, hago lo que puedo, aunque estoy mayor. Nada que ver con la mujer que dejaste aquí años atrás.

—Pero ¿qué dices? Yo te veo estupenda y eso que estás pasando por un momento difícil.

—¿Te parece que cojamos un taxi y nos acerquemos a San Ginés? Hace mil años que no voy y mejores porras que allí no vamos a encontrar en todo Madrid.

—¡Porras con chocolate! Por mí, perfecto.

Entraron en el taxi, se tomaron de la mano y en silencio Alfonso fue recorriendo cada una de las calles con la mirada, adivinando qué había cambiado y qué seguía exactamente igual. Sin embargo, aun reconociendo cada esquina, cada acera, cada fuente, todo le parecía más brillante, más nuevo, más vivo.

La emblemática churrería resistía el paso del tiempo. Allí seguían las mesas redondas de mármol blanco y pies de hierro, las sillas negras de rejilla metálica y las roscas de porras recién hechas, que podían olerse incluso antes de entrar en el callejón que le daba nombre.

Encontraron una mesa retirada y tranquila y se instalaron ante una humeante taza de chocolate que doña Amelia tomó con ambas manos para entrar en calor.

—Cuéntame, Alfonso, ¿cómo te va?

—Me va bien, mamá, pero verás, al volver aquí me he dado cuenta de que muchas emociones que creía dormidas se han despertado y no sé muy bien qué hacer con ellas. Tengo que asimilar todo esto, tengo que encontrar la forma de reconciliarme con el pasado. Sentí mucho dolor, rechazo, incomprensión... No tuve más remedio que marcharme. Sé que tú lo entiendes. Tuve que asumir el riesgo de perder mi mejor apoyo, pero estaba seguro de que ese lazo tan fuerte que nos unía entonces perduraría a pesar del tiempo y la distancia.

—Y así es, hijo, así es. Me entristecen mucho tus palabras, pero sé que ese dolor está ahí y es bueno que lo expreses. La pérdida de tu padre se puede convertir en la oportunidad de recuperar todo ese tiempo perdido.

—Sí, yo también lo siento así. Nosotros seguimos aquí, podemos construir de nuevo aquello que tuvimos. La vida sucede y nos toca transitarla haciendo que cada día merezca la pena. No es tarde para nada mientras tengamos los pies sobre este mundo. Dime, mamá, aún es pronto, pero ¿tienes planes? ¿Has pensado qué vas a hacer a partir de ahora?

—En realidad, no. Bueno, anoche me acosté dándole vueltas a una idea. ¿Te acuerdas de Julia?

—¡Claro! ¿Cómo no? Qué maja era, nos reíamos mucho juntos. La recuerdo con mucho cariño, siempre tan atenta y alegre.

—En estos años se ha convertido en mi gran apoyo, ha sido mucho más que una asistenta o como lo quieras llamar; más que una amiga, casi una hija, podría decir. Ayer, después de despedir a la última visita que se pasó por casa a darme el pésame, me contó que quiere empezar un pequeño negocio de arreglos en su barrio. Cose como los ángeles, lo heredó de su madre. Se ha estado formando y es muy buena. Me gustaría apoyarla en esa aventura y devolverle todo lo bueno que ella ha hecho por mí.

—Me parece una idea preciosa, mamá, dice mucho de tu buen corazón.

—Verás, a mi alrededor he visto otras mujeres que se han quedado viudas y han llenado su vida de la misma oscuridad que sus ropas. Se han negado a experimentar nuevas aventuras, a volver a creer en el amor, se han enterrado en vida. Dudo si por una profunda convicción o porque es lo que se esperaba de ellas. Alfonso, he hecho muchas cosas sin que nadie me preguntara qué era lo que yo quería. Cuando yo era joven, la cosa iba así. Teníamos el camino trazado y debíamos seguirlo, y no necesariamente al lado de un marido, sino, en demasiadas ocasiones, detrás de él. Durante estos últimos años, apenas tuve trato con tu padre; tu partida me reveló muchas cosas que cuando estaba a su lado no podría percibir. Mi obligación era seguir ahí, guardar las apariencias, sonreír en las comidas y reuniones sociales; pero mi corazón estaba en otra parte. Ahora siento que la vida me da una segunda oportunidad y no quiero ser una viuda más. Entiéndeme, quise mucho a tu padre, pero él se ha ido y yo sigo aquí, y quiero hacer algo que me apasione con la vida que me queda.

—Mamá, quiero regalarte una frase, creo que es de Machado: «Hoy es siempre todavía». Tienes todo el derecho del mundo a coger las riendas de tu vida y hacer con ella lo que libremente dispongas. No imagino nada más bonito que ayudar a alguien a quien quieres tanto a cumplir su sueño. Esto sí que es un notición. Me encanta la idea.

—El que sabía de negocios era tu padre, yo nunca he prestado mucha atención a los números, pero confío mucho en el talento de Julia y no pierdo nada por intentarlo. El seguro de tu padre nos cubrirá las espaldas durante un buen tiempo y no creo que haya mejor forma de gastarlo.

—Me hace muy feliz escucharte, mamá, las ilusiones son lo que le dan sentido al tiempo que nos queda. ¿Por qué vas a convertirte en una viuda triste más cuando puedes volver a ser dueña de tu vida? Papá me hizo daño, el sentimiento de haberle defraudado me acompañó durante mucho tiempo, pero aprendí a valorar mi felicidad por encima de la suya y a comulgar con lo que me dictaba el corazón. Fue un trabajo arduo, me costó muchas lágrimas. Estando aquí, siento que puede que aún queden algunas heridas por cicatrizar, pero también estoy convencido de que hice lo correcto y más ahora que escucho lo que tú misma me cuentas.

—Entonces ¿no te parece una locura?

—En absoluto, cuenta conmigo si te puedo ayudar en algo y dale un abrazo enorme a Julia cuando la veas. Me da pena tener que marcharme tan deprisa y no tener la oportunidad de verla. ¿Ya has comentado el tema con ella?

—No, voy a hacer unas llamadas esta misma tarde y el lunes cuando llegue le contaré el plan.

Había un buen trecho de regreso a casa, pero Alfonso tenía muchas ganas de pasear por la ciudad, recorrer la calle Mayor, pasar por la Puerta del Sol, enfilar la calle Alcalá hasta Cibeles... Todos esos lugares en un tiempo tan familiares le resultaban ahora excitantes. El tiempo parecía detenerse y la ciudad le recibía con sus mejores galas, o así lo percibió él.

2

El lunes por la mañana Julia no se había quitado aún el abrigo cuando doña Amelia, que había oído el ruido de las llaves y la puerta cerrarse, se presentó a medio vestir en el recibidor. Llevaba un traje de pantalón con su raya impecablemente marcada, una blusa blanca de botones dorados a medio abrochar y una gargantilla de eslabones. Pero lo que más le llamó la atención fue verla con los labios rojos a los que había renunciado muchos años atrás y que ahora parecían más un símbolo de rebeldía que un dictado de la moda, como el vestido verde de la Adela de Lorca.

—No te cambies, nos vamos a la calle.

—Buenos días, doña Amelia, ¿se encuentra mejor? ¿Ya se marchó Alfonso?

—¿No me has oído? Termino de vestirme y nos vamos. Tengo algo que proponerte —dijo, mientras se calzaba—, pero será de camino, nos esperan. Ve llamando al ascensor.

Julia contaba los pisos a través de aquellas puertas de hierro forjado sin salir de su asombro. Al llegar al portal dieron los buenos días al portero, que barría las escaleras y, abrochándose el abrigo, echaron a andar.

Cuando se quiso dar cuenta, ya estaban en la calle Lagasca. Por lo que había oído contar a los vecinos del barrio, calculaba que la antigua sombrerería llevaría cerrada más de cuatro décadas. Presumía de ser la mejor de Madrid, título que probablemente se disputara con La Favorita o Casa Yustas de la plaza Mayor. Desde su inauguración a principios del siglo XIX siempre estuvo regentada por la familia Herederos de Román.

Estaba en el número 5 de la calle —la vida de Julia estaba llena de impares—, las lunas de los escaparates que flanqueaban la puerta de entrada eran redondeadas —propias del estilo art déco que imperaba en los edificios de la época— y la belleza de su diseño invitaba al paseante hacia el interior para mostrarle sus tesoros.

Ahora, tras años de abandono, lucía oscura y triste, una sombra de lo que fue, o al menos eso parecía al mirar a través de aquellos cristales cegados por el polvo acumulado, que deformaban la visión de lo poco que podía intuirse a través de ellos.

La tienda era espaciosa pero acogedora. Un largo mostrador de madera de castaño la recorría. Su frente, labrado a mano, se conservaba en perfecto estado, y sobre él, una antigua caja registradora dorada que marcaba pesetas y céntimos acentuaba el carácter del local. Una elegante *boiserie* revestía la pared del fondo; delante de ella, dos sillas y una mesita redonda de madera; en la esquina, un paragüero que, con toda seguridad, podría contar mil historias de los clientes que frecuentaban el establecimiento, no en vano, estaba situado en una de las mejores calles del barrio. Se tenía por una de las tiendas preferidas de la alta sociedad de la ciudad.

Bastaba con cerrar los ojos para imaginar cómo debió de haber sido aquel lugar en su mejor momento: los estantes exhibiendo sofisticados sombreros y tocados, dispuestos con riguroso orden; los empleados, instruidos para mostrar los más exquisitos modales, a la altura de su clientela...

En la trastienda aún quedaban algunas cajas de cartón forradas de papel, algunos retales de fieltro de lana, moldes de madera y herramientas raras, una máquina de coser industrial y una plancha muy pesada.

Mientras el agente inmobiliario enumeraba las múltiples ventajas que presentaba el local y doña Amelia asentía mostrando un interés contenido, Julia se movía nerviosa de un lado a otro de la tienda.

Ya imaginaba con todo lujo de detalles las mesas de

corte, altas y con una lámpara sobre ellas; la zona de plancha y las máquinas de coser; un armario con celosía donde guardar telas, tijeras, acericos y demás; las sillas de madera, con un buen respaldo para la espalda... Le daría un aire de taller tradicional, lejos de los metacrilatos que se estilaban ahora, quería tener la sensación de llegar a casa al abrir la puerta cada día. Pondría alguna planta y traería los libros y revistas que su madre había ido coleccionando a lo largo de sus muchos años de modista.

Aquel espacio ahora tan lleno de polvo como falto de vida estaba cerca de recuperar todo su esplendor.

—Las dejo un momento a solas para que puedan hablar —comentó el señor de la inmobiliaria saliendo del local.

—Doña Amelia, pellízqueme, esto no puede estar pasando.

—Anda, tranquilízate. Y olvídate ya del «doña», que ahora seremos socias.

—¿Cómo que socias? ¿Pero de qué me está usted hablando?

—Tú eres quien me ha hecho compañía y ha cuidado de mí todos estos años, mientras el señor llegaba tarde o no llegaba; tú eres quien me consoló cuando mi hijo se marchó de casa y quien ha aguantado mis lágrimas y mis dramas. Te quiero como a una hija, lo sabes, y ahora quiero ser tu socia.

—Pero... no entiendo.

Doña Amelia continuó hablando.

—Conozco tu sueño y la habilidad de tus manos, sin duda herencia de tu madre. Tú no vas a abrir un sitio de arreglos en tu barrio. Tú te mereces algo más. Mira, el señor tenía un buen seguro de vida, más de lo que voy a gastar de aquí a que Dios me llame a su gloria. Quiero devolverte lo mucho que has hecho por mí. No sé si me quedan quince o veinte años, pero lo que me quede quiero que me sirva para hacer algo bueno, demasiado tiempo he vivido en lo que debía ser, en lo que se esperaba de una señora de mi posición. Se acabó.

—Doña Amelia, no sé qué decir.

—Amelia, Amelia, que vamos a ser socias. Y ahora vámonos, que este señor tiene que cerrar.

—Perdón, perdón, ya voy.

El agente inmobiliario le entregó su tarjeta a doña Amelia y quedaron en hablar esa misma semana. Le comentó que no creía que tras tantos años cerrada, los herederos no se pusieran de acuerdo. No estaban los tiempos para despreciar un alquiler.

Se despidieron de él y emprendieron el camino de vuelta a casa.

—Doña Amelia, esto es mucho más de lo que jamás hubiera podido soñar. ¿Está usted segura?

—Por favor, ni doña ni usted.

Julia no podía contener las lágrimas, el local estaba en el sitio perfecto, con escaparates a la calle, era espacioso... Y sí, necesitaba unas cuantas manos de pintura y algunas reparaciones, pero confiaba plenamente en devolverlo a la vida.

—Haré algunas llamadas. He sabido de una franquicia de arreglos que se ha establecido hace poco en Madrid. Quizá no sea tan mala idea empezar por ahí, pero lo que sí tengo claro es que tú vales para mucho más. Mis amistades eran clientas de tu madre y saben de tu destreza con la aguja, no nos costará atraerlas. Tenemos mucho trabajo por delante, pero estoy segura de que va a ser un éxito. ¿Se te ocurre algún nombre?

Julia ni siquiera escuchaba, aún estaba intentando asimilar lo que había pasado. Esto superaba con creces el futuro que había imaginado. En unas horas, la idea que tenía en mente había cambiado por completo y tenía mil cosas nuevas en que pensar.

El modesto local de arreglos iba a ser ahora un establecimiento frecuentado por las señoras del barrio de Salamanca. Ya no arreglaría uniformes escolares ni volvería cuellos de camisas, cosería para las señoras que vestían aquellas etiquetas de grandes casas de nombre francés o italiano.

—Yo me ocuparé de las finanzas para que tú te puedas centrar en la parte creativa. Bien sabe Dios que no entiendo mucho de números, pero aprendo rápido y algo habré sacado de los cientos de comidas a las que acompañé a mi marido. Dispongo de fondos suficientes para poner el negocio en marcha. Con el tiempo iremos viendo cómo funciona y podremos ir dándole forma poco a poco. Recuerdo que el señor siempre decía que no se podía montar nada sin contar con un buen plan de negocio, que esa era la base, que debía existir un plan bien trazado, con todo pensado y previsto para empezar, y ¿sabes qué?, nosotras lo vamos a hacer y lo vamos a conseguir.

Con los ojos aún llenos de lágrimas y la cabeza todavía en las nubes, Julia logró articular una frase.

—No sé cómo darle las gracias, doña Amelia.

—Al contrario, soy yo la que te las debe. Desde que mi hijo Alfonso se marchó, su ausencia me pesaba más cada año; bien lo sabes tú que tantas veces me has visto llorar y que tantos enfrentamientos con su padre presenciaste. Me has dado la oportunidad de compartir tu ilusión, de apoyarte para lograr tu sueño, cuando yo ya había olvidado todos los míos. En cierto modo, me has devuelto a la vida.

Así era. La doña Amelia que Julia conoció de niña había ido apagándose en los últimos tiempos; sus días se sucedían en una cadencia monótona, como si al irse su hijo, se hubiera llevado con él una parte de su madre, que ahora intuía que podía recuperar.

El señor había expresado su deseo de que el primogénito fuera varón y de que llevara el nombre de su abuelo paterno y así fue. Educado en los mejores colegios de Madrid, su padre se esforzó para que se rodeara de las amistades más adecuadas y trazó para él un plan de vida en sintonía con sus propios intereses.

Sin embargo, desde pequeño, Alfonso siempre buscó refugio en su madre; existía entre ellos una complicidad difícil de describir. Según se fue haciendo mayor, las diferencias con su padre y los constantes choques entre ambos hacían imposible la convivencia. Alfonso entendió que la única forma de ser él mismo era poniendo tierra de por medio. El precio era muy alto, pero, ante todo, debía mantenerse fiel a sí mismo. Después de aquello, el matrimonio se fue distanciando aún más, pero mantenían las apariencias de cara a la galería. El tema quedó zanjado en una cena en la que don Javier le trasladó a su mujer la versión que contarían a amigos y conocidos. Doña Amelia culpó a su marido hasta el último de sus días de haber perdido aquellos años junto a su hijo.

—Lo primero es hablar con la inmobiliaria e intentar ajustar un poco el precio. Llamaré a los que nos hicieron la reforma integral de Claudio Coello, a ver si ellos pueden encargarse. Son caros pero muy buenos. Supongo que habrá que adecuar toda la instalación eléctrica, tuberías y demás, el local es muy antiguo y lleva décadas cerrado. No tenemos tiempo que perder y prefiero contratar una empresa que se ocupe de todo. En cuanto tengamos esto listo, haré correr la voz entre mis amistades: unas partidas de cartas y un par de tardes de té con pastas serán suficiente. Seguro que mis amigas no me imaginaron jamás metida en semejante embolado —dijo, sonriendo—. Tú puedes empezar por hacer una lista de las máquinas y materiales que vamos a necesitar para arrancar, algo aproximado. Ya lo iremos ajustando, contar con fondos nos permite cierta libertad de movimiento. Julia, tenemos mucho por delante y casi no has dicho ni mu. Bueno, tampoco yo he parado de hablar. La idea me entusiasma tanto que me he olvidado de preguntarte tu opinión.

—¿Mi opinión? ¿Qué puedo decir? Todo esto es mucho más de lo que yo tenía pensado. Lo cierto es que me da un poco de vértigo, pero con usted a mi lado me siento capaz de cualquier cosa.

Doña Amelia se detuvo en seco.

—Mira, vamos a dejar esto claro de una vez por todas —dijo extendiendo su mano derecha hacia Julia—. ¿Socias?

—Socias, ¡claro! —respondió Julia con el mismo gesto.

—Pues, en adelante, seremos Amelia y Julia. Ni «doña» ni «usted».

—¡Hecho!

3

Solventaron cada uno de los problemas que les fueron surgiendo durante la reforma y, contra todo pronóstico, en unos cuatro meses ya estaba casi todo listo. El local estaba irreconocible, de aquel polvoriento y oscuro lugar quedaba más bien poco. En el exterior conservaron las lunas redondeadas y los escaparates de madera, aunque aligeraron el tono del barniz para darle un aire más fresco. El fondo del escaparate principal se pintó de blanco y se decoró con un estarcido de unas flores pequeñas muy discretas.

El interior se transformó por completo. Se conservaron solo algunos de los estantes, a petición de doña Amelia, que consideraba aquello un tributo a la vieja sombrerería que ella había frecuentado de pequeña de la mano de su abuelo. Un toque de nostalgia que creía que podía permitirse y que la empresa de interiorismo supo incluir en el proyecto. El resto era un espacio lleno de luz, moderno, amplio, muy similar al que Julia imaginó la primera vez que había entrado allí.

El antiguo suelo de tarima de madera en forma de espiga había sido acuchillado y barnizado y lucía como nuevo. Las paredes se pintaron de un tono amarillo vainilla que hacía juego con algunos de los textiles que darían calidez al local y se instaló un zócalo de madera blanca en la pared principal.

Se habían bajado un poco los techos para incluir los puntos de luz que más de un quebradero de cabeza habían costado al electricista y que quedaron repartidos por el local teniendo en cuenta la distribución final del mobiliario, el rincón de la plancha, las mesas de corte y el resto de las zonas de trabajo.

La magnífica lámpara de araña que estaba en las últimas cuando la encontraron en la sombrerería había sido restaurada y vuelta a instalar en su ubicación original. Se sustituyeron las cuentas de cristal dañadas y el resto lo limpió a conciencia un anticuario amigo de la familia, que les devolvió el brillo de antaño. El cable del que colgaba, ahora algo más corto, se cubrió con una tela de lino de color verde musgo. Al contrario de lo que Amelia y Julia pensaron al principio, lejos de ser la nota discordante, encajaba extrañamente bien en su nuevo entorno, como si hubiese sido creada para ocupar ese espacio para siempre, como si perteneciera a aquel lugar y no a ningún otro.

A lo largo de los meses que duraron las obras, las dos socias habían tenido tiempo de sobra para darle mil vueltas al asunto y definir a grandes rasgos el plan de negocio. Había mucho de que ocuparse, pero doña Amelia sabía delegar y, una vez distribuidas las tareas, pudieron dedicar sus esfuerzos a centrarse en la idea original que había dado pie a toda esta locura. Los arreglos de costura atraerían a la clientela al principio y darían a conocer este nuevo servicio en la zona, pero quedarían en un segundo plano muy pronto. Unas manos como las de Julia valían para mucho más que para cambiar cremalleras, entallar chaquetas o coger dobladillos. La modistería tampoco podría ser el principal objetivo, ya que no contaban con costureras de confianza que pudieran apoyar esta actividad por el momento, aunque se ofrecería como un servicio muy exclusivo a las amigas más íntimas de doña Amelia.

Una de las ideas que rondaba por la cabeza de Julia desde el principio era dedicarse a enseñar todo lo que ella había aprendido con los años. Siempre escuchaba atentamente a su madre cuando cosía. A esta le gustaba explicarle cada uno de los arreglos que hacía, la dificultad que presentaba un corte o una tela determinada y cómo se solucionaban algunos problemas técnicos modificando los patrones para que la prenda se ajustara a los gustos y el cuerpo de la clienta. Esa fue su inspiración, quería enseñar, pero quería hacerlo de un modo novedoso, lejos de los sistemas de patronaje clásicos, de una forma más flexible y amena. En las clases de corte y confección a las que había asistido durante tanto tiempo, había observado que muchas chicas abandonaban al descubrir que antes de sentarse a la máquina y confeccionar su primera prenda debían pasar semanas en las que estudiaban teoría, y se dedicaban a tomar medidas, trazar patrones, conocer los tejidos... Desanimadas, acababan por descartar la idea de aprender a coser. Ella sabía bien que la costura no conocía las prisas y que había que asentar bien las bases para avanzar, tener paciencia, equivocarse y aprender con cada puntada. Coser, descoser y volver a coser era para ella una metáfora de la vida. Intentarlo, equivocarte y aprender venía a ser lo mismo. Así lo vio hacer a su madre durante toda su vida y estaba convencida de que ese era el camino. Tenía que buscar un enfoque novedoso y acorde con los tiempos de cambio.

El espíritu creativo de la movida madrileña de los ochenta aún seguía presente y la gente joven buscaba expresarse a través de su manera de vestir. Coser una falda recta o aprender a hacer un cuello camisero no casaba mucho con eso. Su idea era aprovechar toda esa creatividad y permitir que las futuras alumnas cosieran lo que quisieran, enseñarles a usar la máquina y animarlas a crear sus propios proyectos. Las clases serían reducidas hasta donde la economía de las alumnas y la rentabilidad del negocio lo permitieran.

Contaban con el asesoramiento de algunas amistades de don Javier que no dudaron en ayudarlas, y aunque no hicieron muchos números, parecía claro que había que diversificar para que el negocio funcionara. No tenían un plan cerrado, pero tampoco iban a ciegas; la idea era irse adaptando hasta dar con la tecla. Las mañanas serían para coser y las tardes para enseñar. Doña Amelia atendería a proveedores, contestaría el teléfono y organizaría la agenda de las clases. Ella misma se asignó también el papel de relaciones públicas. Ese fue el título que se dio, que consistía en hacer correr la voz entre sus conocidas y contratar unas cuñas publicitarias en la radio para anunciar la apertura del negocio y el comienzo de las clases.

La mañana del jueves ambas socias se citaron en la puerta del local, las obras habían concluido y empezaba, según Julia, la parte más divertida. Al fin podrían tocar esos muebles que habían dibujado junto con el carpintero meses atrás. Le costaba imaginarlo todo colocado en su sitio y estaba deseando que llegara el momento.

—Disculpa, Julia, me he retrasado. La chica ha llegado más de veinte minutos tarde y tenía que esperarla para darle instrucciones. Dime, ¿alguna novedad?

—Tranquila, ya ves que aquí las cosas van despacio, pero el encargado me ha jurado y perjurado que hoy quedará todo listo y nos entregará las llaves. Los muebles están a punto de llegar. En casa ya he empaquetado los libros y revistas de mi madre. Quiero ponerlos en un lugar destacado de la librería, y cerca de ellos colocaremos la Negrita, con la que cosió toda su vida y en la que yo di mis primeras puntadas, y su maniquí. Ya he hablado con el conductor de la furgoneta para que mañana lo recoja todo.

—Perfecto. Raro será que no surja nada en el último minuto —contestó doña Amelia, que de obras y reformas ya sabía un poco—, pero confiemos en que todo suceda según lo previsto y no tengamos que retrasar la apertura. Instalarán el rótulo de la puerta a principios de la semana que viene y, mira, estas son las tarjetas que acabo de recoger de la imprenta. Han quedado bonitas, ¿no crees?

Doña Amelia, según nos contó luego, había aprovechado todos sus contactos y las amistades de su marido para no dejar ningún cabo suelto. Quería cuidar y hacer atractiva la imagen de la academia, ya que no había nada parecido por el barrio y vender la idea podía no ser fácil al principio. Necesitaba algo que entrara por los ojos, que resultara fresco y novedoso. Recordó aquella pequeña empresa que diseñó toda la papelería de la última sociedad que fundó don Javier y les llamó. Se presentó allí un chico joven, con el pelo peinado hacia atrás con mucha gomina, una chaqueta —que con toda seguridad había heredado— y una corbata torpemente anudada que le daba un aspecto algo desaliñado, más cercano al estilo de un creativo excéntrico que al del hombre de negocios que quería emular. En unos pocos días tenían sobre la mesa varias propuestas, pero ambas socias lo tuvieron claro.

En el centro de la tarjeta de papel blanco verjurado se leía «El Cuarto de Costura» y en la esquina inferior derecha la dirección y el número de teléfono. Bajo las letras se adivinaba la silueta de un dedal empujando una aguja enhebrada cuyo hilo tenía un trazado caprichoso y se perdía hasta el borde del papel. Era un dibujo de un solo trazo que daba ese toque de modernidad que querían infundir a un oficio que parecía inexorablemente unido a algo caduco.

—¡Ideales! Las pondremos en una bandejita sobre el mostrador de recepción para que estén a mano. También me he traído de casa una bombonera de cristal que no usaba —dijo doña Amelia, retirando las hojas de periódico que la cubrían y sacándola de una caja de cartón—. Podemos poner unos caramelos de La Pajarita para las clientas.

—Buena idea —sonrió Julia—. De nuevo caramelos, como los que me ofrecías de niña. Eso me gusta.

—En la radio no van a emitir las cuñas hasta que les dé

indicaciones, por si acaso algo falla, pero en principio, querida socia, abrimos el lunes. ¿No es emocionante?

Una furgoneta enorme aparcó en la puerta.

—¡Están aquí, están aquí! —gritó Julia, entusiasmada.

Desde que el transportista bajó del vehículo, se presentó y empezó a recibir indicaciones de las dos mujeres, no pasó más de un minuto.

—El mostrador de recepción aquí, justo a la derecha, déjenlo por el momento pegado a la pared para que no estorbe. El armario al fondo y las mesas de corte aquí. Las sillas pueden dejarlas ahí, luego las colocaremos. Cuidado con rayar el suelo o rozar las paredes, que están recién pintadas.

Julia iba dando instrucciones y se iba moviendo con rapidez de un lugar a otro del local, nerviosa como una niña en la mañana de Reyes. Doña Amelia no le quitaba ojo y disfrutaba con cada expresión que adoptaba su cara; hacía mucho que no veía un rostro tan feliz. Volvió a ver a esa chiquilla que acompañaba a su madre y se quedaba quietecita en un rincón, esperando a que comenzara el ritual, observando, siempre con los ojos muy abiertos y sin perder detalle, cómo se movían las manos de su madre. El pelo recogido en un moño bajo, en el que se entreveían sus primeras canas, la cinta métrica al cuello, un acerico en la muñeca y una pequeña libreta cerca donde apuntaba algunas notas, así la recordaba. Vestida con sencillez, pero con prendas impecablemente acabadas que, aunque confeccionadas con tejidos modestos, dejaban apreciar su destreza con la aguja.

Doña Amelia se dejó invadir por una increíble sensación mezcla de satisfacción y orgullo a partes iguales, y cayó en la cuenta de que esta era la primera vez en su vida que había tomado una decisión tan importante por sí sola. Desde que se casó aceptó todos y cada uno de los pasos que daba su marido y caminó en su misma dirección. Antes de aquello, acató una vida planificada por sus padres, acorde con los dictados de la época, que era imposible cuestionar. Nunca, hasta ahora, se había sentido dueña de su destino y quería saborear esa sensación intensamente.

—Julia, deja que se ocupen de desembalar y colocarlo todo, el encargado tiene el plano y sabe dónde va cada cosa. Nos vamos a la floristería de Serrano antes de que cierren a elegir unas plantas que den un poco de color a la academia.

—Quería ver cómo quedan los cojines en las sillas, pero, vale, cojo el bolso y nos vamos —dijo entrando en la trastienda.

El cuartito de atrás, como Julia lo llamaba, era el único rincón que ya estaba totalmente acabado. Ella misma se había encargado de vestir una pequeña mesa camilla y de colocar unas cortinas en la ventana que daba al amplio patio del edificio. Aunque se trataba de un bajo, entraba bastante luz y resultaba acogedor; contaba con un probador y un pequeño baño que había sido remodelado. Habían instalado una balda ancha que hacía las veces de barra, donde colocar una cafetera y una lata que, esta vez sí, contenía galletas de mantequilla y no hilos, botones y alfileres, como era habitual en su casa.

La primavera asomaba por Madrid y pronto ambas mujeres redujeron el paso para disfrutar de los primeros rayos de sol que tanto se agradecían en esas fechas.

—Amelia, enhebra.

—¿Cómo dices?

—Que enganches tu brazo con el mío. Es una expresión de mi madre. Cuando caminábamos juntas por la calle íbamos cogidas del brazo y así llevábamos el mismo paso.

—¡Qué divertido! Oye, pensándolo bien, no es que yo vaya a ponerme a coser a estas alturas de mi vida, pero tendré que familiarizarme con el negocio. Las únicas veces que toqué una aguja fue de jovencita para aprender a bordar y aquello me aburría sobremanera.

—Eso déjamelo a mí, yo me encargo, verás como enseguida te va sonando todo.

—Claro, recuerda que en mi generación era uno de los pocos entretenimientos que teníamos, además del piano, las clases de francés... y luego, al casarte, tener hijos y dedicarte a tu familia. Si después de nacer Alfonso alguno de mis embarazos hubiese llegado a término, al menos tendría más hijos de los que ocuparme y puede que hasta nietos, vete tú a saber. —La voz se le quebró y Julia sintió cómo le apretaba el brazo—. Ay, perdona, hija. No puedo decir que haya tenido una vida complicada, me he amoldado a lo que me tocaba vivir, pero a veces hubiese preferido nacer en esta época, haber podido elegir. En fin.

Llegaron a la floristería cuando estaban a punto de cerrar, aunque les permitieron pasar mientras recogían las flores que tenían en la calle. Aquello era un jardín. El establecimiento tenía fama en el barrio, de hecho, según me contó la propia doña Amelia, su marido le encargaba flores allí dos veces al año, para su cumpleaños y para su aniversario de boda. Al principio le encantaba recibir esos ramos de rosas tan extraordinarias, todas del mismo largo, todas tan perfectas, tan idénticas entre sí. Tiempo después descubrió que era su secretaria quien se encargaba de hacer la gestión y las rosas dejaron de parecerle tan perfectas y bellas.

Escogieron las plantas dejándose aconsejar por la dependienta, a quien contaron con todo lujo de detalles cómo era el local y la invitaron a pasarse a conocerlo cuando les acercaran las plantas. Antes de irse le dejaron algunas tarjetas que ella amablemente expuso sobre el mostrador de la floristería.

Al volver, tomaron un camino distinto —la cuadrícula perfecta que estructuraba el barrio tenía esas cosas—. Caminaron hasta el principio de la calle Serrano y pararon a comprar algo de comer antes de volver a la academia. Doña Amelia había pasado por aquel establecimiento cientos de veces, pero nunca había reparado en aquellos sándwiches envueltos en papel encerado. Para ella era solo la pastelería a la que enviaba a Julia a comprar las pastas de té cuando tenía visitas o la cafetería donde solía quedar con amigas alguna mañana. Subieron por Columela para torcer hacia Lagasca sintiendo de nuevo la calidez de los rayos del sol.

Al llegar a la puerta de la academia, doña Amelia se detuvo un instante y se volvió hacia su socia.

—Cuánto hemos vivido en los últimos meses, Julia, y cuánto más nos queda por vivir. Estoy deseando que llegue el lunes. Tengo la sensación de que al abrir esta puerta voy a cerrar otras y que cogidas de la mano vamos a vivir momentos muy bonitos.

—Dios te oiga.

En la academia poco quedaba por hacer, los muebles habían sido desembalados con cuidado y dispuestos según el plano y encajaban perfectamente en todo el conjunto. Mientras doña Amelia despedía a los últimos operarios, que aún estaban allí terminando de recoger los embalajes, Julia se paseaba por el local acariciando cada uno de los muebles. En su cabeza, el ruido de las tijeras cortando la tela sobre la mesa, un sonido que le resultaba tan familiar, los motores de las máquinas de coser, el vapor de la plancha, el olor a papel de patrones, hasta imaginaba el suelo lleno de hilos y le parecía encantador.

Contemplaron por un instante la sala, por un momento daba la sensación de que todo había estado siempre allí.

—Es curioso cómo los objetos encajan en un lugar y lo rápido que nos acostumbramos a verlos en él —comentó Julia.

Pasaron a la trastienda y abrieron el paquete de sándwiches que habían comprado por el camino.

—Qué ganas tengo de ver las máquinas ya instaladas. Espero que el viajante no nos falle esta tarde y que mañana entreguen todo el material que encargué en la mercería del centro que, por ahora, es solo lo básico para empezar. Ya iremos viendo. Tengo mucho que organizar para que todo esté perfecto para el gran día.

—¡Sándwiches envueltos en papel y un refresco directamente de la lata! —exclamó doña Amelia pasando un paño por el borde de la lata—. Tengo la sensación de que me esperan muchas primeras veces a partir de ahora.

—Seguro que sí —le contestó Julia. Y ambas se echaron a reír.

Pronto todo estaría listo para la inauguración.

PRIMAVERA

1991

4

Lagasca era una calle bastante concurrida y la inauguración de la academia hizo su ruido. A doña Amelia se le daba bien recibir en casa, conocía las mejores empresas de cáterin de Madrid y no dudó en recurrir a una de ellas para contratar un pequeño refrigerio de media mañana para la ocasión. Eso, sin duda, ayudaría a atraer a cualquier curioso que pasase por allí.

Julia se encargó de hacer llegar invitaciones a los encargados de las tiendas de tejidos que frecuentaba y a las mercerías más reputadas de la ciudad con quienes ya habían llegado a algunos acuerdos meses atrás para recomendar sus artículos en la academia. Asimismo, don José Luis, el distribuidor de Singer de la zona, y el viajante, Ramón, con quienes cerraron la compra de las máquinas de coser, tuvieron el detalle de asistir.

Doña Amelia estaba feliz. Algunas de sus amistades

más cercanas habían acudido a la inauguración, pero lo que más ilusión le hacía era compartir ese acontecimiento con Alfonso. Su hijo había viajado desde Barcelona para apoyarla dejando de lado por un día sus muchos compromisos de trabajo, que se multiplicaban conforme se acercaban las Olimpiadas. Su empresa de diseño había conseguido un contrato muy sustancioso y aquello le mantenía muy ocupado, pero, a diferencia de lo que había vivido de joven en casa, él siempre tenía tiempo para su madre. Había aprendido a organizar sus prioridades y las tenía muy claras. Apoyar a doña Amelia y demostrarle lo orgulloso que estaba de ella, de cómo había cambiado el rumbo de su vida y de su determinación para embarcarse en una aventura semejante, era lo más importante para él en ese momento.

La inauguración fue un éxito rotundo. El Cuarto de Costura abría sus puertas y comenzaba su andadura. Las tardes de té con amigas de doña Amelia y las cuñas publicitarias no tardarían en hacer el resto.

Julia llegaba temprano cada mañana y se encargaba de los arreglos pendientes, la mayoría eran prendas que pertenecían a las amigas de doña Amelia y suponían para ella una oportunidad perfecta para estudiar minuciosamente cada detalle de su confección. Lo primero era volverlas del revés, buscar las costuras, observar la maestría en la colocación de las pinzas, los trucos para lograr un determinado aplomo o una caída. Tomaba nota de las técnicas que descubría en ellas y se maravillaba con los acabados que presentaban aquellas chaquetas de tweed y con los tejidos que usaban las casas francesas. Lo que más le fascinaba era comprobar cómo algunos diseños se convertían en atemporales con el paso del tiempo y cómo aquellas señoras podían vestir en su madurez prendas que habían adquirido más de veinte años atrás. Era su momento, cuando cosía en soledad, con la radio de fondo y la quietud de una calle que despertaba perezosa.

Gracias a Julia descubrí muy pronto el poder terapéutico de la costura, tal y como me lo reveló la primera vez que entré por la puerta de la academia. Es mágico cómo nos conecta con recuerdos y nos traslada a nuestra infancia y cómo nuestra atención se centra de tal forma que el tiempo parece detenerse, el mundo gira más despacio y las preocupaciones se diluyen a cada puntada. Cada una de las mujeres con las que coincidí en esos meses contaba recuerdos similares. Madres, abuelas, tías o vecinas, siempre había alguien cerca que cosía, que se encargaba de remendar los calcetines o las rodillas de algún pantalón o de confeccionar ese vestido de verano que costaba dejar de usar, aunque ya no hubiera más costura que sacar o más dobladillo que soltar.

Nunca había tocado una máquina de coser hasta que empecé a coser con Julia. Era muy consciente de que el reto que me había propuesto era enorme, pero necesitaba algo que me moviera, que me hiciera reaccionar y que me llenara de ilusión.

Mi madre siempre había tenido sus crisis y sus temporadas malas, pero el último episodio nos tuvo en vilo cuatro días a las puertas de una UVI y entre mis hermanos y yo decidimos que no podíamos dejarla sola, al menos hasta que el psiquiatra le diera el alta y eso iba a tardar. Por aquel entonces yo acababa de empezar periodismo en la Complutense y sin dudarlo me ofrecí a cuidarla, aparcando los estudios por un tiempo. O eso creí entonces. No imaginaba lo que supondría esa decisión en los años que siguieron.

Supongo que tener las manos en movimiento calma la mente y descubrir la costura fue para mí como respirar aire fresco. Me evadía de la monotonía del día a día y me permitía soñar y abstraerme de lo que tenía en casa. Casi podría decirse que me sentía una persona distinta cuando cosía, lo que tenía a mi alrededor desaparecía y solo oía mis pensamientos. A tal punto que, cuando ya tenía cierta soltura, era frecuente que gran parte del tiempo lo pasara deshaciendo algún desaguisado.

Quizá esto mismo era lo que experimentaba Julia en esas horas, hasta que la campanilla de la puerta anunciaba la llegada de doña Amelia cada mañana a las diez en punto.

—Buenos días, Julia —solía decir en voz alta previendo que esta se encontraba en la trastienda—. He pasado por el quiosco para comprar las últimas revistas de moda, nos vendrá bien algo de inspiración, y también traigo cruasanes recién hechos, ¿nos tomamos un café?

—Buenos días, será el segundo que me tomo esta mañana, pero no me vendrá mal, anoche no pegué ojo. No hago más que darle vueltas a lo de las clases, ya sé que hay que tener paciencia y que las clientas llegarán, pero a ratos me desespero.

Amelia la escuchaba mientras ponía el café en el filtro de la Melita y rellenaba el depósito de agua de la cafetera. Los fondos no eran infinitos y para que la academia funcionara debían generar ingresos cuanto antes. Aun así, eso no le preocupaba, confiaba en el talento de su socia y sabía que, con la publicidad adecuada, el negocio arrancaría muy pronto.

Estaban apurando el improvisado desayuno cuando sonó el teléfono. Doña Amelia dejó la taza de café en la mesita y se acercó al mostrador de la entrada para contestar.

—El Cuarto de Costura, dígame.

—Hola, ¿es la academia de costura? —Una voz dulce

con un acento extranjero sonaba al otro lado del auricular—. Mi nombre es Catherine, en la floristería encontré vuestra tarjeta y llamo para pedir información.

Julia, que había salido corriendo al oír el teléfono, permanecía de pie y miraba fijamente a doña Amelia tratando de averiguar quién llamaba y qué podría querer. El corazón se le aceleraba cuando hablaba doña Amelia, pero casi más cuando esta callaba para escuchar a la otra parte.

—Sí, Catherine, esta es la academia de costura, estaremos encantadas de informarla. Aunque si lo desea puede pasarse por aquí personalmente, desde las diez hasta las ocho de la tarde, salvo al mediodía. Tenemos previsto empezar las clases en breve.

—Me pasaré en persona. Es en la calle Lagasca, 5, ¿verdad?

—Así es, la esperamos. Buenos días.

—Sí, buenos días.

—¡Bien, bien, bien! —Julia aplaudía como loca y doña Amelia, más contenida, sonreía satisfecha.

—Ya te lo dije, esto va a funcionar, te lo aseguro, solo necesitamos algo de tiempo, es normal.

Tal como calculó doña Amelia, Catherine no debía de vivir lejos de allí si era clienta de la floristería de la calle Serrano. En menos de una hora una señora alta, de aspecto extranjero, pelo corto y ojos claros, que había pasado unos segundos mirando a través del escaparate, entraba por la puerta. Doña Amelia, que se encontraba ordenando las revistas de moda, la recibió con la mejor de sus sonrisas.

—Buenos días —dijo al mismo tiempo que sonaba la campanilla de la puerta—, creo que hemos hablado por teléfono hace unos minutos, ¿no es así?

—Hola, sí, soy Catherine. No sabía que había un sitio tan bonito en el barrio, ¡me encanta! —exclamó al tiempo que echaba un rápido vistazo al local.

Lo cierto es que, aunque la decoradora había hecho un gran trabajo, también se había esforzado por integrar las ideas que aportaron las socias y entre todas habían conseguido crear un ambiente muy agradable, bien iluminado, alegre y acogedor. Definitivamente, las plantas habían sido un acierto.

—Muchas gracias. ¿En qué podemos ayudarla?

—Llevo pocos meses en la ciudad y me alojo aquí cerca en casa de mi hija. De joven cosía mucho pero lo dejé y luego me aficioné a tejer. Me gustaría retomar la costura pero no tengo máquina de coser.

Catherine llevaba muchos años viviendo en España y, aunque se hacía entender, su forma de expresarse revelaba que nunca había estudiado bien el idioma. En las tardes de costura que compartimos nos contó que la primera vez que vino a España fue en unas vacaciones a principios de los sesenta, cuando visitó un pequeño pueblo costero del sur del que había oído hablar. Aquello nada tenía que ver con la Inglaterra de la que provenía, que en aquellos años estaba inmersa en toda una revolución. Sin embargo, en aquel pueblo la vida era muy distinta, más pausada y mucho más sencilla. Eso y un simpático joven le robaron el corazón y ahí empezó la gran historia de amor que con el tiempo nos iría desvelando puntada a puntada, en las tardes que compartimos cosiendo.

—Pues bienvenida a Madrid y bienvenida a El Cuarto de Costura. En este momento estamos organizando las clases, déjenos su teléfono y cuando hayamos formado el grupo nos pondremos en contacto con usted para comunicarle los horarios.

Julia, que escuchaba desde el fondo del local, se acercó también al mostrador y saludó a aquella señora con una sonrisa. Su rostro le era familiar, una de esas caras amables, en las que cada arruga parecía contar una historia. Su pelo canoso contrastaba con las mejillas sonrosadas y las pecas que le daban un aspecto juvenil.

—De acuerdo, entonces espero la llamada pronto. Muchas gracias.

—Gracias a usted y buenos días —respondieron ambas a la vez.

Doña Amelia se apresuró a pasar a la agenda el número de teléfono que con prisas había anotado en un papel, mientras Julia se esforzaba por mantener la compostura hasta que Catherine se perdió calle abajo.

—Como dirían los franceses: *Ça marche, ma cherie!*

—¡Qué ilusión, Amelia! ¡Nuestra primera alumna!

—Así es, y pronto llegarán más. Ten fe.

5

La idea de dejar las tarjetas en la floristería había dado resultado, así que repartieron algunas más por los establecimientos del barrio, tiendas de complementos, zapaterías, boutiques de niños y bebés. A las tiendas de moda les alegró saber que había un sitio de arreglos cerca y contaban con enviarles a los clientes que necesitasen ajustar alguna prenda. Y así fue como yo descubrí El Cuarto de Costura.

Procuraba sacar a mi madre de casa cada tarde. Aunque se resistía, su médico había insistido mucho en que debía tener una rutina y que salir le vendría bien. Se levantaba tarde y las mañanas las dedicábamos a su aseo personal y a hacer las tareas de la casa. La animaba para que las hiciéramos juntas y, mientras, sacaba cualquier tema de conversación o le contaba alguna de las novedades de la comunidad. Eso la mantenía ocupada hasta que llegaba alguna de las vecinas que le hacía compañía cuando yo salía a hacer la compra o algún recado. Era importante no dejarla sola.

Aunque era buena para ella, esa rutina me pesaba cada vez más. Las visitas de mis dos hermanos se limitaban a pasar un rato por casa los sábados para que mamá viera a sus nietos; los niños la cansaban enseguida, y sus padres se lamentaban de lo duro que era para ellos verla así. Cierto es que se ocupaban de que no nos faltara de nada y que fui yo la que se ofreció a atenderla, pero poco a poco me fui dando cuenta de que aquello amenazaba con dejarme sin la posibilidad de desarrollar mi propia vida.

Mi madre siempre había tendido a la tristeza, ni siquiera en su juventud la recuerdo como una mujer alegre, pero lo que nunca logró superar fue, primero, la partida de papá, y más tarde, el divorcio. Fue entonces cuando empezó a tomar pastillas, para después comenzar a mezclarlas con alcohol, «Tú no lo entiendes, niña, pero esto es lo que necesito ahora mismo», me decía. Sus amigas se fueron alejando y sus hijos tuvimos que adaptarnos a la nueva situación sin contar con el apoyo de un padre que, literalmente, nos había abandonado a todos. Él se casó de nuevo y se marchó a vivir a Francia con la promesa de que nos veríamos cada verano y que pasaríamos unas semanas juntos en Toulouse. Nos dijo que quería que nos sintiéramos parte de su nueva familia. Le creímos a pies juntillas, pero, tras dos años veraneando en Madrid, se hizo evidente que no iba a ser así. Tuvimos que aprender a vivir sin él, a conformarnos con una llamada por Navidad y por nuestro cumpleaños.

En uno de nuestros paseos, a mamá le llamó la atención una chaqueta de aire marinero, de doble botonadura, azul marino que lucía un maniquí en un escaparate de una tienda cercana. Estaba bien de precio y era perfecta para la primavera madrileña. Al verla ilusionada y tras insistirle un poco, consintió en que entráramos para probársela.

Me sorprendió verla sonreír frente al espejo cuando se la puso —estaba segura de que en algún lugar de ese castigado cuerpo aún quedaba un poco de vanidad—, hacía mucho que no sonreía. Las mangas le quedaban algo largas, pero le sentaba fenomenal, los hombros en su sitio, el largo perfecto, y me recordaba mucho a una que tenía cuando yo era pequeña. No dudamos en comprarla.

—Le sobran dos centímetros, ni uno más. Con dos centímetros menos le quedará perfecta la manga —nos aseguró la dependienta mientras marcaba el punto con unos alfileres y nos entregaba una tarjeta indicándonos un comercio muy cerca de allí donde podrían arreglársela.

Mi madre sabía coser, pero la chaqueta era de punto y llevaba forro, así que supuse que acortar las mangas no sería algo sencillo y tampoco contaba con que ella lo hiciera, de modo que, si no hacía nada, lo más probable es que la chaqueta se quedara colgada en el armario junto a todos esos trajes que adoraba y que nunca había vuelto a usar.

Recuerdo cuánto disfrutaba viendo cómo se preparaba para salir a pasear los domingos. Yo me vestía deprisa con la ropa que me había planchado la tarde anterior y me iba a su habitación para que me ayudara con los zapatos, mientras mis hermanos, que me llevaban unos años, se apañaban solos. Me sentaba cerca de ella, frente a su tocador y veía cómo se retiraba el pelo de la cara con una banda elástica y se aplicaba tónico y la crema antes de pintarse los párpados con una sombra azul y de hacerse un rabillo negro sobre las pestañas como se llevaba entonces. Tenía los ojos algo almendrados y el maquillaje acentuaba sus rasgos. Yo la veía tan guapa. En los labios un sutil tono rosado, algo recatado para mi gusto, pero acorde con su estado civil. Se retiraba la banda y se ahuecaba un poco el pelo para luego perderse en una nube de laca que siempre me hacía toser.

De alguna manera, aquella mujer también nos abandonó cuando se dejó teñir por la sombra de una amargura que la convirtió en alguien muy diferente, tanto que a ratos me costaba reconocerla. No buscaba culpables, pero me era difícil encajar que no consiguiera salir de ahí, que sus crisis la hundieran cada vez más y que por mucho que yo me esforzara, ella no pareciera echar de menos sus antiguas ganas de vivir. Le hubiera gritado y zarandeado tantas veces, pero sabía que aquello no la haría reaccionar.

Por eso aquella chaqueta era tan importante. Iba a procurar por todos los medios que la estrenara cuanto antes. Sería el primero de mis recados a la mañana siguiente. Para llegar a la tienda de arreglos tan solo tenía que cruzar unas cuantas calles y en quince o veinte minutos estaría allí. Me vendría bien caminar a mi ritmo, me encantaba pasear. Mi vida se estaba volviendo demasiado sedentaria y mis salidas se limitaban a hacer recados cerca de casa para volver cargada de bolsas a toda prisa y no abusar de la generosidad de las vecinas que se prestaban a acompañar a mi madre cuando yo salía.

No siempre había sido así, al principio mis hermanos se turnaban y yo tenía más libertad de movimientos, pero en cuanto nacieron mis sobrinos eso cambió y, después de un tiempo, mis amigas se cansaron de llamar. No las culpo, aún estamos en contacto, pero ya no es lo mismo. Cada una tenía ya su vida y estaban a punto de acabar sus carreras y de ponerse a trabajar. Era yo la que se había quedado atrás. Por eso Manu era tan importante en mi vida y casi mi único contacto con una vida social que echaba de menos cada vez más.

La chaqueta sería la excusa perfecta para sacar a mamá de casa por las tardes ahora que el tiempo empezaba a ser más amable. Alargaríamos los paseos charlando de cualquier tema. Con un poco de suerte la haría caminar unos metros más que de costumbre.

La saqué de la bolsa y la colgué con la percha del pomo de la puerta de casa para no olvidarme. Tenía que hacer también algo de compra y, ya en casa, quizá dar un toque a Manu, pero lo primero sería llevar la chaqueta a que la arreglaran en El Cuarto de Costura.

6

Manu y yo nos conocíamos desde el instituto, era muy amigo de mi hermano Gabriel, pero no empezamos a salir hasta pasados unos años. Se me hizo raro liarme con un amigo, pero entonces pensé que era la mejor garantía de crear una relación sólida y estable, sin artificios, saltándonos lo que mis amigas y yo llamábamos la «etapa marketing», esa en la que todos solemos mostrar nuestra mejor cara y afanarnos en agradar. Pensaba que así me ahorraría sorpresas. Nos llevábamos pocos años, mamá le apreciaba y en casa, donde pasó de ser el «amigo de Gabriel» al «novio de Sara», casi era uno más.

Su familia, aunque de una economía muy modesta, hizo lo imposible por procurarle una carrera. Estudió Económicas en una de esas escuelas de negocios privadas tan prestigiosas que casi garantizaban que saldrías de ellas con trabajo. Y así fue. Enseguida le contrataron en una consultora americana donde vestía camisa azul y corbata a diario —acabé detestando ese tono de azul—. Cada mañana compartía ascensor con un puñado de señores serios y chicas en traje de chaqueta *con falda* hasta llegar a la planta 24 y no salía de allí hasta que se hacía de noche. Solo nos veíamos los fines de semana y alguna tarde que salía a su hora —las menos— y yo lograba contar con la complicidad de una vecina para quedarse con mi madre. Hacer planes juntos era casi imposible en según qué fechas.

No ganaba un gran sueldo, pero hacía currículum y sabía cómo funcionaba el sistema. Contaba con ir ascendiendo poco a poco y hacer carrera muy pronto, solo era cuestión de echar muchas horas y elegir a quién arrimarse. *Analyst, consultant, manager* primero y, con suerte, tocar el cielo como *associate partner*, ese era el camino hacia la gloria. Un tipo sociable y listo como él no lo tendría difícil si aguantaba lo suficiente.

Sin haberlo hablado mucho, creo que los dos contábamos con casarnos, aunque a ratos yo dudaba de si nos movían las razones adecuadas para hacerlo. Tampoco era algo que me calentara la cabeza porque tenía bastante complicado atender a mi madre y empezar una vida junto a él. Desde luego no contemplaba, ni de lejos, que viniese a vivir con nosotras, aunque mis hermanos, que conocían nuestras intenciones, opinaban que era la solución perfecta. Gabriel intentó ponerle de su lado en alguna ocasión, pero afortunadamente Manu tenía el tema bastante claro y no se iba a dejar engatusar.

No era fácil convivir con mi madre, tan pronto parecía estable, se mostraba abierta y se podía conversar con ella, como caía en la más profunda tristeza, se encerraba en sí misma y se abandonaba en un rincón a ver pasar las horas. Eso me desesperaba.

Alguna vez me preguntaba por mi padre, intuía sus llamadas cuando se acercaban fechas señaladas y entonces soltaba por la boca todo tipo de maldiciones. No era descabellado pensar, por lo poco que tardó mi padre en casarse de nuevo, que había compaginado dos relaciones durante largo tiempo. El divorcio no estaba bien visto y dejar a una mujer sola con tres hijos no era una opción. Pronto supimos que su nueva pareja estaba embarazada. Fue eso lo que precipitó las cosas y lo que provocó que mi madre nunca le perdonara.

En casa no presenciamos grandes discusiones —mi madre se encargó de que el tema nos salpicara lo menos posible—, pero sí notamos que mi padre pasaba cada vez menos tiempo con nosotros. Incluso las salidas de los domingos dejaron de ser sagradas bajo alguna vaga excusa que adornaba con una promesa que nunca cumplía.

El caso es que mis hermanos se casaron y se fueron de casa y, de la noche a la mañana, yo me vi atrapada en esa situación. Me fastidiaba mucho comprobar cómo lo que ofrecí con generosidad se había convertido en una obligación que no compartía con nadie. De un modo casi natural, mi madre pasó a ser solo asunto mío. Mujeres que cuidan de mujeres, sí, pero mi madre tenía más hijos. ¿Cómo había llegado a esto? ¿Cómo había sacrificado mis estudios, mi carrera tan largamente soñada, así, sin más? Ahora me lo puedo preguntar sin remordimientos, porque es ahora cuando entiendo cómo y por qué lo hice y cuando comprendo que no fue mi decisión, sino la presión de toda la sociedad.

Mi madre llevaba ya un tiempo bastante estable. La nueva medicación le sentaba bien y los días buenos eran cada vez más habituales, lo que me daba alguna esperanza y me permitía pensar en un futuro no muy lejano con Manu. Ella también daba por sentado que nos casaríamos.

Una tarde, al volver de nuestro paseo diario, la noté más locuaz que de costumbre. Entró en su dormitorio a descalzarse y la oí abriendo y cerrando cajones. Yo no solía entrar en su cuarto más que cuando era imprescindible. Ella misma se encargaba de su limpieza y lo consideraba su espacio privado. Nunca, en los muchos años que llevamos en esta casa —nos mudamos poco después de nacer yo—, había cambiado nada, la misma colcha, las mismas cortinas, las mismas lamparitas... Todos los muebles a juego: un armario de dos cuerpos, la cama con su cabecero labrado, las dos mesitas de noche a ambos lados de la cama y un pequeño tocador con un taburete tapizado de un desgastado terciopelo color rosa empolvado. Todo de madera, con un barniz brillante que se había quedado anticuado. Sobre el mármol de la cómoda había un jarrón, una bandejita de plata donde solía poner los pendientes antes de acostarse y algunas cajitas de porcelana. En la pared, un crucifijo sobre la cama, una alcayata de la que antes colgaba la fotografía del día de su boda y que se quedó allí plantada como testigo del fracaso de su matrimonio, y un espejo alargado con un estrecho marco dorado.

Desde la cocina oí cómo me llamaba y al entrar observé que el último cajón de la vieja cómoda de madera estaba abierto. Sobre la cama descansaba envuelta en papel de seda lo que parecía ser ropa de casa. Nunca me había enseñado su ajuar ni a mí se me había ocurrido preguntarle por él, y desconozco por qué escogió ese día para hacerlo. Lo cierto es que empezó a enseñarme sábanas y mantelerías que había bordado de joven. Las manchas que con los años se habían instalado en algunas de ellas hablaban de mucho más que del paso del tiempo, hablaban de ilusiones perdidas y de sueños olvidados, eran manchas de realidad. Esas manos, esos dedos y esos ojos que se habían dedicado a crear bellas piezas eran ahora muy distintos y quizá se preguntaban, cómo yo, si tanto esfuerzo mereció la pena.

Hasta algún tiempo después, por pura ignorancia, no fui capaz de apreciar las horas de trabajo y el esfuerzo de cada una de sus puntadas. Pero en ese momento, reconozco que todo me pareció un poco rancio y una pérdida de tiempo. «Total, para guardarlo en un cajón y no usarlo, ¡qué tontería!», recuerdo que pensé.

Dedicó un buen rato a explicarme las dificultades de los bordados, los nombres de cada puntada, los detalles de cada mantel, relatándome dónde había comprado mi abuela las telas y chismes y curiosidades sobre sus amigas de entonces con quienes pasaba las horas bordando. Todas compartieron el mismo destino, se casaron, tuvieron hijos, cuidaron de su casa y... se olvidaron de sí mismas para vivir una vida muy distinta a la que quizá habían imaginado.

Supongo que por eso me costaba ver a mi madre como algo más que eso, sin reparar que en algún momento también fue una mujer con ilusiones, con ideas y una vida propia. Nunca me había parado a pensar ni a preguntarle cómo era ella antes de casarse, si añoraba la cercanía de sus hermanas, a sus padres, los días de juventud... Parecía que aceptar ese modo de vida era la única opción. Una opción que, por desgracia para ella, un buen día se derrumbó irremediablemente ante sus ojos.

Comprobar que su cuento de hadas era muy distinto al mío me hizo mantener siempre viva mi idea de estudiar

Periodismo. Ese sueño seguía ahí, pero era aún pronto para retomarlo. Lo que sí tenía claro es que debía buscarme alguna ocupación fuera de casa, que me vendría bien despejarme algunas horas y de paso hacer ver a mi madre que la veía más recuperada, eso le daría confianza en sí misma. Contaba con la ayuda de las vecinas y quizá podría convencer a mis cuñadas de que la visitaran alguna tarde o de que la sacaran al parque con los niños. Pedírselo a mis hermanos no daría ningún fruto, ambos vivían para trabajar y tenían un abanico de excusas bien estudiado que iban dosificando convenientemente.

De lo que no tenía dudas es de que necesitaba un cambio. Y lo necesitaba ya.

7

Me gustaba salir, recorrer sola las calles, disfrutar del contacto del sol en la cara. Observar a la gente, especialmente durante estos meses en que uno no sabía muy bien qué ponerse, me resultaba divertido. Igual te encontrabas a una chica con medias de espuma negras cargando con un abrigo que a una turista en tirantes y sandalias. «El carnaval de entretiempo» lo llamábamos mi madre y yo.

Después de caminar un rato, a unos metros delante de mí vi el rótulo de El Cuarto de Costura. Empujé la puerta y lo primero que encontré fue una señora bien vestida y con un porte muy elegante en el mostrador de la entrada que hablaba con una chica que llevaba a una cría en un carrito. Hizo una pausa para dirigirse a mí:

—Buenos días, un minuto. Julia, por favor —dijo volviendo la cabeza.

Al fondo, sentada a la máquina de coser, otra mujer

saltó de la silla nada más oírla y se apresuró a atenderme. Saqué la chaqueta de la bolsa y se la mostré explicando que necesitaba acortar las mangas. Le comenté que en la tienda me habían recomendado que la trajera allí.

—Normalmente preferimos ver la prenda puesta y marcarla nosotras, pero si te han cogido bien las medidas no habrá problema —dijo echando un rápido vistazo a la chaqueta—. ¿Te corre mucha prisa?

—Bueno, es de mi madre y quisiera tenerla cuanto antes, pero no, no corre prisa. Seguro que tenéis muchos arreglos por hacer.

—La verdad es que hemos abierto hace muy poco —me contó Julia— y aún no hay mucha carga de trabajo. Si me dejas tu teléfono, te avisamos cuando esté lista.

—Vale. Oye, ¿coséis también ropa de casa? —De pronto se me ocurrió que a mi madre le podría ir bien cambiar algunas piezas en su dormitorio para darle otro aire, poner unas cortinas nuevas o quizá renovar algunos cojines.

—En principio no lo habíamos contemplado, pero si es algo sencillo, quizá podríamos hacerlo.

—Está bien, era por saberlo, voy a consultarlo. Muchas gracias y suerte con el negocio, el local es precioso. Espero vuestra llamada entonces.

—Gracias, eres muy amable.

Julia apuntó mi teléfono en la agenda, con un alfiler

prendió una nota en la chaqueta, la colgó en un armario, me despidió acompañándome a la puerta y volvió a su labor sin perder de vista a la chica que estaba con doña Amelia. Cuando la vio salir se acercó rápidamente al mostrador.

—Se llama Laura, escuchó la cuña de la radio y venía a preguntar por las clases de costura. Dice que ya ha cosido algo, que una amiga le enseñó hace un tiempo y que ha hecho algunas cositas para sus hijos, cosas sencillas, vestiditos, disfraces para los festivales del colegio y poco más. Ahora está de baja, su hija va a empezar a ir a la guardería y tiene algunas tardes libres —le contó doña Amelia.

—¡Qué bien! Con una más empezamos, ¿te parece?

—Lo que tú digas, Julia, aquí mandas tú. ¿Muchos arreglos por acabar?

—Unos cuantos. Hoy voy algo atrasada porque esta mañana empecé más tarde. Estuve curioseando una vez más entre las cosas de mi madre por si podía traerme algo que nos viniera bien, y encontré sus viejas reglas de madera con las que trazaba los patrones. Mira que han pasado años y aún me cuesta hacerme a la idea de que no está, sobre todo estos últimos meses, que la he tenido tan presente.

—Estaría orgullosa de ti, feliz por verte entre máquinas de coser, hilos y tijeras, haciendo lo que más te gusta. Estoy segura.

—Y yo hubiera disfrutado tanto de tenerla a mi lado. Aun sabiendo que la vida es fugaz nos parece que las personas que queremos van a durar para siempre. Ella me repetía que había que tener una meta, un propósito, pero que lo más importante era disfrutar del camino. Y mira que el suyo no fue fácil. Menos mal que cuando mi padre enfermó, pudo salir adelante cosiendo. ¡Qué manos tenía! Y suerte que se topó contigo, que la ayudaste a conseguir más encargos. Le encantaba coser para ti y tus amigas. Siempre me decía que de otro modo no hubiera tenido ocasión de trabajar con telas tan especiales ni hubiera podido confeccionar trajes tan elaborados.

—Suerte la mía de contar con sus manos y ahora con las tuyas. Pero no nos pongamos sentimentales y sigamos con lo nuestro. Voy a salir a encargarme de un par de cosas, antes de mediodía estoy de vuelta.

Julia me contó esta conversación un día que, a solas en la academia, recordando el día en que nos conocimos, charlábamos sobre las personas que entran y salen de nuestra vida, sobre la huella que dejan en nosotros. Era curioso cómo, a pesar de los años que nos separaban, nos entendíamos tan bien. Supongo que ambas, por motivos muy distintos, habíamos tenido que madurar a marchas forzadas, y que las dos sentíamos que la vida no nos había regalado nada, que las cosas había que ganárselas con esfuerzo. Por eso nunca dejó de animarme para que retomara mis estudios de periodismo. No lo descartaba, pero tal como estaban las cosas entonces era muy complicado y casarme era la opción más sencilla para salir de casa y empezar de cero. No supe ver entonces que esa salida no la iba a elegir libremente, tan solo iba a tomar el mismo camino que generaciones de mujeres habían tomado antes que yo.

Faltaba poco para cerrar y doña Amelia aún no había vuelto. En ese momento sonó la campanilla de la puerta.

—¿Ya estás de vuelta? —preguntó Julia, sin levantar la cabeza.

—¿Disculpe? —se oyó junto al mostrador.

Levantó el pie del pedal y miró hacia la puerta. «¡Otra clienta!».

—Perdone, pensé que era otra persona, ¿en qué le puedo ayudar?

Ante ella estaba una de esas elegantísimas señoras que se veían por el barrio y que tanto la impresionaban de pequeña cuando acompañaba a su madre. El pelo rubio, media melena, impecablemente peinada con las puntas hacia dentro, un cutis inmaculado perfectamente maquillado, y de movimientos tan pausados que se diría que nada de este mundo podría perturbarla. Dedujo por la exquisita manicura que lucía que no había tocado una fregona en su vida. Vestía un traje de chaqueta de Chanel, sí, debía de ser un Chanel, me contaba Julia, el estilo era inconfundible. El bolso hacía juego con unos zapatos salón de charol negros que parecían recién estrenados. Olía muy bien.

—Tranquila, quizá no llego en buen momento.

—En absoluto, dígame, ¿necesita que le hagamos algún arreglo?

—Eso ha sonado raro —sonrió.

—Perdone, de nuevo, lo lamento, quiero decir que si quiere que le ajustemos alguna prenda.

—Sí, sí, entiendo. —Hubo un breve silencio y las dos se echaron a reír.

Julia calculó que debía de tener más o menos su misma edad, aunque claramente la vida la había tratado mejor. Hablaba español, aunque no reconoció su acento, la situaba en algún país hispanoamericano, sin saber decir cuál. Había escuchado acentos similares entre las chicas que servían en el barrio, con las que se encontraba en las tiendas cuando salía a hacer la compra y también en el metro, pero no acertaba a distinguir uno de otro.

Eran casi las dos cuando doña Amelia entró por la puerta y al ver ese ambiente tan distendido se le dibujó una sonrisa en la cara.

—Buenas tardes, señoras.

—¿Usted también viene a hacerse algún arreglo? —preguntó Julia, sin parar de reír.

—No entiendo.

—No haga caso —dijo la señora intentando recuperar la compostura—, es pura guasa.

—No veo a Julia capaz de atenderla, dígame, ¿en qué podemos ayudarla?

—Una dama del personal de servicio me habló de este lugar y he venido a preguntar sobre las clases de costura.

Aquello sí que les sonó raro a ambas socias y se les debió de notar en la cara.

—Verán, destinaron a mi marido a Madrid y nos hemos instalado en la ciudad recientemente. En México fundé una cooperativa de mujeres costureras que confeccionaban blusas artesanales mexicanas para ayudar a la economía familiar y hacían bordados tradicionales para preservar esas joyas textiles que tanto se aprecian en mi país. Aprendí algo de costura y no querría abandonarla ahora que me encuentro lejos de mi tierra. Mi agenda, más bien la de mi marido, está repleta de actos oficiales, y mi tiempo libre quisiera dedicarlo a algo más.

—Qué historia más bonita —exclamó Julia—. Pues aquí estamos para seguir con esas clases. Por cierto, ella es Amelia —dijo volviéndose hacia su socia— y servidora, Julia.

—Margarita, encantada. Son las primeras personas que conozco acá aparte del personal de mi marido. Este lugar es bien lindo —exclamó asomando la cabeza y echando un vistazo rápido—. Reconozco esa máquina de coser, una Negrita, ¿cierto?

—Así es —contestó Julia—, perteneció a mi madre, que en paz descanse. En ella di yo mis primeras puntadas.

—Lamento su pérdida, no he querido entristecerla.

—No se preocupe, nos dejó hace mucho, pero su recuerdo sigue muy vivo. En realidad, ella es en gran medida la responsable de todo esto.

Margarita consultó su reloj.

—Ya son más de las dos, querrán cerrar, las estoy entreteniendo y yo misma debo volver a casa.

Les dio su tarjeta y quedaron en llamarla muy pronto cuando comenzaran las clases. Terminaron de recoger el local, apagaron las luces y echaron la llave.

—¿Unos sándwiches envueltos en papel encerado y un refresco?

—Estupendo —asintió doña Amelia—, pero hoy en el Retiro, que hace un día precioso y nos vendrá bien dar un paseo.

Compraron el almuerzo y se sentaron en un banco al sol muy cerca del estanque principal.

—¿Sabes? solía venir aquí todos los días con mi hijo cuando era pequeño. Vivíamos un poco más lejos que ahora, y aunque hiciera frío, mientras no lloviera, veníamos al parque. Le compraba un barquillo y correteaba por los jardines encantado. Tengo tantos recuerdos bonitos en este lugar.

—Nosotros no teníamos un parque parecido en nuestra zona, pero sí recuerdo salir con mis padres los domingos a pasear cuando era niña. Mi madre me cosía un par de vestidos o alguna falda para los fines de semana, a veces con la tela que le sobraba de alguna confección o con alguna ganga que encontraba revolviendo entre el cajón de retales que había en las tiendas del ramo. Amelia, ¿puedo preguntarte algo?

—Pues claro, ¡faltaría más!

—Antes de que muriera don Javier, yo ya pensaba en abrir una academia de costura. De hecho, recuerdo haber hablado tiempo atrás con mi madre sobre el tema y ella, que ya estaba enferma, me animaba porque decía que yo me sabía explicar muy bien, que ese sería un buen medio de vida para mí porque la confección estaba decayendo y dedicarse a los arreglos era muy desagradecido. A ver, que me voy por las ramas, quiero decir, que le fui dando forma a la idea durante algunos años y que sentía que se acercaba el momento de hacerla realidad. Tardé mucho en encontrar el momento de comentarla contigo por lo de tu marido, pero realmente podía perder una gran oportunidad si no lo hacía. El caso, que yo tuve mucho tiempo para pensármelo, pero tú en un fin de semana lo viste claro y apostaste por mí. Entiendo que nos une un gran cariño, pero dedicar el dinero de tu marido a hacer realidad un sueño que no era el tuyo me sigue resultando raro.

—Querida Julia, queridísima, déjame que te cuente. Como sabes provengo de una familia con un buen nombre y una buena posición social. Viví una infancia muy feliz en una burbuja donde nunca me faltaron comodidades y tuve una juventud que recuerdo con mucha nostalgia, especialmente los veranos en San Sebastián, donde disfruté de una gran libertad. Adoraba la playa de Ondarreta y estar rodeada de amigos, siempre hijos de los amigos de la familia, con los que viví mil aventuras. Mi favorita, el día que Pablo cogió el coche de su padre y cruzamos la frontera hasta Biarritz solo por decir que habíamos estado en Francia, cosas de críos. Nos cayó una buena reprimenda a la vuelta —sonrió—, pero mereció la pena. En fin.

—¿Pablo?

—Uno de los chicos del grupo. Éramos todos muy jóvenes, de edades similares y con muchas ganas de divertirnos. Mis padres tenían amistad con alguna de las mejores familias de la zona y pasábamos allí todo el verano. Se acercaba la edad de casarme y un conocido me presentó a Javier. Acababa de llegar a la ciudad y era puro entusiasmo, guapo, alegre y ambicioso. Me traía loca. Supo ganarse a mis padres y al poco tiempo nos casamos. Justo el verano anterior, en San Sebastián, mi madre me llevó al taller de Pedro Rodríguez para encargar mi traje de novia y también el suyo para mi boda. Quería que fuera un gran acontecimiento social del que se hablara en todo Madrid. Siempre le gustó hacer las cosas a lo grande. Yo no tenía ojos más que para don Javier y me dejé arrastrar. Pronto descubrí que la vida que había soñado junto a él en poco se parecía a la realidad, aunque tampoco puedo decir que me sorprendiera. Me quedó claro que su prioridad eran los negocios y tener un heredero a quien dejar al frente del imperio que pensaba construir. Como sabes, Alfonso no cumplió con las expectativas que su padre tenía para él y mi marido dejó de disimular su indiferencia hacia mí. Vivíamos bajo el mismo techo, pero hacíamos vidas separadas, como bien recordarás.

—Sí, recuerdo veros muy distanciados en los últimos años.

—Yo sufrí mucho con la marcha de mi hijo y me sentía cada vez más lejos de mi marido. Me limité a vivir conforme a lo que se esperaba de mí: le seguía acompañando a sus comidas de negocios, me relacionaba con las esposas de sus socios, ante quienes me esforzaba por mostrar siempre mi mejor cara, y poco a poco me olvidé de mí. Aquello acabó por sumirme en una tristeza que he arrastrado hasta hace muy poco, tú bien lo sabes.

—Así es —asintió Julia.

—Por eso, cuando me contaste tus planes, fue como

si la vida me ofreciera la oportunidad de cambiar las cosas. Sentí que ayudándote a ti me ayudaba a mí misma. Te lo he dicho mil veces, eres casi como una hija, apreciaba mucho a tu madre y quería que consiguieras tu sueño. ¿Qué mejor manera que siendo tu socia? Ese mismo fin de semana, tras hablarlo con Alfonso, hice unas cuantas llamadas, recordé la vieja sombrerería y un amigo de don Javier me consiguió el teléfono de la inmobiliaria. Le conté la idea y le pareció una locura, ¿doña Amelia montando un negocio? Justo lo que necesitaba oír. Era lo que quería, hacer una locura y de paso demostrarme a mí misma que el mundo es de los locos. No tenía nada que perder.

8

Aquella mañana cuando llegué a la altura del número 5, doña Amelia y Julia estaban en la puerta, parecían charlar sobre la decoración del escaparate. Habían dedicado muchas horas a intentar que El Cuarto de Costura fuese un espacio atractivo y original, alejado de la academia tradicional de corte y confección, pero que al mismo tiempo transmitiera la sensación de estar en casa, que fuera un lugar al que apeteciera volver.

Julia entró detrás de mí y sacó la chaqueta de mi madre del armario, la había enfundado en un plástico y colgaba de la misma percha.

—Parece recién sacada de la tienda, como si no la hubierais tocado. Mi madre se alegrará mucho de poder estrenarla tan pronto.

Julia sonrió orgullosa.

—Cómo me gustaría saber coser. Mi abuela y mi tía

eran grandes aficionadas a la costura, pero a mí siempre se me antojó muy complicada. A lo más que llegué fue a envolver mis muñecas en alguno de sus retales, colocar una goma de pelo alrededor y simular que aquello eran vestidos.

—Supongo que muchas empezamos así —contestó Julia—. Vamos a comenzar con las clases de costura muy pronto, probablemente este mismo viernes, ¿por qué no te animas? Coser puede ser tan terapéutico, te relaja, te entretiene, dispara tu creatividad y la satisfacción de llevar una prenda confeccionada por ti... eso es algo que no se puede explicar. Estoy segura de que si lo pruebas, me acabarás dando la razón.

—¿Este viernes? ¿Por la tarde?

—Si quieres te llamo cuando concretemos la hora, pero sí, lo más probable es que sea por la tarde. Tengo tu número.

Pagué el arreglo y salí de allí como si me hubieran invitado a una fiesta, con la sensación de que algo extraordinario iba a suceder. Me parecía increíble pensar que podía tener un plan para un viernes por la tarde. Lo habitual era que lo dedicara a esperar a que Manu llamara para decir, una vez más, que le era imposible quedar conmigo porque una reunión se iba a alargar, tenía que acompañar a un cliente, o su jefe le había pasado un tema importante... Trabajo, siempre trabajo.

En el camino de vuelta a casa, siguiendo un recorrido calculado al detalle para no perder ni un segundo y atender algunos recados, iba repasando mentalmente las razones para convencer a mis hermanos de que debíamos encontrar la manera de repartirnos parte del peso de cuidar a mamá.

Qué injusto me parece ahora pensar en ella en esos términos. Porque no era un peso, no, ni una carga. Pero el caso es que, aunque lo hiciera con todo el amor del mundo y sintiendo que solo le devolvía una pequeña parte de lo mucho que ella me había dado a mí, también sentía que mis mejores años se estaban esfumando sin pena ni gloria. No quería una vida anodina, no quería sentir la dependencia de otra persona, no quería perderme viajes, experiencias, charlas con amigos, escapadas de fin de semana. Pero, sobre todo, no quería que todo ese esfuerzo, todo el amor que ponía en cuidarla, fuese invisible a los ojos de mis hermanos.

Hasta llegué a pensar que mamá no mejoraba solo por tenerme cerca. Se había acostumbrado a mi compañía, a una vida programada, a una rutina que ella necesitaba y yo aborrecía.

Sí, pensar en la posibilidad de tener los viernes por la tarde libres para hacer algo nuevo me resultaba muy estimulante y estaba convencida de que también redundaría en ella porque le ahorraría una tarde más pegada a la tele, la obligaría a salir de casa y a visitar a sus nietos. Porque, aunque siempre se quejaba de que eran muy ruidosos, no la veía sonreír más que en las pocas ocasiones que estaba con los críos. Ella misma opinaba que era más fácil ser abuela que madre. Pero quizá debido a la falta de costumbre perdía rápido la paciencia y no se imaginaba pasando con ellos más de un par de horas.

Llegué a casa y relevé a la vecina del tercero, agradeciéndole ese ratito de compañía. Saqué la chaqueta de su funda y antes de que pudiera abrir la boca ya estaba mi madre quitándose la bata para probársela.

—¡Impecable! Está perfecta —dijo repasándola por dentro—. El forro está cosido a mano y no se ve una puntada. Las manos que han hecho esto son de oro. ¿Salimos esta tarde para estrenarla?

¡No podía creer lo que estaba oyendo! La bauticé como «la chaqueta Prozac» y, aprovechando la emoción del momento, le conté lo de las clases, le hablé de lo bonito que era El Cuarto de Costura, de lo simpática y profesional que me pareció Julia y de que me apetecía probar. Al instante recordó los vestidos que me hacían de pequeña y de lo mucho que me quejaba en cada una de las pruebas, de lo perfeccionista que era mi tía y de cómo mi abuela me entretenía para que me quedara quieta.

—¡Qué buena idea! Yo disfrutaba mucho cosiendo y seguro que tú también. Podríamos ver si mi máquina de coser aún está en condiciones. Es vieja, pero si la limpiamos bien y la aceitamos quizá te sirva.

—Mamá, ni siquiera sabía que conservabas tu máquina de coser. Pensé que la habías regalado. Hace mil años que no la veo.

—Está en el cuarto de tus hermanos, la guardé hace mucho, cuando tu padre se largó.

Antes de que la charla fuese cuesta abajo —siempre ocurría lo mismo cuando se mencionaba la marcha de mi padre— y aprovechando que la idea le había encantado, sugerí que sería bueno que pasara algunos fines de semana con sus nietos. Si a ella le parecía bien, mis hermanos no podrían oponerse. Eso podría suponer un soplo de aire fresco y también más tiempo para estar con Manu, que tenía veinticuatro años y el cuerpo me pedía «cositas».

Entendía que él tenía una carrera por delante y que la multinacional en la que trabajaba le exigía un ritmo frenético si quería prosperar, pero lo cierto es que nos veíamos cada vez menos. Además, Manu tenía muy claro qué recorrido profesional debía seguir para alcanzar sus metas.

Cuando empezamos a salir él aún estaba estudiando, pero recuerdo cómo su ambición fue en aumento a medida que pasaba de curso y cómo sus prioridades cambiaron. Una vez que empezó en la consultora nuestros mundos se separaron aún más.

Éramos grandes amigos, de eso no había duda, nos conocíamos muy bien y cuando estábamos juntos todo era perfecto, pero cada vez nos veíamos menos y me pesaba. Conocía todas sus excusas para cancelar nuestros encuentros, todas sus promesas para compensarme, había pasado ya demasiadas tardes esperando que sonara el teléfono. Sentía que si yo no hacía algo por mantenerle a mi lado o si no aceptaba las cosas tal como eran, acabaría perdiéndole. Los dos habíamos tenido algunos rollos antes, pero nada serio. Era la primera vez que ambos sentíamos que podría funcionar de verdad y que tendríamos un futuro en común. O eso pensaba yo.

Echaba mucho de menos las noches por Santa Ana, las cañas en el Villa Rosa y acabar de madrugada bailando en el Stella hasta la hora de cierre. Por no hablar de lo mucho que añoraba el campus universitario y las charlas al salir de clase, tirada en el césped con mis amigas. Las echaba tanto de menos. Pero no se lo reprochaba, cómo iba a hacerlo. Era difícil contar conmigo para cualquier plan, yo empecé a estar muy atada a mi madre y supongo que ellas se cansaron de insistir. La necesidad de despegarme de ella era a ratos inaguantable y casi tan grande como la culpa que sentía inmediatamente después, cuando me decía a mí misma que solo cumplía con mi obligación y que no podía dejarla sola. Me acostumbré a ponerla por delante de todo y a aceptar que hacía lo correcto.

El viernes llegó sin que apenas me diera cuenta. Hacía una tarde preciosa y, aunque ya sabía lo que se tardaba en llegar, entre las ganas y la ilusión de empezar algo nuevo me planté en la calle Lagasca antes de lo previsto. Allí estaba yo, tras haber recibido la llamada de Julia, a las cuatro menos diez de la tarde entrando por la puerta de El Cuarto de Costura.

—Buenas tardes, me parece que llego demasiado pronto.

—Buenas tardes, Sara. Eres la primera. Entra y siéntate, enseguida llegarán las demás.

Julia me indicó el camino señalando más allá del mostrador de la entrada, detrás del biombo de celosía blanco, y desapareció por la puerta del fondo. Eso me dio unos minutos para fijarme bien en la sala. Al fondo había dos mesas más altas de lo normal con sendas lámparas sobre ellas, una fila de máquinas de coser con sus sillas a la derecha, y algo más allá, en un rincón, una tabla de planchar —pronto descubriría por qué las máquinas de coser y las planchas son las mejores amigas—. De la pared de la izquierda colgaba una pizarra y había una estantería de madera oscura con un montón de libros de costura y muchas revistas de moda. En el rincón, un maniquí con las patas de madera que aparentaba tener ya unos años y una máquina de coser muy vieja que me recordó mucho a la que usaba mi tía. En la pared, situado justo enfrente de mí, un armario bastante grande. Del techo de la sala colgaba una lámpara de araña que me pareció algo anticuada para un lugar así. Me senté en una de las seis sillas que rodeaban una mesa cuadrada situada justo debajo.

En ese momento, doña Amelia salió de lo que supuse que sería la trastienda con una pequeña pila de blocs de notas y varios bolígrafos que dejó sobre una de las mesas de corte.

—Buenas tardes, Sara, ¿verdad? Bienvenida, espero verte por aquí a menudo a partir de hoy.

Un par de minutos después entraba Catherine por la puerta; nunca olvidaré la paz y la bondad que transmitía.

—Buenas tardes, encantada de verla de nuevo por aquí, pase y tome asiento, enseguida empezamos. —La recibió doña Amelia desde el mostrador de entrada y la invitó a pasar.

Catherine me sonrió, saludando con un pequeño movimiento de la cabeza y se sentó a mi lado. Recuerdo pensar que, aunque no había visto esa cara antes, había algo en ella que me resultaba tremendamente familiar.

La puerta se abrió de nuevo y desde mi silla pude ver a Margarita, perfecta de pies a cabeza. Elegante pero sencilla, hablaba en un tono suave y pausado. Supuse que vendría a recoger algún encargo, porque lo último que se me podría pasar por la cabeza es que una mujer con esa pinta quisiera aprender a coser. Me equivocaba.

—Buenas tardes, doña Amelia, ¿empezaron ya? Temía retrasarme.

—Buenas tardes, Margarita, no, pase y tome asiento. Vamos a esperar unos minutos de cortesía —dijo mientras le indicaba con la mano que pasara a la sala.

—Hola, Margarita —saludó Julia cerrando la puerta de la trastienda—, aún queda una alumna por llegar, en un momento empezamos.

Justo entonces apareció Laura. Llevaba un bolso enorme —luego nos contaría que con dos hijos había que ir preparada para cualquier cosa—, vaqueros, una sudadera remangada hasta los codos y zapatos planos, el pelo recogido en una coleta y unas gafas de sol en la cabeza.

—Perdón, perdón. Quería llegar antes, pero Inés ha montado una de las suyas, no había forma de dejarla con su padre. Buenas tardes a todas —dijo mientras colgaba el bolso en el respaldo de la silla y se sentaba. De veras, lo siento.

—Tranquila, Laura, aún no hemos empezado, ponte cómoda y toma un poco de aire, parece que te hace falta —le sugirió amablemente Julia. Luego se situó delante de nosotras de espaldas a la pizarra.

—Mi socia, Amelia, y yo os damos la bienvenida a El

Cuarto de Costura. Os tuteo porque mi deseo es que seamos como una pequeña familia. Esta academia es un sueño hecho realidad donde espero transmitiros mi amor por la costura y contagiaros mi pasión. Coser nos conecta con nuestros recuerdos de la infancia y nos permite evadirnos. Podríamos decir, y hablo por experiencia propia, que es casi terapéutico. Quiero que os sintáis como en casa y que este lugar os inspire y os sirva para dar rienda suelta a vuestra creatividad.

En mitad de su discurso se abrió la puerta de la calle y asomó una cabeza.

—¿Alguien me puede sujetar la puerta?

Doña Amelia se dirigió a la puerta y la abrió para dejar paso a una chica joven y a su abuela que iba en silla de ruedas.

—Buenas tardes, ¿en qué podemos ayudarlas?

—Pues verá, estaba paseando a mi abuela, le ha llamado la atención el local y se ha empeñado en entrar. Parece que no le basta con mirar desde fuera.

—Ay, hija, cómo eres, seguro que a esta señora no le molesta que echemos un vistazo —comentó la anciana.

—En absoluto, pasen, por favor.

—Verá —la mujer se dirigió a doña Amelia cogiéndola del brazo y obligándola a inclinarse para escuchar—, en mis tiempos mozos fui jefa de taller y es ver una máquina de coser y es como si volviera a ser joven. ¡Mira,

Marta! Si tienen ahí una Negrita. Cuántas horas no habré yo pasado cosiendo en una igual a esa. ¡Qué recuerdos me trae esta sala! No había vuelto a estar en un lugar así desde..., ya ni me acuerdo.

Julia, que había reparado en aquella visita inesperada, interrumpió su charla y las invitó a acercarse.

—Muchas gracias, bonita, ¿estás dando clase?

—Bueno, aún no hemos empezado, pero lo haremos en breve.

La señora se volvió hacia Marta y le hizo un gesto con la mano para que se acercara.

—Tú que no sabes ni coser un botón, ¿por qué no te apuntas? Yo apenas veo ya para hacerte los arreglillos que me traes y algo de costura tendrás que aprender si quieres casarte algún día.

—Ay, abuela, de verdad, qué cosas tienes.

—¿Por qué no te sientas y te quedas a escuchar? —añadió Julia.

—Gracias —dijo sin poner mucho interés, intentando contentar a su abuela.

—¿Cose usted? —Julia se dirigió a la anciana.

—¡Uy, que si coso! Ya no me dan la vista ni las manos para coser, pero de joven llevaba un taller de costura con ocho mujeres a mi cargo y de allí salían maravillas. Estoy aquí y me estoy viendo con mi bata blanca y la cinta métrica al cuello paseándome de una mesa a otra, vigilando que todo se hiciera bien, que no quedara ningún hilván por quitar, ninguna pinza por planchar. Las chicas empezaban en el taller muy jóvenes, aunque luego abandonaban al casarse, una pena porque había mucho talento y sobre todo muchas ganas de trabajar. La juventud de ahora es muy distinta.

—¡Qué maravilla! Tendrá usted recuerdos preciosos de aquello, da gusto oírla. En fin, sigamos —zanjó Julia llamando nuestra atención con su mirada—. He cosido desde pequeña, casi todo lo que sé me lo enseñó mi madre. Luego tomé clases de corte y confección para sacarme el título. Después de años de oficio sé que lo más difícil de sentarse a coser es aguantarse las ganas de ver acabada la prenda incluso antes de cortarla. Por eso me he propuesto que estas clases sean muy prácticas para que, en solo unas semanas, seáis capaces de coser vuestro primer proyecto. Pronto aprenderéis que la costura no entiende de prisas, así que vamos a ir despacio y a aprender paso a paso. Sois un grupo bastante heterogéneo, pero estoy convencida de que podemos encajar muy bien y de que pasaremos muchas tardes cosiendo juntas. Lo que voy a hacer es enseñaros a trazar los patrones base con vuestras medidas y guiaros para que podáis transformarlos a vuestro antojo, hasta conseguir prendas diseñadas por vosotras mismas. Durante el proceso todas iremos aprendiendo las técnicas necesarias para realizarlas. Os daré muy poca teoría al comienzo, para no aburriros y que aprendáis sobre la marcha. Estoy segura de que os resultará divertido y en muy poco tiempo os veré estrenando vuestras creaciones.

Y así empezamos: Marta, que no había cosido un botón en su vida —su propia abuela se encargó de dejar bien claro que las labores y las tareas de casa no le interesaban lo más mínimo—; Margarita, que buscaba cómo entretenerse en Madrid; Laura, que huía de sus hijos para tener un rato libre, casi por prescripción médica; Catherine, que quería retomar la costura, y yo, que igual me hubiera apuntado a costura que a aeróbic con tal de salir un rato de casa.

Sí, formábamos un grupo heterogéneo como decía Julia, sin embargo, me dio la sensación de que aquello iba a ser divertido, y hasta podría acabar enganchándome. La sola idea me hizo sonreír.

—Las clases serán de dos horas, los lunes y los viernes, de cuatro a seis. Solo necesitaréis traer un pequeño costurero con lo más básico, os daré una lista. Como veis —dijo señalando las máquinas que le quedaban justo enfrente—, hay máquinas para todas, son nuevas y están deseando ponerse en marcha —añadió con una amplia sonrisa—. ¿Tenéis alguna pregunta, algo que comentar?

Nos miramos las unas a las otras y entonces habló Marta.

—Yo solo puedo los viernes, que es cuando salgo pronto de trabajar.

—¡Qué alegría me das! —Su abuela la tomó de la cara y le soltó un beso.

—Bueno —respondió Julia, pues a ti te veremos los viernes y te ayudaré para que puedas seguir el ritmo de tus compañeras, ¿te parece?

Marta asintió sin mucho entusiasmo.

—Yo vendría todos los días de la semana si pudiera —dijo Laura—, pero dudo que mi exmarido esté por la labor de quedarse con mis dos hijos. Lunes y viernes me viene de perlas. Me apunto, sin dudarlo.

—Sara, ¿contamos contigo?

—En principio, sí. Tengo que organizarme para poder venir las dos tardes, pero no será problema.

—¿Catherine?

—Sí, perfecto, lunes y viernes. Me va muy bien.

—Y tú, Margarita, ¿qué me dices?

—Que se me va a hacer muy largo esperar hasta el lunes —contestó soltando una carcajada a la que nos sumamos todas—. Yo no tengo problemas de horario y dos veces a la semana me parece muy bien. Tengo muchas ganas de verme ya entre hilos y telas. Cuenten conmigo.

Julia nos repartió las libretas y anotó en la pizarra la lista de las cosas que debíamos incluir en el costurero:

hilo de hilvanar

cinta métrica

jaboncillo

alfileres

agujas para coser a mano

dedal

tijeras de costura y tijeras para papel

abrecosturas

lápiz y goma de borrar

—Los hilos para coser a máquina, reglas y papel de patrones los tenemos aquí para uso común, por ahora no es necesario que compréis nada más —añadió.

Terminamos, recogimos nuestras cosas y nos despedimos.

—¡Qué ganas de empezar, Julia! —dijo Laura.

—Nos vemos el lunes entonces. Y a ti, Marta, te esperamos el viernes.

Estaba deseando llegar a casa y contárselo todo a mamá, pero aprovechando que estaba en la calle, me pasé por la mercería del centro. Seguro que allí encontraría todo lo que necesitaba.

Me encantaba aquel lugar, había estado varias veces

de pequeña con mi madre. Al atravesar el umbral de la tienda tenías la sensación de entrar en un mundo caótico, lleno de color, pero si te fijabas, todo seguía un orden; los dependientes sabían exactamente dónde encontrar cada cosa. Recuerdo que los muestrarios de botones me parecían infinitos y que, mientras mamá compraba lo que necesitaba, yo, de puntillas, asomaba por encima del mostrador intentando adivinar para qué servía esto o aquello.

Había dos largos mostradores de madera con un sobre de cristal a modo de expositor. Siempre estaba lleno de gente, mujeres en su mayoría. Muchas llevaban en la mano un trocito de tela buscando un hilo a tono o incluso una prenda sin terminar a falta de unos botones o alguna cinta decorativa. Lo más llamativo sin duda alguna era el mueble de los hilos; costaba imaginar que hubiese más colores en el mundo que los que allí se mostraban. También los parches. Entonces todos los niños los llevábamos en las rodillas y en los codos para tapar los rotos o el desgaste que solían sufrir las prendas en esos puntos.

Me gustó comprobar que aquella mercería no había cambiado lo más mínimo. Estaba tal como la recordaba, abarrotada de clientes y llena de todo tipo de materiales de costura, bordado y otras labores. Esperé mi turno paciente, observando todo lo que me rodeaba mientras repasaba la lista. Estaba segura de que algunas de las cosas las tendríamos en casa, pero se me antojó comprar todo el material nuevo.

Salí de allí como la que acaba de hacer la compra de su vida, feliz de que no me faltara nada de lo que necesitaba. Pero lo que más me ilusionó con diferencia fue encontrar un costurero idéntico al de mi tía. Era rectangular, de madera, con unas asas en el centro que se abrían tirando hacia fuera y te dejaba ver dos cajoncitos a cada lado y un compartimento amplio debajo donde cabía todo mi botín.

Cuando era pequeña me encantaba abrir y cerrar aquel costurero, me parecía casi mágico ver cómo esos cajoncitos se deslizaban a los lados y, una vez abierto, dejaba ver todo lo que se escondía en su interior: una cajita de botones, presillas, un tubo de tapa azul lleno de agujas plateadas con el ojo dorado, un acerico que se solía colocar en la muñeca, varios dedales, cintas, tijeras de distintos tamaños, jaboncillo... Como no le cabía todo lo que tenía, al lado dejaba una lata de galletas donde guardaba los hilos. Era muy antigua, estaba oxidada en algunos puntos y no quedaba ni rastro del dulce olor a mantequilla que en algún momento debió de desprender.

Recordar aquello y tener en mis manos un costurero similar me conectó con aquella etapa de mi vida, con sensaciones que no había rememorado desde hacía mucho y me llenó de ilusión. Empezaba a darle la razón a Julia, aún no había empezado a coser y ya desfilaban libremente por mi cabeza recuerdos muy tiernos de mi infancia: las horas que pasaba en compañía de mi tía y de mi abuela y las canciones que les escuchaba canturrear en aquellas tardes.

No tardé en convencerme de que iba a disfrutar mucho de esas tardes de costura.

9

La noche anterior preparé la ropa como si fuera mi primer día de instituto. Estaba tan nerviosa que sentí en la tripa el mismo hormigueo que de pequeña, cuando mi padre empujaba con fuerza el columpio del parque y parecía que en cualquier momento iba a darse la vuelta.

En primavera Madrid es un espectáculo. Una preciosa luz me acompañó desde casa hasta El Cuarto de Costura aquel lunes. Atravesé las calles del barrio hasta llegar al paseo de Recoletos donde los brotes verdes y brillantes de los árboles competían con las flores de temporada recién plantadas de los jardines. Crucé a la altura del palacio de Linares, que seguía en obras. Me fascinaba ese edificio y todas las historias de fantasmas que contaban sobre él. Seguí caminando calle arriba disfrutando de un sol suave y amable que me hizo suponer que mis tupidas medias negras tenían los días contados. Al llegar a la altura de la imponente puerta de Alcalá, también rodeada de flores, desvié la vista a la derecha para contemplar el verdor del Retiro y, en la esquina de la iglesia de San Manuel y San Benito, giré a la izquierda. Con el costurero, una libreta y un bolígrafo me planté en la puerta de la academia casi sin darme cuenta. Me quedé un rato observando el escaparate para hacer tiempo. No había reparado antes en él. Una cortinilla de un ligero visillo blanco con una tira bordada en el bajo lo separaba del resto de la sala. En él se exhibían unas viejas tijeras de sastre, reglas de madera —que luego supe que pertenecieron a la madre de Julia— y otros útiles de costura que entonces no sabía nombrar, un cesto con algunos rollos de tela y una pequeña silla de enea con un almohadón blanco decorado con una puntilla.

Doña Amelia me vio a través del cristal y me hizo un gesto con la cabeza invitándome a pasar.

—Buenas tardes, Sara. Llegas la primera.

—Buenas tardes. Se me notan mucho las ganas de empezar, no puedo negarlo.

—Eso está bien, me alegro mucho —dijo sonriendo—, pasa.

—Hola, Sara —me saludó Julia desde el fondo—. Pasa, pasa. ¿Te apetece un café, mientras llegan las demás? Deja tus cosas en la mesa y acércate.

Me fijé en la pizarra y vi que había dibujadas varias

prendas sencillas, en apariencia, y supuse que formaban parte del plan que Julia nos había propuesto el viernes pasado.

Pasé a la trastienda donde Julia me esperaba con la jarra de la Melita en la mano.

—¿Solo o con leche?

—Con un poquito de leche, gracias.

—Bueno, qué, ¿vienes con ganas?

—Muchas, más de las que te puedas imaginar. Para mí salir de casa ya es una fiesta, así que estar aquí para aprender a coser, ni te cuento. Vivo con mi madre y cuidar de ella requiere toda mi atención. No te imaginas lo que supone poder escaparme un par de tardes, me viene de perlas.

—Qué afortunada eres, yo apenas tuve ocasión de cuidar de la mía, me dejó demasiado pronto.

—Vaya, cuánto lo siento.

—Tranquila, fue hace mucho, pero la sigo echando de menos cada día. Hubiera disfrutado como una niña viéndome aquí dando clase. En fin. Bueno, dime, ¿qué te ha traído a la academia? Porque si es solo por distraerte hay un montón de cosas interesantes que hacer por ahí.

—Pues, no sé. Creo que cuando vine a recoger el arreglo de la chaqueta de mi madre y vi lo bonito que era este sitio, me vinieron a la cabeza los recuerdos que guardo de mi tía y de mi abuela, aquellas tardes en las que las veía cosiendo y las historias que me contaban. Tuve la sensación de que podría recuperar los momentos que pasé en aquella casa, de revivir antiguas sensaciones. Suena un poco absurdo, lo sé, pero fue lo que sentí y creo que fue precisamente eso lo que me animó a volver por aquí.

—No tiene nada de absurdo, de hecho, creo que muchas mujeres guardamos en nuestra memoria algún recuerdo similar. Ten en cuenta que, no hace tanto, toda la ropa se cosía en casa. Si buscas en tus recuerdos siempre encontrarás a una mujer con una aguja en la mano. Mi madre, en mi caso.

—Sí, tienes razón, pero en el mío también hay un hombre. En mi bloque, en el primer piso vivía un sastre que le hacía los trajes de chaqueta a mi abuelo, y desde casa se oían las máquinas de coser de su taller. ¿Te importa que te haga una pregunta?

—Para nada, dime.

—Doña Amelia y tú, ¿sois parientes?

—¡Uy! Esa es una historia muy larga. Lo cierto es que no llevamos la misma sangre, pero somos casi familia. Mi madre cosía para ella desde muy joven. Cuando enfermó, siguió cosiendo durante un tiempo, pero para entonces yo ya me ocupaba de algunas de sus costuras. Podría decirse que, al morir mamá, Amelia me adoptó. Me conocía desde niña y siempre fue muy cariñosa conmigo. Desde entonces ha sido como una madre para mí, y me consta que ella también me considera casi una hija.

—Pero ¿no tiene hijos?

—Tiene un hijo, pero esa sí que es una historia larga y no me corresponde a mí contarla.

—¡Ay! Lo siento, disculpa, no he querido entrometerme, es pura curiosidad. —Me sentí fatal, no siempre calculaba bien hasta dónde podía una preguntar ciertas cosas—. A veces soy demasiado espontánea, será mi vena de periodista.

—Nada, nada, mujer, no te preocupes. Así que eres periodista...

—¡Ojalá! Empecé la carrera al acabar COU, pero tuve que dejarla enseguida para cuidar de mamá. Me da pena no haber seguido estudiando. Quién sabe, quizá algún día vuelva a la facultad.

Apenas nos acabamos el café se oyó la puerta. Catherine y Margarita acababan de llegar y entraban juntas, una detrás de otra, e inmediatamente después, Laura, satisfecha por haber conseguido dejar a los niños con su exmarido y que todo hubiera cuadrado a la perfección aquella tarde. Doña Amelia las recibió con su sonrisa de rojo carmín y las invitó a pasar.

—Hola a todas y bienvenidas. ¿Listas para empezar? —preguntó Julia, saliendo de la trastienda—. Veo que todas habéis traído vuestros costureros. ¡Qué bien! Sentaos alrededor de la mesa en el orden que queráis. Hoy seréis solo cuatro. Como ya sabéis, Marta se unirá a nosotras solo los viernes por la tarde.

Julia les dio un momento para quitarse las chaquetas, dejar los bolsos y ocupar una silla. Todas se mostraban tan entusiasmadas como yo y en un minuto ya estábamos sentadas y listas para empezar libreta en mano.

—¿Qué os parece si antes de nada nos presentamos? —Miró a Catherine, que era a quien tenía más cerca—. ¿Empezamos por ti?

—Mi nombre es Catherine y soy inglesa. Bueno, llevo muchos años en España. Cuando era más joven cosía mi ropa, pero luego al nacer mis hijos ya no tenía tiempo para la costura. Ahora sí tengo mucho tiempo libre y espero tener nietos muy pronto y coser algunas cosas para ellos. Me alegro mucho de haber encontrado este sitio, estoy contenta por empezar.

Julia me miró e hizo un gesto con la mano invitándome a hablar.

—Yo soy Sara, no he cogido una aguja en la vida, pero tengo muchas ganas de aprender a coser. Llegué a la academia por casualidad cuando traje una chaqueta de mi madre para que le arreglaran las mangas. Por cierto —miré a Julia—, mamá dijo que las manos que habían ajustado aquellas mangas eran de oro. Ella sí sabe un poco de costura, pero guardó su máquina hace muchos años y nunca me enseñó a usarla, aunque tampoco es que yo mostrara mucho interés. El caso es que me gustó mucho el sitio y necesitaba hacer algo para distraerme algunas tardes, así que aquí estoy. Espero que no se me dé mal del todo.

Margarita tomó la palabra.

—Buenas tardes a todas. Yo también buscaba algunas clases para distraerme y sobre todo para conocer gente en Madrid. Destinaron aquí a mi marido hace unos meses y tuvimos que trasladarnos desde México. Allí colaboraba con una cooperativa de mujeres que hacían lo posible por mantener viva la tradición de los bordados de mi país y no quiero perder la costumbre de andar entre hilos y dedales. Me llamo Margarita y tengo dos hijos, como tú —se dirigió a Laura—, ¿no?

—Sí, dos peques que son los que me dan las fuerzas para levantarme cada mañana. Ahora mismo estoy de baja y mi médico me ha recomendado buscar una afición, aprender algo nuevo que me motive y me ilusione. Una amiga me enseñó algo de costura hace un par de años. Aprendí lo más básico y descubrí que aquello me gustaba y me ayudaba a sobrellevar los meses de reposo forzoso de mi segundo embarazo. Estoy deseando empezar. ¡Ah! Me llamo Laura y soy de un pueblecito de Segovia, pero llevo aquí ya algunos años.

—Catherine, Sara, Margarita y Laura. —Julia nos nombró como si pasara lista—. Gracias a todas. Hechas las presentaciones, comenzamos. Recordaréis que el viernes os conté el plan de clases que vamos a seguir. En la pizarra he esbozado algunas prendas que os propongo coser. Son diseños muy sencillos que, en cuanto tengáis algo de práctica, podréis transformar añadiendo elementos como volantes, godets, mangas... Para conseguir hacer estas prendas, os enseñaré a tomar vuestras propias medidas y a sacar lo que llamamos patrones base, a partir de los cuales podréis coser casi cualquier cosa. Así que no os engañé, teoría habrá, será poca, pero tenemos que sentar bien las bases para avanzar sobre seguro.

En la pizarra había dibujados un vestido largo de tirantes, una blusa con cuello a la caja y manga corta con vuelo, una falda recta... Me costaba creer que pudiéramos aprender a coser toda esa ropa en solo unos meses como nos había contado Julia. Quizá tenía una idea equivocada de la costura, al fin y al cabo, solo había visto coser a mi tía y a mi abuela. ¿Serían ellas unas perfeccionistas y por eso todo se me antojaba mucho más complicado de lo que era? Es verdad que la ropa que me hacían parecía comprada en una tienda, pero tenía que soportar mil pruebas antes de poder estrenar nada. De pequeña todo aquello me sonaba a rollo. Sin embargo, ahora estaba deseando conocer paso a paso todo el proceso por el que una pieza de tela podía adquirir volumen y convertirse en una prenda.

Julia nos pidió que sacáramos papel y boli y acercó el viejo maniquí hasta situarlo delante de la pizarra.

—Os presento a Manoli, así llamaba mi madre a este viejo busto que utilizaremos de modelo. Me voy a servir de ella para contaros cómo tomar las medidas que nos permitirán trazar los patrones básicos de los que os hablaba.

Empezó a explicarnos las principales medidas que íbamos a necesitar para confeccionar esas prendas en concreto. Primero las horizontales: contorno de pecho, contorno de cintura, contorno de cadera; luego las verticales: caída de hombro, talle... Todo aquello me sonaba a chino, pero era tal el entusiasmo con el que Julia explicaba cada detalle y el empeño que ponía en que todas entendiéramos cada paso que daba gusto atender.

—Necesito una voluntaria para explicar cómo tomar el largo de brazo.

—Yo misma —dijo Laura.

—Ven, ponte aquí y flexiona el codo.

Sin dejar de prestar atención fui observando a aquellas mujeres con las que compartía la clase e imaginando cómo eran. A simple vista se veía que no podíamos ser más distintas ni tener vidas más dispares.

La que menos me encajaba allí era Margarita. Se la veía con esa postura tan correcta, esa ropa tan elegante, tan bien arreglada y peinada. Supuse que estaría casada con algún directivo de una gran compañía multinacional, que tendría servicio en casa —esas manos y esa manicura no parecían resultado de haber fregado mucho en su vida— y que viviría entre lujos, probablemente en ese mismo barrio. Llevaba un reloj de los caros y dos pulseras de oro en la muñeca izquierda, una alianza y otro par de anillos más con piedras que no reconocí —aunque una creo que era un brillante—, y una cadena muy fina con una cruz. Su apariencia era muy resultona, la ropa y el maquillaje suplían lo que le faltaba para ser guapa. A pesar de tanto adorno, no era distante, más bien se mostraba relajada y parecía cómoda en el trato con las demás. Seguramente tenía quien se ocupase de sus hijos, por lo que no tendría problemas para asistir a las clases. Aquella historia sobre la cooperativa de mujeres me llamó la atención. Aunque el fin fuese conservar una tradición de su país, me sonó al típico gesto altruista de señora rica que busca hacer algo por los demás y de paso llenar su tiempo libre. Había dicho que era de México, pero no le noté un acento muy marcado.

Laura era todo lo contrario. No me aventuré a adivinar en qué trabajaba, pero debía de tener algún puesto muy estresante y una vida nada fácil al ser divorciada y con dos hijos pequeños en una ciudad como Madrid. Se la veía puro nervio, como si tuviera mil cosas en la cabeza y dependiera de ella que todas pudieran seguir su curso. Era morena, alta y delgada. Me sorprendieron sus manos: tenía unos dedos largos y finos y las uñas muy cortas. Llevaba el pelo recogido en una coleta alta y la cara como recién lavada, ni un poquito de colorete que le animara. Tenía un gesto de cansancio que diría que no respondía solo a un trabajo exigente, sino a un ritmo de vida complicado, sus ojeras eran prueba de ello. Vestía unos vaqueros de talle alto, una camiseta blanca y una rebeca de canalé en pico con unos botoncitos pequeños, y en los pies unas manoletinas con las que —supuse— poder correr de un lado a otro. De su silla colgaba una americana ligera y un bolso grande tipo bandolera, el mismo que llevaba la primera vez que la vi en la academia días atrás. Tomaba nota de todo lo que Julia iba contando, se la veía muy atenta, de un modo casi obsesivo, como si le fuera la vida en ello. Me fijé en su libreta y era imposible entender nada de lo que había escrito. Me preguntaba qué fue lo que le hizo cambiar la tranquilidad de un pueblo por una ciudad como esta. Quizá aquello se le quedó pequeño, quizá necesitaba un cambio de rumbo, más aventura, ¿nuevas experiencias? Al verla dudé de si habría conseguido lo que se proponía al mudarse. Se la veía algo desamparada, falta de abrigo.

Catherine me inspiraba mucha ternura. Tenía una de esas caras que sonreían sin curvar apenas los labios, ojos verdes, un montón de pecas, pelo cano y rizado. Vestía una camiseta de colores muy vivos y alegres, llevaba sandalias y un bolso de tela. Me preguntaba qué la había traído hasta España, si habría venido de niña con su familia, quizá por cuestiones laborales de su padre, como *au-pair*... No sabía cuánto tiempo llevaría aquí, pero aún se podía adivinar por su modo de hablar que era extranjera. Ella también llevaba una cadena de oro con una cruz y dos alianzas de oro en la mano derecha, una en el dedo índice y otra en el dedo corazón. Aquello me resultó curioso.

Formábamos, sin duda, un grupo muy singular, aunque, como nos avanzó Julia, estaba segura de que iba a ser muy divertido conocernos y compartir esas tardes en la academia.

Las dos horas se pasaron volando y antes de darme cuenta la clase había terminado.

—Y hasta aquí la clase de hoy, espero que la hayáis disfrutado tanto como yo y que no os hayáis hecho un lío con todo lo que os he contado. Recordad que vamos a ir paso a paso. Veréis como es más sencillo de lo que os pueda parecer ahora. El próximo día, aprovechando que estaremos todas, nos tomaremos las medidas unas a otras, hablaremos de telas y, si nos da tiempo, veremos cómo funciona la máquina de coser. Si os apetece podéis dejar vuestros costureros en el armario del fondo para no tener que venir cargadas con ellos cada día. ¿Tenéis alguna pregunta?

Nos miramos unas a otras, sin pronunciar palabra.

—Desde luego, sois un encanto, tan aplicadas y atentas. ¿Nos vemos el viernes?

Julia nos acompañó hasta la puerta. Catherine se quedó un rato charlando con doña Amelia en el mostrador de recepción, Laura y yo tomamos la misma dirección y Margarita se subió a un coche muy elegante que la esperaba en la calle.

Al despedir a Catherine, doña Amelia entró en la sala y encontró a Julia sentada en una silla con los codos apoyados en la mesa y la cabeza entre las manos. Emitía un ruido que no supo identificar, un llanto o quizá una risa nerviosa.

—Julia —dijo, tocándole el hombro—, ¿estás bien?

—¿Bien? Estoy más que bien. Estaba muy nerviosa, pero una vez que he empezado a hablar y he visto lo atentas y participativas que estaban todas, me he sentido como pez en el agua. No he perdido el hilo en ningún momento y todo ha ido mucho mejor de lo que pensaba. Me da la sensación de que se han ido muy contentas, ¿no crees? Ay, Amelia, esto es un sueño, cómo me gusta dar clase. Si me viera mi madre.

—Me habías asustado, pensé que estabas llorando.

—Pues casi, entre riendo y llorando, pero de felicidad.

—Yo también he estado atenta y creo que lo has hecho muy bien. Todas parecían muy interesadas en lo que contabas y no he visto que se despistaran en ningún momento.

—Sí, se las veía relajadas. Contentas. Y qué majas todas, ¿verdad? Qué porte tiene Margarita, qué elegante es. Y Catherine, encantadora. Bueno, y Laura y Sara, todas ellas —exclamó Julia con la mejor de sus sonrisas. Estaba en una nube.

—Oye, ¿no crees que podríamos poner un perchero en aquella esquina? Sería más cómodo que colgar el bolso y la chaqueta de la silla como han hecho hoy. Tengo uno de pie en casa, mañana me lo traigo. Podemos ponerlo en una esquina.

—Buena idea, así estarán más cómodas.

—El grupo es muy curioso, no imaginé que esto de coser atraería a mujeres tan diferentes.

—Estoy convencida de que a medida que avancen las clases lo vamos a pasar muy bien juntas.

—Contigo de profesora no me cabe ninguna duda. Ya te lo decía tu madre, ¿no? Julia, has nacido para esto.

Volví a casa feliz y pensativa, recordando las palabras de Julia. Lo que yo consideraba una carga, para Julia hubiera sido una suerte. Agradecí su comentario porque me ofreció otra perspectiva sobre mi vida. Nunca lo había visto así, supongo que desde la piel de alguien que había perdido a su madre tan joven poder cuidar de ella, a pesar de los inconvenientes, era una suerte. Acabábamos de empezar y ya había aprendido una importante lección. Estaba impaciente por volver el lunes siguiente y descubrir qué otras sorpresas me reservaba El Cuarto de Costura.

10

Al llegar a casa encontré a mamá haciendo el cambio de armario. Tenía sobre la cama de su habitación un montón de ropa y, en el suelo, varias cajas de zapatos, algunas muy viejas. Acumulaba muchas prendas que cada temporada volvía a lavar, a planchar y a colgar en el armario, algo que siempre juzgué absurdo. Tenía la sensación de que la anclaban a momentos felices de su vida y por eso las conservaba, al fin y al cabo, la ropa está presente en cada recuerdo igual que la música o los olores.

Tenía un especial aprecio por un abrigo que le regaló mi padre al poco de casarse. Era un abrigo de lana color azul royal forrado de tafetán de seda que llegaba hasta las rodillas, con cuello chimenea y tres botones grandes de pasta vítrea, de manga francesa y bolsillos de plastrón. Decía que ya no había paño de lana como aquel y que tenía un corte impecable —algo que yo por entonces no sabía apreciar—. Supongo que estaba más apegada al recuerdo de aquellos días que al abrigo en sí y por eso no se desprendía de él.

—¿Qué tal ha ido tu primera clase?

—Ay, mamá, superbién, me ha encantado. La profesora es un amor, he llegado pronto y me ha invitado a un café y hemos estado charlando un rato antes de empezar, ha sido muy agradable. Las demás alumnas parecen todas también muy majas y el sitio es tan bonito. Tienes que venir algún día a verlo. ¿Cómo lo has pasado con Paqui?

—Bien, bien, acaba de irse. Me ha estado ayudando a sacar toda esta ropa de entretiempo y ahora me queda organizarla para tenerlo todo a mano. Creo que ya no nos quedan días de frío. Me alegro de que te haya ido tan bien, no estaba yo muy convencida de que te fuera la costura.

—A ver, aún no he empezado como quien dice, pero el ambiente es muy bueno y el plan que nos ha propuesto Julia me parece muy interesante, nos vamos a poner a coser mucho más rápido de lo que yo pensaba.

—Por cierto, ha llamado tu hermano.

—¿Gabriel?

—¿Quién si no? A Luis, como no le llame yo, no hay forma de saber de él.

—¿Qué tal los niños?

—Bien, aunque anda muy liado con el trabajo, como

de costumbre. Este hijo mío... Me ha pedido que le llames cuando puedas.

—Vale, ahora lo llamo. Oye, mamá, aquí hay mucha ropa que ya no te pones desde hace un montón de tiempo, ¿no quieres que la llevemos a la parroquia?

—Lo estaba pensando, no tiene mucho sentido andar sacándola y guardándola cada temporada, me da mucho trabajo y total, ¿para qué?

—A lo mejor hay cosas que haciéndoles algún arreglo te las podrías volver a poner.

—Paqui me estaba comentando que el marido de su amiga Elvira era militar y que ella utilizaba las chaquetas de sus uniformes para hacerle americanas a los niños. Las despiezaba, les quitaba el forro y usaba el revés de la tela que estaba sin gastar. ¿Te imaginas despiezar una chaqueta militar? Menudo trabajo. Qué manos debía de tener esa señora.

—Eran otros tiempos. Supongo que en época de escasez había que aprovecharlo todo al máximo. Ahora también está de moda transformar prendas. Si quieres le puedo preguntar a Julia si hacen este tipo de arreglos en la academia. O, mejor, cuando yo aprenda a coser nos ponemos las dos y le damos otro aire a ese abrigo que tanto te gusta, ¿te parece?

—Bueno, ya veremos.

La dejé en su habitación y me dirigí al salón para llamar a mi hermano. Me extrañó su llamada, hablaba con mamá a menudo, pero nunca llamaba desde el trabajo y por la hora aún no estaría en casa.

—Hola, Olga, soy Sara, ¿qué tal?

—Hola, Sara. Pues como siempre, guerreando con tus sobrinos —contestó mi cuñada—. Los dos resfriados, supongo que por el cambio de tiempo. Lo normal para esta época del año. ¿Qué tal tu madre? Hace ya unas semanas que no nos vemos, a ver cuándo le llevo a los niños un rato.

—Bien, ya sabes, como siempre, tiene sus días, pero creo que la primavera le está levantando un poquito el ánimo. Le encantará ver a los niños, así que cuando quieras.

—Te paso con tu hermano que lo tengo aquí al lado, ¿vale? A ver si quedamos pronto, organizamos una comida o algo, ¿vale?

—Claro. Gracias, Olga.

—Gabi, es tu hermana —la oí decir en voz baja, mientras le pasaba el teléfono

—Hola, Sara. —Su voz me pareció más apagada que de costumbre—. ¿Estás sola en el salón?

—Hola, Gabriel. Sí, estoy sola.

—Bien, cierra la puerta que necesito hablar contigo sin que mamá nos oiga. Siéntate, es importante.

Cerré la puerta corredera sin hacer ruido —mamá seguía liada con el cambio de armario en su cuarto— y me senté en el sillón que había al lado de la mesita del teléfono. Algo me decía que aquella conversación no iba a traer nada bueno. Mi hermano y yo teníamos una buena relación, menos estrecha desde que se casó y empecé a salir con Manu, pero aún nos contábamos nuestras cosas las pocas veces que nos veíamos. Él adoptó el papel de cabeza de familia cuando papá se marchó de casa. Siempre estaba muy pendiente de nosotras y se ocupaba de que no nos faltara de nada.

—Hoy me ha llamado papá.

—Uy, papá, ¡qué detalle! Aquí hace años que no llama. Él verá.

—Sara, es complicado contarte esto, pero creo que debes saberlo. Me ha llamado a mí como hermano mayor y me ha encargado que os lo haga saber a los demás. Dar este tipo de noticias no es agradable, pero es lo que hay.

Empecé a ponerme nerviosa, mi intuición era cierta y me estaba preparando para algo que no me iba a gustar oír. Hacía mucho que había dejado de pensar en mi padre como parte de mi vida. Supongo que en un intento por superar el sentimiento de abandono que creció en mí a lo largo de los años. Mamá nunca le perdonó y yo le culpé de su estado de tristeza permanente, de su falta de ganas de vivir. Mis sentimientos hacia él eran muy confusos, y ahora parecía estar de vuelta.

—Me estás asustando, dime, ¿qué pasa?

—Papá está enfermo, Sara. Es cáncer.

Se hizo un silencio que me pareció eterno en el que empecé a escuchar cómo los latidos de mi corazón subían de ritmo, sujeté fuerte el auricular con la mano izquierda para que no se cayera al suelo y miré instintivamente a la puerta para cerciorarme, mirando a través de los cuarterones de cristal biselado, de que mamá no se acercaba al salón.

—Pero ¿cómo es posible? ¿Seguro que es cáncer? Y cáncer ¿de qué? ¿Le pueden operar? ¿Hay tratamiento? Gabriel, por Dios, habla, dime qué más te ha dicho.

—Está confirmado, Sara, cáncer de pulmón, y no pinta bien. No espera nada de nosotros, solo quería que lo supiéramos. La verdad es que llevaba sin llamarme un tiempo y yo intuía que algo pasaba.

—¿Cómo que lleva sin llamarte un tiempo? ¿Habláis con frecuencia?

—Sí, nos llamamos de vez en cuando, me pregunta por todos vosotros, se interesa por mamá, por los niños. Sigue siendo nuestro padre, Sara.

—Nuestro padre nos abandonó, Gabriel, ¿no te acuerdas? Se marchó de la noche a la mañana. Mamá no es la misma desde que se fue. Luis y tú habéis seguido con vuestra vida, pero yo estoy a su lado cada día, ella sigue sufriendo. Yo sé lo que ha pasado y lo que le cuesta seguir viva. ¿Qué hacemos ahora? ¿Nos hacemos los locos? ¿Aquí no ha pasado nada y pobre papá? No pienso decirle nada a mamá, al menos por ahora. Y si no espera nada ¿para qué te lo cuenta? ¿Qué quiere?

—Sara, cálmate, yo creo que ha hecho bien en decírmelo. Vamos a dejar que pasen unos días, hasta que nos hagamos a la idea, y se lo contaremos a mamá a su debido tiempo. Lo está pasando muy mal, imagínate, tiene un crío de nueve años. Es nuestro hermano, Sara.

—Mira, Gabriel, no vayas por ahí, no tengo más hermanos que tú y Luis, así que no intentes ablandarme con historias que nada tienen que ver conmigo. Que es mi padre, claro que lo es; que nos abandonó, también. ¿Ya no te acuerdas de todas las veces que nos prometió que nos veríamos a menudo y que pasaríamos los veranos con él? ¿De verdad no te acuerdas? Porque yo era una niña y me lo creí. Tuve que aprender a vivir sin él, con una madre que le culpa cada día de todos sus males. Te lo repito, vosotros dos habéis seguido con vuestras vidas, pero yo no, Gabriel; fui yo quien dejó la facultad para cuidarla. ¿Tú crees que con veinticuatro años no tengo ganas de salir, de estudiar, de viajar, de labrarme un futuro profesional? Yo no tengo una vida, yo sobrevivo como puedo. Ahora mismo lo único que tengo es un novio y estoy deseando casarme con él para empezar a vivir. Sí, a vivir, porque hasta ahora no he hecho más que escuchar promesas y cuidar de mamá, y no ha sido fácil, ¿sabes?

Sentía que me iba a estallar la cabeza, no podía pensar. Me despedí de Gabriel, la conversación ya no llevaba a ningún lado y ya tenía suficiente. Justo lo que me faltaba. Mamá estaba levantando cabeza y ahora esto. ¿Cómo se lo iba a contar? No quería abrir viejas heridas; mamá nunca le perdonó. Un divorcio, abandonada con tres hijos, con otra mujer de por medio, no podía haber nada peor que eso. Notaba las miradas de sus vecinos cuando se cruzaba con alguien en la escalera, era la comidilla del barrio. Entonces había mucha manga ancha para los hombres y las mujeres vivían resignadas, eso era el pan de cada día; pero un divorcio, eso era una vergüenza. Aquello la marcó, nos marcó a ambas, por más que pasaran los años. En el instituto mis compañeros me señalaban, a los profesores les daba pena y las vecinas evitaban cruzarse conmigo, incluso alguna amiga dejó de invitarme a su casa por culpa de sus padres. Casi hubiese preferido quedarme huérfana en aquel momento, total, seguro que hubiera sido más fácil con un padre muerto, pero abandonada, eso es más complicado.

Me sequé las lágrimas y salí del salón, mamá seguía a lo suyo. Le hablé desde el pasillo.

—Estoy en la ducha, ahora salgo y preparo algo para cenar, ¿vale, mamá?

—Vale. Yo lo voy a dejar por hoy, mañana sigo, la espalda me está matando.

Necesitaba unos minutos a solas, tenía que recomponerme, ordenar mis sentimientos y pensar qué iba a hacer con mamá. Lo que tenía claro es que no iba a ser yo la que le diera la noticia. Quería que Gabriel admitiera delante de ella que había seguido en contacto con mi padre todos estos años. Mi mayor temor era que ella sufriera una recaída y que lo poco que había avanzado últimamente se esfumara de un plumazo. Tenía que evitarlo a toda costa.

A medida que fueron pasando los días empecé a reconocer en mí un sentimiento de compasión que no acababa de entender y que me resultaba muy difícil de digerir. Me costaba olvidar el dolor que me había causado la partida de mi padre, tantos años atrás. Una sensación de abandono se instaló en mí de niña y me había acompañado desde entonces. Quizá había llegado el momento de desprenderme de ella e intentar comprender o, al menos, considerar que tampoco fue fácil para él tomar la decisión de marcharse. Puede que se dieran unas circunstancias que yo desconocía y que me faltaran detalles para entender lo que pasó de verdad. ¿Cómo justificar todos los años de ausencia, las escasas llamadas de teléfono y las promesas incumplidas? Entonces comprendí que los lazos de sangre no se pueden romper, que negar a mi padre ahora era negar una parte de mí y que yo, al contrario que él, no iba a abandonarle. Todo era muy contradictorio, mis sentimientos eran cambiantes, sentía que alguien los había metido en una coctelera y los agitaba sin piedad. No conseguía quitarme el asunto de la cabeza y necesitaba aclararme. Solo tenía dos opciones y decidí que no iba a pagarle con la misma moneda, no iba a permitir que su comportamiento de entonces condicionara el mío ahora. Yo era mejor persona. Me agarraba a eso para enfrentarme a la situación. Deseé ver su enfermedad como la oportunidad de reconciliarme con él. Para ello necesitaba dejar de pensar que solo él era el culpable, y considerar la parte de responsabilidad que le correspondía a mamá. Culparle de todo a él no era justo. Estaba repitiendo lo que vivía con mi madre, sus mismos errores.

Una postura que ahora me parece de lo más infantil. Lo cierto es que siempre tuve las riendas de mi vida en mis manos, pero me hicieron creer lo contrario, que las decisiones las tomaron otros sin tener en cuenta cómo me afectarían a mí. Creía que no había nada que pudiera hacer, las cosas eran como eran y debía aceptarlo. Qué equivocada estaba.

Los tres hermanos quedamos el sábado por la mañana

a espaldas de mi madre para decidir qué hacíamos. Gabriel había vuelto a hablar con papá y las noticias no eran buenas, los médicos le daban muy pocas esperanzas de vida. Había decidido ir a verle. Yo no podía acompañarle sin levantar sospechas en casa —tampoco creía estar preparada—, y Luis lo tenía muy complicado para cogerse unos días libres en el trabajo. Quizá era mejor así, para papá tampoco sería fácil el reencuentro con sus hijos y menos en un momento tan difícil.

—Si os parece bien hablaremos con mamá cuando yo vuelva de Francia —sugirió Gabriel.

—Sí, claro, como tú veas —dijo Luis. Si pudieras esperar unas semanas te podría acompañar, pero ahora mismo es imposible, tengo que avisar con antelación y dejar algunas cosas listas antes de poder irme.

—Puede que no tengamos mucho tiempo. En el trabajo me deben unos días de vacaciones, así que iré ahora —respondió Gabriel.

—A mí me aterra pensar cómo se lo tomará mamá. No quiero ni imaginar de lo que sería capaz si sufriera otra recaída. Que nuestro padre aparezca de nuevo en nuestras vidas con una noticia así es difícil de encajar.

—No nos pongamos en lo peor, vamos a ir paso a paso —nos tranquilizó Gabriel—. Le daré a papá recuerdos de vuestra parte y le haré llegar vuestros mejores deseos.

—¿Sabes si ha buscado una segunda opinión? Quizá

aquí en Madrid tenga alguna posibilidad y si no, en Navarra, no sé, lo que sea, algo se podrá hacer, ¿no?

—Luis, hablaré con él de todo esto cuando esté allí, veremos qué opciones hay. Déjalo en mis manos, os contaré hasta el último detalle. No vamos a dejarle solo.

—Sara, tú cuida de mamá tan bien como has hecho hasta ahora. Te tocará mantener el tipo hasta que podamos darle la noticia, sé que no será fácil. Confío en ti.

—Ya, bueno, no te preocupes por mí. Ahora lo importante es papá, conocer de primera mano cómo está. En cuanto llegues a Toulouse nos cuentas y si ves que hay algo que podamos hacer, nos avisas.

Los tres apuramos el café y nos despedimos con un abrazo. Hacía mucho que no nos abrazábamos. Con qué naturalidad damos por sentado que a una despedida siempre le sucederá otra; ignoramos que existe un final, la despedida definitiva, esa que es casi imposible de identificar y que siempre nos pilla por sorpresa. Vivimos temiendo lo peor y cuando llega algo así no estamos preparados para ello, no tiene ningún sentido.

Temía llegar a casa y que algún gesto me delatara. Por nada del mundo quería que mi madre sospechara que algo estaba pasando, así que me di un paseo antes de volver, para eliminar de mi cara cualquier rastro de angustia.

A la preocupación por mi padre se unía la tensión por aparentar que todo estaba bien. Tenía que lograr mantenerme serena hasta tener noticias de Gabriel.

Durante el paseo intentaba imaginar cómo sería mi padre ahora, no ya físicamente, sino cómo sería su relación con su hijo. ¿Le llevaría al parque los domingos como hacía con nosotros? ¿Empujaría su columpio con las mismas fuerzas que empujaba el mío? Seguro que su vida era muy distinta de la que dejó aquí años atrás. Me sorprendí otorgándole el derecho a perseguir su propia felicidad incluso a costa de la de los demás. Pensé que habría calibrado con precisión el daño que podía causarnos y aun así dio el paso. Después de haber digerido la noticia de su enfermedad, hasta me pareció un acto de valentía. A mi alrededor me sobraban los ejemplos de personas que vivían conforme a lo que se esperaba de ellos y no como su corazón les dictaba. Hacía falta mucho valor para dar un paso así, especialmente en aquella época. Pero ¿podía un nuevo amor justificarlo todo? Quizá él pensó que sí, que le merecía la pena romper con todo y vivir alejado de sus hijos y de la vida que había construido junto a mamá. Nunca hasta entonces me había parado a pensar que aquello también debió de ser difícil para él, de un modo distinto, claro. Empezar de nuevo tuvo que ser complicado dejando tanto atrás. Imaginé cómo tenía que querer a esa mujer y lo feliz que debía de hacerle para apostar por ella de esa manera. Por un momento dejé de juzgarlos a ambos, y eso me hizo sentir bien.

Tenía muchas ganas de comentarlo con Manu. Él no era de la familia, pero formaba parte de nuestras vidas desde hacía mucho y todos le apreciábamos. Estaba segura de que tendría las palabras que necesitaba oír para conseguir encajarlo y reunir las fuerzas para enfrentarme a esto.

11

Una tarde con Manu era justo lo que necesitaba después de una semana tan movida. Nuestros encuentros íntimos eran cada vez más escasos, nos costaba encontrar un hueco entre sus largas jornadas de trabajo y las pocas veces que mamá salía de casa. A veces le reprochaba la falta de entusiasmo por su parte, pero él lo achacaba al cansancio tras largas jornadas en la oficina o atendiendo a los compromisos en los que lo metía su jefe.

Tal como había prometido cuando quedamos, a las cuatro en punto sonaba el interfono. Abrí el portal y dejé la puerta de casa entreabierta.

—Hola, cariño, ¿deseando verme? —dijo entornando la puerta y cerrándola tras de sí.

—¡Pues claro! —le rodeé con los brazos mientras le besaba—. Últimamente andas desaparecido.

—Bueno, ya sabes —respondió mientras se quitaba la

chaqueta y la colocaba con cuidado sobre una silla—, el trabajo, reuniones que se alargan, cenas con clientes... Por ahora es lo que hay. En esta empresa se sube a base de echar horas. Ya lo hemos hablado mil veces, sabes cómo va esto. Oye, ¿me pondrías un cafelito?

—Claro, siéntate, que te lo traigo.

Quedaba algo de café en la cafetera que había hecho mamá esa mañana antes de que Luis la recogiera para llevarla a comer a su casa. No eran muchas las ocasiones en las que se veían. Con Olga se llevaba algo mejor, pero con Victoria, la mujer de Luis, no tenía mucha sintonía y eso propiciaba que mamá y él tuvieran menos relación. Mamá se ofrecía a menudo para quedarse con los niños, pero mi hermano, o mejor dicho, mi cuñada, no se fiaba mucho de ella. Una vez llegó a preguntarme si mi madre era lo suficientemente estable como para dejarle a solas con los niños unas horas. Ignoraba lo que Luis le había contado sobre ella, pero era una falta de tacto preguntar algo así. Claro que apenas se conocían. Victoria no era lo que se dice una persona muy familiar, con su marido y sus hijos tenía suficiente, nunca organizaba comidas ni le gustaba celebrar o al menos no con nosotros, lo cual me parecía absurdo. Ella era de Canarias y teniendo a su familia lejos, lo lógico hubiera sido que quisiera tener una relación más estrecha con nosotros. Mamá también decía que era «rarita y algo arisca», según sus propias palabras. Después de todo, quizá era mejor así.

Calenté una taza de café en el microondas, añadí una gota de leche y dos cucharaditas de azúcar y al salir de la cocina encontré a Manu dormido en el sofá.

—Pensaba que preferías cama y no sofá —le susurré al oído.

Pegó un respingo y se incorporó.

—Perdona, cielo, anoche me acosté tarde.

—¿Preparando las cuentas anuales o de copas en el Stella? —Su cara de sorpresa duró solo un segundo—. Es broma, tonto, ya sé que estáis hasta arriba en la oficina.

—Anda, ven aquí. —Me invitó a sentarme sobre sus rodillas—. Tenía unas ganas locas de verte. Me dijiste por teléfono que tenías algo que contarme; aprovecha mientras me tomo el café, porque no he venido para pasar la tarde charlando precisamente —añadió con esa media sonrisa que tanto me divertía.

Habían pasado unos días, pero sacar el tema de papá no era lo que más me apetecía del mundo. Solo lo sabían mis hermanos y necesitaba contárselo a Manu, porque estaba segura de que eso me ayudaría a digerirlo, a convencerme de que era verdad y no solo algo que guardaba en secreto en mi interior.

—Joder, Sara, no sé qué decir. Aparecer ahora, después de tantos años, y de esta manera. Debe de haberte sentado de pena. Cáncer, ¡joder! ¿De verdad está tan mal?

¿Qué vais a hacer? —Fue su primera reacción tras explicárselo todo.

—Imagínate. Llevo toda la semana muy revuelta. Primero pensé: «Que le den, ¿a qué viene ahora? ¿A dar pena? Se despidió de nosotros hace muchos años por voluntad propia. Esto no tiene sentido». Pero, ¿sabes?, según han ido pasando los días he reflexionado mucho sobre el tiempo que hemos estado separados, sobre el estado de mamá, sobre las razones que le impulsaron a irse, y creo que tampoco debió de ser fácil para él. Le tocó decidir entre quedarse donde no quería o vivir la vida que deseaba. Lo que no logro entender es por qué desapareció de esa manera.

—¿No lo sabes? Pregúntale a Gabriel, él sabe lo que pasó. No me toca a mí contártelo.

—¿A Gabriel? Y ¿qué sabes tú de esto? Vamos, ¡desembucha! Habla, Manu, que no estoy para adivinanzas.

—Para entonces ya se había acabado el café y yo estaba sentada en una butaca frente a él dispuesta a escuchar cualquier cosa.

—Está bien, pero ni una palabra a tu hermano —dijo dejando la taza en la mesa—, me lo tienes que prometer. —Asentí con la cabeza sin mucha convicción—. Por lo que yo sé fue tu madre quien le pidió, le ordenó más bien, que dejara de llamar a casa. Era tu cumpleaños. Tú habías salido a comprar unos pastelitos para invitar a algunas amigas del instituto a merendar. Llamó por teléfono como cada año y tu madre le amenazó con no firmarle los papeles del divorcio si volvía a hacerlo. El resto ya lo conoces.

—Me acuerdo de ese día, fue el primer año que no... me felicitó. Recuerdo encontrarme a Paqui en casa con mamá, que estaba tomándose una tila cuando regresé. Me dijo que había bajado a felicitarme y que mamá la había invitado a pasar. Pero ahora pienso que quizá mamá le pidió que bajara después de colgar. No me puedo creer que nunca me lo dijera. Y Luis, ¿también lo sabe?

—Ni idea. Lo que sé es que Gabriel siguió en contacto con él y que hablan con cierta regularidad.

—Pero ¿cómo no me lo has comentado nunca? Tú sabes cómo me he sentido todos estos años pensando que mi padre se había olvidado de mí.

—Lo siento, Sara. Supuse que tú también te habías olvidado de él. Pensé que lo sabías.

Aquel detalle cambiaba muchas cosas. Por un lado, explicaba su silencio y por otro, aliviaba mi sensación de abandono. Me dio mucha pena imaginarme a mi padre teniendo que renunciar a seguir en contacto con su hija. ¿Pensaría que aquello era también cosa mía? ¿Cómo pudo mamá hacerme eso? Ella sabía lo mucho que yo esperaba las llamadas de papá cada año. ¿Tanto lo odiaba? Me costaba creer que la mujer a la que yo cuidaba con todo el amor del que era capaz me hubiese hecho daño a propósito, por venganza. Era retorcido, muy retorcido. No podía encajarlo.

Ahora sí que estaba hecha un lío. Las tornas habían cambiado, mi padre no solo no me había abandonado, sino que era mi propia madre quien me había estado manipulando todo este tiempo. No sabía qué pensar, pero sí sabía cómo olvidarme de todo por un rato. Me puse de pie y cogí a Manu de la mano. Él se levantó del sofá y me siguió hasta mi habitación. El cuarto estaba a media luz, el sol de la tarde entraba a través de la persiana y hacía una temperatura muy agradable.

—No puedo más —le susurré mientras le besaba en el cuello y mis dedos despeinaban ese pelo lleno de gomina que solía llevar—. Lo de esta semana ha sido demasiado y ahora necesito olvidarlo todo, aunque solo sea por un rato.

—Sus deseos son órdenes, princesa —dijo quitándome la blusa y respondiendo a mis besos.

Le desabroché la camisa, sin dejar de besarle mientras le bajaba las mangas, y la dejaba caer al suelo.

—Espera, un minuto. —Se agachó a recogerla y la colocó en el respaldo de la silla que había junto a la ventana. Eso me sacaba de quicio.

—Cómo eres, tío, ¡cómo eres! Anda, ven aquí —le llamé desde la cama.

Me encantaba verle así, tenía un cuerpo perfecto. Tan

varonil, la cantidad justa de vello y los brazos torneados. A veces pensaba que no me lo merecía y no entendía qué podría ver en mí que no encontrara en otras tantas chicas que tenía a su alrededor. No dejaba de sorprenderme en la cama y nos reíamos sobre lo instructivas que llegaban a ser las revistas eróticas. Él siempre se reía de mis ocurrencias.

Terminó de quitarse la ropa y, cómo no, de colocarla en la silla. Después, se tumbó a mi lado sobre la cama, me subió la falda hasta la cintura y deslizó sus manos hacia mi espalda para soltar los corchetes del sujetador mientras yo terminaba de desnudarme. Empezó a acariciarme el interior de los muslos con el dorso de su mano —sabía dónde parar para que yo deseara desesperadamente más—, acarició con su lengua mi pecho, evitando mis pezones —eso me volvía loca—, subió por mi cuello y cerrando mis ojos con sus besos me susurró: «Si tú te vieras como te veo yo».

Me mordió los labios y recorrió con los suyos todo mi cuerpo hasta detenerse en mis caderas. Para entonces yo ya deseaba ardientemente sentirle dentro de mí. Me volvió de espaldas y me rozó con su cuerpo; podía sentir todos sus músculos en tensión pegado a mí. Se recostó a mi lado apoyando la cabeza en su mano. Yo me volví para acariciar su torso, pero él dirigió mis manos hacia mis pezones mientras me acariciaba los labios y buscaba con sus dedos la humedad de mi boca.

—Me gusta ver cómo te tocas —me susurró—, me pone a cien.

Podía sentirle cada vez más excitado, sabía que le encantaba ver cómo me acariciaba, estudiaba mis movimientos y los repetía. Tomó mi mano derecha y la llevó hacia mi pubis.

—Mira cómo estás. —Empezó a mover su mano lentamente sin soltar la mía.

Sentirme líquida me excitaba y él adoraba verme así.

—Quiero sentirte dentro de mí.

—Chisss... espera un poco —susurró, acariciando mis labios mientras mis dedos se perdían entre los pliegues de mi sexo—, no tenemos prisa.

Acercó la boca hasta mis pezones lamiéndolos con su lengua, mordisqueándolos con delicadeza. Yo los sentía duros, a punto de estallar. Me retorcía de placer.

—No aguanto más.

Le empujé con suavidad hacia atrás y me coloqué encima de él. Ahora era yo la que mordía sus pezones mientras él apretaba mis glúteos. Me apartó el pelo de la cara para ver mi expresión mientras entraba dentro de mí, despacio, haciendo que lo deseara más y más con cada movimiento.

Apoyé mis manos sobre su pecho y empecé a moverme imponiendo mi ritmo, hacia delante y hacia atrás buscando el roce de su miembro, mientras él seguía acariciándome por fuera, llevando sus dedos a mi boca, tomándome de la nuca y acercándome a la suya.

Sin darme cuenta le tenía sobre mí, sujetándome por detrás. Luchaba por contener mis gemidos, pero fue en vano, todos los músculos de mi cuerpo se tensaron al mismo tiempo. Algo parecido a una corriente eléctrica me recorrió de pies a cabeza y un segundo después sentí a Manu caer suavemente sobre mí.

Se quedó a mi lado, tumbado boca arriba y me rodeó con su brazo derecho mientras yo apoyaba la cabeza en su hombro. Por un instante el mundo era solo eso, dos cuerpos sobre una cama, con las piernas entrelazadas, acompasando la respiración mientras nuestros corazones recuperaban su ritmo habitual. No existía nada más, el mundo era perfecto, la vida era perfecta, estábamos solo nosotros dos.

—¿Sabes? Esto era justo lo que necesitaba.

—Sí, te noto más relajadita que cuando llegué. —Intuí que sonreía.

Se levantó y fue hacia la ventana, el ambiente estaba cargado y ambos necesitábamos un poco de aire fresco. Miré hacia la mesita para ver qué hora era, no sabía cuándo volvería exactamente mamá y no quería que nos pillara desprevenidos.

—¿Te importa que me dé una ducha? —me preguntó Manu.

—No, ¡qué me va a importar! Claro, pero date prisa.

—Había acordado con Luis que me llamaría cuando salieran de casa, pero no confiaba en que se acordara de hacerlo—. Calculo que mi madre debe de estar al llegar.

Volví a ponerme la ropa y recogí la habitación, estiré bien las sábanas y coloqué de nuevo la colcha y los almohadones en su sitio. Allí no había pasado nada.

Cuando apareció en el salón, Manu volvía a estar perfectamente peinado y vestido. No entendía esa manía suya de engominarse el pelo, a mí me encantaba verlo despeinado.

—¿Quieres una cerveza fresquita?

—Buena idea, estoy seco —dijo, cogiéndome de la cintura y besándome en la mejilla.

Saqué unas patatas fritas, las puse en una fuente y nos sentamos en el sofá.

—¿Sabes? Estoy deseando que podamos empezar una vida juntos y disfrutar de más momentos como este sin tener que andar escondiéndonos.

—Bueno, cariño, para eso todavía falta, pero sí, claro, yo también lo estoy deseando.

Me sorprendió su contestación. Habíamos hablado muchas veces de nuestros planes de futuro y hasta ese momento él se mostraba tan entusiasmado como yo con la idea, o eso pensaba. Lo único que nos frenaba era cómo planteárselo a mi madre y a mis hermanos, cómo organizarlo todo para que ella pudiera vivir sola y estar atendida. Estaba convencida de que ese era el único escollo que había que salvar. Pero ahora parecía que había algo más.

Debió de notar mi reacción y añadió:

—Sabes que cuento con ello, pero por ahora me queda algo más de año y pico de contrato. Tendremos que esperar a que me hagan fijo. Eso nos permitirá meternos en una hipoteca y comprar un piso. Vamos a hacer las cosas bien, ¿no te parece?

—Sí, claro —respondí con resignación.

Habíamos pasado una tarde maravillosa y no quería empezar una discusión. La semana había sido horrible y prefería aprovechar el tiempo que nos quedaba para disfrutar de la cerveza y tenerle un rato más a mi lado.

El teléfono no tardó en sonar. Era Luis, estarían en casa en media hora.

—¿Te importa que me quede hasta que lleguen? Así saludo a tu madre.

—Seguro que se alegrará mucho de verte, pero después de lo que me has contado no sé cómo voy a reaccionar cuando la vea entrar por la puerta. Creo que casi prefiero que no estés aquí cuando llegue.

—Vamos, Sara, tranquilízate, verás como todo se soluciona. Lo más importante en estos momentos es la salud de tu padre. No te enfrentes con ella ahora. Espera a ver cómo discurren las cosas y luego soluciona el tema con ella. Tendréis oportunidad de hablarlo, pero no lo hagas en caliente.

—Sí, puede que tengas razón.

—La tengo, confía en mí. No es momento para reproches. Seguro que solo pensaba en protegerte. Espera a hablar con Gabriel antes de remover el pasado. Será lo mejor para las dos.

—Mira, no sé qué pensar, pero sí, haré lo que me dices. Está bien, puedes quedarte, pero solo un rato. Estará cansada.

—Estupendo, será solo saludar y me marcho.

Manu siempre había sido muy cariñoso con mamá, incluso cuando venía a casa en calidad de amigo de Gabriel, antes de que empezáramos a salir. Siempre decía que se sentía muy cómodo en casa, que la suya, según nos contaba, era un caos, y que con nosotras se encontraba a gusto. Ella le apreciaba un montón y sabía que era mi gran apoyo, conocía nuestros planes y le gustaba la idea de tenerlo como yerno. En cierto modo, sabía que le tenía ganado y eso le garantizaba tenerme a mí cerca. Suponía que echaba de menos una presencia masculina en casa y daba por hecho que nos quedaríamos a vivir con ella después de casarnos. Nada que ver con lo que teníamos pensado.

12

—¿Sara? Parece que hoy estás en las nubes —oí decir a Julia.

—¡Ay! Sí, perdona, estoy muy dispersa —me disculpé.

—Pero ¿estás bien? El viernes te noté muy callada y baja de ánimos y hoy no se te ve mejor.

—Lo siento, chicas, la semana pasada no fue la mejor de mi vida.

—Vale. A ver qué os parece este plan. —Julia dejó la tiza sobre la mesa—. Veréis, Margarita llamó esta mañana, no podrá venir hoy. Resulta que tiene una recepción el jueves y le toca supervisarlo todo. Me ha pedido que la excuse ante vosotras.

—¿Una recepción? Eso suena a algo importante —apuntó Catherine.

—Sí, mencionó la embajada de México. No he querido preguntar más por prudencia. Ya nos contará, si se tercia. Entre que los lunes no viene Marta y que hoy va a faltar Margarita, se nos queda la clase muy vacía y por lo que veo los ánimos no están muy bien. —Tomó una de las sillas y se sentó a la mesa con nosotras.

En ese momento se oyó la puerta y entró doña Amelia.

—Buenas tardes —dijo asomándose a la sala mientras se quitaba la chaqueta—. ¿Qué pasa aquí? ¿Hoy no hay clase?

—Hola, Amelia. Precisamente les estaba proponiendo a las chicas un plan alternativo. Parece que esta tarde no estamos para hablar de costura y, además, Margarita y Marta no pueden venir. No quisiera adelantar mucha teoría y que ellas se quedaran atrás. ¿Nos ponemos un café y vemos si nos animamos un poco? —Ahora se dirigía a nosotras.

—Para qué os voy a engañar, a mí me vendría de lujo, he pasado una noche movidita con los críos —comentó Laura.

—¿Sabéis qué os digo? Me gusta el plan. Yo también ando tristona. Hoy hubiera cumplido años mi marido. Sé que es algo absurdo, pero algunas fechas duelen más que otras. ¿Os parece bien si me uno a vosotras? —dijo doña Amelia.

Todas asentimos y poco después teníamos sobre la mesa una lata de galletas de mantequilla y las tazas de café humeante entre las manos.

—Una de las cosas que más me repetía mi madre, Dios la tenga en su gloria, era que había que saber cuándo soltar la costura y dejar que reposase. Muchas veces te atascas con una prenda, al coser alguna pieza que no acaba de quedar como tú quieres, y cuanto más te empeñas en que quede perfecta, más te frustras. Entonces es cuando todo se tuerce. La costura requiere paciencia y mucho mimo. Hay que saber parar, darle su tiempo. Así, al retomarla, sin saber cómo, todo encaja. Como la vida misma, ¿no os parece?

—Tiene mucho sentido, Julia, pero a veces la vida te lo pone difícil. Hay temas que cuesta dejar a un lado.

—Eres muy joven, Sara. —Catherine tomó la palabra—. Según te vas haciendo mayor te va resultando más fácil encontrar ese tiempo. Aprendes a aceptar lo que sucede y a vivir con las cartas que te dan. Y también te convences de que, aunque no puedas hacer nada para evitar ciertas cosas, sí puedes decidir cómo quieres vivirlas. A mí me gusta pensar que la vida te habla, que lo bonito es saber escuchar cada mensaje que te envía y encontrarle sentido. A veces duele, mucho, pero si no aprendemos a transformar esa vivencia en algo que nos haga más sabias, el sufrimiento habrá sido en vano.

—Cuánta razón tienes —apuntó doña Amelia—. Los años te dan otra perspectiva sobre lo que nos sucede. Yo no sé si la solución pasa por aceptar o conformarse con lo que hay, pero es verdad que asumes que no puedes luchar contra todo.

—No quisiera contradecirla, doña Amelia —comentó Laura—, pero para mí existe una gran diferencia entre aceptar y conformarse. La aprendí cuando nació Sergio, mi hijo mayor. Lo que tenía que haber sido una fiesta se convirtió en una pesadilla. Nació con una cardiopatía y pasamos los dos primeros años de su vida en el hospital. Soy médico, imaginaos la impotencia tan grande que aquello me hizo sentir. Me culpé a mí misma hasta de no haber parido a un niño sano. Y sí, tuve que aceptar el diagnóstico, pero no me conformé con eso y dediqué todas mis fuerzas a luchar para que mi hijo se recuperara. Estar furiosa con la vida no me iba a ayudar a sacarlo adelante, eso lo aprendí entonces, y más tarde me sirvió para encajar que mi marido me dejara poco después de que naciera Inés.

—Seguro que tenéis razón, pero yo ahora mismo tengo la cabeza hecha un lío. Mi padre nos abandonó hace ya muchos años. Se fue a Francia para formar una familia con otra mujer. Mi madre, que nunca había sido la alegría de la huerta, cayó en una depresión que casi se la lleva a la tumba; yo tuve que dejar mis estudios para cuidar de ella mientras mis hermanos siguieron con su vida, se casaron y tuvieron hijos. Es cierto que, gracias a ellos, ni a mi madre ni a mí nos falta de nada, pero la que está al pie del cañón soy yo, y no es fácil. Nos prometió que seguiríamos viéndonos, que pasaríamos los veranos juntos y que nos llamaría a menudo. Pero no cumplió su palabra. Un día, sencillamente, dejó de llamar. La semana pasada me enteré por mi hermano mayor de que mi padre está muy enfermo y que tiene pocas esperanzas de salir adelante. Mi primera reacción fue pensar que se lo merecía, que la vida le pasaba factura por lo que nos había hecho. Pero hablando con mi novio, me contó que no fue él quien decidió dejar de llamar, que fue mi madre la que le chantajeó con no firmar los papeles del divorcio si volvía a hacerlo. Hasta donde sé, mi hermano ha seguido en contacto con él todo este tiempo. Y ahora, ¿qué? Llevo años culpando a mi padre injustamente. De repente, él no es el malo de la película ni ella la víctima inocente. Y me entero de todo de golpe y ni siquiera por mi propia familia. ¿Cómo me como eso?

—Vaya papeleta —dijo Julia—. Yo perdí a mi padre después de una larga enfermedad, pero tuve la suerte de poder estar a su lado cada día. Encajar que te abandonara, descubrir que las cosas no fueron como tú creías, y ahora tenerle tan lejos... sí que es para estar hecha un lío.

—Sara, la respuesta es siempre más amor.

Nos quedamos todas en silencio, mirando a Catherine, que siguió hablando pausadamente, con esa voz que más que hablarte te acariciaba el alma.

—En mi vida ha habido mucha alegría y también mucho dolor, y he aprendido que con amor puedes superar todo lo que te pasa. Amar y perdonar. Si puedes hacerlo, posees un gran tesoro.

—Bueno, yo también he vivido muchas cosas —continuó doña Amelia—, y perdonar cuando te tocan lo que más quieres no es fácil. Mi único hijo, Alfonso, se marchó de casa por culpa de mi marido. Sí, ese que cumpliría años hoy y por el que estoy tristona. A veces no me entiendo ni yo. La relación entre ambos era muy tensa y al final no le quedó más remedio que alejarse. Nunca se lo perdoné a mi esposo. Sin embargo, lo que más me dolió fue ver con qué facilidad pudo seguir adelante con su vida. Parecía hasta más cómodo con Alfonso lejos, mientras yo me moría de ganas de que volviera a casa. Me mataba no tenerle cerca, llamarle a escondidas y vivir sin apenas verle.

—No es fácil, doña Amelia, tu corazón ha de ser muy generoso y debes tener fe en que cada cosa sucede por un motivo. No nos corresponde a nosotros comprender todo lo que acontece, pero un día, como decía Julia antes sobre la costura, de repente, todo encaja. Cuando dejamos de buscar una explicación, aprendemos a aceptar y dejamos de luchar contra las cosas, es más fácil seguir nuestro camino. Sara —puso su mano sobre la mía y me miró a los ojos—, escucha a tu corazón, encontrarás ahí la respuesta. Si vivimos de espaldas a lo que sentimos, no vivimos del todo.

Me costaba entender a qué se refería, pero, al mismo tiempo, sentía que las palabras de Catherine me estaban calando hondo. Nos separaban muchos años y probablemente experiencias muy distintas, sin embargo, noté en su cercanía algo muy extraño, casi familiar. Observé su rostro mientras apuraba el café y me convencí de que cada una de sus arrugas podría contar una historia. Transmitía una convicción tan profunda que me hizo sentir que, en algún momento, todo acabaría por arreglarse.

—Da gusto escucharte —intervino Laura—. Llegar a ese lugar desde el que nos hablas no debe de haber sido fácil.

—Bueno, la vida es una gran maestra y a todos nos marca de un modo u otro. Tú lo sabes bien, la enfermedad de un hijo es una prueba muy dura.

—Catherine, tengo mucha curiosidad por saber cómo llegaste aquí, no sé, supongo que tuvo que haber una razón muy poderosa para dejar tu país.

—La razón más grande, Julia.

Nos relató entonces la historia de amor más bonita que había oído en mi vida, con tal detalle y tal pasión, que su mirada parecía decir más incluso que su voz.

—Siempre me ha gustado mucho viajar. Durante mis años de estudiante, en verano, trabajaba con mis padres en la residencia de ancianos que tenían, pero también sacaba tiempo para viajar por Europa. A principios de los sesenta, en una visita a Noruega con mis compañeras de enfermería, en un barco hacia una de las islas, conocimos a un muchacho. Él nos habló de un pueblecito de pescadores en el sur de España y nos dio su dirección por si algún día decidíamos ir. Al año siguiente, buscando destino para ese verano, nos acordamos de él y le escribí. No esperaba que nos recordara, pero así fue y en julio viajamos hasta allí. Nos buscó una pensión decente y nos enseñó el lugar. Era un pueblo pequeño, el primer sitio donde masqué caña de azúcar, lo que me pareció muy exótico. Nosotras llamábamos la atención. No creo que muchos turistas hubieran pisado antes aquellas playas. Me enamoré de su mar, de la amabilidad de sus habitantes y de ese ritmo de vida tan diferente al de la Inglaterra de donde yo venía. Tanto me gustó, que al año siguiente repetí, esta vez con otras amigas a las que les había hablado del lugar. En la playa conocimos a un grupo de muchachos, quizá se acercaron al ver nuestros biquinis, seguro que no habían visto nada igual por allí. —Sonrió y nos siguió contando—. Formamos una buena pandilla y durante unas semanas apenas nos separamos. Uno de ellos era muy guapo. Yo había estudiado francés en el colegio y chapurreaba un poco español y él hablaba algo de francés. Donde no llegaban las palabras llegaban los gestos, las miradas, casi desde el primer momento noté una conexión especial entre nosotros. Una noche, en un guateque, se llamaban así esas fiestas, ¿no?, estábamos bailando juntos y él me miró a los ojos. Entonces empecé a llorar. Él se asustó, pensó que había hecho algo que me había ofendido, pero no fue eso. En aquel momento sentí cómo mi corazón me decía que él era el hombre que buscaba, que nada podría impedir que pasáramos toda la vida juntos y que me había enamorado locamente. Me ofreció su pañuelo para secarme las lágrimas y me pidió que me lo quedara. Yo llevaba un vestido lila, mi color favorito, que había cosido yo misma aquella primavera, lo guardé en uno de los bolsillos y nos fuimos a pasear por la orilla. Eran los últimos días de aquellas vacaciones y veía demasiado cercano el momento de despedirme de él, pero en mi interior sentía que sería solo una despedida temporal, que él me esperaría. Regresé a casa y se lo conté a mis padres. Poco les podía decir salvo que tenía una sonrisa de oreja a oreja y que veía bondad en sus ojos. A mí me bastaba y a ellos también. Durante unos meses, nos escribimos tiernas cartas de amor que aún conservo, acabé mis estudios y, al poco tiempo, volví a su lado.

—Me vas a perdonar el comentario, Catherine, pero me parece una locura. ¿Tus padres lo aprobaron sin más? —Doña Amelia no podía creer semejante relato.

—¿Qué otra cosa puedes hacer cuando tu corazón te dice con tanta claridad qué camino has de tomar? Ellos confiaban en mí. Había roto recientemente con un chico con el que llevaba algo más de un año y ellos sabían tan bien como yo que lo nuestro no era amor. Cuando les expliqué que había conocido al hombre de mi vida, al ver mi entusiasmo, supongo que no pudieron más que aceptarlo y darme sus bendiciones.

—Aquí las cosas por entonces eran muy distintas. No voy a decir que mis padres eligieran a mi marido, pero desde luego me habían hecho saber que debía contar con su aprobación para casarme y no eran pocos los requisitos que exigían a quien pretendiera casarse conmigo —contestó doña Amelia, que no salía de su asombro.

—Tengo una curiosidad —comentó Laura—. Tú venías de la Inglaterra de los sesenta, ejemplo de libertad y modernidad, y aterrizaste en una España muy diferente, una que vivía en una dictadura, muy influenciada por la religión católica, apostólica y romana, como se decía entonces. ¿No fue un choque muy fuerte para ti? ¿Cómo te acogió su familia?

—Bueno, yo solo tenía ojos para él, no necesitaba nada más. Pensaba «si nos queremos, qué puede ir mal». Me instalé en una pensión y así pude vivir cerca de él y conocernos antes de casarnos. Me recibieron con un poco de desconfianza, yo no manejaba el idioma y la comunicación no era fácil. La religión no era un problema, aunque yo nací en Inglaterra, mis padres procedían de Irlanda y eran católicos. Que yo me educara en esa fe les tranquilizó mucho. A mi suegra la llamé mamá desde el primer día, aquello le gustó. La acompañaba al mercado a hacer la compra. Recuerdo cuánto me sorprendió ver la carne colgando de un gancho sin refrigerar y el pescado en cajas de madera sobre bloques de hielo. Ella me enseñó a reconocer el pescado fresco, los ojos tienen que estar brillantes, me decía, y a elegir bien la fruta. También me enseñó a cocinar los platos más comunes y compartió conmigo muchos de sus secretos de cocina.

—Por favor, sigue contando. Al final os casasteis, ¿no? —Julia ya estaba metida en la historia y quería conocer todos los detalles.

—Sí, claro que nos casamos. Todo el pueblo se reunió en la puerta de la iglesia. Pocas parejas como la nuestra se habían casado allí y la gente tenía mucha curiosidad. Mis padres, mis hermanos y algunas amigas, que hicieron de damas de honor, vinieron desde Bradford. Las familias no se conocían; no podían ser más distintas, pero enseguida surgió el afecto entre ambas. Recuerdo que muchas mujeres mayores vestidas de negro se acercaron para pedirme uno de los claveles blancos de mi ramo de novia, decían que les daría buena suerte. Antes me preguntasteis por las cosas que me chocaban de España, pues esta fue una de ellas. Esas mujeres vestidas de negro, de todas las edades, yo no entendía la pérdida de un ser querido de la misma manera y no comprendía cómo marcarse con un color tan triste podría ayudarte a superarlo. Aquello me parecía terrible y no le encontraba sentido, pero aprendí a respetar sus costumbres y sus ritos como parte de una cultura que sería también la de mis hijos.

—Sí, lo del luto es horrible —comentó Laura—. En mi pueblo muchas mujeres mayores todavía van de negro. Visten de luto por un padre, por una madre, por un hermano... Y antes era aún peor, no era algo que pudieras evitar, era una costumbre muy arraigada y no cumplir con ella se consideraba una falta de respeto.

—¿Te hiciste tú el vestido de novia? —pregunté.

—Uy, no, yo cosía casi toda mi ropa, pero un vestido de novia era demasiado para mí. Mi marido tenía una tía con unas manos maravillosas. Vivía en un pueblo cercano con su hermano, que trabajaba en una de las fábricas de azúcar que aún quedaban en pie. Ella se encargó del vestido, en solo cuatro pruebas lo tenía listo. No había mucho que decidir, debía ser de manga larga y recatado. Yo no soportaba el escote a la caja y consintió hacer un cuello un poco más abierto. En el cuerpo llevaba pinzas de pecho y talle y la falda era un poco evasé, muy al estilo de la época. Con un velo de tul, como se llevaba entonces, mucho tul y una cola. Estuve tomando zumo de pomelo con agua caliente meses antes de la boda para ver si bajaba algún kilo —rio.

—¿Aún lo tienes? Mamá conservó el suyo hasta que

papá se marchó de casa, entonces lo tiró a la basura en un arrebato de rabia.

—Vaya, qué pena. Para mí no tiene sentido guardar cosas. El vestido lo doné y con la cola me hicieron un faldón de cristianar.

—¿Y cuántos años lleváis casados? ¿Cuántos hijos tenéis? —quiso saber Julia.

—Casi treinta años. Tenemos una gran familia, seis hijos nada menos. Él me ha dejado al cuidado de todos y me espera hasta que podamos reunirnos de nuevo —contestó acariciando la alianza de oro que llevaba en su dedo corazón.

Se hizo un silencio, noté cómo sus ojos brillaban de un modo especial. Creo que ninguna de nosotras había imaginado que fuese viuda y, como ella me confesó en alguna conversación más íntima cuando nos conocimos un poco más, nunca se sintió así. Su unión era tan fuerte que el hecho de no tener a su marido físicamente a su lado apenas contaba. Hablaba con él cada mañana cuando se levantaba a ver amanecer y le sentía muy cerca. Le veía en los ojos de sus hijos y se sentía arropada por todas aquellas personas cuya vida él había tocado de un modo u otro.

A doña Amelia también le brillaban los ojos. Supuse que, sin querer, andaba comparando su vida junto a don Javier con la historia que contaba Catherine. Ambas tan distintas.

—Lo siento, Catherine, no sabía. Eso me pasa por preguntona, es que siempre meto la pata. Pensaba que tu marido... en fin, lo siento.

—No, Julia, no tienes que pedir disculpas, me encanta contar mi historia de amor. Mis hijos y mis amigas la conocen bien y me encantaría que todo el mundo supiera que un amor así es posible, y que está en nuestra mano vivirlo hasta sentir que cuando Dios nos creó ya sabía que acabaríamos encontrándonos.

Si algo no imaginaba al salir esa tarde de casa era que en vez de coser iba a acabar escuchando una historia de amor tan bonita. Me di cuenta de lo poco que se asemejaba a mi relación con Manu. No me reconocía en ninguna de sus emociones. A mitad del relato de Catherine empecé a preguntarme si era posible que existieran otros tipos de amor, que el que yo sentía fuera diferente pero también real. Tenía tantas ganas de que lo nuestro progresara para poder irme de casa, que me preocupaba estar confundiendo ese deseo con el de compartir el resto de mi vida con él. Era una duda que me asaltaba de tanto en tanto. Me di cuenta de lo mucho que me asustaba no tener una historia de amor que contar a nadie.

13

La vida de Laura era fácil de imaginar. Podía verla cuidando de sus hermanos, esforzándose en los estudios, complaciendo a sus padres, tratando de ser la hija perfecta, la estudiante brillante, la profesional impecable y, luego, la esposa y madre abnegada. Mientras caminábamos juntas de vuelta a casa, me preguntaba cómo podía con todo.

Muy probablemente sentía que la vida le daba más oportunidades que a las generaciones de mujeres que la precedieron y que había que aprovecharlas todas, saltar todos los obstáculos de aquella carrera que se había montado en la cabeza y llegar a la meta con todos los reconocimientos y la satisfacción de haber hecho un gran tiempo.

Pero en el camino se dejó algo más que esfuerzo y sudor, según me contó.

Era la mayor de cuatro hermanos, creció en una familia humilde en un pueblecito de Segovia. Su padre trabajaba las tierras que había heredado y que les daban de comer. Era un hombre parco en palabras y escaso en gestos de cariño, de un marcado carácter castellano forjado por una vida nada fácil dedicada al trabajo duro que exigía la vida en un pueblo pequeño. Su madre se casó muy joven. Era menuda, pero de una gran fortaleza interior. Cuidaba de los hijos, atendía a su marido y a su suegra, mantenía la casa y echaba una mano en el campo en época de siembra o recolecta. Los niños entonces se sumaban al trabajo en el campo desde muy pequeños.

Laura tuvo pronto muy claro que esa no era la vida que quería y se atrevió a soñar. Desde niña supo que quería ser médico. Sabía que era una meta complicada de alcanzar y que las circunstancias no eran las mejores, pero le iban los retos. Después de COU, aprobó la selectividad, se mudó a Madrid y, beca tras beca, a curso por año fue sacando la carrera y consiguió un expediente académico admirable.

Conoció a Martín en sus años de residencia. Él era un par de años mayor que ella. Me confesó que lo suyo fue amor a primera vista. Un tipo moreno, alto, simpático, al que le encantaba bromear y siempre estaba de buen humor. Hijo único, él también provenía de un pueblecito y sabía bien lo que costaba sacarse Medicina y vivir en Madrid lejos de unos padres que hubiesen querido tenerle más cerca.

Encajaron enseguida y a los pocos meses de conocerse, sin esperar la aprobación de sus familias, ya vivían juntos. Unos años después y tras conseguir plaza decidieron casarse, comprar un piso, firmar una hipoteca... establecerse «como Dios manda», decía ella.

Laura se tragó la misma película que nos vendían a todas, que la vida profesional la haría libre, le daría un estatus y la haría dueña de su vida. La letra pequeña incluía no dejar de lado el resto de los roles que habíamos ido acumulando a lo largo de los siglos, pero ¿quién se lee la letra pequeña?

Tenía un trabajo que la llenaba por completo y un futuro prometedor, un marido encantador que la agasajaba continuamente, un círculo de amistades muy sólido y unos padres orgullosos de sus logros. La presión por convertirse en madre se fue haciendo cada vez mayor. Su marido quería hijos, sus padres querían nietos, el tiempo corría y nunca era el momento adecuado.

La pareja había hablado del tema muchas veces, pero no llegaba a ningún punto concreto. Tenían claro que sí, que querían ser padres, pero lo difícil sería encajarlo en sus vidas, la familia quedaba lejos y el trabajo les absorbía.

Imaginó lo difícil que sería mantener su ritmo de vida estando embarazada y también criar un bebé, sin embargo, pensó que ya había cambiado pañales antes y atendido a sus hermanos cuando apenas era una niña. Se convenció de que podría con ello.

Sergio nació con una cardiopatía y pasó los primeros años de su vida entre batas blancas. Algo con lo que nadie cuenta cuando está gestando una vida, algo que no entra en los planes, algo que no se concibe porque no es lógico ni justo.

Supongo que cuando la vida te pone por delante una situación tan tremenda como la enfermedad de un hijo —y esto lo digo intentando ponerme en su piel en la medida en que puedo—, una de dos: o la experiencia te une para siempre a tu pareja o crea un espacio tan grande entre ambos que es difícil de llenar por mucho amor que haya. No todos enfrentamos las cosas con la misma valentía ni estamos capacitados para luchar contra las mismas cosas, no nacemos sabiendo qué hacer, qué decir o cómo, simplemente, estar en momentos en los que la vida te pone a prueba de una manera tan cruel y despiadada. Laura tuvo que aprenderlo viviéndolo en su propia piel.

No puedo ni imaginar lo que duele ver a un hijo lleno de cables, con una cicatriz en medio del pecho, un pecho que se levanta y se hunde al ritmo de una máquina, conectado a mil monitores, un cuerpecito luchando por sobrevivir. Intento comprender qué fuerza te sostiene para no derrumbarte ante semejante injusticia, tal sinsentido, ante un sufrimiento tan grande. Cómo aceptar que no puedes cambiarte por él, aunque se lo implores una y otra vez a un cielo que parece no escucharte.

Laura, incluso acostumbrada a lidiar con el dolor ajeno y ver la muerte de cerca, no estaba preparada para vivir algo así, como imagino que no lo estaríamos ninguno de nosotros. En sus años como médico había asistido a todo tipo de situaciones, había tratado a cientos de pacientes, le había tocado dar malas noticias y acompañar a familiares rotos por el dolor. Pero aquello no se parecía a nada de lo que había vivido hasta entonces.

Sus padres y sus hermanos fueron su mayor apoyo, se turnaban en el hospital, pero era ella la que empañaba cada noche el cristal de la UVI cuando se despedía de su hijo hasta la mañana siguiente. Era ella quien, sentada en una silla al lado de su cama, le sonreía cuando Sergio abría los ojos y quien se inventaba mil historias que contarle cuando estaba despierto. La que sentía que, si se derrumbaba, todo lo haría a su alrededor y eso no podía pasar.

Afortunadamente su hijo salió adelante no sin dificultad, con mil temores que costó superar y una vida que tuvo que acomodar a una realidad para la que nadie está preparado.

Poco a poco, al mismo ritmo que las piernas del pequeño cogían fuerzas para correr casi tan rápido como cualquier niño de su edad, los miedos fueron desapareciendo. La vida volvió a la normalidad o quizá fue la propia Laura la que lo logró, como el agua termina por encontrar su camino hacia el mar. Había poco margen para pensar, el día a día imponía sus tiempos y la única opción era seguir hacia delante. Pero aquella experiencia dejó más de una cicatriz.

Cuando tuvimos ocasión de intimar algo más, me confesó que no entendía cómo le pareció tan buena idea tener otro hijo para salvar su relación. Estaba desesperadamente enamorada de Martín y por nada del mundo estaba dispuesta a perderle. Sergio pedía un hermanito y ella quiso creer que otro hijo les devolvería la ilusión.

Habían pasado un par de años y la pareja se veía más como grandes amigos que como compañeros de vida. Sin embargo, a pesar de que las cosas no estaban bien, de que sabía que algo se había roto sin remedio, Laura sintió que tenía que intentarlo.

Cuando Sergio empezó el colegio, sus visitas al médico y sus revisiones eran cada vez más espaciadas. Parecía que se habían despertado de aquella pesadilla y que podrían continuar como cualquier familia con hijos pequeños y un trabajo con horarios imposibles en medio de una gran ciudad.

Pero cuando aún no se habían decidido, un descuido en un fin de semana de congreso, entre ponencias y cenas con algunas copas de más, precipitó un nuevo embarazo que Martín no acogió con la misma alegría que Laura por mucho que se esforzara en disimularlo. Y aunque ella hizo lo imposible por involucrarle en cada etapa y en compartir con él todos los cambios que iba experimentando, él se volvió cada vez más distante.

Los meses de espera avivaron viejos miedos. La sola idea de pasar otra vez por lo mismo hizo que su marido se refugiara en su trabajo. Dobló sus guardias mensuales y pasaba muy poco tiempo en casa. Laura tuvo que guardar reposo durante algunos meses y, según nos contó una tarde en la academia, la costura se convirtió en su gran distracción. Su amiga Helena la inició, ayudándola a confeccionar los disfraces que Sergio necesitaba para las funciones del cole. Así llenó sus días de animadas charlas, tazas de té y algunas tabletas de chocolate de más.

Tenían mucho en común, se habían conocido en el colegio por los niños y conectaron enseguida. Helena era de risa fácil, tenía los ojos azules, muy vivos, y siempre encontraba la manera de animarla. Su madre provenía de la Isla de Man y ella mezclaba palabras en inglés cuando hablaba. Era divertido escucharla contar anécdotas de sus propias hijas. Había cosido mucho con su madre y hacía unos trabajos de *patchwork* increíbles. Laura estaba convencida de que disfrutaba enseñándole a manejar la máquina tanto como ella aprendiendo. El mejor momento del día llegaba cuando oía el timbre de la puerta y encendía la tetera a su paso por la cocina. Aquellos sonidos se convirtieron en algo cotidiano con una naturalidad asombrosa.

Entre puntada y puntada compartían confidencias y,

sobre todo, hablaban de los niños, bebían litros de té con leche y ojeaban revistas de patrones. Ella le enseñó todo lo que sabía de costura, que no era mucho, pero lo suficiente para salir del paso o hacer algún arreglo, y eso incluía coser cremalleras —algo que todas las de la academia temíamos salvo ella—. Helena tenía que agradecérselo a su hija mayor, que tenía una extraña manía a los botones y a ella no le quedaba otra que reemplazarlos por cremalleras, presillas o automáticos, porque la niña no los soportaba. Y así fueron pasando los días como si fuesen eternos; pero nada lo es.

En la última revisión, el ginecólogo le confirmó que el embarazo seguía su curso, que el peligro había pasado, y Laura pudo volver al trabajo. Aunque Martín y ella no estaban en la misma planta del hospital, solían buscar huecos para verse, tomar un café o almorzar juntos. Aquella costumbre parecía haberse diluido durante su baja. La brecha que creyó cerrada entre ambos volvía a aparecer. Se prometió a sí misma que podría con todo, pero no calculó el precio que habría de pagar. Se sintió más sola que nunca, abrumada por el trabajo, el cuidado de Sergio, las reuniones en el cole, la casa y una barriga que crecía tan rápido como sus miedos. Supongo que era lógico que pensara que la historia podría repetirse y que esta nueva vida podría hacer que se tambaleara la suya de nuevo.

Yo que siempre me quejaba de no tener vida propia,

de que la carga de cuidar a mamá se me hacía pesada a ratos, no imagino cómo puede ser para una madre sacar adelante familia, casa, profesión, pareja...

Afortunadamente, el parto fue bien y tan pronto tuvo a su pequeña Inés en brazos se olvidó de los sinsabores de los meses pasados. Volvieron pañales, grietas en los pezones, biberones a medianoche, cólicos, los celos de Sergio, ojeras de panda, baile de hormonas... y, aun así, todo parecía posible... siempre y cuando ella permaneciera en el último lugar de su lista de prioridades.

Pero eso no fue todo.

Inés no había cumplido los tres meses cuando una tarde, al volver a casa, su marido le confesó con lágrimas en los ojos que no era feliz. Aunque la quería como nunca había querido a nadie, adoraba a sus hijos y sabía que lo tenía todo para sentirse el hombre más afortunado del mundo; aun admirándola como lo hacía y sabiendo que le rompía el corazón, sentía que necesitaba espacio, que debía alejarse y seguir su camino. Martín no pudo superar los años en los que la enfermedad de Sergio le desplazó a un segundo plano y aquella distancia le separó irremisiblemente de Laura.

Al poco tiempo se marchó de casa con un par de maletas, triste, pero con la certeza de que estaba siendo coherente con lo que sentía. Laura no tuvo más remedio que aceptarlo. Casi hubiera preferido una infidelidad, tener a alguien a quien culpar, encontrar una razón clara que le diera sentido a todo aquello. No estaba preparada para un golpe así y su cabeza estalló. Se culpaba por no haber sido capaz de mantener a la familia unida. Sentía que había fracasado como esposa y temió que le ocurriera lo mismo como madre. Se vino abajo. Colapsó.

A la baja por maternidad le siguió otra por depresión. Su madre se mudó unos meses con ella. Las semanas transcurrían igual, unas tras otras, grises, monótonas y, aunque lo intentaba cada mañana, no conseguía reunir las fuerzas para enfrentar el día. Trataba de sobreponerse y hacerse con la situación, pero el esfuerzo era titánico y a duras penas contaba con la energía para respirar. Dejó de dar el pecho a Inés para poder medicarse y aquello le hizo sentir aún peor. Llegó un punto en que temió no ser capaz de superarlo.

En una de las charlas con su médico, este le sugirió que buscara alguna actividad que la obligara a salir de casa, algo que la sacara de la rutina y que le devolviera la ilusión. La peque ya dormía las noches del tirón y había encontrado una guardería cercana donde podría dejarla unas horas. Necesitaba hacer algo para ella misma y recordó los buenos ratos que había pasado cosiendo al principio del embarazo y lo bien que le fue entonces mantener la cabeza distraída. Así llegó Laura a El Cuarto de Costura.

Los viernes caminábamos juntas un rato después de

clase. No vivíamos cerca la una de la otra, pero a mí no me importaba dar un rodeo para disfrutar de su conversación, que siempre era interesante. Me hablaba de los casos que había tratado, de la vida en el hospital, de la frustración que sentía cuando no podía hacer más por un paciente, de la relación con los familiares. Lo contaba todo con el entusiasmo de una vocación admirable. Me fascinaba comprobar cómo una gran profesional como ella podía sentirse la persona más insuficiente del mundo. Se había acostumbrado a asumir responsabilidades y a sentir que debía controlarlo todo. Buscaba la perfección en todo lo que hacía y en ese camino se perdió a sí misma, de eso se lamentaba cuando charlábamos.

Me explicó que echaba mucho de menos a su marido o, mejor dicho, su vida en pareja, y que, en el fondo, albergaba la esperanza de recuperarlo algún día, aunque siguiera enfadada con él. No lograba comprender cómo no lo había visto venir, porque debió de haber alguna señal —me decía— y no supo verla.

Esperaba los días de clase como agua de mayo y aunque siempre llegaba con la lengua fuera, no faltaba ni un solo día y se esforzaba por permanecer atenta, aunque a veces se le cerraban los ojos. Creo que coser le venía bien para entender que todo lleva su tiempo, que a veces las cosas salen mal y que casi todo se puede solucionar.

Muy pronto todas aprenderíamos esa lección.

14

Entre las prendas que Julia había dibujado en la pizarra había una blusa que me gustaba especialmente. Ir a buscar la tela se convirtió en la excusa perfecta para sacar a mi madre de casa. Se había levantado algo más pronto de lo habitual, hacía una mañana preciosa y yo necesitaba ocupar la cabeza para no seguir dándole vueltas al tema de papá.

Por un lado, deseaba que Gabriel nos llamara pronto para darnos más noticias; por otro, me horrorizaba pensar que pudieran ser peores de lo que ya sabíamos. Temía mi reacción, contárselo a mamá, enfrentarme a ella por haberme mentido durante tanto tiempo. Sabía que teníamos una conversación pendiente y que no sería agradable, pero no quería precipitarme. Me había propuesto seguir el consejo de Manu y dejar que la cosa se enfriara antes de pedirle explicaciones, eso me daba cierta tranquilidad. También resonaba en mi cabeza la frase de Catherine: «La respuesta siempre es más amor». Complicado, pero lo iba a intentar.

Julia nos había hablado de dos tiendas de tejidos cercanas a la academia, una en la calle Velázquez y otra en Serrano, que su madre frecuentaba cuando era modista y cuyos pasillos ella misma había recorrido de niña imaginándose vestida con variedad de telas. Estaba segura de que su pasión por la costura le venía no solo de las muchísimas horas que había compartido con su madre mientras cosía, sino también de las innumerables veces que la había acompañado a este tipo de establecimientos. Ella le enseñó que las telas cobraban vida y se transformaban según quien las soñara.

Como nos quedaban un poco lejos, preferimos acercarnos a Gran Vía. Por entonces yo no sabía nada de telas y, aunque mamá sí había cosido algo años atrás, confiaba en que nos pudieran aconsejar qué tejido sería el más apropiado para lo que quería coser. La tienda estaba a la altura del número 27. Me recordó mucho al estilo de El Cuarto de Costura, tenía la misma fachada de madera, las mismas lunas redondeadas, mesas de corte de madera con las patas torneadas y cientos, quizá miles, de rollos de tela dispuestos de forma diagonal en estantes de madera que recorrían las paredes. Sus empleados iban impecablemente vestidos, eran atentos y solícitos. De la planta baja se alzaba una escalera de caracol amplia, de mármol blanco, con una barandilla de hierro muy elegante y un pasamanos de madera; en la planta alta, de nuevo cientos de rollos de tela dispuestos para que, de un vistazo, te enamoraras de varias piezas a la vez. Daba la sensación de que allí se paraba el tiempo, era difícil elegir dónde posar los ojos porque tenías la sensación de estar en medio de un bosque rodeada de árboles cada cual más bonito. Satén, tweed, batista, lino, crepe, encaje, damasco... entonces ni conocía sus nombres y aun así todas me parecían bonitas.

No quería gastar demasiado porque no tenía mucha confianza en que lo primero que cosiera quedara decente, pero mamá me animó a escoger una tela que me encantara. Así, me dijo, me esforzaría en hacer un buen trabajo. Elegir era complicado. Sin que ninguno de aquellos rollos me diera una pista de cómo podrían coger volumen y transformarse en una prenda, era más difícil aún. En vista de que no me decidía, entramos hasta el fondo de la tienda.

—Venga, vamos a mirar en el cajón de los retales —dijo mamá mientras me tiraba del brazo—, estoy segura de que encontraremos alguna oportunidad. ¿Te dijo Julia cuánta tela necesitas?

—Sí, metro y medio. Me dijo que con eso me saldrían también las vistas, que no sé qué son.

—Estamos apañadas —rio mientras revolvía las telas del cajón.

—Bueno, mamá, que acabo de empezar.

—Sí, claro, hija, llevas razón. Mira, ¿qué te parece esta? Es popelín, fácil de coser y fresquita, para el verano. ¿Te gusta el color?

—Es mona, pero un poco sosa, ¿no? ¿Tú crees que ese color mostaza me va a la cara?

—Cuando estés un poco más morena te sentará fenomenal. Tiene un algodón buenísimo, debe de estar aquí porque será el final de un rollo, te vas a llevar una ganga. Para empezar mejor lisa, que no tengas que casar cuadros, rayas o estampados, eso es otro mundo. Hazme caso, comienza por una tela fácil, ya tendrás tiempo de coser con algunas de estas maravillas que tenemos alrededor.

—Sí, creo que tienes razón. Me irá con los vaqueros y con los pantalones beige de verano que tengo. Vale, me llevo esta y la próxima vez que venga me atreveré con alguna más especial.

—Ya que estamos, creo que me voy a llevar una tela para renovar el mantel de la mesa de la cocina. Oye, así saco la máquina, la aceito y la pongo a punto, quizá te apetezca usarla.

—¡Buena idea, mamá! Vamos a desempolvarla y a ponerla en marcha. Igual te animas y vuelves a coser.

Me sorprendió tanta iniciativa, pero no dudé en aplaudirla. Aquella podía ser una oportunidad para que le cogiera de nuevo el gusto a la costura.

Nos acercamos al mostrador para que nos atendieran.

—Buena elección, este popelín se ha vendido muy bien, tiene una calidad extraordinaria, por eso nos queda solo este corte. Un metro y cuarenta —midió el dependiente con una regla de madera—, ¿es suficiente?

—En la academia me han dicho que compre un metro y medio. Quizá me quede corta.

—¿Qué va a confeccionar con ella?

—Una blusa cerrada con un cuello a la caja y manga corta —contestó mamá—, a la cadera.

—Entonces le da sin problema.

—¿Seguro? —insistí.

—Sara, este señor sabe de qué habla, hazle caso.

—¿Necesitan algo más? —preguntó doblando la tela.

—Sí, quería llevarme una tela que he visto en la sección de hogar.

El empleado nos acompañó hasta el rollo en cuestión y volvió a sacar el metro de madera.

—¿Cuánto necesita? —dijo extendiendo la tela sobre la mesa.

—Con un metro será suficiente, es para una mesa pequeña de cocina.

Cortó la tela del mantel, la dobló y rellenó un talón para que pasáramos por caja.

Me pasó algo extraño al salir de aquella tienda, empecé a imaginar mil prendas confeccionadas con las telas que más me habían llamado la atención. En mi cabeza se desplegaban los rollos unos tras otros y las telas se extendían tomando formas caprichosas que se convertían en vestidos de verano, largos, vaporosos o en blusas cortas, frescas y de colores alegres. No había visitado antes una tienda igual, no que yo recordara, y me dio la sensación de que allí, más que telas, se vendían sueños.

Hasta entonces no había cosido un botón ni sabía nada de costura, pero sentí una especial atracción por esos rollos de tela, deseé tocarlos, acariciarlos todos, desde las más finas sedas estampadas hasta las lonetas más austeras. No bastaba la vista, como no basta tampoco para leer un libro, hay que tocar sus hojas, olerlas, incluso. Tenía que tocarlas con las manos, sentir su tacto, era así como la imaginación y la creatividad se disparaban.

—Bajamos hasta Sol y te invito a una napolitana, ¿te apetece?

—Me parece estupendo, mamá.

—Por cierto, tu hermano, el otro día, ¿qué quería?

—Nada en especial, solo ver si necesitábamos algo, qué tal con Manu, ya sabes, charlar un rato. Hacía tiempo que no hablábamos.

—Bueno, y ¿qué tal con Manu? Supongo que tenéis planes, ¿no? Casi no me cuentas nada.

—Sí, claro, pero como no tiene un contrato fijo, hasta que no vea su puesto más seguro no es el momento de pensar en el futuro. Mientras tanto estamos bien así, le toca trabajar muy duro y echar horas. El ritmo en su empresa es de locos y hay que aguantar, eso dice, para llegar alto. Yo no sé si merece la pena, pero él parece tenerlo muy claro. Está convencido de que ahí puede hacer carrera y situarse. Es como si quisiera recompensar a sus padres por todo lo que les costó darle unos estudios y no quisiera defraudarles.

—Entiendo. Anda que no me he sentido yo veces culpable de que no terminaras la carrera. Ahora estarías trabajando en algún periódico, con lo mucho que te gustaba escribir.

—Venga, mamá, qué tendrá que ver. —Por nada del mundo quería entrar en esa conversación, especialmente hoy, que la veía animada y feliz—. Siempre puedo volver a estudiar si me apetece. Quién sabe.

Bajamos por Preciados y llegamos a la Puerta del Sol. La Mallorquina estaba hasta arriba de gente, como de costumbre. Compramos dos napolitanas y nos las fuimos comiendo por la calle de vuelta a casa.

—Tu abuelo me traía aquí los domingos y me compraba una como esta. Qué buenos recuerdos me trae. No sé cómo lo hacen, pero siguen siendo las mismas napolitanas, saben igual que entonces. A mis hermanas les gustaban rellenas de chocolate, pero yo siempre prefería las de crema y, mira, tú has salido a tu madre —sonrió.

—Papá también nos traía aquí cuando éramos pequeños.

—Sí, es verdad.

La conversación se frenó en seco y seguimos nuestro camino en silencio.

Al llegar a casa, mamá subió a ver a Paqui y yo me apresuré a poner la tela en remojo. Julia nos explicó lo importante que era lavar los tejidos antes de trabajar con ellos. Si, por ejemplo, encogían, así nos ahorrábamos sorpresas desagradables. Esperaba que no fuera el caso, porque no andaba sobrada de tela.

Sonó el teléfono y corrí al salón, tenía el presentimiento de que era la llamada que esperaba.

—¿Dígame?

—Hola, Sara, ¿está mamá cerca? —Por fin. Era Gabriel desde Francia.

—No, estoy sola. Ha subido a casa de Paqui. Cuéntame.

—Antes de nada, que sepas que papá se muere de ganas de hablar contigo. Hemos charlado durante horas de las cosas que nos han pasado estos últimos años, de cómo él también se había sentido excluido de nuestra vida, en fin, mucho que lamentar. Pero, mira, estoy aquí y le tengo cerca después de todo. Su mujer es un encanto y su hijo también. Bueno, que me voy por las ramas. La situación es grave, tendrán que operarle. Los médicos le han sugerido que después se someta a unos ciclos de quimioterapia, pero sin muchas esperanzas. Él tiene claro que va a hacer todo lo que esté en su mano, confía en que podrá superarlo. Le he dicho que tiene todo nuestro apoyo y que es muy valiente por afrontar algo así con la entereza que está mostrando.

—Entonces ¿hay esperanzas? Si sigue ese tratamiento y funciona, podrá superarlo, ¿no?

—Los médicos no son muy optimistas. Nunca lo son, ¿verdad? Pero también le han dicho que cada cuerpo es un mundo, que no pueden garantizar nada y que, si tolera bien la quimioterapia y no hay muchas complicaciones, podría curarse. Se puede vivir con un solo pulmón.

—Ay, Gabriel, qué angustia.

—Vamos a confiar, a dejar que los médicos hagan su trabajo. Él está dispuesto a todo y tiene el ánimo alto. Sara, no nos queda otra que confiar en que todo saldrá bien.

—¿Has hablado ya con Luis?

—No, iba a pedirte que le llamaras tú, pero si lo tienes complicado, le llamo yo esta noche.

—Sí, mira, lo prefiero, tú sabrás explicarte mejor. Lo de hablar con papá, déjame que lo piense, no quiero oír su voz y venirme abajo. Cuando esté segura de que puedo hablar con serenidad, yo misma le llamaré. ¿Cuándo vuelves? Lo de que mamá no sepa nada me está poniendo muy nerviosa. No sé cómo se lo va a tomar.

—En dos días cojo el avión de vuelta. Por mamá no te preocupes, seguro que lo estás haciendo muy bien. En cuanto vuelva, hablamos con ella.

—Dale un beso enorme de mi parte, dile que siento el silencio de todos estos años, que se debió a un malentendido y que le llamaré más adelante. —Casi no me salían las palabras y no podía contener las lágrimas—. Nos vemos pronto.

Colgué el teléfono y me derrumbé en el sillón. Todo era tan irreal, me costaba mucho encajarlo. Mi padre aparecía de repente, enfermo de cáncer. No conocía ningún caso cercano, no tenía ni idea de lo que iba a pasar, de cómo sería el proceso. Además, estaba la distancia. Se me hacía un mundo enfrentarme a aquello. Para esperar esos dos días necesitaría mucha paciencia, de esa que Julia decía que se cultivaba con la costura.

Oí a mamá entrar por la puerta al tiempo que volvía a sonar el teléfono, me sequé las lágrimas con el dorso de la mano y me incorporé.

—Hola, bonita. ¿Te recojo sobre las nueve y nos tomamos algo?

—Manu, no imaginas lo bien que me viene. Acabo de hablar con Gabriel y estoy muy confundida. Me vendrá bien un poco de calle.

—Pues luego me cuentas, ahora no tengo tiempo. Un beso.

Mamá y yo pasamos la tarde trasteando con su vieja máquina de coser. Había estado guardada en el armario del dormitorio de mis hermanos desde hacía años. Pesaba un montón y llevaba una funda rígida de plástico que se anclaba a la base con unas pestañas metálicas y que permitía transportarla como si de una maleta se tratara. Algunas zonas amarilleaban y no parecía estar muy en condiciones, aunque mamá estaba segura de que solo era cuestión de añadir un poco de aceite.

—Te la podrías llevar a clase. Seguro que la profesora puede aceitarla bien o te sabe decir de algún técnico que le haga una limpieza. Estas máquinas no se rompen nunca, solo necesitan una puesta a punto, son muy duras y, con un buen mantenimiento, aguantan toda la vida.

—Bueno, antes de cargar con ella hasta la academia, le preguntaré a Julia.

A las nueve y diez apareció Manu en la puerta.

—Pasa, Manu, hay que ver qué guapo vienes siempre.

—Buenas, Fermina, me temo que vengo directamente de la oficina. No tiene mérito. ¿Me vas a dejar que me lleve a tu hija un rato? Por fin he logrado salir a una hora medio decente y nos vamos a tomar una cerveza, si te parece bien.

—Pues, claro. ¡Sara! —Me llamó desde el salón—. Ha llegado Manu.

—¿Estarás bien, mamá? No llegaré tarde.

—Anda, vete tranquila, estoy muy cansada y me acostaré pronto.

Cogimos un taxi en la puerta de casa hasta la plaza de Santa Ana.

—Manu, quítate la corbata que te la guardo en el bolso, estarás más cómodo.

—Sí, por favor. Doce horas con ella son demasiadas. Estamos a tope con un cliente, el resto del equipo se ha quedado en la oficina, pero yo ya había terminado mi parte, así que soy todo tuyo. ¿Qué tenías que contarme?

Para entonces ya estábamos en la puerta del Villa Rosa. Manu se sorprendió al encontrarse allí con unos tipos trajeados que estaban en la barra, les saludó y charló apenas un minuto con ellos sin presentarme. Compañeros de trabajo, me dijo. Lo noté nervioso. Al parecer, el resto de su equipo salió de la oficina poco después que él y aquel era uno de los sitios a los que solían ir.

Uno de ellos le hizo un gesto con la cabeza como señalando hacia la derecha, Manu se giró en dirección contraria y me tomó del brazo. El sitio estaba hasta la bandera, nada extraordinario para un jueves por la noche en Madrid. Al fondo del local había un grupo de chicas de pie, charlando animadamente. Una de ellas, de perfil, me recordó a Marta, pero entre la multitud y el humo tampoco podía asegurarlo.

—¿Y si nos vamos a un local más tranquilo? Aquí no vamos a poder hablar con tanto ruido —me propuso Manu conduciéndome a la salida antes de que yo contestara.

—Como quieras, pero igual prefieres que nos tomemos algo con tus colegas.

—No, deja, ya los veo bastante en la oficina; además, tú tenías algo que contarme, ¿no? ¿Novedades de lo de tu padre?

Encontramos mesa en un bar cercano, bastante menos concurrido, y pedimos unas cervezas.

—Hoy ha llamado Gabriel desde Francia. Recuerdas que te conté que iba a ver a mi padre esta semana, ¿verdad?

—Sí, sí, claro. —Seguía algo nervioso, como ausente, pero no le di mayor importancia y continué hablando.

—Confirma lo que ya sabíamos, está grave. Tendrán que operarle y luego empezará un tratamiento de quimioterapia, pero dice que se alegró al verle y que lo notó bastante bien de ánimo. Ha conocido a su mujer y a su hijo y han estado hablando de muchas cosas. He quedado en llamarle cuando me sienta con fuerzas.

—Te vendrá bien hablar con él. Será el momento de hacerle todas esas preguntas que tienes en la cabeza desde hace años.

—Sí, me va a costar, pero ahora que sé lo que pasó no me parece tan difícil retomar nuestra relación. En cierto modo, lo veo como una oportunidad que nos ha «regalado» su enfermedad. La vida, a veces, es muy caprichosa.

—Se lo vais a contar a tu madre, supongo.

—Claro. Pero eso es otra cosa que me tiene intranquila, ya no solo por cómo se lo pueda tomar, no sé, igual nos sorprende a todos, sino porque también tendré que hablar con ella de lo que hizo. Lo importante es la enfermedad de mi padre, pero también tendré que aclarar ese otro tema con ella en algún momento y no va a ser agradable.

Hacía tiempo que sospechaba que, en cierto modo, mamá aprovechaba que tenía toda nuestra atención para mostrarse más vulnerable y conseguir que estuviéramos más pendientes de ella. Con el ánimo de protegerla, entre todos habíamos conseguido que se sintiera cómoda en el papel de esposa desvalida y abandonada y quizá era precisamente eso lo que le impedía levantar cabeza. La habíamos relevado de cualquier responsabilidad, no tenía que tomar decisiones, solo vivir, dejarse llevar. Era una existencia anodina, pero en un entorno seguro y cómodo.

—¿Nos vamos? —sugirió Manu. Parecía tenso.

—¿Ya? ¿No quieres otra? —Me extrañó.

—Estoy muerto y quiero acostarme temprano. Mañana es viernes y el jefe de proyecto querrá dejar algunos temas cerrados de cara al fin de semana. Perdóname, pero estoy falto de sueño.

Apuramos la media de bravas y tomamos un taxi de vuelta a casa.

Nos despedimos en el portal y subí en el ascensor pensando en la clase del día siguiente.

15

Doña Amelia y Julia charlaban animadamente cuando llegué a la academia aquella tarde. Ambas estaban sentadas a la mesa con una taza de café. Julia estaba terminando de coser a mano el forro de una falda que estaba arreglando.

—Buenas tardes —dijeron al unísono.

—Hoy se te ve más animada, Sara —añadió Julia.

—Sí, ayer salí un rato con Manu y me despejé. Tenemos pocas ocasiones para vernos porque trabaja muchas horas así que aprovechamos los únicos ratitos que tenemos.

—Recuerdo que mi madre andaba siempre preocupaba pensando que me iba a quedar sola y yo me reía. Y mírame, aquí me tienes con treinta y ocho años y sin planes de compartir mi vida con nadie. Al final va a ser verdad que la pobre tenía por qué preocuparse. Quizá me pase como a tu novio, he estado siempre tan dedicada a mi trabajo que he descuidado esa parte de mi vida. Apenas me relaciono con otra gente que no sean mis vecinas más cercanas, alguna gente del barrio y vosotras. Y se me pasa el arroz, como se suele decir.

—Vaya tontería, en mis tiempos ya eras una vieja con treinta y ocho años, pero ahora, aún tienes la vida por delante. ¿Crees que te has dedicado demasiado a tu trabajo y poco a buscarte un novio? Pues yo lo que veo es que has luchado por un sueño que tenías desde hace mucho y lo has hecho realidad, pocas pueden decir lo mismo. A mi generación le pasaba lo contrario, tenías un sueño y al casarte se esfumaba. En el mejor de los casos, tu sueño era casarte. Eso era todo —sentenció doña Amelia.

—Bueno, Catherine ya nos demostró el otro día que tampoco hace falta mucho tiempo para enamorarse y encontrar a tu media naranja —apunté—. Qué historia más bonita y qué mujer más especial, ¿no os parece?

—Sí, quizá lleves razón, Amelia. A mí también me impresionó. Supongo que hay que estar muy enamorada para hacer una apuesta tan fuerte como la que ella hizo, y poner mucho de tu parte para que todo salga bien.

Se oyó un «¡hola!» desde la puerta.

—Buenas tardes, Marta, pasa. —Doña Amelia la había reconocido a través de la celosía que dividía la sala.

—Vaya, veo que estáis de charla. Hola a todas —dijo,

colgando el bolso en el perchero y quitándose la americana.

—Aquí estamos dándole a la sinhueso, sí, hablando de novios y medias naranjas —resumió Julia.

—Ya, bueno. Pues yo de eso poco puedo hablar, tengo un rollete con un tío del trabajo, pero no es nada serio.

—Por cierto, ¿estuviste anoche en el Villa Rosa? —le pregunté.

—Pues sí, suelo ir por allí con la gente del trabajo, ¿por? —preguntó, sorprendida.

—Me pareció verte con unas amigas, pero no estaba segura de que fueras tú.

Antes de que Marta pudiera contestar, entró Margarita.

—Buenas tardes, espero que no avanzaran mucho el lunes y me disculpen por no asistir a clase, la semana ha sido bastante intensa.

—Hola, Margarita. Tranquila, el lunes pasado ninguna estábamos con el ánimo suficiente para la costura y estuvimos toda la tarde de charla —explicó Julia.

—Mejor así. Teníamos una recepción en la embajada y, aunque hay personal de sobra para organizarlo todo, quería supervisarlo personalmente. Estamos muy habituados a este tipo de actos, pero era el primero que ofrecíamos desde que llegamos a Madrid, y mi marido me pidió que siguiera de cerca los preparativos. Aún no conocemos bien a todo el personal y era vital que no fallara nada.

—Entonces, yo tampoco me perdí mucho —dijo Marta.

—En la costura el ritmo no lo marcan siempre la aguja y el dedal y, en mi opinión, yo sentí que aprovechamos bien la tarde.

—Totalmente de acuerdo, Julia. Salí de aquí con mejor ánimo del que traía cuando entré por la puerta. Me vino muy bien charlar con vosotras.

De nuevo Catherine y Laura coincidieron al llegar. Doña Amelia se levantó a retirar las tazas de café y Julia guardó la falda que estaba arreglando.

—Bienvenidas. ¿Empezamos, chicas? —dijo Julia una vez que todas estuvimos sentadas alrededor de la mesa—. Hoy vamos a hablar de tejidos, de su estructura y su composición y de la importancia de conocer sus partes para colocar los patrones correctamente sobre ellos antes de cortar las piezas de una prenda. Si nos da tiempo, trazaremos el primer patrón: la falda base o falda recta. Un tejido se compone de hilos entrelazados en horizontal y vertical. Si alguna ha tenido de pequeña un telar de madera, enseguida se hará una idea de lo que hablo. —Julia dibujaba en la pizarra al tiempo que nos iba explicando—. Los hilos que van a lo largo del telar en paralelo forman la urdimbre y a los hilos que pasan a través de ellos a lo ancho del telar los llamamos trama.

Se acercó al escaparate y tomó uno de los rollos de tela que había en la cesta de mimbre que decoraba aquel espacio y desenrolló sobre la mesa algo menos de un metro de tela para mostrarnos sobre el tejido lo que acababa de explicarnos en la pizarra.

—Según se entrelacen los hilos de la trama en la urdimbre, se consiguen distintos tipos de tejidos. ¡Ojo! —Aquí hizo una pausa que llamó nuestra atención—. No confundamos el tipo de tejido con el tipo de fibra. Para que nos entendamos, la fibra es el hilo del que está compuesto el tejido, y este puede ser de algodón, de seda, de lana... si hablamos de fibras naturales; o de rayón, poliéster u otras, si nos referimos a fibras sintéticas. Es importante que tengáis claro cómo es la estructura de un tejido para entender cómo debemos colocar las piezas de un patrón sobre el mismo y conseguir una caída bonita de la prenda. ¿Alguna pregunta hasta aquí?

Nos miramos unas a otras sin decir palabra.

—Puede que ahora os parezcan muchos datos así de repente, pero cuando tracemos el primer patrón lo vais a entender a la primera. Quedaos, por ahora, con los conceptos de urdimbre y trama. Si estuvierais sentadas en un telar, los hilos de la urdimbre los tendríais de frente y los hilos de la trama irían paralelos a vosotras por decirlo de alguna manera. —Volvió a señalar el dibujo de la pizarra.

—Ah, sí, ahora sí lo pillo —dijo Marta.

—Esto en lo que se refiere a los tejidos planos, como esta tela que os he enseñado. Pero también hay tejidos de punto, que se tejen de una forma diferente. Con ellos se confeccionan sobre todo camisetas o sudaderas. Creo que en México las llamáis remeras, ¿no es así? —Se dirigió a Margarita.

—No, en Argentina las llaman remeras, pero en México sí usamos la palabra «camiseta».

—Me lo apunto, gracias. El mundo de los tejidos da para varias clases, pero como os he dicho antes, lo importante es quedarse con el nombre de los hilos que los forman. A la urdimbre también se le llama hilo de la tela y la trama recibe a su vez el nombre de *contrahílo*. La mayoría de los patrones se colocan al hilo de la tela, esto es, paralelos al orillo de la tela —dijo, señalando ese nuevo término sobre el rollo que había desplegado—. Aquí, el orillo sería la parte que encontramos en cada extremo, donde se acaba la tela, los bordes. Algunas piezas de determinadas prendas se cortan a contrahílo o perpendiculares al orillo, pero aún no nos vamos a meter en eso, es solo para que lo sepáis. ¿Alguna se imagina por qué cortamos los patrones al hilo de la tela?

—Eso sí lo sé —anunció Laura—: la tela es un poco más elástica en esa dirección y así las prendas resultan más cómodas.

—Exacto, podéis comprobarlo tirando de esta tela en

un sentido y en otro —indicó Julia ofreciéndonos el rollo de tela—. Pero aún nos falta otra dirección y es la diagonal, lo que se denomina el bies de la tela. Imaginaos una pieza de tela en forma de cuadrado. —Mientras, dibujaba en la pizarra—. Según hemos visto, esta sería la urdimbre o el hilo de la tela, esta sería la trama o el contrahílo, que va de orillo a orillo y si trazamos una línea imaginaria de una esquina a otra del cuadrado, ese sería el bies. Seguro que tenéis alguna prenda cortada al bies, un camisón de verano, ¿quizá? En este ángulo de cuarenta y cinco grados es donde la tela nos ofrece la máxima elasticidad, y esto viene dado precisamente por su estructura. Una prenda cortada al bies se adapta bien el cuerpo, permitiendo libertad de movimientos; la caída de una prenda cortada al bies es muy distinta a la de una prenda cortada al hilo. Si pensáis en un camisón de seda, por ejemplo, será fácil que imaginéis una prenda al bies. La desventaja de este corte es que se desperdicia mucha tela y hay que saber trabajarla bien para que la prenda quede bonita.

Volvió a extender el rollo en la mesa.

—Vamos a ver si lo habéis entendido. Sara, ¿sabrías nombrar cada una de las partes? —me preguntó mientras las señalaba en la tela.

—Urdimbre, trama, bies y orillo —contesté según señalaba una u otra parte.

—Estupendo, ¿las demás lo tenéis claro?

Todas asintieron con una sonrisa.

—Bueno, así da gusto. Habría mucho más que contar sobre la forma en que se tejen los hilos, pero no quiero confundiros ahora, sino que vayamos avanzando para que muy pronto estéis sentadas a la máquina. Sacad la cinta métrica del costurero, libreta y boli y poneos de pie por parejas. Como vamos bien de tiempo, os voy a explicar el patrón de la falda base. Vamos a tomar cuatro medidas, ¿os acordáis que el otro día las expliqué sobre el maniquí?

Retiramos las sillas y nos levantamos, Marta y yo formamos la primera pareja, Laura y Margarita la segunda y Catherine y Julia la tercera.

—Para tomarnos las medidas siempre es mejor contar con ayuda, lo ideal es hacerlo en ropa interior o con alguna prenda muy fina y pegada al cuerpo para no medir de más. Colocad la cinta métrica alrededor de la cintura de vuestra compañera. El punto exacto donde hay que medir lo encontramos donde se estrecha nuestro torso, un poquito por encima del ombligo. Tomamos la medida sin apretar la cinta, y dejando un dedo por dentro de la misma, esto nos da un poco de holgura y nos asegura que la prenda no nos va a apretar. Apuntad esta medida en la libreta, es el contorno de cintura. A continuación, tomamos el contorno de cadera. Repetimos la operación: colocamos la cinta métrica alrededor de la cadera, en el punto más ancho, y apuntamos esta medida. Luego, medimos la distancia que hay desde la cintura hasta la cadera, ese es el alto de cadera y, por último, vamos a decidir cuál es el largo que queremos darle a la falda. Para ello, medimos desde la cintura hasta ese punto, puede ser por encima o por debajo de la rodilla, cortita, a media pierna, como más os guste.

Con esas cuatro medidas Julia nos explicó cómo trazar una falda recta a partir de un rectángulo. El lado largo del rectángulo tomó la medida del largo de la falda y el lado corto tomó la medida de un cuarto del contorno de cadera. En poco menos de cinco minutos teníamos delante el patrón. Viendo el dibujo en la pizarra resultaba tan lógico como sencillo, pero jamás hubiese imaginado que saliera un patrón de un simple rectángulo. Era una falda muy simple, con dos pinzas en el delantero.

—Aquí tenéis el delantero, fácil, ¿no? Pues la espalda tampoco es complicada.

En otros cinco minutos, ante nosotras en la pizarra teníamos las dos piezas del patrón de la falda base, cada una con sus pinzas. Ya estaba deseando coserme una.

—Quedaos con la idea general. Luego hay particularidades en cada cuerpo, traseros más marcados o planos, barrigas más o menos redonditas. Aprenderemos a modificar el patrón para que la falda nos quede perfecta. Se nos acaba el tiempo por hoy, pero el próximo día cada una trazará su patrón acorde a sus medidas, añadiremos holguras, márgenes de costura y sacaremos las vistas. Aquí tenemos papel para los patrones y varios juegos de reglas y marcadores, así que no tenéis que traer más que las ganas de aprender.

Al acabar la clase me quedé con ganas de más, aquello se ponía interesante. Doña Amelia acompañó a las chicas a la puerta para despedirlas.

—Julia, voy a salir, que tengo partida esta tarde. Cierras tú y nos vemos el lunes, ¿te parece?

—Diviértete, Amelia. Hasta el lunes.

Antes de marcharme quise mostrarle a Julia la tela que había comprado el día anterior.

—Julia, mira, ya tengo la tela para la blusa.

—¿Ya? ¡Qué bien! ¿Fuiste a Zorrilla?

—¿La tienda de Serrano? No, nos pilla un poco lejos de casa, iba con mi madre y se cansa enseguida, así que nos acercamos a Gran Vía —contesté mientras sacaba la tela del bolso. La tienda nos la recomendó una vecina que nos dijo que antes vendían telas de sastrería, pero que, de unos años acá, traían todo tipo de tejidos y la verdad es que es una maravilla.

—Ideal este popelín, algodón de buena calidad, te va a quedar preciosa, ya verás. Este modelo de blusa se puede confeccionar en muchos tejidos distintos, pero es un acierto que hayas elegido este porque te va a resultar más fácil coserlo. Cuando tengas más soltura, podrás hacerlo en viscosa, ya verás qué caída más bonita. Veo que la has lavado, muy bien.

—Bueno, la puse en remojo con un poco de Norit, la tendí a la sombra y luego la planché.

—Perfecto. Si quieres puedes dejarla aquí junto con el costurero y así no la paseas de un lado a otro.

—Pues sí, mejor. Total, en casa no la quiero para nada. Por cierto, quería preguntarte una cosa. Mi madre tiene una máquina muy vieja que necesita una puesta a punto, ¿conoces a alguien que pudiera echarle un vistazo?

—Claro, Ramón, el de Singer. Déjame que hable con él y el lunes te digo. ¿Hace mucho que no la usa? A lo mejor es solo cuestión de aceitarla un poco.

—Sí, eso dice ella. Hace años que no la toca, la tenía guardada en un armario. Pero al ir a la tienda de telas el otro día se animó y compró un metro de loneta para hacer un mantel para la mesa de la cocina. Me haría mucha ilusión que empezara a coser de nuevo.

—Estoy convencida de que le vendría bien. La costura, Sara, es mucho más que sumar puntadas, puede ayudar a mantener la mente ocupada y a crear ilusiones. Espero que encuentre en ella un aliciente y la ayude a animarse un poco.

De camino a casa me quedé con ese pensamiento. Hasta donde sabía parecía que la costura tenía mucho que ver con la vida, sumar puntadas era como dar pasos en una dirección. Imaginar, trazar y coser una prenda era igual que proponerse un objetivo, diseñar un plan y encaminarse hacia él sin perder de vista la meta. Mi abuela solía decir que coser y descoser eran parte de la misma labor, algo así como caer y levantarse en el camino de la vida.

Yo siempre había percibido la costura como una labor que durante siglos había mantenido a la mujer atada a una silla, dejándose la vista y los dedos pegados a una tela, y ahora se revelaba ante mí como una forma de libertad. Estaba muy cerca de descubrir que coser mi propia ropa iba a ser un acto de rebeldía que me iba a sacar de la uniformidad que la moda pretendía imponer. Me iba a dar alas para imaginar y crear según mis propios gustos, adaptando la ropa a mi cuerpo y no al revés, permitiéndome decidir cómo mostrarme a través de mi imagen y no a través de los estándares establecidos. La costura me iba a permitir expresarme con mis propias palabras o, mejor dicho, con mis propias puntadas.

Lejos de ser algo ligado a tiempos pasados, ahora lo concebía como absolutamente actual y vanguardista. En esta década muchas gozábamos del privilegio de elegir, con más o menos opciones, según el caso, más o menos obstáculos, pero liberadas, en cierta medida, de un camino impuesto para las mujeres que nos precedieron. Eso nos daba un espacio para comunicar quiénes éramos de un modo diferente, así es como empezaba a percibir a la costura.

Convertir una necesidad en una expresión artística elevaba la costura a la altura de cualquier otro arte, así me lo hizo entender Julia repasando conmigo las revistas de figurines de moda que su madre había guardado durante años y que ella conservaba como un auténtico tesoro. «Coser te conecta con las mujeres que antes de ti cosieron mucho más que ropa, también vidas, historias y emociones», me explicó Julia.

Se abría ante mí un mundo fascinante y estaba segura de que me iba a dar muchas satisfacciones.

16

Una de las cosas que más me llamó la atención de Margarita fue su forma de hablar. Era evidente que no era española, sin embargo, me era muy difícil situarla en algún país concreto más allá del Atlántico. Su entonación era peculiar. Seseaba y cambiaba el acento de algunas palabras, otras veces castellanizaba términos ingleses colocando una vocal al final de estos. Era muy divertido oírla.

Sus modales, su aspecto, lo cuidado de su imagen y su manera de moverse no eran corrientes. No me refiero solo a cómo vestía, a la calidad de las prendas que solía lucir ni a los carísimos complementos que siempre llevaba. Tenía un porte, una elegancia natural que la hacían destacar sin resultar ostentosa, creando un conjunto armónico y nada artificial. Aquello me resultaba curioso, porque a simple vista la juzgué estirada y me costó entender qué llevaba a una mujer como ella a apuntarse a clases de costura, por muy aburrida que pudiera estar.

No es raro que me precipitara con mis teorías, eso es algo que se me había pegado de mamá y que detestaba con todas mis fuerzas, pero me era difícil controlarlo.

Todo encajó en cuanto tuve la oportunidad de conocerla mejor, en una de nuestras tardes de costura, mientras hilvanábamos a mano la primera prenda que cosimos no sin esfuerzo. Julia nos insistía siempre que el hilván se inventó antes que los alfileres, y que era tan latoso como necesario, así que no valían las excusas. En la lista para completar el costurero básico que nos mandó comprar en el primer día de clase, se incluía un hilo especial para hilvanar, más barato que el hilo de costura y de inferior calidad, pero imprescindible para aprender a coser como Dios manda, nos decía.

—El tiempo que invirtáis en hilvanar será tiempo que ganaréis luego al coser.

Pronto comprobamos cuánta razón tenía.

Margarita nos contó que su bisabuelo, un tal Miguel Alonso, provenía de un pequeño pueblo del interior de Cantabria llamado Santibáñez y que, ávido de perseguir un futuro mejor, como otros tantos españoles de la época, decidió hacer las Américas. El 20 de abril de 1910 se embarcó en el puerto de Santander en el vapor Alfonso XIII de la Compañía Trasatlántica Española rumbo a Veracruz,

México. Dejó atrás su pueblo natal y su familia y marchó en busca de fortuna, alentado por las historias de prosperidad y abundancia que llegaban de aquellas tierras. Con una pequeña maleta y grandes dosis de incertidumbre y esperanza, se despidió de sus padres y sus hermanos y se lanzó a la aventura con la promesa de regresar algún día.

Conocía de memoria todos aquellos detalles porque su abuelo, y después su padre, se afanaron en que aquella historia no se olvidara. Quisieron que conociera sus orígenes y le inculcaron el amor a la tierra de sus antepasados y sus costumbres. De ese modo mantuvieron vivo en ella el anhelo de volver y le transmitieron la belleza de los paisajes de Cantabria que quedaron atrás. A menudo su padre la solía llevar de pequeña al Centro Montañés, en México DF, que era el punto de reunión de muchos de los emigrantes de aquella región. Allí pudo escuchar todo tipo de historias sobre el lugar, degustar desde joven los platos típicos y conocer la cultura de una tierra a la que poco a poco aprendió a amar y a añorar aun sin haberla pisado jamás.

A los pocos meses de llegar a Veracruz, estalló la Revolución mexicana y una familia de emigrantes gallegos —que llevaban ya unos años por aquellas tierras y estaban bien establecidos—, acogieron a Miguel en casa como a un hijo y le dieron trabajo en su pequeña explotación agrícola. Él acabó casándose con Carmiña, una de las hijas de la familia con quien tuvo dos hijos, Santiago y Luisa.

El chico trabajó desde niño en la explotación de los abuelos hasta que se casó a la edad de diecinueve años con Rosario, una mexicana de una familia que regentaba un negocio de exportación a Estados Unidos. Los tiempos eran convulsos, pero la suerte les sonrió y el trabajo duro hizo el resto. Rosario se quedó en estado al poco de casarse y tuvieron un hijo al que llamaron José. Dos años después, nació su hija Carmen. Para entonces ya eran una familia acomodada que vivía holgadamente y tenía varias personas de servicio en casa.

José conoció a una joven mexicana, Guadalupe, cuyo matrimonio le permitió estrechar lazos comerciales con un apellido de peso en el círculo empresarial de la ciudad como era el de los Cruz. Y los muchachos se prometieron enseguida.

Margarita nos relató cómo el enlace de sus padres fue uno de los acontecimientos sociales del año en México DF y que, más allá de las ventajas comerciales que implicó, fue una boda por amor en toda regla. Recordaba haber tenido una infancia muy feliz junto a su hermano, al cuidado de dos institutrices españolas que su padre contrató expresamente para mantener el legado cultural de la familia. Guadalupe, su madre, era una mujer muy cercana y entregada a sus hijos que sabía suplir las horas que José dedicaba a los negocios fuera de casa. Ella les relataba antiguas historias tradicionales mexicanas y les cantaba las mismas canciones que había oído a su madre. Su abuela Rosario les visitaba a menudo y disfrutaba peinándola y haciéndole trenzas que recogía con lazos de colores.

Ya de mayores, estudiaron en los mejores colegios de la ciudad y su círculo de amistades se volvió de lo más selecto. Fue así como Margarita y Diego se conocieron. Provenían de ambientes similares y ambos tuvieron claro desde el principio que eran el uno para el otro, como se suele decir. Los padres de ella vieron esta unión como el escalón definitivo para que su hija terminara de posicionarse en lo más alto de la sociedad mexicana. Una manera de garantizarle una vida acomodada y libre de preocupaciones. La exquisita educación que Margarita había recibido y la trayectoria de su familia hicieron que sus futuros suegros la miraran con buenos ojos y la acogieran con agrado. Diego, por su parte, con un camino marcado desde que nació, no tenía más que seguir la carrera diplomática que previamente había desarrollado su padre y para la cual se había preparado a conciencia.

—Cuando destinaron aquí a mi marido me ilusioné con la idea de conocer este país, después de tantas historias y recuerdos compartidos era un sueño venir acá —nos contaba Margarita—. Al casarme con él ya sabía que por su trabajo tendríamos que viajar a otros países y eso no me asustaba. Que mis hijos conocieran la cuna de sus antepasados era importante para mí, especialmente porque mi padre y mi abuelo se esforzaron mucho para que no olvidáramos los lazos que nos unían a España. Muchos de nuestros compatriotas comparten esos lazos y nunca han pisado esta tierra; me sentí una privilegiada cuando llegamos a Madrid. Aun así, hay días en los que la distancia se me hace dura, no contaba con separarme de mis padres y con privarles de ver crecer a sus nietos. Eso es lo que más me duele. No me juzguen mal —se disculpaba—, tengo una vida muy cómoda que me ha permitido conocer a personas muy interesantes y tener experiencias que me han enriquecido como ser humano. Mis hijos gozan de buena salud, eso es lo más importante, y mi marido me adora tanto como yo a él, y pasamos juntos el tiempo que nos dejan las agendas de ambos. Supongo que solo necesito un tiempo para adaptarme.

Como yo había vivido en Madrid toda la vida y mi familia siempre había estado cerca —si excluimos a papá, claro—, no imaginaba lo que debía de sentir Margarita tan alejada de lo que había conocido hasta ahora, del país donde se había criado. Nunca me había planteado si pertenecía o no a un lugar, sencillamente estaba aquí. Me costaba entender cómo un lugar podía hacerte sentir un extraño. La escuchaba atentamente intentando comprender.

—Desde que nací, he vivido añorando una tierra que no conocía, como si fuese un lugar al que estaba predestinada a volver, un lugar al que pertenecer y, sin embargo, ahora que estoy acá, en el país del que mi padre y mi abuelo me hablaron siempre con tanta pasión, me doy cuenta de que me he dejado el corazón en México. Nadie te puede decir dónde están tus raíces o cuál es tu tierra. Pertenecemos al lugar donde nos sentimos en casa y aunque soy feliz aquí, tengo la sensación de que es imposible que deje de añorar el lugar al que pertenezco realmente. Así que, ya ven, estando allá quería estar acá y estando acá quisiera estar allá.

Pese a vivir entre algodones, Margarita se mostraba cercana y era de trato fácil y amable. Nos hablaba con mucho cariño de la cooperativa de mujeres a la que dedicaba muchas horas allí en México. La vida moderna estaba haciendo que muchas de las artesanías textiles se perdieran y me parecía admirable que dedicara su esfuerzo a preservar un arte como el bordado mexicano. Pronto me di cuenta de que estaba muy comprometida con el trabajo que realizaban aquellas mujeres y con lo importante que era conseguir que perdurara en el tiempo como seña de identidad de una cultura ancestral.

Una tarde nos trajo a la academia algunas fotografías de bordados de las mujeres de la cooperativa y eran absolutamente fascinantes, realizados con hilos de lana o algodón de muy vivos colores. Nos contó el origen de cada uno, la región de la que procedían y el significado de los colores. Recibían nombres curiosos de origen indígena: bordado oaxaqueño, chiapaneco, otomí, chihuahuense... tenían estilos muy distintos, los colores también variaban de una zona a otra del país y los motivos representaban elementos de la naturaleza, la flora, la fauna, el agua en movimiento, formas geométricas, personajes míticos y escenas de la vida cotidiana, un universo de color que representaba la riqueza de las etnias mexicanas. Muchos se utilizaban para decorar prendas como blusas, huipiles, trajes de tehuana o guayaberas.

También nos mostró ejemplos de distintos tipos de técnicas y puntadas como el pepenado, la cadenilla o el punto de cruz. Los más antiguos pertenecían a la nobleza indígena y tenían más de dos mil quinientos años, por eso era tan importante preservarlos. Nos decía que muchas niñas aprendían a bordar a muy temprana edad, antes incluso de que aprendieran a leer.

Utilizar su posición para que aquella tradición no se perdiera decía mucho de Margarita. Ahora que sé lo que cuesta coger una aguja y las horas y la dedicación que lleva cualquier labor puedo apreciar de verdad lo que algo así suponía para ella.

—¿De qué sirven tus privilegios si no los puedes poner al servicio de los demás? —nos preguntaba retóricamente.

Después de conocer de dónde venía su familia, la historia de su bisabuelo, que abandonó su tierra buscando un futuro mejor; de sus abuelos y sus padres afanándose en que todo mereciera la pena, ahora sí me encajaba todo. Al fin entendí cómo era posible que la persona más refinada que jamás había conocido no fuera altiva ni distante, sino alguien cercano a quien no le costaba empatizar con la gente.

Al pensar en el relato que Catherine nos había hecho de su vida días atrás, me daba cuenta de la diferencia tan grande que existía entre la forma en que estas dos mujeres percibían la pertenencia a un lugar. Estaba segura de que Catherine debía de sentir mucho apego por su tierra y sus costumbres, tan distintas a las nuestras, pero el amor suplía —según nos contó—, cualquier sentimiento de añoranza. Su corazón se había establecido aquí y el resto carecía de importancia. Se había entregado plenamente al camino que se había abierto ante ella. Margarita, sin embargo, perpetuó el sentimiento de añoranza que le fue inculcado desde que nació y lo había hecho tan suyo que no lograría deshacerse de su nostalgia hasta que no comprendiera dónde estaban sus raíces.

Mi familia estaba afincada en Madrid desde hacía muchas generaciones y, aunque nunca me cuestioné mi pertenencia a ningún otro lugar, tampoco había reflexionado sobre lo que supone vivir lejos de la tierra en la que creciste. Supongo que, aunque puedas dividir países dibujando fronteras sobre un mapa, no puedes separar personas con una simple línea, ni tampoco puedes asignar a nadie un lugar al que pertenecer.

17

Julia estaba sentada a la máquina cambiándole el forro a una gabardina cuando entró un señor de aspecto serio con un maletín negro de piel, traje de chaqueta, corbata y zapatos Oxford.

—Buenos días —le recibió Julia.

—Buenos días, ¿doña Amelia de Rivera y Belloso?

—No se encuentra aquí en este momento, pero no creo que tarde en llegar. ¿Puedo ayudarle en algo?

—Sí, le ruego que le entregue mi tarjeta —indicó mientras la dejaba sobre el mostrador— y le pida que su abogado o ella misma se pongan en contacto conmigo a la mayor brevedad para tratar un asunto de su interés.

—Descuide, así lo haré —contestó atónita Julia tomando la tarjeta.

—Buenos días —se despidió.

—Buenos días —respondió ella de forma casi automática.

Se quedó junto a la puerta viendo cómo se alejaba aquel hombre y acto seguido leyó la tarjeta que tenía en la mano. Reconoció el nombre de un importante despacho de abogados que aparecía con cierta frecuencia en las páginas salmón del periódico.

La guardó y, sin darle más importancia, volvió al trabajo. No quería distraerse, se había propuesto acabar con un encargo pendiente antes de media mañana para poder preparar la clase de la tarde.

Desde que se la trajeron dudó de si merecía la pena arreglar aquella gabardina. En su día fue una maravilla, con ese corte clásico que nunca pasa de moda, pero los botones de piel trenzada y la hebilla del cinturón estaban tan desgastados que un forro nuevo poco podría hacer por disimular el paso del tiempo. Además, tenía la sensación de que desprenderla de aquellos cuadros tan icónicos le restaba personalidad a la prenda. «El cliente manda», pensó, y siguió con ello sin perder un segundo más, absorta en sus pensamientos.

Le gustaba imaginar la historia de aquellas prendas que llegaban a sus manos, en cuántos acontecimientos habrían acompañado a sus dueños, por qué motivo se decidieron a comprarlas, con qué otras piezas compartían refugio en los armarios... Algunas no escondían misterio alguno, solo estaban al alcance de cierto tipo de personas cuyas vidas eran igual de previsibles, pero otras, por el contrario, lograban despertar su curiosidad. Si, por casualidad, encontraba el resto de una entrada de cine o de teatro en alguno de los bolsillos, entonces estaba perdida. Las ideas se agolpaban en su cabeza y no podía dejar de elaborar las más pintorescas teorías. Solía suceder con los abrigos de noche o las chaquetas de caballero.

Julia aprendió a soñar y a dejarse llevar por su imaginación desde muy pequeña y seguía haciéndolo; no para evadirse de una realidad en la que se sentía cómoda, tampoco era una costumbre adquirida, sino más bien un juego que le divertía y la devolvía a su infancia.

En el par de meses que llevaba abierta, la academia progresaba con buen pie. Se había formado un nuevo grupo de alumnas para las tardes de los martes y los jueves y Julia necesitaba más tiempo para organizarlo todo. El volumen de trabajo aumentaba, lo que suponía más ingresos, pero también representaba todo un reto para ella. Estaba feliz, tener mucha tarea no la asustaba, al contrario, lo consideraba una buena señal.

—Buenos días, Julia —saludó doña Amelia desde la puerta mientras se quitaba la chaqueta y se dirigía a la trastienda a dejar el bolso—. Llego tarde porque he pasado a ver a mi hermano Jacinto. El pobre está regular, al principio ni me ha reconocido, los años no perdonan. Mi cuñada se queja de que ya no puede con él, de que se está volviendo un viejo cascarrabias y que ella tampoco está muy allá. En fin, cuando eres la pequeña de la casa debes asumir que tus hermanos se irán antes que tú, es ley de vida.

—Vaya, pues ya lo siento.

—Sí, es triste hacerse mayor y ver que ni la cabeza ni el cuerpo te responden como antes, pero es lo que hay. Llegados a una edad te das cuenta de que cada vez te faltan más seres queridos e incluso una misma se siente más cerca del final.

—Ah, eso no, no, no, vamos, Amelia, ¡no te queda a ti guerra que dar!

—Sí, puede, pero con lo que ha sido Jacinto, verle ahora así se me hace duro. Bueno, cuéntame, ¿ya está cerrado el segundo grupo?

—Son solo cuatro chicas, pero prefiero empezar ya. Si luego se apunta alguna más, podré integrarla sin problema.

—Me parece perfecto, estoy segura de que correrá la voz o quizá una de las nuevas alumnas traiga a alguna amiga.

—Eso mismo pensé yo. Por cierto, casi se me olvida, hace un par de horas vino un señor muy serio trajeado pidiendo que tú o tu abogado le llaméis sin falta, parece que se trata de un tema urgente —dijo Julia metiendo la mano en un bolsillo—. Aquí tienes su tarjeta.

Doña Amelia también reconoció el nombre del bufete y, aun sin tener ni la más remota idea de qué podría ser tan importante, no le dio buena espina. Un señor trajeado desconocido en la academia no le hacía presagiar nada bueno.

Tomó el teléfono y llamó a don Armando, que había sido el abogado de confianza de la familia durante muchísimos años. Era amigo de don Javier y se había encargado del papeleo de la academia y había llevado los temas legales de los negocios de su marido desde hacía décadas.

—Doña Amelia, un placer saludarla, ¿qué tal va todo? ¿A qué debo su llamada?

—Buenos días, don Armando, la verdad es que no sé qué decirle. Verá, esta mañana se ha presentado aquí un abogado para tratar un tema, según él, de suma importancia. Me preguntaba si podría llamarle usted en mi nombre y averiguar de qué se trata. No ha dicho nada más sobre el particular y me inquieta. —Doña Amelia le dio los datos que aparecían en la tarjeta. Sabía de su dilatada experiencia y confiaba en que solucionaría el asunto, fuera el que fuera, con la eficacia acostumbrada.

—Sin problema, doña Amelia, no se preocupe por nada. Hoy mismo le llamo y le informo en cuanto hable con él. ¿Puedo hacer algo más por usted?

—Nada, se lo agradezco. Tome nota de este número por si no me localiza en casa, es el de la academia y está abierta en horario comercial —le dictó el número y antes de despedirse añadió—: Hágame el favor de saludar a su señora de mi parte. Espero su llamada. Gracias.

—Así, lo haré. Buenos días, doña Amelia.

—¿Más tranquila? —preguntó Julia en cuanto oyó que su socia colgaba el auricular.

—No, pero ya he puesto a don Armando al corriente y, con suerte, hoy mismo sabremos algo. Espero que no sea nada que no se pueda solucionar. La última vez que estuve en un bufete fue para la lectura del testamento de don Javier y eso ya quedó zanjado y liquidado. En fin, toca esperar. ¿Un café, Julia?

—Uy, no. A estas horas apetece más un refresco.

—Ya sé por dónde vas —rio doña Amelia.

—Hoy no te puedo acompañar, he quedado con unas amigas para comer. Me hace mucho bien recuperar antiguas amistades y tener una vida social más animada que la de estos últimos años. Me voy a acercar a De Blas a por unos patés que tengo encargados, ¿quieres que te traiga una Coca-Cola?

—Ay, sí, gracias, y un bocadillo de jamón, si no te importa. Allí lo cortan a cuchillo y sabe a gloria. Yo con eso me siento en un banquito al sol y almuerzo tan feliz.

—Pues en un ratito estoy de vuelta.

—Estupendo, yo sigo con mis cosas, que voy a poner a las chicas a trazar su primer patrón. Estoy deseando ver sus caras cuando terminen de recortarlo. Va a ser muy emocionante.

El ratito al sol en el parque le fue de perlas. Los peces del estanque se comieron el poco pan que sobró del bocadillo y Julia volvió a El Cuarto de Costura disfrutando de cada paso que la acercaba a la academia.

Cuando faltaban unos minutos para las cuatro comenzaron a llegar las alumnas.

—Buenas tardes —saludó Laura desde la puerta al tiempo que pasaba a la sala y dejaba el bolso en una silla—. Qué raro no encontrar a doña Amelia en la puerta.

—Hola, Laura —contestó Julia saliendo de la trastienda—. Sí, no creo que vuelva hoy, ha quedado para comer con unas amigas y la verdad es que espero que lo esté pasando tan bien que eche la tarde entera con ellas.

—Ay, las amigas, si no fuera por ellas, ¿verdad? Yo dejé a las de la infancia en el pueblo y ya solo las veo cuando visito a mis padres. Pero claro, la vida nos ha llevado por caminos tan diferentes que cuando nos vemos no hacemos otra cosa que recordar tiempos pasados y poco más. Aquí también hice buenas amistades, pero la vida en Madrid es una auténtica locura y hay que cuadrar tantas cosas que al final solo logramos coincidir todas cuatro o cinco veces al año.

—Yo dejé de estudiar a los catorce y entre los trabajillos que me salían, cuidar de mi padre y ayudar a mi madre con los arreglos, poco tiempo he tenido para amigas. Eso sí, con los años Amelia se ha convertido en la mejor amiga, madre suplente y socia que pudiera tener.

—Buenas tardes.

—Hola, Sara, bienvenida. —Julia se volvió hacia Laura—: Oye, ¿no has llegado muy pronto hoy, tú que siempre vas con la hora justa?

—Sí, es que tenía que llevar a Sergio a revisión al hospital y mi ex salió un poco antes, así que se quedó con los peques y se los llevó a comer a casa. He aprovechado para darme un paseo largo y disfrutar un rato de estar sola.

—Y ¿todo bien? —pregunté.

—Sí, afortunadamente, era un control rutinario. Mi hijo ya corretea como cualquier niño de su edad y hace vida normal. Lo peor ya pasó.

Sonó la campanilla de la puerta y se oyó un «buenas tardes» a dos voces.

—Adelante, Catherine y Margarita, buenas tardes. Ya estamos todas, dejad vuestras cosas, acomodaos y empezamos. Hoy vais a trazar el patrón de una falda base. Sacad la libreta donde apuntasteis vuestras medidas y acercaos a las mesas de corte. Creo que ahí trabajaréis mejor, aunque quien prefiera hacerlo sentada se puede quedar aquí —añadió Julia señalando la mesa del centro.

En la pizarra seguía el dibujo del patrón que nos había explicado el viernes, que retomó para hacer un repaso breve de la clase anterior. Nos entregó papel de patronaje y un juego de reglas.

Daba un poco de miedo enfrentarse a un papel en blanco y parecía casi imposible que aquel pliego pudiera ser el origen de una prenda con tres dimensiones.

—Antes de que dibujéis vuestro patrón quiero hablaros de lo que llamamos «holgura». A cada prenda hay que darle algunos centímetros de más que nos permitan movernos con comodidad cuando la llevemos puesta. Le damos más o menos holgura según la prenda de la que se trate y el tejido con el que estemos trabajando. Para una falda base podemos añadir de uno a tres centímetros al contorno de cintura y de dos a cinco al contorno de cadera, según queramos que la falda quede más o menos ajustada o, mejor dicho, más o menos holgada —explicó Julia.

La miramos asintiendo con la cabeza para indicar que aquello tenía toda la lógica del mundo.

—Si cortáis esta falda sin añadir la holgura suficiente no podréis ponérosla. Bueno, quizá sí, pero tendríais que permanecer inmóviles o se abrirían las costuras —añadió con una sonrisa pícara.

—Yo he reventado más de una, pero siempre he sabido exactamente la razón y no tenía nada que ver con la holgura —apunté al tiempo que todas reían.

—Sí, a mí me suele pasar después de las vacaciones de Navidad —añadió Catherine, sin parar de reír.

—Vale, vale, eso también, pero volvamos a la clase —indicó Julia intentando captar de nuevo toda nuestra atención—. ¡Tenemos un patrón que sacar!

Mientras íbamos trasladando nuestras medidas al rectángulo dentro del cual sucedería toda aquella magia, Julia nos hablaba sobre la importancia de trazar bien el patrón base para luego poder hacer cualquier modelo de falda.

—Esta falda recta la podréis transformar en una falda lápiz o falda de tubo —dibujaba muy deprisa en la pizarra— como las que se llevaban en los años cincuenta, con una abertura supersexi por detrás; o una falda evasé cortita para verano, una maxi falda, una falda cruzada, podéis ponerle bolsillos, añadirle un volante... Ya iréis viendo vosotras mismas las posibilidades de cada patrón. Pero no quiero que penséis en eso ahora.

—Yo no suelo usar faldas, estoy más cómoda con pantalones. Creo que tenía algo más de veinte años cuando cosí la última, aunque era más bien una minifalda. Mary Quant revolucionó los armarios de todas las jovencitas inglesas de la época, para disgusto de nuestras madres, o, al menos, de la mía —rio Catherine.

—Sí, yo también soy más de pantalones... bueno, y de vestidos, sobre todo en verano —añadió Laura.

—Totalmente de acuerdo, chicas, pero hay que empezar por el principio, y este es el patrón más sencillo. En la costura las prisas no son buenas, así que vayamos paso a paso. Cuando toque coser la falda podéis usar retor. ¿Veis esas telas que tengo en el escaparate? Nos servirán para confeccionar las faldas sin comprar ninguna tela especial. Se usa mucho para hacer pruebas, es una tela de algodón muy económica, un poco tosca, pero perfecta para esto.

—A mí me gusta mucho la idea de transformarla en una falda lápiz como dijiste, ya tengo alguna así y sientan muy bien, resaltan el pompis.

—Bueno, Margarita, dudo que haya algo que no te siente bien a ti —añadí.

—A ver, cada cuerpo es un mundo, pero cuando aprendes a coser de verdad y sabes cómo adaptar un patrón a tus medidas, que es de lo que se trata, puedes sacarte mucho más partido que cuando te pones ropa comprada. En esta falda recta, por ejemplo, si trazamos bien las pinzas se puede esconder una barriga más redondita o disimular un trasero caído. Pero no queráis correr, que ya nos queda poco para acabar con el delantero.

Efectivamente, siguiendo las indicaciones que nos había dado en la clase anterior y lo que nos iba apuntando mientras trazábamos cada una de las líneas de nuestra falda, no tardamos en tener el delantero listo. El trasero era casi igual, pero tenía las pinzas más pronunciadas para crear el volumen que se necesitaba en esa zona. Julia ya nos lo avisó: una vez que tengáis el patrón, os moriréis de ganas de cortar la tela. Y así fue.

—Ahora, tomad las tijeras para papel y recortad vuestros patrones. ¡Ojo! Usad siempre las del papel, las de tela nunca se usan aquí porque la hoja se estropea. Y no olvidéis marcar los patrones para identificar las piezas, delantero y trasero. En el centro de cada una de ellas dibujad este símbolo. —Nos volvimos hacia la pizarra mientras Julia seguía hablando—. Con él indicamos dónde está el centro de ambas piezas. Tendremos que hacer coincidir el centro de cada pieza con el doblez de la tela cuando vayamos a cortarla.

Laura tomaba nota de todo en su cuaderno con esa letra tan rara que suelen tener los médicos, mientras las demás nos limitábamos a reproducir esa forma en el lado recto de ambas piezas.

—Ya tenéis vuestro patrón, pero para pasarlo a la tela nos queda un paso más: añadir los márgenes de costura, esa estrecha franja de tela de un centímetro o centímetro y medio que perdemos en cada pieza cuando las unimos al coser.

Se acercó a nosotras mostrándonos a qué se refería usando como ejemplo la falda que ella vestía. Comprobad las costuras de la ropa que lleváis y veréis los márgenes de costura.

Todas buscamos en el interior de nuestras blusas o camisetas y, efectivamente, allí estaba esa franja de tela de la que nos hablaba Julia.

—Tampoco hay que olvidarse de dejar unos cinco centímetros para el dobladillo. Parecen muchas cosas, pero todo tiene su lógica y acabaréis teniendo en cuenta todos estos detalles casi de un modo automático con la práctica. Solo nos quedaría añadir una cinturilla o unas vistas y marcar la posición de la cremallera que vamos a colocar en el costado, pero eso lo dejamos para la próxima clase.

Julia nos entregó una de esas perchas que tienen dos pinzas y una etiqueta a cada una y nos pidió que escribiéramos nuestro nombre en ella.

—Podéis colgar los patrones aquí, en la barra de ese armario. Así no se estropean. Hay quien prefiere doblarlos y guardarlos en carpetas, pero teniendo espacio yo prefiero dejarlos así. Por cierto, nos queda una plaza libre en el grupo de los martes y jueves, si conocéis a alguien que quiera aprender a coser podéis comentárselo.

—Por supuesto —soltamos todas a la vez.

Si algo me apetecía era recomendar a cualquier conocido que aprendiera a coser. No llevaba más que unas clases y ya compartía todo el entusiasmo que Julia me transmitió la primera vez que hablamos de costura.

Ya intuía por entonces que coser no es más que unir las piezas de un todo. Con ilusiones, historias, vidas... vamos creando algo más grande que la suma de esas piezas. A veces con retales, a veces tejiendo nuestras propias telas con lo que tenemos a mano, todas cosemos. Ya sea un disfraz para transitar el dolor, un traje largo para vivir la vida como si fuese una fiesta, un mantel en torno al que reunir a quienes amamos... Porque coser es unir, soñar, crear, transformar. ¿Hay algo más bello? Sí, la costura y la vida parecían tener mucho en común.

18

—Buenos días, doña Amelia. Quise llamarla anoche tras hablar con el abogado que la visitó ayer para ponerla al corriente de la situación, pero se me hizo un poco tarde. Verá, voy a ser muy directo, el contrato de arrendamiento del local de la calle Lagasca es nulo. En otras palabras, la academia peligra. Se lo digo así de claro porque nos enfrentamos a un tema legal de cierta complejidad, especialmente, porque la parte contraria no se muestra muy dispuesta a llegar a un acuerdo. Sé cómo suena todo esto, pero no quiero que se alarme y, sobre todo, quiero que confíe en que vamos a estudiar las opciones que tenemos y a solucionar esta situación lo antes posible.

Doña Amelia palideció de repente y no consiguió articular palabra, pero siguió atenta a la conversación.

—El asunto es el siguiente. La sociedad patrimonial que gestiona el local pertenecía a cinco hermanos. Hasta que, hace un par de años, murió uno de ellos sin dejar descendencia. El contrato de arrendamiento se firmó sin la aprobación de su viuda que, según me ha dejado entrever su abogado, no mantiene una buena relación con el resto de las partes. Ante la dificultad para localizarla en su día, firmaron el contrato en su nombre. Si esto es así, se entendería que el contrato está afecto por un vicio por nulidad desde su origen.

—Perdone que le interrumpa, don Armando. Entonces ¿me está diciendo que nos pueden cerrar la academia?

—Le explico. La viuda acaba de saber de la existencia del contrato y, como es comprensible, la noticia no le ha sentado nada bien. No es que se oponga frontalmente a arrendar la propiedad, pero ha encajado muy mal que se haya formalizado el acuerdo sin que se le haya informado del mismo. Técnicamente el contrato es nulo. Su abogado se ha mostrado bastante tajante al respecto. Pero voy a hablar con la inmobiliaria y con los abogados del resto de los propietarios para intentar solventar este asunto de la forma más favorable para usted.

—Entiendo que tendrá mil asuntos entre manos, pero le ruego que me mantenga informada de todo el proceso. Comprenda que el negocio lleva poco tiempo en marcha, pero es un proyecto muy querido y en el que he puesto no ya mucho dinero, sino muchas ilusiones. Significa mucho para mí y más aún para mi socia.

—Puede estar segura de que la tendré al corriente, sin embargo, estas cosas llevan su tiempo y tendremos que ser pacientes. Ya sabe usted que desde que empecé a ocuparme de los asuntos de su difunto marido siempre me he esforzado al máximo por sacar adelante sus temas.

—De eso no tengo ninguna duda, pero me quedo muy preocupada. ¿No cree que si nos reuniéramos directamente con esa señora podríamos hacerla entrar en razón?

—Según me han informado, ella vive en Italia. Una conocida suya pasó por la puerta del local un día y le contó que ahora había un negocio allí. Pero, de todos modos, aún es pronto para eso, tengo que comprobar si la inmobiliaria estaba al tanto de la situación y si había alguna intención oculta por parte de los arrendadores. Los temas de familia suelen ser más complejos de lo que aparentan en un principio. Su abogado ha hecho mucho hincapié en el malestar de su clienta porque, al parecer, no es la primera vez que esto sucede con una propiedad común y esta vez se muestra muy firme en su postura de anular el contrato. Tenemos que ir con pies de plomo. Créame si le digo que este particular requiere de la mayor diligencia.

—Estoy en sus manos, don Armando, confío en su buen hacer y quedo a la espera de sus noticias.

Tras despedirse, doña Amelia colgó el teléfono. No podía imaginar que las cosas se torcieran de esta manera.

Aquel asunto la dejó completamente desconcertada. Se preguntaba cómo era posible que sucediera algo así y cómo le daría la noticia a Julia. No era capaz de imaginar que aquello que habían construido juntas con tanta ilusión desapareciera de un plumazo.

El Cuarto de Costura se había convertido ya en la razón para levantarse cada mañana, en un proyecto compartido que llenaba sus días de color. Disfrutaba sintiéndose al mando de algo que ella misma había creado. Recordó la primera visita al local, las horas trabajando codo con codo con Julia pensando en todos los detalles, discutiendo con la empresa de interiorismo, negociando el precio de las máquinas, los nervios de la inauguración, la sorpresa de sus amigas al decidirse a abrir un negocio...

Y no solo eso, sentía que la academia también se había convertido en un punto de reunión para las alumnas, que esas tardes de costura representaban una especie de oasis, un lugar donde solo importaban ellas y podían concentrarse en aprender y compartir. Habían encontrado un tiempo que dedicarse a sí mismas, lejos de las obligaciones del día a día.

No, todo esto no podía desaparecer sin más. Significaba demasiado.

Terminó de arreglarse y se dirigió con paso firme a la academia. No quería darle un disgusto a Julia, pero debía informarla cuanto antes de lo que estaba pasando y prepararla para cualquier desenlace. Mientras caminada por la calle iba dándole vueltas a todo aquello. «¿Qué necesidad tenía yo de meterme en semejante aventura? ¿Quién en su sano juicio, pudiendo vivir sin preocupaciones, se iba a embarcar en un proyecto como este? Ya me avisaron algunos de que esto era una locura e hice oídos sordos. También podría haber optado por prestarle el dinero a Julia para que alquilara el local que había visto en Embajadores. Si yo nunca he llevado un negocio, ¿quién me mandaba a mí complicarme la vida de esta manera?».

De pronto, todas las razones que la habían empujado a abrir El Cuarto de Costura carecían de sentido. Ese empuje que había sacado de su interior y que obedecía a años de represión y de silencio, como correspondía a una dama de su posición, se diluía. Todo se volvió un gran interrogante. Una cosa era fantasear con tener una vida propia, y otra muy distinta ponerse al frente de un negocio sin tener idea de nada. En el fondo era una romántica y su visión de la realidad no se correspondía con lo que pasaba más allá de las puertas de su casa.

Arriesgarse así a su edad, una mujer. La idea ahora, en frío, le parecía tan disparatada como algunas amistades le habían comentado meses atrás. ¿Se había empeñado en demostrarles que se equivocaban o de verdad estaba convencida de que podía lograrlo? ¿Estaba ayudando a Julia a cumplir su sueño o buscaba algo con lo que distraerse? Estaba inmersa en un mar de dudas cuando entró en el local.

Aquel «buenos días» que Julia acostumbraba oír desde el fondo de la sala le sonó esa mañana más apagado.

—Acabo de hacer café, ¿te apetece uno?

—Ay, Julia, hoy mejor una tila.

—¿Estás bien? Te noto decaída.

—No traigo buenas noticias. Ven, vamos a sentarnos.

—Me estás asustando. ¿Es sobre el señor que apareció ayer?

—Así es. Mi abogado habló ayer por la tarde con él y esta mañana me ha puesto al corriente del asunto que le trajo por aquí. Ya te digo que no son buenas noticias, pero yo confío mucho en don Armando, ya sabes que nos ha llevado los temas legales desde hace años.

—Sí, recuerdo haberle visto por casa con su señora muchas veces. Pero dime de una vez de qué se trata.

—Perdona, voy al grano. Resulta que el contrato de alquiler de este local es nulo, jurídicamente no tiene ninguna validez porque falta la firma de uno de los propietarios, propietaria, en este caso.

—Pero ¿cómo es posible? ¿Eso se puede hacer? Y ¿ahora qué? ¿Nos quedamos sin local? No me digas que hay que cerrar la academia, que me da algo.

—Según don Armando, aún hay que discutir con la

inmobiliaria que nos lo alquiló, tratar con el resto de los herederos que sí firmaron y negociar con el abogado de la señora en cuestión. Él me dice que confíe en su buen hacer para conseguir llegar a una solución favorable y que podamos seguir con nuestra actividad, pero me ha avisado de que no va a ser fácil. Parece, por qué será que no me extraña nada, que las relaciones de esta señora con el resto de la familia no son todo lo buenas que debieran y que el asunto la tiene bastante enojada.

—Ay, Amelia, ¿cómo puede estar pasado esto? Ahora que vamos tan bien, con lo que nos ha costado poner esto en marcha.

—Estoy tan sorprendida como tú, y la sola idea de que tengamos que cerrar me produce una tristeza tremenda.

—No nos vamos a poner en lo peor, ¿verdad? Seguro que esta señora... seguro que entra en razón. Total, el local está alquilado, sumaría un ingreso para ella, ¿por qué iba a oponerse? Que firme el nuevo contrato y ya está.

—Yo no sé nada de leyes, pero ya me ha explicado el abogado que el tema no es tan simple. Los asuntos de familia, con herencias y dinero de por medio, son complejos. Por ahora no queda más que esperar y seguir trabajando. Además, ella vive fuera.

—Si al final no conseguimos solucionarlo buscaremos otro local, lo hemos hecho una vez y podemos volver a hacerlo, ¿no crees, Amelia?

—No lo sé, Julia, estoy hecha un lío, ahora mismo dudo de todo.

Tenía los ojos llenos de lágrimas y le temblaba todo el cuerpo. A la idea de tener que cerrar el negocio, que ya le parecía una gran derrota, se unía el sentimiento de decepción que pensaba que se instalaría en Julia. Ella nunca le había fallado en toda su vida y ahora que ambas habían unido fuerzas para hacer realidad su sueño, todo se podía venir abajo por algo que escapaba totalmente a su control.

—Y, hablando de otra cosa, a ver si esto se me va de la cabeza, hoy empieza el grupo nuevo, ¿verdad? —dijo intentando sobreponerse.

—Sí, estoy muy ilusionada e impaciente por saber cómo son las chicas y a ver si encajan tan bien como lo han hecho las del primero. Ninguna sabe coser, así que no se van a aburrir en ningún momento. Irán todas a la par.

Era difícil olvidarse del tema y centrarse en dar clase, pero Julia estaba muy emocionada. No pensaba darse por vencida hasta que no estuviera todo perdido. Ella estaba muy acostumbrada a lidiar con situaciones en las que parecía que todo se ponía en su contra y siempre había encontrado la manera de salir adelante. Con doña Amelia a su lado, estaba segura de que esta vez también lo conseguirían.

Todo marchaba viento en popa. Recientemente, las amigas de doña Amelia habían encargado algunas prendas pensando en la temporada estival y en los eventos a los que solían acudir por esas fechas. Aquella zona estaba repleta de tiendas donde comprarlas, pero aún había señoras que valoraban la confección a medida y que, sobre todo, huían de la uniformidad que proponían las grandes cadenas de moda. Para Julia era una oportunidad de aplicar todo lo aprendido de su madre durante años y trabajar con tejidos jamás soñados.

Las prendas de verano eran sus favoritas porque las telas eran más finas, tenían mucha caída, más color, más movimiento y transmitían perfectamente esa idea de fugacidad y de ligereza que, según Julia, impregnaba la estación.

Contaba con poder contratar, más adelante, a una modista de apoyo para hacer más costura a medida. Pero ahora que todo el negocio estaba en el aire, esta idea parecía aún más lejana que cuando doña Amelia y ella la comentaron meses atrás.

Coser y descoser, caer y levantarse, como la vida misma, aquellas palabras resonaban en su cabeza. Había algo muy naíf en su manera de concebir la vida que, sin duda, ayudaba a que su visión de las cosas nunca fuera fatalista. Algo que la hacía confiar en que todo iría bien. Rendirse no era una opción, ese era el ejemplo que había tenido en casa y no sabía enfrentarse a la dificultad de otro modo.

Por la tarde, recibió a sus nuevas alumnas con la misma ilusión con que estas tomaban asiento alrededor de la mesa de centro. Les mostró la sala y repitió la misma bienvenida que empleó semanas atrás cuando El Cuarto de Costura echó a andar. Podía ver en las caras de aquellas mujeres el mismo entusiasmo que mostraron las anteriores.

Doña Amelia repartió las libretas, tomaron nota de los utensilios que iban a necesitar para su costurero y Julia les contó sus planes para los próximos meses, que fueron muy bien recibidos por las chicas. De nuevo, un grupo heterogéneo. La costura parecía interesar a mujeres de perfiles muy distintos, pero a diferencia de sus predecesoras, ninguna de ellas había tocado antes una aguja, más allá de coser un botón. La idea de Julia era intentar acompasar ambos grupos lo antes posible para avanzar casi al mismo ritmo y así tener más tiempo que dedicar a los arreglos y los encargos por las mañanas.

Las invitó a acercarse a la zona de las máquinas de coser y les explicó someramente su funcionamiento. Vieron cómo devanar una canilla, cómo enhebrar la máquina y para qué servían las ruedas con aquellos símbolos extraños que pronto les resultarían tan familiares. Cuando terminó la clase, las chicas se despidieron hasta el próximo jueves. Estaban encantadas.

Tras acompañarlas hasta la puerta, doña Amelia se quedó inmóvil frente al cristal hasta que las vio alejarse. Se fue directa al mostrador y marcó el número de Alfonso.

—Alfonso, soy mamá. ¿Tienes un minuto?

—Sí, claro. Esta noche vienen a cenar unos amigos, y estamos preparando la cena. Dime.

—¿Estamos? Bueno, ya me contarás. No te imaginas lo que ha pasado con la academia. Resulta que el contrato de alquiler que firmamos es nulo y El Cuarto de Costura podría estar en peligro.

—¿Cómo? Pero ¿qué ha ocurrido? ¿Se lo has comentado a don Armando?

—Sí, claro, él es quien se está encargando de todo. De momento, no sé mucho más.

—Bueno, no te angusties. Seguro que sabrá lo que hay que hacer. De todas formas, mantenme informado. Hablamos en otro momento con más calma.

—Sí, hijo, así lo haré. Un beso y disfruta de tu cena.

A continuación, corrió a refugiarse en la trastienda. Julia entró detrás y la encontró sentada en la mesita redonda que tenían allí.

—Siento que te he defraudado, Julia. Mi entusiasmo quizá sea el culpable de que tu sueño se derrumbe. No debí entrometerme en tus planes. Lo hice con la mejor de las intenciones, de eso no quiero que te quepa duda alguna. Estaba convencida de que merecías mucho más que un pequeño local de arreglos en tu barrio. Quería que pudieras desarrollar todo tu potencial. ¿Y si me empeciné en esa idea para vivir una ilusión a través de ti? Y ahora mira adónde te he arrastrado por mi mala cabeza.

—No te consiento que digas eso, Amelia. En primer lugar, esto lo acordamos juntas; partió de ti, sí, pero es un proyecto de las dos. No vamos a dejar que se venga abajo. Y, en segundo lugar, en El Cuarto de Costura también vamos a coser sueños y con hilo de torzal si hace falta, para que de ningún modo se puedan deshacer.

—¿Hilo de torzal?

—Sí, es un hilo grueso que... bueno, deja, que yo me entiendo. Este lugar es nuestro. Y te digo más, no solo nuestro, también es de nuestras chicas y lo vamos a pelear hasta el final. No puedes venirte abajo de esa manera, vamos a ir paso a paso. Si confías en don Armando como dices, aún es pronto para rendirse. Mira, cuando yo era jovencita y mi padre estaba ya muy enfermo, en casa no hacíamos más que trabajar a todas horas para procurarle los antibióticos que necesitaba. Aun así, había meses que no nos llegaba para comprarlos. Mi madre se dejaba los ojos cosiendo hasta altas horas de la noche y yo tenía las manos destrozadas de tanta fregona. Una de esas noches me levanté muy de madrugada y vi que mi madre se había quedado dormida sobre la mesa de la máquina de coser. La desperté con cuidado para acompañarla a la cama y le dije que no podíamos seguir de esa manera, que aquello nos arrastraría a todos, que ella estaba dejándose la salud y que yo ya no podía más. Me cogió de la barbilla obligándome a mirarla a los ojos y me dijo algo que llevo grabado a fuego desde ese momento: «Cuando crees que no puedes más, no te faltan las fuerzas, te falta la fe».

—Nati era una luchadora incansable, ni tú ni yo la vamos a decepcionar, te lo aseguro.

19

Mi hermano Gabriel acababa de regresar de Toulouse, y los tres hermanos tratábamos de encontrar un hueco para contarle todo a nuestra madre. Para entonces, ya había decidido que no iba a echarle en cara nada de lo ocurrido en el pasado. Después de pensarlo mucho, me di cuenta de que no ganaba nada con eso, si acaso tensar más una situación que ya de por sí era difícil para todos. Daba igual qué le impulsó a alejarme de mi padre, yo debía ser capaz de perdonarla. Eso me daría la paz que necesitaba para afrontar su enfermedad y retomar el contacto. Comprendí que ese perdón era un regalo que me hacía a mí misma para liberarme de un dolor que, de otro modo, me acompañaría toda la vida. Ya no temía su reacción, aunque era muy consciente de que podría suponer un paso atrás en su ánimo. Había comenzado a pensar en mí, algo que era bastante inusual y que estaba decidida a convertir en una costumbre.

Debía desterrar de mi corazón el sentimiento de abandono que tantos años me había acompañado y crear un espacio en el que hacer sitio a los buenos recuerdos que estaba segura de que podría atesorar en el futuro cuando volviéramos a vernos. Albergaba también la esperanza de retomar la relación con mi tía, que se cortó de repente como consecuencia de lo sucedido. Yo no era más que una cría cuando mi padre se fue, pero recordaba a menudo las semanas que pasaba con ella y con mi abuela en la playa y las echaba mucho de menos.

Me resultaba curioso observar los giros que daba la vida. Una noticia tan terrible como un cáncer venía acompañada de esperanza, de la oportunidad de recuperar a una persona fundamental en mi vida y de visitar de nuevo aquel pueblo en el que fui tan feliz en los veranos de mi niñez, de reencontrarme con una parte de mí que se quedó allí y que creí haber perdido para siempre.

Solo podía pedir que mi padre consiguiera superar la operación, que el tratamiento fuese bien y que se recuperara. Yo no era de rezar ni de poner velas a ningún santo, en casa nunca hubo mucho espacio para la espiritualidad. Las ceremonias a las que asistíamos respondían más a la convención social que a un sentimiento religioso. Sin embargo, ahora deseaba desde lo más profundo de mi ser que alguien me escuchara y que tuviese el poder de concederme lo que creía que era justo.

Eran algo más de las ocho de la tarde cuando Gabriel y Luis llegaron a casa. Mamá abrió la puerta y, tras abrazarlos con efusividad y la mayor de las sorpresas, se apartó rápidamente de ellos.

—¡Uy! Pero ¿qué hacéis aquí los dos?

Se volvió hacia mí.

—¿Qué pasa aquí, Sara?

Miré a Gabriel y dejé que él contestara.

—Mamá, por Dios, ¿qué manera de recibirnos es esa? Parece que no te alegras de vernos.

—Pero ¿cómo no me voy a alegrar? Pasad, pasad. Claro que me alegro, lo que pasa es que me extraña. Me extraña mucho, ¿pasa algo? Luis, hijo, ¿los niños están bien?

—Sí, mamá, en casa estamos todos bien, no tienes de qué preocuparte. Ven, vamos a sentarnos.

Saqué media tortilla que nos había sobrado del mediodía, un poco de pan y unos embutidos que había preparado un rato antes. Serví unas cervezas y nos sentamos a la mesa del comedor. Presentía que el encuentro no iba a ser fácil, pero noté a Gabriel muy sereno y eso me tranquilizó.

—Y este festín, ¿a qué se debe?

—Mamá, es para que tomen algo, los dos acaban de salir del trabajo.

—Gracias, Sara —me sonrió Gabriel—. A ver, mamá, tenemos algo que contarte, pero, por favor, no te alarmes y escúchame hasta el final. ¿Trato hecho?

—Ay, sí, hijo, dime, claro que te escucho, de verdad que me estoy poniendo nerviosa.

—Tranquila —intervino Luis, cogiéndola de la mano.

—Mira, te lo voy a contar todo desde el principio. Desde que me casé he estado en contacto con papá, me ha estado llamando cada cierto tiempo, le he mandado fotos de los niños y tenemos una relación bastante buena a pesar de todo. Pensé que no lo entenderías y por eso nunca lo que querido comentar contigo. Sé lo mucho que has sufrido. Pero ya somos todos mayorcitos y sentía que quería tener mi propia relación con él. El caso es que llevaba unos días sin saber de él, cuando me llamó. No son buenas noticias, mamá, le han diagnosticado un cáncer de pulmón. —Los tres contuvimos el aliento y la miramos buscando su reacción.

Permaneció inmóvil, sin hacer el más mínimo gesto. Era imposible que aquello no le afectara e intuí que seguramente intentaba contenerse delante de nosotros.

—He ido a Toulouse a verle. Van a operarle —prosiguió Gabriel—, luego seguirá un tratamiento de quimioterapia. Los médicos no son muy optimistas, pero él está dispuesto a plantarle cara a la enfermedad y a salir de esta.

—Entonces ¿hablas con él a menudo? ¿Dices que has

ido a verle? ¿A Francia? ¿Y todo a mis espaldas? —Parecía enfadada.

—Te costará creerlo, mamá. Él se marchó, sí, pero siempre ha estado pendiente de nosotros, en la distancia. Me pregunta por sus nietos, por ti, por Luis y por Sara. Además, debes saber que cuando ninguno de los dos hemos podido hacernos cargo, ha sido él quien nos ha enviado algo de dinero para que nunca os faltara nada. Desde el principio me pidió que no te lo dijera, pero creo que es justo que sepas que nos ha echado una mano siempre que ha hecho falta.

—Pero ¿cómo me vienes ahora con eso? ¿Qué es todo esto? Tu padre, vuestro padre nos abandonó —dijo mirándonos a los ojos—. Él decidió salir de nuestras vidas, o al menos de la mía, hace mucho tiempo. Se fue con otra mujer y creó otra familia lejos de nosotros. Y ahora resulta que nunca se fue del todo, que nos ha ayudado a tu hermana y a mí, ¿cómo no me lo dijiste? Nosotras no teníamos por qué aceptar sus limosnas. ¿Tú lo sabías, Sara? —me preguntó desafiante.

—Me enteré hace poco. Queríamos estar seguros de cómo se encontraba antes de hablar contigo. Imaginamos que no sería fácil y por eso estamos ahora los tres aquí, para arroparte en un momento tan duro. Tienes derecho a estar enfadada, pero no queríamos dar un paso más sin que tú lo supieras.

—Qué buenos hijos sois...

Mi madre se cubrió la cara con ambas manos y empezó a temblar. Acerqué mi silla hacia la suya y le pasé un brazo por los hombros. Permanecimos unos minutos en silencio, esperando a que se calmara. Aquel rato se nos hizo eterno y su silencio empezó a darme miedo.

Luis le pasó su pañuelo y ella se secó las lágrimas mientras trataba de recomponerse.

—Me cuesta reconocerlo, pero quizá lleves razón, Gabriel, ya hemos pasado mucho. He vivido tan hundida en mi dolor que no he reparado en el vuestro. Sigue siendo vuestro padre y es natural que ahora estéis pendientes de él. ¿Cuánto hace que lo sabéis?

—Como te he dicho, me lo contó hace unas semanas. Por eso he ido a verlo. Quería saber cómo está. Se encuentra bien y, sobre todo, es optimista. Eso es importante para enfrentarse a algo así. No sé si Luis o Sara tienen intención de visitarle —se volvió hacia nosotros buscando que dijéramos algo—, aún no lo hemos hablado.

—Bueno, no lo sé, supongo que sí —añadí—. Se me hace raro, después de tanto tiempo, pero es mi padre y quiero apoyarle. No importa cómo se haya portado con nosotros, creo que todos debemos mostrarle nuestro cariño y ayudarle a pasar por esto. Creo que hablo también por ti, ¿no, Luis?

—Sí, ahora nos necesita más que nunca.

—Hacéis bien. Es vuestro deber como hijos y demuestra vuestro buen corazón.

Me giré para abrazarla y ella se abrazó también a mí, sobraban las palabras. Supongo que ninguno esperábamos aquella reacción, pero quizá se dio cuenta en ese momento de que ya había sufrido demasiado y también del daño que nos había causado. Ahora tocaba intentar paliar ese dolor.

De nuevo sentí todo aquello como una gran oportunidad que nos ofrecía la vida. La idea de volver a abrazar a mi padre y saber de él me llenaba de ilusión, pese a lo duro de las circunstancias.

—Ay, Sara —me riñó deshaciendo nuestro abrazo—, ¿cómo no has calentado la tortilla antes de sacarla? Anda trae, voy a ponerla en el microondas un par de minutos. Y vosotros, comed algo, que debéis de estar hambrientos.

Desapareció por el pasillo en dirección a la cocina y los tres nos quedamos mirándonos con extrañeza.

—¿Ha pasado lo que creo que ha pasado? —susurró Gabriel—. No sabía qué esperar, pero desde luego no imaginaba que se lo tomara así. Ha salido mejor de lo que pensaba.

—Y tanto —contesté en voz baja—. Puede que no lo haya entendido bien o que no quiera montar un número con vosotros aquí. Ya os contaré cómo la veo estos días y si me hace algún comentario.

—Venga, así calentita está mucho más buena. Mirad qué embutido más rico. Coge un trozo de pan, Luis. Gabriel, prueba el lomo, que sé lo mucho que te gusta. Sara, tú también tendrás hambre, anda, come —dijo, repartiendo los tenedores.

Dejó el plato sobre la mesa, partí la tortilla en cuaraditos y fuimos picando más por complacerla que por saciar el hambre. No queríamos que nada alterase su ánimo.

—Mamá —Gabriel tomó de nuevo la palabra—, yo voy a estar en contacto con papá y me irá contando cómo va todo, así que, si quieres saber de él, que le dé algún mensaje, lo que sea, tú me lo dices, ¿te parece?

—Espero que se recupere pronto. Vosotros sabéis, tú más que nadie, Sara —dijo tomándome la mano—, lo mucho que sufrí cuando vuestro padre nos dejó. No supe encajarlo, me volví loca, ya sabéis que incluso pensé en quitarme de en medio. La rabia me comía por dentro, no soportaba el dolor ni la vergüenza. Porque sí, pasaba vergüenza cada vez que me cruzaba con alguien en la escalera, sentía envidia de las parejas que veía pasear por la calle, intentaba encontrar un porqué y no había respuesta. Pero ya es hora de dejar todo atrás, todos hemos sufrido, incluso él, estoy segura. Os adoraba, y su partida supuso también renunciar a vosotros. Tengo que pediros perdón, por todos estos años en los que he sido una carga para vosotros —me apretó la mano—, debí ser más fuerte, debí olvidarme del dolor que yo sentía y volcarme en vosotros para intentar también aliviar vuestra pérdida. No tuve fuerzas, no me sentí capaz. Ahora me doy cuenta de tantas cosas. Todo podía haber sido tan distinto. ¿Podréis perdonarme alguna vez?

Escuchar aquello de su boca me hacía más fácil olvidar sus ataques de ansiedad, las visitas a urgencias, las consultas de psiquiatría, las guardias frente a su cama, la angustia de imaginar que volviera a intentar alguna locura. Quizá nunca le dimos la oportunidad de expresar todo lo que se le quedó dentro, quizá no encontró el momento ni le procuramos el espacio para ello. Intercambiamos los papeles de madre e hija y ella se instaló cómodamente en su nuevo rol, mientras yo asumí el mío. Al intentar protegerla, la liberamos de la responsabilidad de tomar las riendas y continuar su camino. El amor se tiñó de miedo y construimos a su alrededor la realidad que imaginamos que necesitaba. Quizá nosotros también nos equivocamos.

Creo que todos sanamos tras escuchar sus palabras, tanto o más que ella al poder pronunciarlas ante nosotros. Ninguno de los tres necesitábamos nada más. La lista de reproches que había elaborado en mi cabeza desapareció. La tinta con la que los había enumerado y los había ordenado con tanta rabia se volvió invisible.

—Me arrepiento de muchas cosas y quiero que sepáis que todo lo que hice fue por protegeros, pero también, y ahora puedo reconocerlo abiertamente, porque el dolor me cegaba.

—Mamá, ya está todo dicho, dejemos el pasado atrás.

—Luis apenas había abierto la boca hasta entonces—. Todos hemos cometido errores. Necesitamos pasar página, eso nos ayudará a seguir adelante y podremos apoyar a papá sin reproches, de corazón. Le queda una lucha muy dura que librar y no vamos a dejarle solo.

—Hijos míos, qué suerte teneros. Os miro y me siento tan orgullosa de cada uno de vosotros. Habéis sido tan generosos conmigo.

Los ojos se nos llenaron de lágrimas. Gabriel y Luis consiguieron contener las suyas, mamá se tapó la cara con ambas manos y yo dejé que brotaran sin pudor con la esperanza de que se llevaran todo aquel dolor, el resentimiento, la rabia y la vergüenza y nos devolvieran a nuestra madre, que, de alguna manera también nos abandonó años atrás.

Cuando Gabriel y Luis se marcharon, mamá me dio las buenas noches y se retiró a su habitación. Aún era temprano para irse a la cama, pero supuse que necesitaría estar sola para asimilar la noticia. Encajar todo aquello no le iba a resultar fácil.

Sonó el teléfono.

—¿Hablo con la novia más bonita del mundo?

—¡Manu! Qué alegría que me llames. Acaban de marcharse mis hermanos, nos hemos reunido con mamá para contarle lo de la enfermedad de mi padre.

—Uf, ¡qué duro! ¿Qué tal ha ido? ¿Cómo se lo ha tomado?

—Al principio ha reaccionado como esperábamos, yo diría que no le ha gustado descubrir que Gabriel y él estaban en contacto, pero luego, según avanzaba la conversación, ha ido entrando en razón. También ha aprovechado para compartir un montón de sentimientos que tenía guardados desde hace mucho y que creo que le atormentaban. Se ha desahogado con nosotros y ha entendido que queramos apoyarle.

—Fermina es buena persona, Sara. Yo no esperaba menos de ella.

—Bueno, dime, ¿nos vemos mañana? Me apetece un montón salir. Después de tantas emociones me vendrían bien unas copas y un poco de diversión.

—Estamos terminando una propuesta para un nuevo cliente y tenemos un pico de trabajo ahora mismo. Mi jefe ha abierto una nueva línea de negocio que puede que le suponga un ascenso si resulta rentable y, aunque nos está presionando mucho a todo el equipo, voy a hacer lo imposible para acabar pronto y que nos tomemos esas copas. ¿Te parece?

—¿Cenamos primero? Yo me encargo de reservar en nuestro restaurante favorito. ¿A las diez te viene bien? Por mucho trabajo que tengas a esa hora habrás terminado, ¿no?

—Perfecto, tendré que ir directamente desde la oficina.

—No tengo inconveniente, estás irresistible de traje.

—Pues nada, quedamos mañana. Me muero de ganas de verte, preciosa.

Terminé de recoger la mesa y encendí el televisor, aún no tenía sueño. Aproveché para llamar al restaurante y hacer la reserva. Hacía mucho que no salíamos juntos a cenar y me hacía ilusión volver a aquel restaurante. No es que el sitio en sí fuese especial, la cocina era modesta, pero tenían muy buen servicio y nos conocían bien. Allí fue donde cenamos cuando salimos por primera vez como novios y siempre era agradable volver.

Antes de acostarme eché un vistazo a mi armario para ver qué me iba a poner. No me decidía. Iba pasando las perchas de una en una pensando que muy pronto colgarían de ellas prendas cosidas por mí. La idea me atraía muchísimo. Estaba segura de que tras esa primera falda que pronto terminaría de coser, vendrían muchas más y que acabaría teniendo un armario repleto de ropa distinta a la que se veía en todas las tiendas. Definitivamente ya tenía el gusanillo de la costura en el cuerpo.

20

Enseguida me di cuenta de que iba a llegar a la academia con la lengua fuera. La vieja máquina de coser pesaba demasiado para llevarla caminando desde Fuencarral hasta Lagasca. No había calibrado bien mis fuerzas y lo que solía ser un paseo agradable se convirtió en un auténtico calvario. Tenía tantas ganas de que le hicieran una puesta a punto y ver a mamá cosiendo de nuevo que me eché a la calle sin pensarlo.

Los últimos dos días la había notado distinta, más ligera y con más ganas de hacer cosas. Incluso me había acompañado a hacer la compra y le encantó pisar otra vez el mercado y comprobar, después de tanto tiempo, que los vendedores seguían allí al frente de sus puestos. Había caras nuevas, pero reconoció a casi todo el mundo. Nos encontramos con algunas vecinas y se alegró de poder saludarlas. Definitivamente, sincerarse con nosotros le había hecho mucho bien. No quería hacerme falsas ilusiones, no era la primera vez que la había visto mejorar para después sufrir otra recaída, pero algo me decía que esta vez sería diferente. Parecía haber dejado atrás el sufrimiento que había ido acumulando todos estos años y se entreveía un ánimo muy distinto.

Cuando conseguí llegar a El Cuarto de Costura, ya había empezado la clase. Empujé la puerta de cristal con una mano y solté la máquina nada más entrar.

—Buenas tardes, Sara, pensábamos que ya no venías —oí decir a Julia desde la sala.

—Disculpad el retraso, pero es que vengo cargada con la máquina de mi madre y pesa un quintal. Debí venir en taxi, pero...

—Nada, no te preocupes. Déjala ahí mismo, tras el mostrador, y ven a sentarte aquí —dijo Julia, señalando una de las sillas que estaban sin ocupar en la zona de las máquinas de coser.

Eché en falta a doña Amelia, que solía recibirnos cada tarde con su carmín rojo y su elegante porte tras el pequeño mostrador de la entrada, pero no le di importancia. Allí estaban el resto de las chicas. Marta y Laura parecían trazar un patrón en una de las mesas altas, y Julia estaba de pie junto a Catherine y Margarita sentadas a la máquina, dándoles indicaciones.

—Verás, Sara, antes de que os lancéis a cortar la tela de

la falda, quiero que os familiaricéis con la máquina, porque sé que en cuanto tengáis todas las piezas del patrón cortadas os querréis poner a coser y es mejor hacer unos ejercicios sencillos antes, para coger algo de soltura. Tus compañeras ya están en ello. Mira, te cuento.

Me invitó a sentarme a una de las mesas y en un momento me explicó el recorrido del hilo hasta enhebrar la aguja, cómo sacar el cangrejo, llenar la canilla y colocarla en su sitio, cómo regular las tensiones de los hilos... todo me parecía sencillo explicado por Julia, sin embargo, había un montón de detalles que de saltártelos podían convertirlo todo en una maraña de hilos atascados en el canillero.

—El hilo de la canilla siempre debe salir en esta dirección, no te olvides de poner el tope en la bobina. Los dos hilos deben quedar siempre por detrás de la aguja para empezar a coser, sujétalos con la mano cuando des las primeras puntadas para que no se enreden, y ten paciencia con el pedal, tardarás un poco en cogerle la medida y avanzar a una velocidad constante —me decía, mientras yo intentaba tomar nota mental de todo.

Por un momento, la magia que creía oculta tras la costura empezaba a no ser tal y empezaba a vislumbrar los pequeños «milagros» que hacían que una pieza de tela pudiera cobrar vida.

Me entregó varios folios de papel, unos con líneas rectas, otros con espirales.

—Estas plantillas te van a servir para practicar antes de ponerte a coser la falda. Vamos a quitar el hilo y a colocar la plantilla justo aquí —dijo, moviendo el volante de la máquina y clavando la aguja al inicio de una de ellas—. Ahora imagina que el papel es una tela y que la aguja está enhebrada. Quiero que «cosas» justo por encima de las líneas, intenta salirte lo menos posible y échale paciencia, no te va a salir a la primera.

—Esto me recuerda a las cartillas de caligrafía.

—Exacto, como los cuadernos Rubio, sí, algo parecido. Ja, ja. ¡Qué cosas tienes, Sara!

—¿Marta y Laura no van a hacer los ejercicios?

—No, Laura ya tiene experiencia con la máquina y se ha ofrecido a ayudar a Marta a trazar su patrón. Mira qué entretenidas están.

Eché un vistazo y así era. Tenían sobre la mesa de corte papel kraft, una cinta métrica, una goma y unas reglas, y lápiz en mano ambas charlaban animadas mientras iban trazando el patrón lentamente. Según pude escuchar, Marta se quedaba al cuidado de su abuela los fines de semana, que era cuando libraba su cuidadora, la acostaba pronto y se pasaba las noches de fiesta. Vivía en ese mismo barrio y para ella era mucho más cómodo quedarse allí a dormir que buscar transporte hasta Alcobendas para volver a casa de madrugada. Fue totalmente casual que Marta y su abuela aparecieran por la academia aquel viernes. La cuidadora, que acababa su turno a las siete, tuvo que marcharse antes porque tenía una cita médica y Marta fue la que sacó a su abuela de paseo aquella tarde. De no haber sido así nunca hubieran entrado en El Cuarto de Costura.

Laura se lamentaba de que sus compañeras de trabajo querían sacarla de copas esa noche, pero no tenía a quién dejarle los niños. Según decía, su ex se había olido la tostada y no le gustaba el plan, así que no puso mucho de su parte para echarle una mano.

—Yo hacía de canguro algunas veces cuando era estudiante, no me importaría quedarme con ellos otro día, pero ya he quedado, ¿por qué no les preguntas a ellas?

—Bah, no merece la pena, tampoco es que esté muy animada.

—Pero ¿qué dices? Te vendrá bien un rato de diversión. —Alzando la voz, Marta se dirigió a nosotras—: ¿Alguna voluntaria para quedarse con los críos de Laura esta noche mientras sale de marcha con sus compañeras de trabajo?

—¡Yo misma! Me encantaría quedarme con ellos y más si es para que puedas salir a divertirte —dijo Catherine, levantando la cabeza de la máquina y girándose hacia Laura. Adoro a los niños y todavía estoy en forma para contarles cuentos y entretenerlos. Me servirá para ir practicando para cuando sea abuela —dijo y soltó una carcajada.

—¿Estás segura? Bueno, yo te los dejaría cenados y

acostados, no se suelen despertar, así que no van a darte mucha guerra. ¿De verdad no te importa? Mira que lo de salir puedo organizarlo para otro día, mis compañeras siempre están dispuestas y tampoco es algo de lo que no pueda prescindir.

—Laura —intervino Margarita—, seguro que te viene fenomenal quedar con ellas y salir de la rutina. Ya sabemos que los niños son adorables, pero también necesitamos despegarnos un poquito de vez en cuando. Una noche con amigas siempre es agradable. Yo echo tanto de menos a las mías. Cuando vivía en México, quedábamos el segundo sábado de cada mes, era una cita sagrada.

—Mira —dijo Marta—, ¡solucionado! Ya puedes ir pensando qué te vas a poner para pasar una noche de fiesta.

—Pensar en arreglarme para salir me da una pereza enorme. Si quisiera pintarme los ojos tardaría horas en encontrar la última máscara de pestañas que me compré, creo que no la he usado desde que tuve a Sergio.

—Eso no puede ser, con esa cara tan preciosa que tienes y ese tipazo, tienes que sacarte partido —dijo Marta, cogiéndola de la barbilla y girándole la cara de un lado a otro analizando sus rasgos.

—¡Cómo te entiendo! —exclamó Julia—. A mí me pasa igual, pero, claro, yo no tengo esa planta ni ganas de mucha fiesta después de trabajar toda la semana.

—Estáis hechas unas viejas, me quedo de piedra. Sara, ¿tú tampoco sales?

—No mucho, la verdad. Mi novio trabaja en una multinacional americana y siempre anda liado. Se supone que los viernes sale a las tres y no hay forma de verle antes de las diez, y eso con suerte. Las pocas veces que quedamos acaba cancelándolo porque su jefe le pide que se quede a acabar cualquier cosa o le lía para acompañarle a cenar con algún cliente. Ya cuento con que la llamada de esta tarde será para contarme de nuevo la misma historia.

—¿Y tus amigas? —preguntó Laura.

—Perdí el contacto con ellas cuando dejé la carrera para cuidar de mi madre. A veces nos llamamos, pero ya prácticamente ni nos vemos.

—Bueno, pues listo —concluyó Marta—, Laura sale de marcha esta noche y se lo va a pasar en grande, ¿verdad?

Se fue hacia su bolso y, tras hurgar entre sus cosas, sacó una máscara de pestañas.

—Toma, ya no tienes excusa, yo tengo otra en casa de mi abuela.

—¿Siempre consigues lo que te propones? —preguntó Laura sonriendo.

—Diría que sí —rio Marta.

—Estoy deseando que llegue el lunes y nos cuentes qué tal —dijo Julia.

—Vale, vale, mira que sois. Muchas gracias, seguro que

me viene fenomenal, aunque el sábado, en cuanto se despierten los peques, igual me arrepiento.

—Que te quiten lo *bailao* —añadí.

En ese momento llegó doña Amelia, más seria que de costumbre, nos saludó sin mucho ánimo y se metió en la trastienda. Nos miramos entre nosotras extrañadas. Julia nos dejó por un momento y la siguió cerrando la puerta tras ella.

La tarde se me pasó volando y no quería salir de allí sin haber hecho un par de plantillas perfectas. Sabía que hasta que no lo consiguiera no podría empezar a coserme la falda, y estaba como loca por estrenar mi primera creación. Estaba segura de que mamá se iba a quedar con la boca abierta cuando me viera con ella.

—¿Qué tal sigue tu padre? —me preguntó Catherine, que «cosía» como yo en la máquina de al lado.

—Bueno, van a operarle y luego le darán quimioterapia. Mi hermano fue a verle hace poco y dice que está animado y dispuesto a luchar por superarlo, así que esperamos que todo salga bien. Gracias por preguntar.

—Un cáncer no es fácil. Toda la familia debe estar muy unida porque hay momentos muy complicados. El tratamiento es duro, y no solo para el que lo sufre, sino también para los que le rodean. Puedes llegar a pasar mucho miedo, pero siempre hay que confiar y acompañar, eso es lo más importante. Al mismo tiempo, debes dejar que tu padre exprese sus miedos, que pueda ser sincero con vosotros, que no sienta que debe mostrarse fuerte. A veces los enfermos cargan con la responsabilidad de hacer que todo el mundo alrededor esté bien, que nadie se preocupe y eso es agotador para ellos. Deben poder tener un espacio para venirse abajo cuando lo necesiten y tener la certeza de que hay hombres donde apoyarse cuando haga falta. Del resto, de lo que pasa dentro de su cuerpo, se encargan los médicos, pero la familia ha de ser su otra medicina, la que les reconforte el alma.

—Parece que siempre tienes las palabras adecuadas para mí. Te agradezco mucho que las compartas conmigo.

—Todo ser humano vive experiencias intensas a lo largo de su vida, lo que aprendemos de ellas es muy distinto para cada uno de nosotros y es complicado que alguien ajeno pueda aprovecharlo para sí mismo. Soy muy consciente de ello, pero también sé que en circunstancias como las que me cuentas una puede estar muy perdida, sentir muchos miedos, tener muchas preguntas en la cabeza y es complicado gestionar la incertidumbre. Si mi experiencia te puede ayudar, me sentiré afortunada de poder compartirla contigo.

—¿Sabes? Eres una persona muy especial. Me alegro de que hayamos coincidido aquí, cosiendo juntas. Cuando Julia me hablaba de que coser podía ser muy terapéutico no contaba con encontrarme con compañeras de costura como tú.

—Me voy a sonrojar, se dice así, ¿no? —dudó Catherine—. Durante mucho tiempo nos han educado para competir entre nosotras, pero nuestro verdadero poder lo encontramos cuando compartimos, cuando nos juntamos, intercambiamos experiencias y entendemos que estamos para apoyarnos las unas en las otras.

Doña Amelia, que ya había salido de la trastienda y andaba cerca, se unió a la conversación.

—¡Qué razón llevas, Catherine! Desde jovencita tenías que ser la más guapa, la mejor vestida, la de modales más exquisitos y destacar entre las de tu círculo, todo para casarte bien y luego ¿qué? Con el tiempo te das cuenta de que estamos todas en el mismo barco. Lo que más feliz me ha hecho en los últimos tiempos es tener a Julia cerca, compartir sus sueños, ayudarla a conseguirlos. No sé si tenemos ese poder del que hablas, pero sí que he descubierto que podemos hacer muchas más cosas de las que nos han hecho creer. Ahora mismo ando muy preocupada por un tema que no viene al caso y, mira, la que me sube el ánimo y la que no me deja caer es Julia. Ella me ha enseñado a confiar y a creer en mí misma como no lo había hecho hasta ahora. Bueno, ya sabéis que se podría decir que es la responsable de toda esta locura.

—Amelia, las chicas tienen deberes y me las estás distrayendo —dijo Julia, acercándose desde la mesa de corte donde supervisaba el patrón de Marta.

—Veis, lo que os decía, siempre pendiente de mí —sonrió doña Amelia.

—Hacéis un buen equipo —dije—, y estoy segura de que todas las alumnas que pasen por aquí van a ser muy felices.

—Dios te oiga, bonita —contestó poniéndome la mano sobre el hombro—. Dios te oiga.

Al otro lado de la sala, Laura ayudaba a Marta a colocarse el patrón sobre el cuerpo y ver si aquello cuadraba más o menos.

—Demasiado larga —dijo Marta, y colocó de nuevo el patrón sobre la mesa cortándole un buen trozo. Ahora sí.

Y ambas se echaron a reír.

—¡Juventud, divino tesoro! —exclamó doña Amelia.

—¿Vamos recogiendo, chicas? Apagad las máquinas y guardad las plantillas en el armario donde tenéis los costureros. Sara, antes de cerrar llamo al de Singer para ver lo de la máquina de tu madre y el lunes ya te cuento qué me dice.

—Muchas gracias, seguro que cuando esté a punto, lío a mi madre para que retome la costura.

—Laura, que te diviertas. Ya nos contarás —dijo Margarita mientras se ponía la americana y cogía el bolso—. Me das un poco de envidia, que lo sepas.

—Gracias —respondió—. Se me hace raro, pero seguro que lo paso bien.

—Yo me voy volando, que tengo que darle de cenar a mi abuela y acostarla pronto. Nos vemos el viernes que viene.

—Hasta el viernes, Marta —la despedimos a coro y fuimos saliendo.

Cuando se quedaron solas, Julia quiso saber cómo le había ido a doña Amelia con el abogado.

—¿Alguna novedad sobre el tema del contrato de alquiler?

—Bueno, no mucho, estas cosas van despacio, pero al parecer la señora Solano, así se llama la copropietaria, va a venir desde Italia para reunirse con el resto de los herederos y pedirles explicaciones. Su abogado le ha comentado a don Armando que es una señora de armas tomar y que no le sirve hablar a través de abogados, que tiene ganas de echárselos a la cara. Yo tengo la sensación de que esto no va a salir bien. Si viene con ganas de guerra, va a ser difícil lidiar con ella.

—Pues fíjate que yo creo que entre mujeres es más fácil entenderse, que, si conseguimos llegar a ella, que vea lo que hemos hecho con el local, y aprecie el esfuerzo que hay detrás de todo esto, tendremos una oportunidad.

—Precisamente comentaba con Sara y Catherine hace un rato lo mucho que debemos apoyarnos unas a otras, pero no sé si va a ser este el caso. El otro día lo hablaba con Alfonso y me decía lo mismo que tú. Él se muestra muy optimista, pero a mí no se me va el tema de la cabeza y me está quitando el sueño.

—Confiemos, Amelia.

Las reglas de patronaje se habían quedado sobre la mesa alta, junto con unos recortes de papel y las tijeras que Marta había olvidado guardar. Julia terminó de recogerlo todo y se dispuso a llamar a Ramón. Se sentó en el taburete del pequeño mostrador de la entrada y buscó su número en la agenda.

Tras una breve conversación, colgó el auricular y se encontró con una Amelia muy sonriente que se apresuró a comentar.

—¡Dios santo! Tú te traes algo con ese chico y no me lo has contado.

—¿Qué dices, Amelia? Para nada.

—¿Cómo que para nada? Tú no te has oído hablando con él. Se te ha puesto una cara de tonta y una vocecita que no te conocía.

—Anda, anda. No imagines cosas que no son. Solo soy amable, me cae bien, es majo, nada más.

—Ya, ya, al tiempo.

21

El día amaneció lluvioso. Como cada mañana, Julia hizo su trayecto desde Embajadores hasta Retiro y llegó a la academia mucho antes de la hora de abrir. Estaba acostumbrada a levantarse temprano desde muy joven y aprovechaba ese rato a puerta cerrada para limpiar un poco y asegurarse de que la academia mostraba su mejor cara cada día. Disfrutaba mucho las tardes de costura con las chicas, pero ese momento en que todo era quietud y silencio era especial para ella.

Se paseaba entre las mesas, corregía la posición de alguna silla, regaba las plantas, alineaba la pila de las revistas y lo dejaba todo ordenado al detalle. Luego dedicaba un minuto a deleitarse con lo que veían sus ojos. Aunque todo aquello había ido materializándose paso a paso y el esfuerzo no había sido poco, aún había ratos en los que le seguía pareciendo un sueño. Quizá porque no se sentía merecedora de algo así, tan alejado de su plan inicial, o quizá porque todo había salido tan bien hasta el momento que le costaba asimilarlo, aunque pudiera tocarlo con sus propias manos.

A media mañana vendrían a recoger uno de los arreglos en los que había trabajado la semana anterior. Sacó la prenda del armario y enchufó la plancha dispuesta a darle ese último toque que toda costura necesita para quedar perfecta. Siempre que lo hacía se acordaba de su madre: «Ten la plancha siempre a mano, Julia, y plancha cada costura nada más coserla, eso ayuda a que asiente bien». Las palabras de Nati resonaban en su cabeza al primer golpe de vapor.

Envolvió la prenda con cuidado en papel de seda y la dejó sobre una de las mesas. Entró en la trastienda para poner en marcha la cafetera y, mientras terminaba de encender las luces del resto del local, oyó la puerta abrirse.

—Buenos días, ¿Julia? —Ramón la divisó a través de la celosía de la entrada.

—Hola, buenos días, qué pronto has venido. —Al levantar la vista para saludarle se fijó en sus ojos de color miel. Un detalle que le había pasado desapercibido hasta ese día y que, sin embargo, esta vez llamó poderosamente su atención.

—Bueno, sí, tenía que ver a un cliente por la zona y

aprovechando que era temprano y que a estas horas aún se puede aparcar por aquí, he pensado en pasarme.

—Perfecto, pasa, pasa. Tengo la máquina en la trastienda.

—Qué bien huele ese café.

—¿Te apetece uno? Está recién hecho.

—No quiero entretenerte, pero tampoco te voy a mentir. Sí, claro que me apetece.

—En absoluto, ya ves que a estas horas esto está muy tranquilo. Te acompaño, que aún no he desayunado y ya me va haciendo falta. ¿Leche y azúcar?

—Solo, con azúcar, gracias.

Le invitó a sentarse a la mesa de centro mientras preparaba los cafés. Tenía las dos tazas en la mano y se disponía a salir de la trastienda cuando se notó rara. No podía decir que estaba nerviosa, tampoco intranquila. Era una sensación nueva que no reconocía y que relacionó al momento con la sonrisa amable y sincera de Ramón.

—Ya estoy aquí —dijo, dejando los cafés sobre la mesa—. La máquina es de la madre de una alumna. Al parecer la ha tenido guardada en un armario desde hace casi quince años y antes de volver a usarla, ha creído conveniente que le eches un vistazo y la pongas a punto. Yo ni siquiera la he mirado; no sé cómo estará, pero seguro que se la dejas como nueva, bueno, eso es lo que le he prometido a Sara, así se llama la chica. Es un encanto, se apuntó a clases para probar, pero lo coge todo al vuelo, es muy lista y está supercontenta con todo lo que está aprendiendo. La pobre ahora anda preocupada porque a su padre, que vive en Francia, le han detectado un cáncer, y creo que venir aquí le ayuda mucho, porque se distrae y sale un rato de casa. Es una pena, porque empezó a estudiar periodismo y tuvo que dejarlo para cuidar de su madre, pero ella parece que ya está mejor y quiere que vuelva a engancharse a la costura y seguro que con la máquina en marcha consigue que se ponga a ello. El otro día se acercaron a una tienda en Gran Vía y compró una tela para hacer un mantel para la cocina y Sara cree que, en cuanto lo haga, se animará a cambiar los cojines del salón o a hacer alguna cosa más. Bueno, pues eso, que si consigues que funcione como antes la vas a hacer muy feliz, le servirá de distracción y Sara también podrá usarla.

Ramón la escuchaba atento, intentando asimilar todo lo que le contaba y, sin perder la sonrisa, asentía con la cabeza en cada pausa que hacía Julia para coger aire y empezar una frase nueva. Se preguntaba qué sentido tenía un discurso tan largo y disfrutaba viendo cómo cambiaba la expresión de sus ojos, cómo se le sonrojaban las mejillas y cómo los movimientos de sus manos acompañaban cada explicación. Hasta tuvo que reprimir la risa cuando la vio removiendo el café por segunda vez y recogiendo la cucharilla del suelo porque no acertó a dejarla en el plato.

—Entiendo. Lo primero es aceitarla, ya sabes, y luego, si veo que hay alguna pieza que esté en mal estado, buscaré un recambio. Puedes estar segura de que la dejaremos como nueva. Estas máquinas son muy duras y tratándolas con cariño aguantan lo que les echen.

—Eso mismo le he dicho yo a Sara.

—Oye, ¡qué café tan rico! —exclamó Ramón, apurando su taza. Cuando venga a devolverte la máquina a ver si me invitas a otro.

—Sí, claro, cuando quieras. Hago café todas las mañanas.

—Ahora me tengo que marchar, que tengo unas cuantas visitas hoy en la agenda. Te llamo cuando le eche un vistazo. Si veo que va a necesitar piezas nuevas o que la reparación va a ser cara, te aviso antes. En cuanto tenga la máquina lista quedamos para acercártela cuando mejor te vaya, ¿te parece?

—Claro, estupendo. Mil gracias, Ramón.

Julia sacó la máquina de la trastienda, se la entregó y le acompañó hasta la puerta. Se despidieron y ella se quedó mirando cómo se alejaba calle abajo hasta llegar al coche.

«Hago café todas las mañanas. Pero ¿qué frase es esa? ¡Qué manera de hacer el idiota! ¿Quién me manda a mí a contarle la vida de Sara a nadie? Parecía una cotorra, no he hecho más que hablar y hablar; el pobre Ramón habrá pensado que estoy medio loca. ¡Qué vergüenza! Ni yo misma sé qué me ha pasado. Este no se vuelve a pasar por aquí, aunque le sirva el café con las porras más ricas de Madrid».

Aún sentía cómo le ardían las mejillas. Recogió las tazas, pasó un paño por la mesa, colocó las sillas en su sitio e intentó quitarse aquel encuentro de la cabeza preparando la clase de la tarde.

Entonces, sonó el teléfono. Era doña Amelia anunciando que no estaba de humor para acercarse esa mañana y que se había citado con su abogado.

—Luego te cuento si hay algún avance. No es que espere nada nuevo aún, pero me quedo más tranquila si me acerco por su despacho y hablo con él en persona.

Laura y Margarita fueron las primeras en llegar aquella tarde. Julia las saludó asomándose desde la trastienda.

—Buenas tardes, enseguida salgo, chicas. ¿Os vais acomodando?

—Buenas tardes, sí, Julia, no hay prisa.

—Bueno, cuéntame, ¿qué tal tu noche de chicas? —se apresuró a preguntar Margarita.

—¡Genial! Nos lo pasamos en grande, aún me duelen los pies. Hacía años que no bailaba tanto. Mis compañeras son lo más, me llevaron a un par de sitios que no conocía.

Vamos, lo normal. Martín y yo dejamos de salir en cuanto me quedé embarazada de Sergio y entre él e Inés tampoco salíamos porque estábamos muy pendientes del peque.

—¡Qué bien! Cuánto me alegro. Hiciste muy bien en animarte.

—Por cierto, mira qué casualidad. Me encontré con Marta y con su chico, bueno su rollo, como dice ella. Un tal Manuel. Un tipo muy guapete, estuvimos hablando un rato y me pareció majo.

—Y Catherine con los niños, ¿qué tal?

—Fenomenal. Bueno, me dijo medio en broma que se aburrió mucho porque ni se despertaron. Fue un detalle que se ofreciera a quedarse con ellos y me ha dicho que repite cuando yo quiera.

—Qué suerte que duerman así de bien. Los míos, desde que nos mudamos a Madrid, perdieron su rutina de sueño. Mira.

Margarita sacó su billetera del bolso que había dejado sobre el respaldo de su silla.

—Estos son Jesús y Juana. Son fotos de su último año en el colegio, las tomaron antes de dejar México.

—Qué guapos los dos. La niña se parece a ti, ¿no?

—Sí, eso me dice todo el mundo. Jesús tiene los ojos y la boca de Diego, pero si miras mis fotos de pequeña, Juana y yo somos igualitas.

—Estos son los míos —dijo Laura, sacando una foto de la cartera. Inés aquí tenía solo dos meses, pero tiene la misma cara.

—Hola, Sara. Qué raro que no hayas llegado la primera, ¿todo bien? —saludó Julia, que acababa de salir de la trastienda.

—No he podido venir antes. Uy, fotos. ¿Son vuestros hijos?

—Sí, Jesús y Juana, hace solo unos meses —dijo Margarita acercándome su billetera.

—Y los míos, Sergio e Inés muy bebita.

—Qué guapísimos todos —contesté buscando en mi bolso—. Yo no puedo presumir de hijos, pero sí de sobrinos. Mirad, estos son los de mi hermano Gabriel y estos son los de Luis.

Llevaba fotos tamaño carné de cada uno de ellos. Mis cuñadas siempre me pasaban una copia cuando los peques se hacían fotos en el colegio.

—Pues también son guapísimos. ¿Y este? —preguntó Laura acercándose la cartera.

—¿Este? Este es Manu, mi novio. El que me volvió a dejar colgada este viernes porque le surgió un compromiso de trabajo. Nada nuevo, ya me lo esperaba.

—¿Nos vamos sentando? —dijo Laura mientras guardaba su cartera bruscamente en el bolso y sacaba la silla para sentarse.

—Sí, claro —contestó Margarita, tan sorprendida como yo ante la reacción de Laura.

Colgué la rebeca y el bolso del perchero y fui a sentarme con ellas a la mesa del centro.

—Buenas tardes. —Se oyó a Catherine desde la puerta—. Hoy soy yo la que llega un poco tarde.

—Buenas, Catherine —contestó Julia saliendo de la trastienda—, no pasa nada. Te damos un minuto y empezamos. Hoy había pensado que siguierais practicando un poco con la máquina, pero entiendo que tendréis ya muchas ganas de coser la falda, así que nos vamos a ocupar de las vistas y de la cremallera y, si se os da bien, salís hoy con la falda casi acabada, ¿de acuerdo?

Todas asentimos con la cabeza con el mismo entusiasmo salvo Laura, que parecía ausente.

—No sé si habéis reparado en ello, pero la cintura de la falda tendremos que rematarla de alguna manera, ¿verdad? Podemos acabarla con una cinturilla o con unas vistas —explicaba mientras dibujaba en la pizarra—. Hoy optaremos por las vistas y veremos cómo hacer una cinturilla un poco más adelante.

Nos contó cómo sacar las piezas del delantero y del trasero según el patrón y cómo y por qué era importante entretelarlas. Siempre era un placer escuchar las explicaciones de Julia. Hablaba con pasión y se paraba en cada detalle poniendo mucho interés en que todas entendiéramos perfectamente cada una de sus indicaciones.

—Antes de cortar y coser vuestras faldas, quiero que probéis con estos retales que os he preparado —explicó, mientras nos daba a cada una dos piezas pequeñas de tela y una cremallera a la que llamaba «invisible», aunque en ese momento yo no entendía muy bien por qué—. Acercaos para ver cómo la coso y luego coséis cada una la vuestra.

Laura acabó enseguida, claro que ya tenía experiencia poniendo cremalleras, y mientras ella se iba hacia la mesa de corte las demás seguíamos allí intentando hacerlo lo mejor posible. La verdad es que no me pareció tan complicado, pero le atribuí todo el mérito a las explicaciones de Julia más a que mi destreza. Me moría de ganas de cortar la falda. Julia aprobó mi cremallera y vino conmigo hacia las mesas de corte.

—Acordaos de añadir los márgenes de costura al cortar la tela —nos advirtió, siempre pendiente de irnos recordando cada detalle.

—¿Centímetro y medio, Julia? —preguntó Margarita.

—Sí, con centímetro y medio trabajaréis con más comodidad, podréis rematarlas mejor y cuando planchéis las costuras os quedarán perfectas —explicó—. Aquí tenéis unas piezas de retor suficientemente grandes para que cortéis sin miedo.

Sacamos los costureros del armario y nos pusimos a ello.

El sonido de las tijeras golpeando la mesa con cada abrir y cerrar de las hojas me transportó a mi niñez, a las tardes en casa de mi abuela y de mi tía y recordé aquellos vestidos que me cosían a medias. «Las mangas que las monte tu abuela, a mí se me da fatal», me decía siempre mi tía. Cuidaba sus tijeras de corte como si fueran un tesoro e incluso les había hecho una funda especial toda guateada, para evitar que se dañaran por un golpe en un descuido. Además de esas, tenía otras más pequeñas a las que parecía tener menos cariño y que usaba para cortar los hilos. Por entonces aún se oía al afilador recorrer las calles del pueblo con su chiflo y alguna vez bajé con ella a que se las afilaran. No consentía que nadie más tocara sus tijeras.

Pensar que podía volver a verla me parecía un regalo del cielo. Me preguntaba cómo habría cambiado en todos estos años. ¿Me habría echado de menos cada verano como lo hacía yo? A lo mejor Gabriel también se había mantenido en contacto con ella. Se lo preguntaría cuando llamara esta noche para contarnos cómo iba todo.

Laura fue la primera en acabar y se pasó a la zona de la plancha para entretelar sus vistas. A mí me quedaba solo una pieza por cortar, y Julia vigilaba de cerca a Catherine y a Margarita, sin atosigarlas, pero atenta para corregirlas en caso necesario.

Creo que aquella fue una de mis clases favoritas, no ya por la falda, sino porque al contemplar aquellas piezas me di cuenta de lo cerca que estaba de tener en mis manos mi primera creación. Quería disfrutar al máximo de ese instante. Julia me había confesado que no había nada comparable a vestir una prenda hecha por ti misma y estaba ansiosa por comprobarlo.

22

El miércoles, pasado mediodía, se presentó en la academia una chica con un estilo muy peculiar. Vestía una falda corta hecha de mil retales, debajo de ella unos pantalones con los bajos deshilachados, unas botas de aspecto militar y, a modo de bandolera, un bolso hecho con unos viejos pantalones vaqueros que a Julia le pareció de lo más ingenioso.

Llevaba un mechón de pelo teñido de rosa, varios pendientes en cada oreja y un montón de anillos muy setenteros. Su estética era muy personal y, a pesar de toda aquella parafernalia, lo que más llamaba la atención eran sus ojos verdes y su amplia sonrisa.

—Hola, soy Malena. Aquí dais clases de costura, ¿no?

—Buenos días, Malena. Sí, eso es, ¿te interesa aprender a coser?

—Bueno, yo algo controlo. Me hago alguna ropa y eso, pero ahora no tengo máquina y me gusta usar ropa vieja y darle otro aire. Bueno, ya me ves —dijo, dándose una vuelta.

—Me encanta tu falda. ¿La has hecho tú?

—Sí, uso la ropa de cuando mi madre era joven para hacerme cosas. Ella era muy hippy en aquellos años.

—¿Tanto ha cambiado desde entonces? —quiso saber Julia. Notó cierto tono de reproche en sus palabras.

—Bufff, mogollón. Mis padres dejaron Argentina poco después de que ella se quedara embarazada y recorrimos medio mundo en caravana. Pero cuando yo tenía doce años mi padre murió en un accidente. Con el tiempo mi madre se casó de nuevo, esta vez con un señor muy estirado. Fui de colegio en colegio hasta que cumplí los dieciocho y desde entonces me busco la vida.

—Vaya, cuánto lo siento.

—Ah, no, ahora estoy genial. Mi padrastro murió hace un par de años y mi madre poco a poco ha ido recuperando el interés por las cosas que la hacían feliz. Él intentó cambiarla y durante un tiempo funcionó, pero ahora ha vuelto a ser la misma de siempre. Un espíritu libre.

—Entonces ¿volvéis a estar juntas?

Julia, como siempre, se había metido de lleno en la historia y quería conocer todos los detalles. Le apasionaba hablar con todo tipo de personas y Malena era, sin duda, alguien especial. Tendría unos veintitantos y parecía muy desenvuelta. Seguramente todo lo que había vivido había forjado ese carácter tan extrovertido. Se la intuía jovial, pero de carácter firme y decidido, alejada de cualquier convención social.

—No, ella vive fuera. Ha vuelto a viajar, que era lo que más le gustaba cuando era joven. Recuerdo que no aguantábamos más de seis meses en un sitio. De pequeña mi padre me contaba que la gente decía que éramos nómadas, pero que eso eran tonterías, éramos caracoles y por eso llevábamos la casa a cuestas y podíamos vivir donde quisiéramos. Era argentino, un enamorado del tango, a ver si no por qué iba yo a llamarme Malena. Aquí la gente se cree que soy una Magdalena moderna, pero no, me llamo Malena tal cual, como la del tango de Homero y Lucio. Estoy estudiando segundo de Bellas Artes y comparto piso con otros estudiantes. Después de dar muchos tumbos por fin he dado con algo en lo que veo que encajo de verdad. ¡Mierda! Lo he vuelto a hacer.

—Hacer ¿qué?

—Pues que te he contado mi vida y ni te he preguntado cómo te llamas tú —se lamentó Malena.

—Me llamo Julia.

—Es que me pongo a hablar y no hay quien me pare, me pasa siempre y, claro, por educación la gente se queda callada escuchando, pero estoy segura de que les aburro.

—¡Para nada! Todo lo contrario, a mí me encanta escuchar historias y tu vida parece fascinante, me quedaría aquí todo el día oyéndote y seguro que acabaría haciéndote un interrogatorio si me dejaras.

—Lo confesaría todo —se rio Malena ante la ocurrencia de Julia—. Bueno, a lo que iba, que yo lo de ponerme a dar clase así en serio y que me cuenten todo desde el principio no me apetece, porque sé que me voy a aburrir mogollón. Pero si pudiera venir un par de veces a la semana a coser mis cosas y preguntarte dudas o aprender algo nuevo, pues sí.

—Claro, sin problema. Tenemos una plaza libre en las clases de los martes y jueves, de cuatro a seis. Puedes seguir la clase con las demás o usar la máquina para coser lo que tú quieras. Los grupos son muy reducidos, así que yo estaré disponible para que me consultes. Tampoco creo que te vayas a aburrir, aquí no seguimos ningún método en concreto y las clases son muy prácticas.

—¿Tú eres la dueña de esto?

—No, somos dos socias.

—Y tu socia, ¿también da clases?

—¿Amelia? No, qué va, la última aguja que cogió fue en el colegio de monjas cuando la enseñaron a bordar. La academia era mi sueño y ella es quien me ayudó a montarla. Nos conocemos desde hace mucho, mi madre cosía para ella y yo servía en su casa.

—¡Anda! ¿Y cómo es que habéis acabado siendo socias? No me cuadra nada.

Entonces Julia le contó toda la historia desde el principio.

—Me sorprendió mucho que me propusiera abrir esta academia, yo tenía planes más modestos, pero con ella me atrevería a todo. Su difunto marido la dejó bien situada, ella contaba con las ganas y con el dinero para hacerlo, me pareció un plan perfecto y aquí estamos. Por ahora vamos bastante bien, ilusión no nos falta. La verdad es que es como otra persona desde que nos embarcamos en esto, está hecha toda una empresaria y yo diría que hasta se la ve más joven y mucho más feliz.

—Es como si estuvieras hablando de mi madre. Cambió mucho al volver a casarse, creo que por eso mi padrastro nunca me cayó bien y decidí hacer mi vida. No soportaba ver cómo ella dejaba atrás su forma de ser para acoplarse a lo que le convenía a él. Cambió su manera de vestir, sus gustos, sus amistades... todo. Vamos, que se convirtió en otra persona, y desde que enviudó parece que ha decidido recuperarse a sí misma. La veo como siempre, ha vuelto a dejarse el pelo largo, a llevar sandalias y vestidos sueltos y coloridos. Su sonrisa, su modo peculiar de ver la vida, todo ha vuelto a ser como antes y no puedo estar más contenta por ella.

—Me alegro mucho por vosotras. A veces la vida nos da una segunda oportunidad.

—Qué chulo eso que dices. Y cuánta razón tienes. Bueno, entonces ¿cuándo podría empezar?

—Pásate mañana y prueba a ver qué tal, ¿te parece?

—¡Guay! Genial, mañana mismo estoy aquí.

—Toma, llévate una tarjeta para que tengas nuestro teléfono por si lo necesitas.

—Gracias y perdona que te haya dado la brasa, seguro que estás muy ocupada.

—Yo encantada, ya te digo. Nos vemos a las cuatro —la despidió abriéndole la puerta.

Julia volvió a sus arreglos imaginando cómo habrían sido esos años yendo de un lado a otro en caravana, le sonaba de lo más exótico. Imaginaba las mil aventuras que habría vivido Malena y si su instinto no le fallaba, estaba segura de que en las próximas semanas se las contaría todas.

Era casi hora de cerrar cuando vio a Ramón aparcando en la puerta.

Soltó lo que andaba cosiendo, se pasó las manos por la falda intentando deshacerse de las arrugas y, adoptando la postura más erguida que pudo, se acercó al mostrador de la entrada para recibirle.

—¿Ya has acabado con la máquina? —preguntó sorprendida nada más verle entrar.

—Hola, Julia. No, siento decepcionarte, pero vengo a por mi paraguas —dijo mirando hacia el paragüero y confirmando que, efectivamente, era allí donde lo había dejado.

—Ah, ¿es tuyo? Estaba segura. Misterio resuelto.

—¿Qué tal todo?

—Bien, igual, ocupada.

—¿Tanto como para no tomarte una cerveza conmigo? Supongo que ya es hora de cerrar, ¿qué haces para comer?

—¿Una cerveza?

—Bueno, o un refresco, lo que prefieras —añadió Ramón.

—Sí, claro, dame un minuto y salgo enseguida.

De nuevo le invadió aquella sensación extraña que no acababa de identificar.

Julia voló hasta la trastienda, entró en el aseo, se pasó el cepillo por el pelo, se pellizcó las mejillas, se puso un poco de cacao en los labios y sonrió frente al espejo.

—¡Ya estoy! —anunció con la rebeca y el bolso en la mano mientras salían por la puerta.

—¿No cierras?

«Pero ¿qué me pasa a mí con este hombre que me vuelvo idiota cuando lo tengo delante?».

—Sí, claro, qué despiste. Tengo siempre tantas cosas en la cabeza que...

—Dejo el paraguas en el coche y nos vamos. Aquí al lado ponen unos tigres riquísimos, ¿te gustan?

—Me encantan —contestó Julia.

Cruzaron solo un par de calles hasta llegar a una de esas tabernas llenas de fotos de famosos dedicadas y billetes de todos los países colgados en una pared amarillenta tras la barra.

—Bueno, por qué no me cuentas cómo se os ocurrió a tu socia y a ti montar una academia de costura. Doña Amelia parece de buena familia, no la veo yo como empresaria y, sin embargo, por lo que veo no se le da nada mal. Fue muy firme cuando negociamos la venta de las máquinas de coser y consiguió un buen descuento.

—Yo creo que hasta ella está sorprendida de verse en ese papel. Se quedó viuda hace poco, le conté que quería abrir un negocio de arreglos en mi barrio y cuando supo de mis intenciones me convenció de que debía ser más ambiciosa. Ella misma buscó el local y me propuso asociarnos. Hacemos un buen equipo.

—Y ¿qué tal va el negocio?

—Nos costó arrancar, pero ahora, además de los arreglos y los encargos, ya tenemos dos grupos de costura. Esta misma mañana se ha apuntado una chica nueva.

—Yo no he dejado de vender máquinas desde que estoy en esta empresa, pero en estos tiempos pensaba que la costura estaba en declive.

—Quizá la costura como forma de vida, pero no como entretenimiento. Coser es contar historias con telas y todos tenemos cosas que contar, por eso, aunque a la academia acuden alumnas con vidas muy diferentes, todas vienen con el mismo objetivo, compartir un espacio en el que aprender algo nuevo y también evadirse de la rutina. Yo les digo a todas que coser puede ser muy terapéutico, te mantiene las manos ocupadas y la cabeza centrada en lo que estás haciendo, así te olvidas de las preocupaciones del día a día.

—Visto así, a mí también me están dando ganas de ponerme a coser —bromeó Ramón.

A Julia le hizo mucha gracia imaginarse a Ramón cosiendo.

—Aún no llevamos mucho tiempo, pero estoy convencida de que acabarán viendo la costura como una forma de expresión, yo no la concibo de otra forma. Antes era algo que tenías que aprender casi como obligación, para ser la esposa perfecta. Pero eso ha cambiado, de hecho, la alumna nueva de la que te hablaba viene con muchas ganas de coser ropa diferente, con la que se sienta identificada.

—Se nota que eres una enamorada de tu trabajo, seguro que tus alumnas están encantadas contigo.

Pidieron un par de raciones y pasaron un buen rato charlando. Julia empezó a sentirse más relajada y hasta cómoda. Podría habérselo atribuido a las dos cañas que llevaba, pero prefirió pensar que se debía al trato tan cercano y amable de Ramón. La escuchaba con atención y le devolvía cada una de sus sonrisas, gesticulaba mucho y tenía una forma muy divertida de colocarse el flequillo hacia atrás cuando no tenía la mano ocupada con un cigarrillo.

—Las cuatro menos cuarto —dijo sobresaltada—, tengo que irme pitando.

—Mujer, ¡qué susto! Tranquila, estamos al lado. Pido la cuenta y te acompaño, tengo el coche aparcado en la misma calle.

—Menos mal que esta tarde no tengo que dar clase porque no estoy acostumbrada a beber tanto.

—Anda, mira que eres exagerada, si solo han sido dos cañas.

—Sí, pero ya te digo que no tengo costumbre.

—Y qué sueles hacer a mediodía —le preguntó Ramón mientras le sujetaba la puerta y la invitaba a salir del bar.

—Algunas veces me quedo trabajando en la academia, pero si hace bueno, me acerco al Retiro con una Coca-Cola y un bocadillo. Casi siempre hay suerte y encuentro un banco al sol, un lujo.

—Pues qué buen plan, ahora en primavera se debe de estar muy a gusto. Otro día invitas tú, yo me encargo de los bocadillos y tú pones la bebida, ¿te parece?

—¡Claro! —exclamó Julia. Por un momento se preguntó si no estaba mostrando demasiado interés.

Siguieron charlando todo el camino hasta El Cuarto de Costura, donde se despidieron con un par de besos. Definitivamente las cañas le habían hecho efecto.

Julia contaba con terminar algunos dobladillos aquella tarde, pero el tiempo no parecía cundirle como ella esperaba. Era dar dos puntadas y quedarse como boba, ensimismada, con la cabeza en otra parte, hasta volver a la aguja y dar dos puntadas más.

—Así no vas a acabar en la vida —oyó decir a doña Amelia nada más entrar por la puerta.

—Uy, no te he oído llegar. ¿Cómo estás?

—Algo mejor. He comido con una amiga y eso siempre me levanta el ánimo, ya sabes. Y ¿tú? —preguntó mientras se quitaba la chaqueta de lino y dejaba el bolso.

Julia se moría de ganas de contarle que había pasado un rato estupendo con Ramón, pero, por otro lado, no quería que confirmara sus sospechas. En realidad, solo habían salido a tomar algo, nada más, pero sabía cómo sonaba eso. Aunque todo había sido casual dudaba de que doña Amelia lo entendiera así y decidió sacar otro tema.

—Muy contenta, esta mañana se ha presentado aquí una chica de lo más peculiar y ya tenemos el grupo de los martes y los jueves completo. Ya la conocerás, es muy divertida, tiene un estilo muy distinto al resto de las alumnas y parece muy creativa. Llevaba un bolso hecho con unos vaqueros viejos muy original. Estudia Bellas Artes y, según me ha contado, se ha recorrido medio mundo en caravana.

—Pues sí, suena muy diferente, estoy deseando conocerla. Me voy a poner un café, ¿te sirvo uno?

—Me vendrá bien, las cañas me han atontado un poco y necesito espabilar.

—¿Las cañas? —preguntó doña Amelia de lo más extrañada.

El ritmo de la aguja que Julia sujetaba en la mano derecha empezó a acelerarse considerablemente.

—Bueno, no. Verás —sabía que iba a acabar metiendo la pata, así que decidió contárselo—. Ramón, el de las máquinas, se olvidó aquí el paraguas el otro día y ha pasado a recogerlo. Era ya hora de cerrar y me ha invitado a tomar algo. Hemos ido a un sitio aquí al lado, ni cinco minutos andando. Ponen unos tigres muy ricos y el dueño es muy simpático, parecían conocerse. Yo creo que debe de ir mucho por allí o eso me ha parecido. Es uno de esos bares de los de toda la vida, muy castizo, comida casera, pero todo muy bueno.

—Para, para, para. Ya estás empezando a hablar muy rápido y eso significa algo. O sea, que Ramón, el paraguas, unas cañas... ¡Ja! Lo sabía. —Y se echó a reír—. Sabía que te traías algo con él y ¿sabes qué te digo? Que me parece fenomenal. Es muy majo y agradable, de aquí sale algo, te lo digo yo que para estas cosas tengo buen ojo.

—Ay, Amelia, de verdad, me parece que te estás montando una película que no es. Listo, esto ya está, voy a darle un poco con la plancha y lo cuelgo en el armario, que mañana vienen a por él.

—Me puedes cambiar de tema, pero yo sigo en mis trece. Por cierto, he pensado que no les vamos a cobrar a las chicas el recibo del mes que viene hasta que no veamos qué va a pasar con el local. No les digas nada por el momento. Si preguntan, que no creo, les dices que habrá algún problema con el banco y que me lo vas a comentar a mí.

—De acuerdo, eso nos hará ganar un poco de tiempo, pero si esto va para largo tendremos que comentárselo.

—Claro, es justo que lo sepan. Ya sabes que no soy nada optimista al respecto, pero tampoco quiero alarmarlas. De todas formas, confío en que pronto tendremos noticias.

23

La primavera había alcanzado su máximo apogeo y los días de luz y sol ya parecían haberse instalado del todo en Madrid. Era una maravilla ver cómo los colores invadían las prendas de los viandantes, cómo la ropa se volvía más ligera y los abrigos desaparecían del aburrido y uniformado vestir invernal de la gente de la ciudad. Los marrones, negros y grises dejaban paso a colores alegres, brillantes, llenos de vida, que alegraban la vista nada más salir a la calle. Incluso diría que me subían el ánimo y me hacían sentir más contenta y positiva pese a que andaba preocupada por la inminente operación de mi padre y cada vez más decepcionada por los continuos plantones de Manu.

A ratos, dudaba. No sabía bien hasta qué punto estaba siendo injusta con él o hasta qué punto él le daba a nuestra relación menos importancia que yo. Porque para mí lo significaba todo, mis planes de futuro, salir de casa de mi madre, empezar una nueva vida... Y a veces sospechaba que él no sentía lo mimo. Aquello me frustraba, pero no lograba sacarle el tema y que lo habláramos a las claras. No quería que se sintiera presionado. Si su trabajo era tan absorbente como me hacía ver, lo que realmente necesitaba era una novia que lo comprendiera y no que le pidiera explicaciones.

En estas estaba mientras hacía las tareas de casa y oí que tocaban al timbre. Detrás de un precioso ramo de flores asomaba un chico con gorra y un albarán en la mano que necesitaba mi firma.

—¿Quién es? —preguntó mamá desde su habitación.

—¡Flores! Serán de Manu. No sabe nada este novio mío, una de cal y otra de arena.

—Mi madre me decía que cuando un hombre te regala flores es porque ha hecho algo malo o porque tiene pensado hacerlo —rio mamá.

—Anda, no seas malpensada, con lo mucho que lo quieres tú, parece mentira que digas eso.

—Pues claro que lo quiero, hija, si no digo que sea el caso, solo me he acordado de ese dicho. Mira que son bonitas. Te busco un jarrón ahora mismo.

En la tarjeta leí: «Para la novia más bonita y más buena del mundo. Besos. Manu». La verdad es que aquellas palabras ahora me parecen salidas directamente del boli de alguien que se sentía culpable, pero en aquel momento no quise darle más vueltas.

Mamá sacó del mueble del salón un jarrón de cristal transparente, una mala imitación de un cristal de Bohemia, pero, para el caso, igual de útil.

—Trae, les voy a cortar un poco los tallos y le echaré una aspirina al agua, así te durarán más. Las dejamos aquí en la mesa y las disfrutamos las dos, ¿de acuerdo?

—Claro, son demasiado bonitas para encerrarlas en mi cuarto.

Desapareció en dirección a la cocina para buscar, supuse, las tijeras del pescado. Son las únicas que podrían cortar unos tallos así, pensé. Las rosas amarillas eran mis favoritas y Manu lo sabía. No venían precisamente de una floristería barata y seguro que se había gastado más de lo que se podía permitir. El tío sabía cómo engatusarme.

Salí a hacer algunas compras al mercado y unos recados que habían quedado pendientes del día anterior y justo a la vuelta sonó el teléfono.

—No son tan bonitas como tú, pero espero que te hayan gustado.

—¡Manu! Mira que eres... Muchas gracias, son preciosas. Mamá las ha puesto en uno de sus mejores jarrones y las tengo aquí delante.

—Tú no te mereces menos y últimamente te tengo muy descuidada. El trabajo, ya sabes.

—Sí, no te preocupes, lo entiendo, pero te echo de menos.

—Eso lo arreglamos fácil, este viernes salimos a cenar, ¿te parece?

—Mejor vienes a casa y te invitamos nosotras, es el cumpleaños de mamá. Vendrán también Gabriel y Luis y seguro que todos se alegran de verte.

— ¡Hecho! ¿Sobre las nueve te va bien?

—Un poco antes si puedes, pero si no, te esperaremos.

—Venga, pues me lo apunto. Entonces el viernes nos vemos y como nos dejen un minuto a solas te como a besos. Adiós, preciosa.

—Anda, anda, que estás siempre pensando en lo mismo. Hasta mañana.

—Muy buenos días, ¡qué bien huele ese café!

—Amelia, qué pronto llegas hoy, ¿no? ¿Te pongo uno? —preguntó Julia asomando la cabeza desde la trastienda.

—Sí, gracias —contestó mientras dejaba sus cosas—. Hoy me he adelantado porque va a venir una amiga, bueno más bien una antigua conocida, y quería estar aquí antes de que llegara. Coincidimos en Embassy hace unos días y me contó que se casa su hija y necesita un vestido para la cena de pedida. El novio es francés, viene toda la familia desde París y quiere algo especial para impresionarles.

Le he contado que tú tienes mucha mano para este tipo de encargos y que puedes ayudarle también a elegir telas, y que sabrás aconsejarle qué tipo de modelo le va a sentar mejor.

—¡Encantada! Ojalá pudiera coger más pedidos. Sabes que me gusta mucho coser para ocasiones especiales, que es donde una puede lucirse más. Tengo toda la ilusión puesta en que se solucione pronto el tema del contrato y podamos coger a alguien a media jornada que se encargue de los arreglos mientras yo me dedico a coser de verdad.

—Dios te oiga, eso sería buena señal, pero no te olvides de lo que tenemos encima.

—Sí, claro, si es que yo no quiero ponerme en lo peor. Prefiero hacerme a la idea de que esto va a quedar en nada. Ya me conoces.

—Me alegro de que te lo tomes así, pero no despegues los pies del suelo, que el tema es serio.

Se oyó la campanilla de la puerta. Amelia dejó el café sobre la mesilla y se dirigió con su caminar elegante hacia la puerta.

—Pasa, querida, te estamos esperando —dijo mientras sonaban dos besos al aire.

Aquella señora parecía un calco de la antigua Amelia. El mismo porte, misma actitud, mismo hablar pausado... daba la sensación de que todo en ella era estudiado al milímetro para transmitir ese aire altivo que era como si dijera: «soy toda una señora». Como si estuviera encorsetada en un papel que probablemente no hubiera elegido ella misma.

A pesar de que ya hacía calor en la calle llevaba un traje de dos piezas, falda de tubo a media pierna y chaqueta sin solapas, zapatos de piel a juego con un bolso color azul marino, un buen puñado de joyas distribuido entre cuello, dedos y muñecas, y una manicura perfecta.

—Pero ¡qué maravilla, Amelia! —exclamó, echando un vistazo rápido a la academia después de saludarla—. Desde luego, es admirable tu espíritu «aventurero». Claro que tantos años con Javier te habrán enseñado mucho, él sí que sabía de negocios. Entre eso y tu buen gusto, fíjate lo que has montado. Enhorabuena, este lugar es una monería.

—Gracias, Matilde, pero más que a Javier, en parte se lo debo a mi socia. —Se giró hacia Julia—. Ven, acércate, que te presento.

La señora extendió su mano derecha hacia Julia marcando las distancias y ella respondió con el mismo gesto.

—Estas son las manos que han creado la mayoría de las maravillas que atesoro en mi vestidor. Julia lleva cosiendo muchísimos años y, antes que ella, ya cosía para mí su madre. Ambas tienen ese don difícil de encontrar en la costura a medida.

—Ya sabes lo mucho que confío en tu criterio, Amelia, estoy segura de que no me vais a defraudar. Traigo alguna idea de lo que quiero.

—Perfecto —contestó Julia—, eso nos ayudará a dar con el modelo adecuado. Amelia ya me ha comentado que se casa su hija. Permítame que le pregunte cuándo es la pedida para saber de qué tiempo disponemos.

—Dentro de un mes —contestó, escueta.

—Entonces tenemos tiempo suficiente. No dude de que tendrá el vestido que desea listo para esa fecha.

Se sentaron las tres a la mesa central y Matilde sacó de una bolsa varias revistas con las hojas marcadas. Según las iba mostrando, Julia se fue haciendo una idea de lo que buscaba, nada demasiado sencillo ni demasiado ostentoso que le pudiera restar elegancia. Algo que la hiciera brillar tanto como a su hija, pero sin quitarle protagonismo a la que debía ser la estrella de aquel acontecimiento. Tendría que ser un diseño que le dejara claro a la familia del novio con quién se iban a emparentar.

—He pensado en un crepé de seda con algunas aplicaciones en encaje.

—Sí, es lo primero que se me ha venido a la cabeza tras ver esas fotografías. Muy acertado —contestó Julia, mientras Amelia asentía con la cabeza.

—Si quieres nos pasamos ahora mismo por Zorrilla o por Palao y miramos juntas algunas telas. Será divertido,

¿te parece, Matilde? —propuso Amelia—. Y así me vas contando dónde habéis pensado dar la cena, quién se va a encargar de la decoración floral, el regalo de pedida para el novio... Ya sabes que me encantan esos detalles. Quiero que me lo cuentes todo con pelos y señales.

—Me parece perfecto, no tengo nada en la agenda para esta mañana.

—Antes de marcharse, si quiere pasar al probador le tomo las medidas y así vamos adelantando trabajo.

Aún quedaba mañana por delante y aunque lo que más le apetecía a Julia era ponerse a esbozar algunas propuestas para la nueva clienta, guardó las revistas que le había dejado en la trastienda y se dedicó a preparar la clase de la tarde. Era jueves y las chicas llegarían en unas pocas horas.

Antes de marcharse a comer le gustaba revisarlo todo. Por muy bonita que se viera la academia siempre comprobaba que estuviera todo en su sitio, las sillas alineadas, las reglas y demás utensilios organizados, la pizarra limpia, la papelera vacía y que las plantas lucieran bonitas. Era casi una ceremonia que repetía cada día y que acababa siempre con una mirada nostálgica hacia la estantería donde descansaban los preciados libros de costura y patronaje que había heredado de su madre.

A las cuatro, doña Amelia recibió a las chicas desde el pequeño mostrador de recepción y la clase comenzó presentando a la nueva alumna. Malena saludó efusivamente a todo el mundo con un par de besos, una gran sonrisa y un pequeño discurso que Julia tuvo que cortar con una mirada para que no se les fuera la hora.

—Perdón, perdón, que me enrollo como una persiana —dijo mientras el resto se reía a carcajadas.

La clase transcurrió, como ya era habitual, en un ambiente muy distendido. Se notaba que Julia disfrutaba con cada una de las explicaciones y las alumnas se afanaban en no perder detalle y en tomar nota en sus cuadernos. Su discurso era siempre tan ameno que incluso doña Amelia se sumaba a las clases. Permanecía de pie al fondo, atenta, casi hipnotizada. La voz de Julia era tan cálida y hablaba con tal vehemencia que era un auténtico placer escucharla. Clase tras clase se convencía de lo acertado de su decisión. Estaba orgullosa de haberse asociado con alguien que mostraba tanto amor por la costura y que sabía transmitirlo de ese modo tan particular.

A Julia no parecía importarle tener que repetir cada paso, siempre encontraba el modo de que las chicas comprendieran claramente cada una de sus indicaciones. Les había explicado que era muy importante sentar bien las bases desde el principio para luego avanzar con paso seguro y evitarse algún traspiés. Algunas cosas se aprendían a base de cometer errores y su objetivo era que fuesen los menos posibles.

Al acabar, doña Amelia acompañó a las chicas hasta la salida y observó que un taxi se acercaba despacio. Aminoró la marcha y se paró a la altura del grupo de alumnas que charlaban animadamente en la acera. La puerta se abrió y vio cómo una mujer llamaba a Malena por su nombre. Ella se acercó sorprendida, dio unos saltitos acompañados de un par de movimientos locos de brazos y subió al coche eufórica.

—Joder, mamá, qué sorpresón. ¿Qué haces tú por aquí? —exclamó cerrando la puerta del taxi y abrazando a su madre.

—Bueno —titubeó—, he venido por varias cosas, pero sobre todo por Queti, ¿te acuerdas de ella?

—Sí, claro, tu amiga la pintora.

—Pues expone en una galería de esta zona. Está como loca, es su primera exposición y me ha invitado a la inauguración. El sitio está por aquí cerca, por eso le he pedido al taxista que se metiera por estas calles, por si lo localizaba, pero ya me enteraré mañana de la dirección exacta. Quería darte una sorpresa esta noche, pero mira qué casualidad encontrarnos aquí. Acabo de llegar a Madrid y voy camino del hotel. Quería descansar un par de horas y luego llamarte.

—No me lo puedo creer, qué alegría más grande. Estás

guapísima y el pelo te ha crecido un montón, me encantan esas trenzas, pareces mucho más joven. —Malena no salía de su asombro.

—Oye, ese vestido que llevas me suena.

—No me extraña, mamá, con los trapos que me dejaste al irte me voy haciendo ropa nueva. No me gusta lo que veo en las tiendas, no tiene nada que ver con mi estilo.

—Cariño, no creo que exista nada más personal que tu estilo, ¡esa es mi niña! Oye, ¿y esas chicas con las que hablabas son compañeras de la facultad?

—No, no, son compañeras de la academia.

—¿Academia?

—Sí, me he apuntado a clases de costura. No es que vaya a aprender a coser en plan patronaje y todo eso, pero quiero coger algo de soltura con la máquina para seguir transformando tu ropa y hacerme unos bolsos. ¿Has visto este? —Malena hablaba muy deprisa, estaba encantada con la idea de tener allí a su madre, hacía meses que no se veían—. La han abierto hace poco, hoy es mi primer día. Ayer, cuando entré a preguntar por las clases, la profe me contó cómo empezaron y una de las socias me recuerda mucho a ti. No físicamente, que no tenéis nada que ver, es una señora del barrio, ya sabes la pinta que puede tener, pero vuestras historias son parecidas. Ella también se quedó viuda y desde entonces es otra persona, según Julia. Julia es la otra socia, la que da las clases. Las dos son un encanto y el sitio no puede ser más bonito. Estoy feliz de haberlo descubierto, tengo clase los martes y los jueves. El próximo día me podrías acompañar y así lo ves.

—Sí, sí que pareces entusiasmada. Y bueno, cuéntame, cómo van esos estudios.

—Genial, y tengo unas compañeras de piso superenrolladas. Tienes que venir a ver mi casa, es pequeña y un poco cutre, pero la conseguimos a buen precio y pegando un par de pósteres en mi habitación apenas se ven las manchas de la pared.

—Vale, vale, Malena, no necesito ese nivel de detalle.

—Y las dos se echaron a reír.

—Pero ¿cómo no me has avisado de que venías?

—Mira, es imposible dar contigo. Llamé varias veces a tu casa y por fin una tarde me contestó una compañera tuya y le dejé el recado. Por lo visto no te lo pasó.

—Silvia, seguro, está a por uvas. Bueno, lo que importa es que estás aquí.

—Señoras, ya estamos —oyeron decir al conductor.

El taxista bajó del coche, abrió la puerta de atrás, sacó la maleta y la dejó sobre la acera.

En la puerta del hotel, ya una frente a la otra, no dejaban de abrazarse y de mirarse. Eran como dos adolescentes a punto de entrar en un concierto.

—Pareces otra, bueno, mejor dicho, vuelves a ser la de

siempre. —Malena le tocaba el pelo, el vestido, le cogía ambas manos.

—Sí, hija, me he vuelto a encontrar y he decidido vivir, pero con mayúsculas. Ahora sé que lo que cuenta es vivir intensamente, lo otro no es más que respirar.

—De verdad, mamá, estás más guapa que nunca y más feliz, se te nota.

—Anda, tonta, tú sí que estás preciosa, déjame que te vea. —Malena dio varias vueltas—. Para, loca, que te vas a marear.

—Oye, si te parece, subo, me doy una ducha, descanso un rato y nos vemos para cenar. Busca un sitio chulo para celebrar el reencuentro, algo que te apetezca mucho y que nos dejen entrar con estas pintas. Ya sabes que no hay problema de presupuesto.

—¡Mamá! Desde luego, cómo eres. Voy a mirar en la *Guía del Ocio*, a ver qué hay que esté a nuestra altura. —Y soltó una risotada—. ¿Quedamos aquí a las nueve?

—Sí, pero, Malena, sé puntual, por favor. Tenemos mucho de que hablar.

24

—Buenos días, doña Amelia.

—Don Armando, ahora mismo salía por la puerta camino de la academia.

—¿La llamo en otro momento?

—No, no, por Dios, esperaba su llamada. Cuénteme, ¿tiene novedades?

—Sí, pero lamento decirle que no son buenas noticias.

Doña Amelia agarró el auricular con todas sus fuerzas, soltó el bolso y se sentó en la butaca que había al lado de la mesilla del teléfono.

—Le cuento. Desde el principio me sorprendió que el abogado de la viuda se dirigiese directamente a usted para participarle el particular cuando lo lógico hubiese sido contactar con el abogado de la parte arrendadora, que es quien redactó el contrato de arrendamiento de la finca a sus espaldas. Ella no tiene nada en contra de usted como arrendataria, pero lo que pretende, por lo que he podido deducir, es declarar el contrato nulo y obligarla a usted a demandar a los arrendadores por daños y perjuicios. La jugada es muy enrevesada, como verá. La relación entre ambas partes es muy tensa y el tema viene de lejos. Tal y como yo lo veo su intención es utilizarla a usted para perjudicar al resto de los herederos. Cuando la señora supo que el local había sido arrendado sin su consentimiento, le pidió a su abogado que contactara con el abogado de la otra parte para solicitarle copia del contrato. En un primer momento este se negó, pero al final no tuvo más remedio que enviárselo y fue así como obtuvo su nombre. Por eso se presentó aquel día en la academia. La inmobiliaria, con quien también he hablado, no sabía nada del asunto, aunque, evidentemente, tendría que haber comprobado que la propiedad del local correspondía tan solo a los firmantes solicitando una copia simple de la finca, cosa que no hizo y a la vista están las consecuencias. El abogado de la inmobiliaria se lava las manos y arguye que su cliente, aunque pudo incurrir en negligencia, actuó de buena fe.

—Entonces es mucho más complejo de lo que imaginaba. Pensé que se podría redactar un nuevo contrato y listo. No solo nos vamos a quedar sin academia, sino que nos tenemos que meter en un juicio con el arrendador y, con lo lenta que va la justicia, imagino que puede llevar años. Y mientras, ¿no podríamos seguir con la academia?

Y ¿qué va a pasar con Julia? Yo he invertido mucho en la reforma, pero me las arreglaría sin problema, pero este negocio es su medio de vida. Me parece todo una completa locura, no, no puede estar pasando esto.

—El contrato es nulo desde el momento en que se firmó. Si quisieran, hoy mismo podrían pedirle que dejara usted el local. Así es, por muy injusto que parezca, y así de claro se lo tengo que trasladar a usted.

—Pero, don Armando, deme alguna esperanza, ¿qué podemos hacer?

—Vamos a agotar todas las vías para encontrar una solución favorable, pero no quiero que se lleve a engaño, va a ser muy complicado y dependerá mucho de la voluntad que le ponga la señora Solano. Lo que hay detrás de este asunto escapa a nuestro control. Las herencias siempre son temas complejos si existen diferencias entre los herederos, y en este caso parecen insalvables. El abogado de la parte arrendadora me ha comentado que la señora en cuestión es muy particular. Nunca hubo buena relación entre las partes, ni cuando vivía su marido. Desde el primer momento, sus cuñados se negaron a aceptarla como parte de la familia y esto generó tensiones con el difunto. Perdieron contacto poco después de que falleciera el hermano y la señora Solano, por lo visto, se marchó a vivir al extranjero. Tienen una sociedad patrimonial que manejan a su antojo y cuentan poco con la viuda, cosa que ella lleva bastante mal, de ahí los enfrentamientos de estos últimos años y la pésima relación. Se trata más de una cuestión de principios que de dinero. Tirándole de la lengua, esto es lo que le he podido sonsacar al abogado, que tampoco tiene a la señora en alta estima y le gusta un rato hablar.

—¿Y si habláramos directamente con ella? Estoy segura de que entraría en razón. Me niego a quedarme de brazos cruzados. No es justo que estas rencillas nos pillen a nosotras por medio. No tenemos por qué pagar por un error que han cometido ellos.

—Esperemos a ver cuál es su próximo paso. Aún no nos hemos dado por notificados sobre la nulidad del contrato. Tendrían que haberle dirigido a usted una carta certificada con acuse de recibo.

—No hemos recibido nada en la academia. Le diré a Julia que esté pendiente del correo estos días.

—Bien. En todo caso, si llega, le agradeceré que me avise enseguida y me haga llegar una copia a la mayor brevedad posible. En estos asuntos los tiempos son muy importantes. Créame cuando le digo, doña Amelia, que preferiría que las cosas fuesen de otra manera. Ojalá pudiese mostrarme más optimista, pero lo tenemos difícil.

—Lo sé. Pero también sé que el asunto está en las mejores manos, don Armando. Haré como me dice. Seguimos en contacto. Salude a su señora de mi parte y muchas gracias.

Doña Amelia colgó el teléfono. Completamente desconsolada y aguantándose las lágrimas marcó el número de su hijo Alfonso.

—Hola, mamá. Qué sorpresa que me llames al trabajo. ¿Va todo bien?

—Ay, hijo. Acabo de hablar con don Armando. No sabes qué disgusto que tengo.

—¿Qué pasa, mamá? Te noto muy alterada. ¿Es por lo de la academia?

—Alfonso, no es solo que el contrato sea nulo, es que vamos a tener que pleitear durante años y podemos perderlo todo igualmente. Pobre Julia, ella que no tiene culpa de nada se ha visto en medio de esta historia sin comerlo ni beberlo. ¿Quién me mandaría a mí? Si me viera tu padre, se mondaría de risa en mi cara. Siempre me dejó claro que las mujeres no estábamos hechas para los negocios, que eso era cosa de hombres y, tozuda de mí, con tal de no darle la razón, aquí estoy metida en un asunto del que no sé cómo voy a salir.

—No digas eso. Sabes muy bien que papá se equivocaba. Lo hizo conmigo y también en eso. Estoy seguro de que encontrarás la forma de solucionarlo. Las mujeres lleváis toda la vida gestionando una casa. No veo por qué no ibas a poder con esto. Confía en ti como lo hago yo.

—Si don Armando no encuentra la solución, será el final del sueño de Julia.

—No te preocupes, a ella le sobra empuje y juventud para empezar otra vez.

—Menos mal que tiene el carácter que tiene, pero no deja de ser un contratiempo. ¿Qué digo un contratiempo? Es una auténtica faena.

—Todo se solucionará. Ahora tengo que dejarte. Si quieres hablamos esta noche.

—Gracias, cielo. Y disculpa por llamarte al trabajo. Pero necesitaba hablar contigo. Un beso.

—Un beso, mamá.

Doña Amelia, colgó el teléfono, respiró hondo, se levantó y salió en dirección a la academia. Estaba impaciente por contarle a Julia lo ocurrido y ponerla sobre aviso. Tardó algo más de lo habitual en recorrer los escasos metros que separaban su casa de El Cuarto de Costura. Quizá sus pies, conscientes de lo que tendría que enfrentar, quisieron darle el tiempo que necesitaba para pensar. «Dios santo, tengo que encontrar la manera de solucionar esto. Las cosas no se pueden venir abajo así, de repente, con la ilusión y el empeño que hemos puesto en poner la academia en marcha. ¿Qué culpa tenemos nosotras de que esa señora sea tan rencorosa e insensible que no le importe causarnos semejante mal con tal de vengarse de sus cuñados? ¿No tendrá otra forma de desquitarse? Yo, desde luego, no podría dormir con la conciencia tranquila a sabiendas de que alguno de mis actos pudiera perjudicar a alguien inocente».

Al llegar frente a la puerta, tomó aire antes de pasar al interior.

—Buenos días, Amelia.

—Hola, buenos días. Ay, Julia, ven, vamos a sentarnos y te cuento. Me acaba de llamar don Armando. Esto es muchísimo más grave de lo que pensaba y siento tener que darte tan malas noticias, pero es lo que hay.

—Bueno, bueno, no será nada que no podamos arreglar. Anda, no me asustes. Aunque esa cara que traes diga lo contrario, tú siempre te pones en lo peor. Espera, termino con la plancha y voy para allá.

Acabó de planchar la prenda que tenía a medias, la colgó en el armario, entró en la trastienda y se sentó a la mesita redonda frente a doña Amelia. Aquel lugar le daba una intimidad a la conversación que a Julia le terminó de confirmar que el asunto era mucho más serio de lo que ella se figuraba.

Siempre había tenido muy claro que una de las grandes diferencias entre ellas era su modo de ver las cosas. Fruto de su espíritu luchador, Julia intentaba ver siempre el lado bueno de cualquier situación y estaba convencida de que casi todo tenía remedio. Debía ser forzosamente así o se hubiese derrumbado mil veces a lo largo de su vida. Nati, su madre, no le había enseñado otra cosa. «Julia, hacia delante, confía», era lo que la oía decir frente a cualquier adversidad.

Doña Amelia, por el contrario, no era lo que podríamos definir como una luchadora. Perdió toda su alegría poco después de ser madre y cayó en picado desde que Alfonso abandonó la casa familiar por sus frecuentes broncas y discrepancias con don Javier. Aun así, en los últimos meses, parecía haberse contagiado del carácter jovial de Julia y se la notaba más contenta y combativa que nunca.

—Julia, ante todo quiero decirte que voy a hacer lo imposible por que esto no se venga abajo. La academia es tu sueño, pero también mi razón para levantarme cada mañana, una ilusión compartida que me ha devuelto las ganas de vivir.

—Sí, sí, eso ya lo hemos hablado muchas veces, pero por favor, suéltalo ya. Venga, dime qué pasa.

Doña Amelia se apoyó en el asiento para corregir su postura y entrelazó los dedos de las manos posándolas sobre la mesa.

—Don Armando me ha llamado esta mañana y me ha puesto al día de la situación. El tema es muy enrevesado. ¿Recuerdas que te conté que había un problema con el contrato de alquiler del local? ¿Que era nulo porque faltaba la firma de una propietaria? Pues parecía que íbamos a poder subsanar el problema firmando un nuevo acuerdo y asunto resuelto, pero resulta que esa señora está en guerra con los otros cuatro propietarios y lo que pretende es que, tras declararse el contrato nulo, nosotras los demandemos por daños y perjuicios. Una jugada diseñada simplemente para darles por saco, usándonos a nosotras como arma arrojadiza.

—La muy...

—Exacto, mala persona es lo más suave que se me ocurre. Dejémoslo ahí. Debo decirte que don Armando le ve muy difícil solución al conflicto, que, según él, depende totalmente de que la señora en cuestión entre en razón. En estos días puede que nos manden una carta certificada comunicándonos la nulidad del contrato. Estate pendiente porque es muy importante hacérsela llegar a nuestro abogado enseguida.

—Descuida, estaré atenta.

—Así que esa es la situación, Julia. No parece que sea nada bueno lo que se nos viene encima. El juicio contra los propietarios del local podría tardar años en salir y, aunque consiguiéramos una buena indemnización, no creo que nada nos pueda compensar la ilusión y el esfuerzo que hemos puesto en abrir y poner en marcha el negocio. Yo puedo seguir viviendo sin problema, afortunadamente, pero a ti tenemos que buscarte una salida. En la salita de casa podríamos montar un pequeño taller donde atender los encargos de mis amistades más cercanas. Eso te daría algún ingreso, o podría vender algunas acciones y hacerte un préstamo para coger aquel local que viste por tu barrio o ambas cosas a la vez, no sé, no hago más que darle vueltas a todo para intentar que tú salgas lo menos perjudicada posible de todo este embrollo en el que te metí sin saber.

—Entiendo —asintió con gesto triste.

Tras unos minutos en silencio, Julia empezó a pensar en su plan inicial, ¿estaría el local aún disponible? ¿Conseguiría bastantes encargos como para mantenerse? Lo que más le dolía era la idea de dejar las clases, era lo que más disfrutaba y lo que realmente sentía que era su auténtica vocación.

El sonido de la campanilla de la puerta la sacó rápido de sus pensamientos.

—¡Buenas!

«¿Esa voz? ¡Ramón!». Pegó un respingo de la silla y caminó hasta la entrada intentando mantener la compostura. No quería que su cuerpo delatara lo nerviosa que estaba, pero a cada paso se le iban enrojeciendo las mejillas y le resultaba imposible evitarlo.

—Hola, Ramón. ¡Qué bien! Ya está lista la máquina de la madre de Sara.

—Hola, Julia, sí, aquí la traigo. La hemos desmontado, aceitado, limpiado años de polvo acumulado y le he cambiado la lanzadera, nada grave, y ahora va como un tiro. Ha sido coser y cantar.

Una risa nerviosa se adueñó de Julia.

—Oye, ¿qué me dices de ese bocata en el Retiro? Hace un día precioso, ¿tienes planes para comer?

Doña Amelia, que los oía desde el otro lado de la sala, se acercó para animarla.

—Buenos días, Ramón, o mejor, buenas tardes, por la hora que es. Me parece un plan estupendo, ¿no, Julia? Con lo que a ti te gusta un banquito al sol y el día tan espléndido que hace. Anda, márchate, que ya cierro yo.

—¿Seguro, Amelia? Mira que aún quedan unos minutos para cerrar y algunas cosas por hacer antes de la clase.

—Pues te vienes un poco antes y listo. Vete tranquila y disfruta de ese bocadillo.

Julia tomó la máquina, la dejó en la sala y entró en la trastienda a por su bolso. Consideró llevarse la rebeca de punto, pero estaba demasiado acalorada en ese momento y presintió que no se le pasaría en toda la tarde.

—¿Lista? Oye, la nota de la reparación va dentro de la máquina, para que se la pases a tu alumna.

—Justo era lo que te iba a preguntar, perfecto. Sí, lista. Amelia, nos vemos esta tarde y gracias por ocuparte de cerrar.

—Marchaos ya y disfrutad del Retiro, que es una maravilla en días como hoy. Nos vemos luego, Julia —les despidió Amelia con una sonrisa.

Ramón no podría haber estado más acertado apareciendo en ese preciso momento. Un rato con él le haría olvidar el problema que tenían encima. Tenía que admitir que disfrutaba mucho de su compañía y que, en cada una de las ocasiones en las que se habían visto, había descubierto que tenían muchas cosas en común. Era una persona con la que era fácil hablar, atento, educado y divertido a la vez. Se interesaba por su trabajo y sabía escuchar, cualidades que Julia valoraba mucho.

—¿Sabes que hoy estás preciosa? ¿Esa blusa te la has hecho tú?

—¿Qué? Ah, la blusa. Sí. Tiene ya unos años y sigue siendo una de mis favoritas. Los botones son de una que tenía mi madre y quise recuperarlos, y el canesú me costó un poco porque el volante este no me salía y tuve que descoserlo varias veces. Primero pensé en hacerle una manga francesa, pero al final me decidí por una manguita corta abullonada que le iba mejor a esta tela. Pero sí, me quedó mona. Me la pongo mucho.

A Ramón le encantaba cuando se ponía nerviosa. Julia empezaba a hablar muy rápido de cosas que no venían a cuento como si tuviese que llenar el hueco entre sus palabras para que el silencio no la hiciese sentir incómoda. En esos momentos asentía con la cabeza sin perder el interés por nada de lo que decía y sonreía.

—Oye, tú y yo tendríamos que salir un día a cenar, ¿te gustaría?

—Sí, claro, ¿adónde?

¿Adónde? Era la primera vez que una mujer respondía

así ante una propuesta similar. Ramón hizo todo lo posible por no soltar una carcajada.

—Eso déjamelo a mí, verás como te llevo a un sitio bonito —le prometió Ramón.

Julia y él rehicieron el camino de vuelta entre risas.

Llegaron a la academia un buen rato antes de la hora de abrir. Julia quería disponer de ese tiempo para revisar la sala y acabar de preparar la clase de la tarde. Se despidieron en la puerta con dos besos y quedaron en salir a cenar juntos muy pronto.

Ramón era la primera persona que le hacía sentir ese algo especial que no sabía cómo definir. Tan pronto se ilusionaba con la idea de entablar una relación que fuese más allá de un paseo y unas charlas, como se obligaba a quitarse todo aquello de la cabeza y a volver a sentir los pies en el suelo. Lo que tenía muy claro es que le encantaba estar con él y le daba la sensación de que aquel sentimiento era mutuo, pero su escasa experiencia le hacía desconfiar de sus propias emociones.

Aún flotaba en una nube cuando entré por la puerta. Tanto que no oyó la campanilla y tuve que saludar dos veces hasta que me contestó.

—Ay, perdona, Sara, no te he oído llegar. Hoy tengo la cabeza...

—¿Ha pasado algo?

—No sé si debería contártelo, de todas formas, os acabaréis enterando. Amelia y yo lo hemos hablado y tenéis derecho a saberlo por lo que pueda pasar.

—Pero ¿el qué? —Julia me contó la historia desde el principio.

No podía creer lo que estaba escuchando, ahora que le había tomado tanto cariño a ese lugar, ahora que empezaba a cogerle el gusto a la costura y estaba convencida de que se me iba a dar bien, no, no podía ser. ¡Qué injusticia!

—Lo lamento muchísimo, Julia, y espero que se solucione. De hecho, estoy segura de que se va a solucionar. No conozco a dos mujeres más decididas que vosotras.

—Dios te oiga, lo tenemos difícil.

—Oye, estás bien, se te ve muy colorada.

—Sí, es que he estado comiendo con Ramón en el Retiro y me ha dado el sol.

—¿Ramón?

—El de Singer, que, por cierto, ha traído la máquina de tu madre. Dice que le han hecho una buena limpieza, la han aceitado y le han cambiado la lanzadera.

—¿La lanzadera?

—Sí, es una pieza que va en la zona del canillero. No he mirado la nota, pero supongo que la reparación no habrá sido muy cara. A ver si en algún momento os enseño a aceitar la máquina de coser y así puedes tener la tuya siempre a punto. Estos modelos, si los tratas bien, duran muchísimos años.

—Pues muchas gracias, espero que con esto mi madre se vuelva a enganchar a la costura, le vendría fenomenal para distraerse. Oye, ¿estáis saliendo?

—¿Quién? ¿Ramón y yo? —Julia soltó una carcajada nada convincente—. Qué va, mujer, qué cosas tienes, solo vino a traer la máquina y como hacía tan buen día...

—Vale, vale, no quiero meterme donde no me llaman, pero me ha parecido otra cosa.

—Anda, tonta —exclamó Julia nerviosa, pasando un trapo por la pizarra que ya relucía de limpia.

A las cuatro el resto de las chicas comenzaron a aparecer. Laura fue la última en llegar, como siempre, corriendo y disculpándose.

—Bienvenidas —dijo Julia con una gran sonrisa mientras las demás dejaban sus cosas y nos acomodábamos alrededor de la mesa—. Tenemos por delante una tarde emocionante. Con un poco de suerte, salís hoy de aquí con la falda acabada o casi. Marta, a ti te echaré una mano con la cremallera, así vais todas más o menos a la par.

—Vale, pero hoy me tengo que ir un poco antes porque me toca llevar a mi abuela a la peluquería —contestó Marta.

—Eso me haría falta a mí, una sesión de peluquería. Esta noche viene mi novio a cenar y llevo casi un año sin pisar una —comenté.

—No es por darte la razón, Sara, pero es que llevas unos pelos. Verás, sin ofender. ¿Sabes qué? Te vienes conmigo.

—Que no, mujer, si ahora cuando llegue a casa me hago una coleta bien tirante y listo.

—Tienes un pelo precioso, solo necesitas que te den un poco de forma. —Marta se me acercó y empezó a moverme el cabello de un lado al otro—. Unas mechas te darían un poco de luz a la cara, hazme caso. Además, ¿no dices que tu novio va a cenar a casa? Será una ocasión especial, qué menos que ponerte guapa. Nada, sin discusión, te vienes conmigo.

—Tienes toda la razón, Marta —añadió Margarita—. Un cabello bien arreglado hace mucho. Mi abuela decía que una dama debía ir siempre bien peinada y bien calzada.

—De verdad, mira que eres... Bueno, parece que no me puedo negar.

—Otro día me llevas a mí también. Yo sí que no voy a la peluquería desde... ni me acuerdo. —Catherine soltó una risotada sonora.

—Venga, chicas —Julia nos llamó al orden—, vamos a centrarnos, que se nos pasa la tarde.

Al fin iba a coser mi primera prenda, estaba feliz y me hacía ilusión arreglarme un poco para la cena. Marta tenía razón, llevaba el pelo descuidado y debía aprender a sacarme provecho por mucho que ya tuviera novio.

—Acordaos de lo que hemos hablado sobre las vistas. Ojo, que hay que entretelarlas. —Julia nos iba dando todo tipo de indicaciones y guiándonos por todo el proceso sin quitarnos ojo a ninguna.

Estaba muy satisfecha de cómo me habían quedado las pinzas. Ahora entendía por qué Julia insistía tanto en plancharlas nada más cerrarlas y antes de coser la falda por los costados. El detalle de acortar la puntada según me acercaba a la punta era clave. Perfectas —me dije toda orgullosa al mirarlas.

—¿O sea que vas a ayudar a Sara a que se ponga mona para cenar con su novio? Qué detalle, ¿no, Marta? Supongo que tú sabes lo que le gusta —soltó Laura, que se moría de ganas de decirle a la cara que la había descubierto, pero no era el momento ni el lugar.

—A ver, Laura, no es que yo sea una experta en hombres, pero no nací ayer y sé que a todos les gusta una mujer arreglada y bien peinada. No sé de qué te extrañas.

—Nada, cosas mías —zanjó Laura con un gesto irónico.

—Chicas, menos charla —oí decir a Julia al pasar por la mesa de corte que compartían Laura y Marta—. Si hoy te vas a marchar antes, no te entretengas. A ver si sales con la falda puesta.

Margarita, Catherine y yo nos sentamos a la máquina y acabamos las faldas, mientras Laura y Marta seguían a lo suyo.

—Recordad, primero cerramos las pinzas, cosemos las vistas y la cremallera. —Julia iba de una máquina a otra guiándonos en estos últimos pasos—. Antes de coser los costados quiero que los hilvanéis y os probéis la falda. Os puede dar un poco de pereza, pero creedme que es importante probarse la prenda antes de hacer las costuras definitivas. Tener que descoser es aún más latoso, así que acostumbraos a hilvanar y no os saltéis este paso.

Qué satisfacción más grande tener la falda ya casi acabada en mis manos. Me metí corriendo en el probador para ver qué tal me sentaba. Y tras la aprobación de Julia terminé de coserla a máquina.

—Vamos, Sara, que se nos hace tarde, mi abuela debe de estar ya esperándome. ¡Adiós, chicas!

—Nos vemos el próximo día, chicas. Sara, disfruta de la sesión de peluquería, seguro que te dejan guapísima. Ya nos contarás el lunes. Marta, a ti te esperamos el viernes. Seguro que será una semana muy emocionante.

25

—¡Qué tarde llegas, Sara! Pensé que... Uy, qué tarde y qué guapa, y además traes mi máquina, ¡qué bien! Esto sí que es un regalo de cumpleaños —exclamó mamá al verme entrar por la puerta.

—Sí, ya está lista, solo le han tenido que cambiar una pieza y ponerla a punto. Perdona que no te avisara. Una compañera de la academia me convenció en el último momento de que la acompañara a la peluquería. Me apetecía ponerme mona. Además, necesitaba sanearme las puntas. ¿Queda algo por preparar? Voy poniendo la mesa, ¿te parece?

—Nada, tranquila, lo tengo casi todo listo. He sacado la vajilla buena. Déjame que te vea. Has hecho muy bien, esas mechas te quedan fenomenal. Es que tienes un pelo precioso, a ver si ahora te animas a cuidártelo más, que eres muy joven y muy guapa —dijo mientras me obligaba a darme la vuelta para verme por detrás.

—Bueno, de tal palo...

—En realidad te pareces más a tu padre que a mí, pero tengo que reconocer que esa melena es mía. ¿Qué más traes ahí?

—Ay, mamá, estoy supercontenta, es mi primera prenda. Hoy he terminado de coser esta falda, nada, es muy sencillita, una falta recta sin más, pero me hace tanta ilusión. Ha sido casi mágico verla acabada. Me queda clavada, las pinzas en su sitio, la cremallera ni se ve y la holgura justa para que sea cómoda.

—Ja, ja, ja —rio mamá—, ya hablas como una auténtica costurera. Enséñamela.

—No, espera, me la pongo y así la ves mejor.

Fui corriendo a mi habitación, solté el bolso, me cambié a toda prisa y volví al salón.

—Qué, ¿cómo lo ves?

—Pues sí, sí, te queda perfecta, aunque un poco más corta tampoco estaría mal.

—Bueno, eso tiene fácil solución. Estoy tan satisfecha con el resultado de la primera que me animaré a comprar una tela bonita y a hacerme alguna más. Ya sabes que no soy muy de faldas, pero reconozco que esta me sienta muy bien y es muy cómoda. Julia nos ha explicado cómo se puede modificar este patrón base para coser un montón de modelos más: evasé, con volantes, bolsillos... en fin, todo lo que se nos ocurra. Es interesantísimo ver cómo se puede transformar un patrón. El verano está a la vuelta de la esquina y pronto podremos lucir piernas.

—Qué alegría verte tan ilusionada con la costura. Mañana mismo me siento yo a la máquina y me pongo con ese mantel para la mesa de la cocina que tengo pendiente. Con una máquina en casa seguro que te animas a coser los días que no tengas academia. Te ayudaré en lo que pueda. Me sabía muchos trucos de joven, aunque ya te digo que se aprende más equivocándote que escuchando consejos.

En ese momento sonó el timbre.

—¡Ya están aquí! Yo abro —exclamé.

—Pero ¡qué guapísima está mi novia, vaya cambio de look! Déjame que te vea.

—Qué prontito llegas, Manu, qué alegría.

—En serio, Sara, estás espectacular. Pero ¿qué te has hecho? A ver, date la vuelta.

—Ay, gracias. Una compañera de la academia iba a la peluquería y me ha liado para que fuese con ella, lo de las mechas ha sido idea suya. Yo no estaba muy decidida, pero creo que me han quedado monas. Oye, quizá la conoces, se llama Marta y me ha contado que trabaja en Torre Picasso, como tú.

—Pues, no sé, en ese edificio trabajan miles de personas. Pero, mírate, ¡qué bien te quedan! Me gustan. Estás preciosa. Anda, ven aquí. —Me estaba dando un beso increíble... hasta que nos interrumpió mi madre.

—Manu, ¡qué alegría verte por aquí! Bienvenido —exclamó mamá quitándose el delantal mientras salía de la cocina.

—¡Fermina! ¿Seguro que es tu cumpleaños? Porque yo te veo cada día más joven. Felicidades. —Y a continuación le plantó un par de besos de esos que dejan contenta a una suegra...

—Tú que me miras con buenos ojos. El que está joven y guapo eres tú. Pero qué elegante vas siempre. No me extraña que tengas a Sara loquita.

—Perdona que haya venido con las manos vacías, pero no he tenido ni un segundo para buscarte un detalle.

—Ni falta que hace, hombre. Con que estés aquí ya es suficiente.

Volvió a sonar el timbre.

—Ahí están Luis y Gabriel, ya abro yo —añadió.

—¡Hola, mamá! Felicidades —exclamaron a dúo.

—¿Esas flores son para mí?

—Hombre, ¿para quién van a ser? ¿Quién es la protagonista del día? —le contestó Luis.

—Dadme un par de besos, hijos míos. Muchas gracias, no teníais por qué. Voy a poner las flores en agua. Pasad, acaba de llegar Manu.

—Qué bien, no sabía que venía —dijo Gabriel—. Hace un montón que no nos vemos.

Gabriel y Manu fueron muy amigos en el instituto. Se

distanciaron cuando sus caminos se separaron por trabajo, pero, con todo, seguían conservando una buena amistad. No se veían con frecuencia, especialmente desde que Gabriel se casó, pero el cariño seguía intacto.

—¿Qué pasa, tío? ¡Cuánto tiempo! ¿Cómo te va? —Manu le saludó con ímpetu—. Hombre, Luis, qué alegría veros a los dos. ¿Qué tal la familia?

—No esperaba verte aquí, qué sorpresa. Los niños bien, dando guerra, que es lo que toca. Hola, Sara —me saludó Gabriel, dándome dos besos—, qué guapa estás.

—Gracias. Dadme las chaquetas, que las dejo en mi cuarto.

—Sentaos, os he preparado croquetas de jamón de aperitivo y unas gildas, que sé que os gustan. ¿Cerveza para todos? —preguntó mamá—. A ti en vaso helado, ¿no, Manu?

—Mamá, lo estás mimando demasiado. No es bueno que se acostumbre a tantas atenciones.

Lo cierto es que mamá adoraba a Manu, se encariñó con él el primer día que vino a casa con Gabriel, cuando aún eran unos críos. Se ponía de su parte cuando reñíamos y le excusaba todos sus plantones. Él sabía que la tenía en el bote y siempre reservaba una palabra amable para ella. Tenía don de gentes y una sonrisa que lo convertía en un encantador de serpientes. Era imposible resistirse.

—Ay, Fermina, es que te tengo que querer. —Y le plantó un sonoro beso en la mejilla.

—Mira que eres zalamero, Manu —contestó mamá, sirviéndole la cerveza.

—Bueno, bueno, veo que aquí algunos tienen trato de favor —rio Luis.

—Antes de que brindemos por la cumpleañera y nos cebe como acostumbra hacer —señaló Gabriel, mirando a mamá—, quiero comentaros que ya le han hecho las pruebas preoperatorias a papá y que le operan este lunes. Está tranquilo y confía en sus médicos, así que solo nos queda esperar que todo vaya bien. Ya os iré contando.

Sabía que este momento llegaría, pero ni lo esperaba tan pronto, ni pensaba que Gabriel nos lo anunciaría a todos juntos. Disimulé mi sorpresa como pude e intenté aparentar una tranquilidad que distaba mucho del nerviosismo que se instaló en mi estómago.

—Quiera Dios que salga todo bien. Pero os tiene a vosotros. Eso le animará —se apresuró a decir mamá—. Sara, ¿me ayudas a sacar los primeros?

La cena transcurrió en un ambiente muy distendido, daba gusto ver a mamá disfrutando con las anécdotas que compartían Gabriel y Manu. Menudo par de trastos, y ella, que no tenía ni idea de sus fechorías, ahora, a toro pasado, se reía a carcajada limpia. Al vernos nadie diría por lo que estábamos pasando, pero esas risas nos sirvieron de terapia a todos.

—¿Entonces fuisteis vosotros los que llenasteis el bote de champú con la espuma de afeitar de papá? Y tú, Gabriel, ¿dejaste que le cayera la bronca a Luis? El pobre, que era más bueno que el pan. Desde luego... —Ya sabía que mis hermanos nunca habían sido los mejores amigos del mundo, pero ahora entendía por qué.

—Cosas de tener un hermano mayor. A ver, ¿qué podía hacer? Mamá siempre le creía a él —se quejó Luis.

Dimos buena cuenta de todas las delicias que nuestra madre había preparado para la ocasión y ambas despedimos a nuestros invitados felices de haber pasado una velada tan agradable.

—¡Qué rico estaba todo! —dijo Gabriel, ya en la puerta—, he disfrutado como un crío. Ojalá Olga cocinara como tú, mamá.

—Luis, hijo, dales un beso muy grande a los niños y dile a Victoria que la llamaré pronto, a ver si podemos quedar alguna tarde en el parque.

—Sí, mamá, descuida, se lo diré.

Manu me ayudó a recoger la mesa mientras mamá se despedía de mis hermanos.

—Todo exquisito, Fermina, espero que tu hija haya heredado tu mano con la cocina. Eso me haría el hombre más feliz del mundo.

Era el típico comentario que solía hacer Manu para embelesar aún más a mamá, a sabiendas de que a mí no me hacía ninguna gracia. Era un embaucador en toda regla. Se le daba tan bien que a veces le odiaba por ello.

—Espera, que te acompaño.

Manu terminó de despedirse de mamá y entramos en el ascensor.

—Ha sido un detalle que hayas venido, a mi madre le ha encantado verte y mis hermanos ni se lo esperaban. Sé lo liado que estás en el trabajo y te agradezco que hayas hecho el esfuerzo. Imagino que no habrá sido fácil que te escaparas de la oficina tan temprano. Desde luego, a mamá le has alegrado el cumpleaños y a mí, ni te cuento.

—Yo sé que tú te mereces mucho más, demasiado descuidada te tengo. Estás guapísima, de verdad, y yo soy tonto de remate por no pasar más tiempo contigo. —Me tomó por la cintura y me besó.

Salimos del ascensor y nos quedamos un rato en el portal.

—Tengo una novia que no me la merezco, ¡loco me tienes! Yo sé que tú entiendes que esté tan pillado por el trabajo, pero voy a intentar compaginarlo mejor. Si es que te veo así de preciosa y no me creo que seas mía. —Me tomó de la mano y me obligó a darme una vuelta—. Cualquier tío se derretiría a tus pies, estás impresionante. Ven aquí.

Nos despedimos con un beso muy largo que interrumpió uno de los vecinos a quien sin querer bloqueábamos la entrada al edificio.

—Nos vemos pronto, princesa.

Después de fregar los cacharros y dejar la cocina limpia como una patena, mi madre me dio las buenas noches y se fue directa a su cuarto. Demasiadas emociones. Entonces, aproveché la quietud de la casa para escribir a mi padre. Tenía intención de ir a verle en algún momento, pero antes me apetecía hacer algo para que se sintiera más acompañado en las semanas de tratamiento que tenía por delante. No sabía por dónde empezar después de tantos años de silencio, pero pensaba que era un buen momento para escribirle. Dentro de mí sentía que aquello me haría bien.

Querido papá:

Se me hace raro escribirte una carta, creo que es la primera y, aunque sea en estas circunstancias, me alegro de dar el paso. Siento que lo necesito.

Estas últimas semanas han sido complicadas. Volver a saber de ti después de tanto tiempo ha sido todo un regalo. Gracias a Gabriel ahora sé la verdadera razón de tu ausencia todos estos años. Pero ahora que la vida nos ofrece una nueva oportunidad, aunque sea en un momento tan delicado, quisiera dejar todo atrás y pensar solo en lo que aún nos queda por compartir. Recuperar a mi padre me parece un sueño hecho realidad. No necesito explicaciones, ni remover el pasado, solo saber que nos tenemos el uno al otro.

Quisiera estar cerca de ti en este momento, aunque me da miedo no estar a la altura. No sé nada sobre tu enfermedad y supongo que me asusta lo que pueda descubrir. Sé que no parece muy justo que sea yo la que te hable a ti de miedo, pero es así y no puedo ni quiero ocultártelo.

Ahora que sé que solo es cuestión de tiempo que podamos ponernos al día, siento la necesidad de ser sincera contigo. Pero justo cuando estoy tratando de encajar la idea de recuperarte, debo enfrentarme a la posibilidad de perderte de nuevo. Es de locos. No me imagino cómo debes de estar pasando por todo esto, solo espero que no te resulte demasiado duro.

Quiero que sepas que ya no soy la niña a quien tomabas de la mano, aquella que sentía que nada malo podría sucederle mientras caminaba a tu lado. Déjame que ahora sea yo quien te sujete a ti, quien se encargue de hacerte sentir que todo irá bien. Tenemos que confiar en que la vida es generosa y no nos va a privar de la ocasión para reencontrarnos y celebrar.

Tengo tantas ganas de volver a abrazarte. De ti aprendí

lo que era ser fiel a uno mismo, la forma más difícil de lealtad; a disfrutar de cada instante con intensidad y a vivir con lo que la vida te ofrece en cada momento. Gracias a esos principios mis miedos desaparecen y me hacen sentir que aquel padre, que siempre ha permanecido en mi recuerdo, volverá. Voy a intentar agarrarme a ellos como me agarraba a aquel columpio del parque en el que sentía que podía tocar el cielo. ¿Te acuerdas? Cuanto más me reía más fuerte me empujabas.

Gabriel nos contó que estás en buenas manos, que estás animado y decidido a superar el tratamiento porque tienes muchas razones para seguir disfrutando de la vida. Me alegro de que hayas compartido esto con nosotros y nos des la oportunidad de acompañarte, aunque sea en la distancia, en los próximos meses.

Espero poder ir a verte muy pronto.

Te mando un abrazo muy grande con mis mejores deseos.

SARA

Cuando terminé, una sensación de paz me invadió. Aquella calma profunda, esa quietud que sentía dentro de mí, me reconciliaba conmigo misma. Entonces sí me sentí preparada para afrontar todo lo que viniera. Había recuperado la esperanza.

26

Aquella mañana, doña Amelia estaba terminando de maquillarse cuando sonó el teléfono. Últimamente, aquel sonido la sobresaltaba. Salvando las llamadas de Alfonso, solo sonaba para comunicarle malas noticias. Corrió al salón y, ante la posibilidad de recibir otro disgusto, se sentó en la butaca.

—Buenos días, doña Amelia.

—Don Armando, encantada de saludarle. Supongo que tiene usted novedades.

—Así es. Me acaba de llamar el abogado de la señora Solano para informarme de que esta tarde se van a reunir con el resto de los propietarios del local. Es un detalle de su parte mantenernos informados. Desconozco si ha sido la viuda la que le ha pedido que nos ponga al corriente o si ha sido por iniciativa propia, pero supongo que pronto tendremos noticias de lo que acontezca en esa reunión.

—Perdone que le insista, pero yo sigo pensando que si pudiéramos hablar directamente con ella quizá encontraríamos una solución mejor. La estrategia de esa señora nos obliga a meternos en un juicio con quién sabe qué resultado. No comprendo por qué mi socia y yo tenemos que pagar un precio tan alto sin haber cometido ninguna falta.

—Vamos paso a paso, doña Amelia, mi interés es el mismo que el suyo, encontrar la salida a esta situación que nos sea más favorable sin perjuicio de sus intereses.

—Sí, lo sé. Pero es que cada día que pasa estoy más preocupada y no dejo de darle vueltas al asunto.

—Es totalmente comprensible, hay mucho en juego, pero le ruego un poco más de paciencia. Algo me dice que esa reunión va a ser determinante. Ahora más que nunca hay que estar pendiente de cualquier comunicación que pueda llegar de la otra parte.

—Julia ya está avisada. Si llega algo a la academia usted será el primero en saberlo.

Todo seguía igual, pero al menos parecía que las cosas avanzaban. Pronto tendrían noticias de la otra parte y aquello, en cierta medida, tranquilizaba a doña Amelia.

Su barrio era muy tranquilo, pero cuajado de boutiques y diversos comercios con encanto, algunas galerías de arte pequeñas, todos ellos establecimientos selectos concebidos para estar a la altura de la demanda de los residentes. Los edificios no eran demasiado altos y dejaban pasar los rayos de sol con generosidad, lo que hacía tan agradable pasear por sus aceras y curiosear los escaparates de las tiendas cercanas.

A simple vista, parecía que aquel no era el lugar más adecuado para abrir una academia de costura y, precisamente por eso, desde el principio, Julia y ella estuvieron de acuerdo en mantener el estilo de la antigua sombrerería en el exterior, aunque en su interior la decoración fuese muy distinta. Aquello le daba un aire distinguido en perfecta armonía con los negocios que la rodeaban.

Al llegar a la puerta, dedicó unos minutos a contemplar la belleza de las lunas redondeadas del escaparate y de las elegantes molduras de madera que tan bien habían resistido el paso del tiempo, y se reafirmó en su decisión de que aquel lugar era el idóneo para abrir El Cuarto de Costura. Todo ello debía de contar, sin duda, para que las cosas se pusieran a su favor, pensó.

—Buenos días, Julia —saludó de camino a la trastienda.

—Buenos días. Estoy deseando enseñarte las propuestas que he esbozado para el traje de doña Matilde. ¿Quieres verlas?

—¡Claro! Pero antes déjame que te cuente, tengo noticias —anunció doña Amelia.

La puso al día de las novedades, contándole con todo detalle su conversación con don Armando y le recordó que previsiblemente recibirían algún tipo de notificación en los próximos días.

—Habrá que esperar a ver qué acuerdan entre ellos, pero al menos parece que al fin alguien va a mover ficha y eso es bueno —concluyó sin poder ocultar su preocupación.

—Sí, esta incertidumbre me pone cada vez más nerviosa y cuanto antes tengamos una respuesta, antes podremos plantearnos qué decisión tomar —dijo Julia con determinación.

Zanjado el asunto, Julia abrió su cuaderno y le mostró sus ideas. Los bocetos eran una maravilla, cualquiera de ellos, digno de una modista de altura. Los diseños se ajustaban a la perfección a la figura de doña Matilde y doña Amelia estaba segura de que le costaría decidirse.

—Todos son elegantísimos, Julia. Desde luego, acordes a la pedida que piensa organizar Matilde. La verdad, no sé de qué me sorprendo, tienes un talento natural para la confección a medida. Tu madre te enseñó bien. Estoy segura de que, tras un acontecimiento como este, mi amiga confiará en ti para que la vistas en más ocasiones.

—¿Te gustan de verdad? A ver si son también de su agrado. Ya le he dicho la cantidad de tela que necesito y estoy deseando que la traiga para verla.

—Estoy convencida. Este me recuerda un poco a uno que me hizo tu madre para la boda de la hija de un socio de don Javier —indicó señalando uno de aquellos boce-tos—. Tenía un cuerpo de encaje ideal y unos volantes plisados desde la cintura hasta el tobillo. Causó sensación entre las invitadas y de ahí le salieron muchos encargos a tu madre. La ceremonia se celebró por la tarde y lo com-biné con una estola de astracán. Formaban un conjunto divino y mis amigas quedaron impresionadas. Es una de mis piezas favoritas. No sé si tú te acordarás de él porque eras muy pequeña.

—Pues ahora no caigo, pero no dudo de que sería pre-cioso —contestó Julia guardando su cuaderno—. Aún tengo que acabar de preparar la clase de esta tarde. ¿Te fijaste en lo contentas que se fueron las chicas con sus faldas el último día? Hoy les enseñaré cómo trazar el pa-trón de un cuerpo base y muy pronto estarán cosiendo su primera blusa.

—Sí, se marcharon encantadas, y no es para menos, da gusto escucharte, Julia. Yo me quedo embobada oyéndo-te, te explicas tan bien que haces que todo parezca muy fácil.

—En realidad, la costura es como la vida misma, si perseveras puedes superar cualquier dificultad. Cosiendo aprendes que casi todo tiene remedio. Cada puntada en-cierra una enseñanza y cuanto más te equivocas más aprendes. Te lo digo yo que me he equivocado tanto que no sabría vivir sin mi abrecosturas —rio.

Julia empleó el resto de la mañana en prepararlo todo. Estaba segura de que lo que nos iba a enseñar nos dejaría con la boca abierta.

El sonido de la campanilla de la puerta al dar las cuatro era su favorito. Justo después de oírlo, la academia se llenaba de vida. Cada una de las alumnas parecía dejar aparcadas sus preocupaciones en el mismo perchero donde colgaban sus chaquetas y bolsos antes de sentarse a coser. A Julia le gustaba pensar que tenían la sensación de entrar en un mundo distinto cuando atravesaban aquella puerta y estaba segura de que ellas también lo sentían así.

—Buenas tardes, bienvenidas —nos saludó mientras tomábamos asiento alrededor de la mesa central.

Cada una nos acomodamos en una silla y sacamos nuestro cuaderno de notas. Hoy teníamos un nuevo reto por delante y estábamos ilusionadas.

—Esas mechas te quedan ideales, Sara, ¿le gustaron a tu novio? —me preguntó Laura, sentada a mi lado.

—Le encantaron. Se deshizo en halagos, no hacía más que decirme lo guapísima que estaba.

—Vamos, que ni conociendo a Manu podría haber estado Marta más acertada —añadió Laura, con un extraño tono de voz.

—Exacto —reí.

Cuando nos quedamos en silencio, comenzó la clase.

—Como ya os adelanté el último día, hoy nos meteremos de lleno en el trazo del cuerpo base —anunció Julia mientras dibujaba en la pizarra. Como sabéis, la tela tiene una sola dimensión y las pinzas nos sirven para darle volumen. Añadiendo pinzas a una pieza conseguimos que se adapte a las formas del cuerpo. Esto es especialmente interesante en el cuerpo base que vamos a trazar. Podemos usar distintos tipos de pinzas: de hombro, de ajuste de sisa, de busto o de costado, la de cintura...

Doña Amelia, de nuevo, contemplaba la escena desde el fondo de la sala absorta en sus pensamientos. No conseguía imaginar su vida sin aquellos ratos y decidió hacer un esfuerzo por dejar a un lado aquel asunto del contrato y disfrutar de las pocas o muchas tardes que le quedaran por vivir en aquella academia. Era algo a lo que no estaba acostumbrada. Su vida había sido diseñada casi al milímetro desde que nació, primero por sus padres y luego por su marido. Centrarse en el presente era un ejercicio no exento de dificultad para ella.

—Desde luego no tenéis por qué utilizar pinzas en todas las prendas, las más holgadas no las necesitan, pero si pretendéis que vuestras blusas o los cuerpos de vuestros vestidos os queden perfectamente ajustados, entonces sí son imprescindibles —explicaba Julia.

En un momento, delantero y espalda de un cuerpo base aparecieron ante nuestros ojos en la pizarra. De nuevo toda la magia ocurría dentro de un rectángulo.

Julia nos pidió que pasáramos a las mesas de corte y nos entregó papel kraft, una escuadra y una regla llena de sinuosas curvas que no acerté a adivinar para qué servía.

—Ya sabéis lo que toca ahora, ¿no? Tened a mano lápiz, goma y tijeras para papel y buscad en la libreta de notas vuestras medidas. Debéis trasladarlas a papel como os he explicado. Esa regla nueva que os he dado os ayudará a trazar las zonas curvas: sobre todo el escote y la sisa. Ya habéis visto que yo no la he usado en la pizarra, pero puede ser muy útil. Lo comprobaréis vosotras mismas cuando tengáis todos los puntos de la sisa definidos. Esta regla curva —dijo Julia señalando uno de sus lados— os ayudará a unirlos fácilmente.

La parte de la sisa parecía más complicada que el resto, pero había ido tomando nota de las explicaciones y estaba segura de que siguiéndolas paso a paso lo conseguiría. Y pensar que esos términos que hacía solo unas semanas no significaban nada para mí me resultaban ya tan familiares. Era como si llevase años cosiendo.

—Os dejo anotada en la pizarra la holgura que debéis dar al contorno de pecho, cintura y cadera —añadió.

Todas nos aplicamos para trazar nuestros respectivos patrones mientras Julia iba de una mesa a otra vigilando de cerca cada uno de nuestros trazos, atenta a cualquier duda que pudiéramos tener.

Margarita fue la primera en acabar de recortar el patrón. Julia se acercó a ella y miró aquel delantero extrañada.

—¿Te has acordado de sumar la holgura a tu contorno de pecho?

—Sí, tal como nos has indicado. ¿Por qué lo preguntas?

—Tengo buen ojo para las medidas y yo diría que este patrón es pequeño para ti.

Repasaron juntas las medidas que había usado y Margarita le explicó cómo había seguido los pasos de su explicación. No se había saltado ninguno, así que el patrón, forzosamente, debía estar bien.

—Déjame que te lo pruebe sobre el cuerpo. ¿Ves? No hay duda, el contorno de pecho está mal.

—Pero si es la medida que tengo aquí anotada en la libreta —dijo mostrándosela.

—Sí, sí, probablemente se corresponda con esa medida, pero puede que al tomártela la anotaras mal. Espera que coja el metro.

Margarita se quitó la rebeca. Julia le pasó la cinta métrica por la espalda asegurándose de que no se retorciera y la unió por delante tomando nota de la medida.

—Lo que te decía, tu contorno de pecho es mayor que el que tienes ahí anotado. Añádele cuatro centímetros y luego la holgura.

—¿Cómo me he podido equivocar tanto? Uy —exclamó, apoyándose en la mesa—, creo que me estoy mareando.

—Doña Amelia, ¿puede traerle un vaso de agua? —preguntó Laura mientras se acercaba a ella y le cogía la muñeca para tomarle el pulso—. Una silla, Sara, por favor.

—No se alarmen, ya estoy bien —dijo después de dar un par de sorbos del vaso—. Ha sido solo un momento.

Me fijé en que Laura y Catherine intercambiaron una mirada cómplice que no supe cómo interpretar.

—Vaya forma de fastidiarles la clase, ¿me disculparán?

—Margarita, tranquila, no pasa nada. Pero no te vas a librar de trazar de nuevo tu patrón el próximo día —rio Julia para quitarle algo de tensión al momento.

—No creo que deba preocuparse solo por eso —oí que Catherine le susurraba a Laura con una sonrisa.

—Quédate un rato sentada, te vendrá bien —le pidió Laura. ¿Quieres un poco más de agua?

—No, gracias, doctora. Descuide, haré lo que dice —contestó obediente.

—Las demás, ¿cómo lleváis vuestros patrones? —preguntó Julia con intención de que volviéramos todas a nuestra tarea—. ¿Os habéis dado cuenta de que una vez que acabéis este patrón ya podéis coser vuestro primer vestido?

—¿Un vestido? —pregunté.

—Bueno, pensadlo, tenemos una falda y un cuerpo, ¿qué es un vestido sino la unión de esas dos piezas?

Increíble, pensé. Me veía estrenando todo tipo de vestidos ese verano. No dejaba de sorprenderme no haber caído en eso antes. Tenía toda la lógica.

—Como os comenté cuando trazamos la falda base, este patrón también podemos modificarlo de mil maneras. Para empezar, lo usaremos para coser una blusa suelta con cuello a la caja y unas pinzas de costado. Será un modelo básico que os va a sentar bien a todas y no tiene ninguna dificultad. Le haremos una abertura en la espalda y le pondremos un botón con una presilla. —Julia dibujaba la blusa en la pizarra al mismo tiempo—. No pongáis caras raras, es más sencillo de lo que parece.

Tomó una tiza de color y siguió dibujando sobre el mismo boceto.

—Fijaos qué fácil es transformar este patrón en una blusita de tirantes. No hay más que bajar el escote, abrir un poco la sisa y sacar unos tirantes desde este punto —añadió señalando un punto concreto en la pizarra.

La magia no cesaba. De pronto se me ocurrían un montón de transformaciones. Era como si se abrieran ante mí mil posibilidades en las que no había pensado hasta el momento.

Julia seguía dibujando en la pizarra.

—Y si en vez de bajar desde la sisa en línea recta hasta

la cintura, trazamos una línea diagonal que se separe lige-ramente del cuerpo y llegue hasta la rodilla —dibujaba más rápido de lo que hablaba—, obtendremos un bonito vestido evasé cómodo y fresco para verano. ¿Lo veis? Le podemos poner bolsillos, volantes...

Soltó la tiza y se giró hacia nosotras. Supongo que vio nuestra la cara de sorpresa y no pudo evitar soltar una sonora carcajada que nos contagió de inmediato.

—¿No os parece fascinante? —añadió cuando se nos pasó la risa—. Y esto es solo una muestra, imaginaos todos los modelos que podréis coser usando los patrones base. Por eso es tan importante hacerlos bien, porque nos van a servir para trazar un montón de prendas distintas. Apuesto a que ahora os estáis imaginando todo tipo de vestidos en vuestra cabeza, pero recordad: en la costura, como en la vida, es mejor ir despacio. Aprovechad para plasmar esas ideas en papel y quizá un día no muy lejano os animéis a convertirlas en vuestras propias creaciones. Lo dejamos aquí por hoy, continuaremos el próximo día.

Comenzamos a aplaudir de un modo espontáneo y hasta doña Amelia se unió a la ovación. Julia se lo había ganado. Aquella clase había sido reveladora y terminaba de confirmarme lo que yo ya sospechaba desde la prime-ra vez que pisé la academia, y eso que andaba avisada: esto de la costura engancha.

27

El martes me levanté con una idea fija en la cabeza. Acabé las tareas de casa y salí a hacer la compra y unos recados que tenía pendientes. A mamá le gustaba que comprara los productos frescos y, la verdad, no me costaba nada acercarme al mercado con frecuencia. Disfrutaba mucho paseando entre los puestos y saludando a los tenderos. Algunos incluso me conocían por mi nombre.

El mercado siempre me pareció un pequeño mundo en el que la vida transcurría a un ritmo distinto. Los sonidos, los olores, las texturas de todo lo que había allí dentro era particular.

Mi pasillo favorito era el de las fruterías. En ocasiones encontraba algunas verduras que me sorprendían por sus extrañas formas. En casa no éramos muy aventureras con la lista de la compra. Nos limitábamos a consumir las clásicas judías verdes, pimientos, coliflor, patatas, alcachofas... siempre y cuando fuesen de temporada y estuvieran bien de precio. No vivíamos con estrecheces, pero procurábamos no gastar más de lo necesario. Ninguna de las dos éramos muy comilonas, aunque a mí me podía el dulce.

De pequeña mamá solía hacernos bizcochos y magdalenas para merendar. Se le daba bien la repostería y siempre había un flan, un arroz con leche o un pudin de frutas los domingos. Pero, además, yo moría por un Phoskitos o un Tigretón, o por cualquier bollo que no tuviera demasiado chocolate. He de reconocer que no se parecían en nada a las meriendas caseras de mamá, pero venían con cromos y eso tenía su atractivo.

Mi abuela también preparaba comidas riquísimas en las semanas de verano que pasábamos en la playa. A veces mamá le decía que nos mimaba demasiado, pero ella se defendía diciendo que no eran mimos sino cariño y que era imposible querer demasiado y menos a tus propios nietos. No creo que cocinara cosas tan ricas cuando no estábamos allí, creo que más bien éramos la excusa para hacer algunos de sus platos favoritos sin tener que aceptar las limitaciones que le imponía mi tía. Parece que la estoy oyendo con su «a ver, niños, ¿qué queréis comer hoy?». Era muy fácil ponernos de acuerdo, porque todo lo que salía de aquella cocina estaba para chuparse los dedos. Ella disfrutaba tanto complaciéndonos y viendo cómo dábamos buena cuenta de cualquier plato que nos ponía por delante que, aunque hiciera calor, de mil amores pasaba horas en la cocina para hacernos felices.

Volví a casa con dos bolsas de asas en cada mano y padeciendo ya los primeros calores que anunciaban que el verano se acercaba a toda velocidad. Mamá estaba charlando con Paqui en el descansillo del piso de arriba cuando llegué. Solté las bolsas en la puerta para buscar las llaves dentro de mi bolso, coloqué la compra lo más rápido que pude y tal y como había decidido me fui directa al teléfono.

Hacía muchos años que no marcaba aquel número y no sabía qué me iba a encontrar al otro lado, pero deseaba tanto llamarla que no me lo pensé dos veces. Tres, cuatro, cinco tonos de llamada y cuando ya estaba a punto de colgar, oí su voz.

—¿Dígame?

—Hola, tía, soy Sara.

—¡Sara! Mi niña, pero qué sorpresa más grande. ¿Cómo estás, preciosa?

Aquel saludo me devolvió a mi infancia. Yo volvía a tener ocho años y ella volvía a coserme vestidos de florecitas.

—Muy bien, por aquí estamos todos bien. ¿Cómo estás tú?

—Voy tirando, tengo algunos achaques, pero seguimos adelante. ¿Cómo es que me llamas? No sabes qué feliz me haces, oír tu voz de nuevo es un regalo del cielo.

—Tía, he pensado tantas veces en llamarte, estaba loca por saber de ti. Las cosas han cambiado mucho en casa estas últimas semanas. Gabriel me contó lo que pasó de verdad entre nuestros padres y estamos intentando recuperar el tiempo perdido. La noticia de su enfermedad ha puesto todo patas arriba y nos ha servido para reflexionar. Te he echado mucho de menos, ¿sabes? Tengo muchas ganas de ir a verte.

—Ha sido un golpe muy duro también para mí y le rezo a san Judas Tadeo cada día para que se recupere y volver a verle por aquí muy pronto. Y tú, tú puedes venir cuando quieras, aquí tienes tu casa. Es pensar en verte de nuevo la cara y me emociono.

La voz le temblaba. Supongo que a mí también, por más que intentara darle a la llamada una normalidad que evidentemente no tenía. Me costaba controlar mis emociones mientras la escuchaba al otro lado del teléfono.

—¿Tienes pensado viajar a Toulouse? —me preguntó.

—Quizá más adelante. Puede que cuando acabe su tratamiento y siempre que a él le parezca bien. ¿Y tú? ¿Irás a verle?

—Ay, niña, yo ya no puedo viajar. Mis piernas no son las de antes y no ando bien de salud. Nada importante, cosas de la edad. A él le encantará verte, no sabes cómo se acuerda de ti y de tus hermanos. Ha seguido viniendo por aquí cada verano y nunca dejamos de hablar de vosotros.

—¿Sabes, tía? Estoy aprendiendo a coser. Voy a clases dos veces a la semana, la profesora es un encanto y me acuerdo mucho de ti y de todos los vestidos que me cosías. Hace unos días me hice mi primera falda y no me ha quedado nada mal.

—¿Quién me lo iba a decir a mí? Mi sobrina cosiendo, me hace mucha ilusión. Seguro que se te da muy bien. Pero, dime, ¿cómo está tu madre?

—Está bastante bien, pasó una racha muy mala, malísima, pero ahora está más recuperada.

—¿Y tus hermanos? A ellos también los he echado de menos estos años, aunque tu padre me tiene más o menos al corriente de sus cosas.

—Ellos están bien y los niños son un encanto. Te enseñaré fotos cuando vaya a verte, ¿te parece?

—Solo pensar que voy a volverte a ver... qué alegría más grande me has dado, Sara.

—Tía, llámame cuando quieras, así estamos en contacto. Tenemos el mismo número de teléfono de siempre.

—Gracias, bonita, pero prefiero que me llames tú, no sé cómo se lo tomaría tu madre. Tuvimos nuestros más y nuestros menos cuando tu padre se marchó e hizo todo lo posible por apartarme de vosotros. Te he preguntado por ella por educación, pero no porque le tenga un cariño especial. No quedamos lo que se dice como «amigas».

—No sé qué pasó entre mamá y tú, pero no me hace falta saberlo. Borrón y cuenta nueva. Eso es lo que hemos decidido, es lo mejor para afrontar la situación actual, olvidar y perdonar.

—Sigues teniendo tan buen corazón como cuando eras una niña, eso te honra.

—Iré a verte en cuanto pueda, te lo prometo. Ahora tengo que colgar, pero estamos en contacto. Te mando un abrazo enorme.

—Cuídate mucho, mi niña.

No habían dado las cuatro cuando Malena llegó a la academia acompañada de una mujer con un estilo tan particular como el suyo.

—¡Hola, Julia! —exclamó, pasando a la sala mientras la señora se quedaba en la puerta mirando alrededor.

—Buenas tardes, Malena, qué pronto llegas. Anda, y no vienes sola.

—Mamá, esta es Julia. Julia, mi madre, Patty.

—Encantada, Julia —le saludó dándole dos besos.

Aquella mujer debía de tener unos años menos que doña Amelia, pero su aspecto era completamente diferente. Llevaba el pelo largo y dos finas trenzas que salían de sus sienes y se unían en la coronilla lo mantenían apartado de su rostro. En la cara no se adivinaba más rastro de maquillaje que un ligero brillo en los labios. Lucía unos pendientes de filigrana de plata y algunos collares como único complemento a su largo vestido estampado de mangas abullonadas; un bolso de flecos de ante muy desgastado que probablemente la acompañaba desde su juventud, y unas sandalias de cuero. Sí, estaba claro que eran madre e hija. Su aspecto encajaba a la perfección con las historias que Malena le había contado sobre ella.

—¿Verdad que es una pasada, mamá?

—Sí, desde luego está decorada con mucho gusto, nada que ver con el antiguo local.

—¿Conoció usted la vieja sombrerería? —preguntó Julia, curiosa.

—Por favor, no me trates de usted, me hace parecer más vieja —rio—. Pasaba por esta calle a menudo cuando vivía en Madrid y conocía el local, aunque no llegué a verlo nunca abierto.

—Entiendo. Ha estado cerrado más de treinta años, hasta que mi socia, Amelia, se fijó en él y nos decidimos a montar la academia. Ninguna de las dos sabíamos nada de negocios, pero nos hacía tanta la ilusión que nos lanzamos y este es el resultado. Yo he cosido toda mi vida y me encanta enseñar, y ella es la socia perfecta. Nos conocemos desde que yo era una cría.

—Pues la academia es muy bonita, y no sé qué le dais aquí a Malena, pero está encantada con tus clases, me habla maravillas de ti y lo pasa en grande con sus compañeras.

En ese momento llegó doña Amelia.

—Buenas tardes —saludó entrando en la sala.

—Amelia, le presento a mi madre, ella es Patty.

—Hola, encantada. Julia nos estaba hablando de ti en este momento. Es una maravilla lo que habéis logrado con el local y Malena está encantada. No me imaginaba que el lugar fuese tan bonito como me contaba mi hija.

—Nos ha costado mucho sacarlo adelante. El último negocio que había aquí llevaba cerrado mucho tiempo. Hicimos una gran reforma para conseguir darle este aspecto y montar el lugar que Julia se merecía.

—Precisamente eso era lo que me estaba comentando tu socia en este momento.

—La verdad es que yo tenía planes más modestos, ya sabe, montar un pequeño negocio en mi barrio, pero Amelia opinaba que podía hacer mucho más que coger dobladillos y entallar faldas. Siempre tuvo mucha fe en mí y sabía que mi verdadera pasión era enseñar todo lo que había aprendido en los años de costura junto a mi madre. Ni siquiera soñaba con tener un negocio como este, pero con ella a mi lado me atrevería a lo que fuera. Espero que nos dure muchos años, aunque ahora mismo ya no estamos tan seguras de que fuese un acierto meternos en algo así.

Doña Amelia le lanzó una mirada que Julia cogió al vuelo.

—Bueno, bueno, no vamos a aburrir a Patty con nuestras batallitas —intervino, para cambiar de tema.

—Mamá, mira, ¿a que te trae recuerdos? —Malena señalaba la vieja Negrita al fondo de la sala.

—¡Qué maravilla! Durante generaciones en mi familia usamos una máquina como esta. Ahora mismo estoy viendo a mi abuela cosiendo en ella —comentó Patty con cierta nostalgia. Debéis de pasar muy buenos ratos aquí.

—Le damos mucho a la aguja, pero también a la lengua —bromeó Malena—. Mis compañeras son un encanto y las clases se pasan volando.

El resto de las chicas comenzaron a llegar.

—Encantada de conoceros. Me marcho, Malena, ¿nos vemos esta noche para cenar?

—Ok, mamá, te recojo a las nueve como quedamos.

Las alumnas ocuparon sus asientos alrededor de la mesa del centro y Julia se situó frente a ellas, de espaldas a la pizarra.

Era fascinante comprobar cómo conseguía captar su interés desde el primer minuto y mantenerlas atentas durante las dos horas que duraba la clase. Creo que la clave era que utilizaba un lenguaje muy sencillo para explicar las cosas. Cuando surgía alguna palabra técnica no la soltaba sin más, sino que se detenía a explicarla hasta que todas entendían exactamente qué quería decir. Eso, sin duda, ayudaba mucho a asimilar unos conceptos que les eran ajenos por completo. Había mucho de lógica en la costura, todo tenía su porqué y Julia se afanaba en que comprendiéramos cada frase que pronunciaba.

En una ocasión nos contó que si no se hubiera dedicado a la costura le hubiera gustado ser maestra. La vida, sin duda, tenía otros planes para ella. En una familia humilde como la suya era impensable hacer una carrera universitaria. En casa todas las manos eran pocas para salir adelante y no había mucho lugar para soñar con un futuro distinto al que parecía estar destinada.

Quizá por eso enseñar le gustaba tanto como coser y con la academia había conseguido hacer las dos cosas que más le llenaban. Eso era algo que se respiraba en sus clases, puede que fuese la razón por la que conseguía que yo deseara con locura que llegaran los lunes y los viernes. El Cuarto de Costura no era solo un lugar para aprender, también para soñar y para crear, por eso era tan especial.

A las nueve en punto Malena se plantó en la recepción del hotel. Patty la esperaba hojeando una revista. Se saludaron efusivamente, ante las miradas indiscretas de un grupo de hombres de negocios que se encontraba en el lobby, y salieron a cenar.

—Esto de ir en taxi a todas partes es una gozada, podría acostumbrarme —rio Malena.

—Hija, el dinero está para disfrutarlo. Ahora me doy cuenta de que esta vida que llevo la he pagado cara y pienso sacarle el máximo jugo posible.

—Bien dicho, mamá. Oye, cuéntame, ¿qué tal la exposición de tu amiga Queti?

—¡Una maravilla! Hacía mucho que no veía nada de ella y ha evolucionado bastante. Me fascina cómo usa el color y cómo consigue que te adentres en el cuadro con esa atmósfera tan particular que es capaz de crear. Le he comprado una de sus obras, aunque no sé muy bien cómo me la voy a llevar, pero me ha dicho que ella se encarga de embalármela adecuadamente. La casa que tengo alquilada en Italia está bastante destartalada, pero creo que quedará bien.

—¡Guay! ¿Dónde vamos a cenar?

—Me han recomendado un restaurante hindú que no queda muy lejos. Quería un sitio tranquilo porque tengo que hablar contigo del verdadero motivo de mi visita.

—Uy, qué intriga.

—Señoras, es aquí —anunció el taxista.

Las dos mujeres se bajaron del taxi y entraron en el local.

Un maître ataviado con vestimenta típica las acompañó a su mesa y les tomó nota de la bebida mientras les entregaba las cartas. En un abrir y cerrar de ojos, la mesa se llenó de los más exóticos platos que Malena había visto en su vida, un festival de aromas y color al que no estaba acostumbrada y que no tardó en degustar mientras hacía comentarios sobre cada uno de ellos.

—Parece que no hayas comido en tres días —bromeó Patty.

—Es que está todo riquísimo, ¿no crees? Bueno, cuenta, ¿de qué querías hablar?

—Verás, hija, cuando murió tu padrastro, heredé, entre otras cosas, una serie de bienes inmuebles que tenía en común con sus hermanos y que gestionaban a través de una sociedad patrimonial. Nunca se llevó muy bien con ellos y las relaciones eran muy tensas. Esa tensión aumentó cuando él falleció y yo heredé su parte. Sus cuatro hermanos han seguido gestionando esas propiedades a mis espaldas durante estos años y no han contado conmigo más que para cubrir mi parte de los gastos que se iban generando. Hace unas semanas, me llamó Queti para comentarme que en uno de esos locales habían abierto un negocio y yo ni siquiera lo sabía. Esos cuatro me han ninguneado desde que heredé y ya se me ha acabado la paciencia. Por eso estoy en Madrid —explicó Patty.

—Qué te voy a decir que no imagines ya, nunca me

gustó ese hombre y menos su familia, por eso me busqué la vida cuando cumplí los dieciocho. No quería saber nada de él.

—Lo sé, Malena, y no sabes cuánto me he arrepentido de que salieras así de mi vida por culpa de Salvador. Como te decía, he venido a reunirme con ellos, a pegar un golpe en la mesa y a poner las cosas claras. Aunque no lleve sus apellidos soy tan dueña de esas propiedades como ellos, y no estoy dispuesta a que me ninguneen y a que hagan y deshagan a su antojo.

—Son todos una panda de prepotentes, siempre lo han sido. Me pongo mala solo de acordarme de ellos —añadió Malena cada vez más indignada.

—Según mi abogado, como el contrato de arrendamiento del local donde se ha abierto el negocio no lleva mi firma, es nulo. O sea, que es papel mojado, que no sirve para nada. Yo venía dispuesta a cantarles las cuarenta y a invalidar ese acuerdo, tenía las cosas muy claras hasta esta misma tarde.

—¿Me estás hablando de la academia, mamá?

—Eso es. Qué lista eres, hija.

—Pero...

—Malena, siempre he considerado que las mujeres somos todas hermanas, que debemos apoyarnos unas a otras y que, ya que esta sociedad nos pone zancadillas a cada paso, debemos permanecer unidas y ayudarnos en lo que podamos. He estado en la academia, he visto la ilusión de Julia en sus ojos, el compromiso de Amelia, el ambiente que se respira y tu entusiasmo cuando me hablas de tus tardes de costura. No quisiera acabar con todo eso por culpa de cuatro señores, pero no puedo tampoco permitir que decidan por mí. Me ha costado mucho recuperarme de mi último matrimonio y retomar mi vida. Volver a encontrarme y descubrir lo mucho que he perdido en estos años no ha sido fácil y no voy a dar ni un solo paso atrás.

—Y eso ¿qué significa exactamente?

—Aún tengo que reunirme con mi abogado, por ahora no puedo decirte nada más. De verdad que lo siento, pero esto no lo he provocado yo.

Apenas volvieron a tocar el tema durante la cena y se marcharon con un ánimo muy distinto del que tenían cuando dejaron el hotel.

Al despedirse, Malena insistió.

—Mamá, prométeme que harás lo imposible para que la academia no se vea perjudicada. Esas dos mujeres han puesto demasiadas ilusiones en su negocio y no se merecen verlo caer.

—Es un tema legal complejo, hija, lo lamento, pero no puedo prometerte nada.

—Está bien, pero hagas lo que hagas, recuerda que nosotras no somos como ellos.

28

Afortunadamente las noticias que llegaron desde Francia después de la operación eran buenas. Los cirujanos habían conseguido retirar toda la masa tumoral y mi padre se recuperaba según lo previsto. Aún quedaba por delante un tratamiento largo y duro, pero, teniendo en cuenta las pocas esperanzas que nos daban los médicos en un primer momento, esto suponía una inyección de optimismo para toda la familia.

Según me contó Gabriel, papá estaba en buena forma, y eso jugaría a su favor. Siempre se había preocupado por hacer algo de deporte y por inculcarnos a nosotros la importancia del ejercicio físico, especialmente a mis hermanos. Solía salir en bici con ellos algún domingo por la mañana temprano antes de ir todos juntos a tomar el aperitivo.

El día empezaba bien y la tarde en El Cuarto de Costura se presentaba aún mejor. Estaba deseando compartir la buena noticia con Catherine, que tanto se había interesado por la salud de mi padre y tan buenos consejos me dio unos días atrás. Seguro que se alegraría mucho de saber que todo había salido bien.

Llegué un poco antes de la hora de clase y como era habitual Julia ya estaba allí. A veces tenía la sensación de que pasaba más horas en la academia que en su propia casa. Desde la calle vi que hablaba por teléfono y no quise entrar hasta que colgara el auricular para no interrumpir. Me hizo una señal con la mano para que pasara, pero preferí esperar, parecía muy interesada en la conversación, sonreía todo el rato y se enrollaba el cable en el dedo índice mientras hablaba.

—Buenas tardes —saludé cuando la vi colgar.

—Hola, Sara. ¿Qué tal?

—Yo bien, pero tú parece que mejor que bien. ¿Era Ramón?

—¿Se me nota mucho?

—No lo puedes disimular, ni tienes por qué —añadí.

—Nunca he tenido novio, Sara. De jovencita había un chico de mi barrio con el que salí unas cuantas veces. Era un encanto, muy atento y simpático, pero yo no tenía tiempo para esas cosas. Le dije que no un montón de veces y creo que el pobre se aburrió de esperar. Así que todo esto que nos traemos Ramón y yo, que ni siquiera sé cómo llamarlo, es bastante nuevo para mí. Aunque debo reconocer que me gusta. Él me hace sentir importante, alaba mi trabajo, se ríe con mis ocurrencias, en fin...

—Yo diría que estás enamorada hasta las cejas —sentencié.

—No lo sé, tampoco quiero hacerme ilusiones. Me ha dicho que le gustaría invitarme a cenar y eso suena un poco más formal que un bocadillo en el Retiro o que unos tigres en una tasca.

—Bastante más formal, diría yo. —Y ambas nos echamos a reír.

—Buenas tardes —saludó Margarita al entrar.

Julia y yo contestamos a dúo y, antes de que se cerrara la puerta, apareció Laura con su enorme bolso.

—Hola, chicas, qué ganas de fin de semana traigo —exclamó casi sin aliento.

—¿Sales de nuevo con tus compañeras de trabajo? —pregunté.

—¡Qué va! Mucho mejor, me quedo sola en casa. Mi ex se lleva a los niños, el plan perfecto para una madre agotada. ¡Quién iba a decirme a mí hace unos años que tirarme en un sofá era lo que más me iba a apetecer un sábado! Cómo cambian las cosas con la edad.

Catherine y Marta llegaron una detrás de la otra.

—Ya estamos todas. ¿Empezamos? —preguntó Julia. Creo recordar que el último día acabasteis todas el patrón del cuerpo base, ¿cierto?

—Todas menos yo. Parece que me he perdido una clase importante —se quejó Marta.

—Tranquila, hoy me pongo contigo mientras ellas cortan las piezas del patrón. Sara, creo recordar que habías comprado tela para hacer tu blusa, pero si prefieres haz como las demás, usa retor y cuando ya te sientas más segura cortas la blusa con la tela definitiva, ¿te parece?

—Buena idea —asentí.

Cada una sacamos del armario el patrón que habíamos trazado el día anterior y nos situamos de dos en dos en las mesas de corte mientras Julia explicaba a Marta la clase anterior.

—Recordad colocar los patrones al hilo de la tela, añadid los márgenes de costura, no os olvidéis de las vistas...

Era increíble cómo Julia podía estar pendiente de cada uno de nuestros movimientos mientras hacía otra cosa. No se le escapaba nada y podía guiarnos perfectamente aunque no estuviera a nuestro lado.

Oímos a Margarita carraspear como si quisiera llamar nuestra atención.

—Verán, a mí hoy me toca repetir patrón. Mi cuerpo base estaba mal trazado, ¿recuerdan? Pero no se lamenten por mí. No me hace mucha ilusión tener que trazar el patrón de nuevo, pero sí comunicarles que ya sé por qué me quedaba estrecho de busto. Tengo que anunciarles que estoy encinta.

—¡Lo sabía! —exclamó Catherine con una gran sonrisa.

—¡Enhorabuena, Margarita! —coreamos las demás.

—Eso sí que es una gran noticia —añadió Laura—. ¿Ya te ha visto tu médico?

—No, me hice la prueba en casa y tengo cita para la semana que viene, pero estoy segura de que no hará más que confirmar lo evidente. Me levanto mareada por las mañanas y todas las blusas me quedan estrechas, no necesito más pruebas —sonrió—. Mi tercer hijo está en camino.

—Tres críos, madre mía, a mí me daba algo —exclamó Marta.

Laura la miró recriminándole el comentario. Últimamente saltaban chispas entre ambas y no lograba entender por qué.

Nos quedamos de piedra al oírla, pero Margarita empezó a reírse con ganas y las demás la seguimos.

—Qué cosas tienes, Marta —dijo Julia—. Tres tampoco son tantos. Yo hubiera dado lo que fuera por tener un hermano y mírame, aquí estoy, más sola que la una.

—Yo también tengo algo que contaros —apuntó Laura—. No es tan emocionante, pero sí es importante para mí. Me reincorporo al trabajo el mes que viene y voy a contar con la mejor canguro del mundo para que se ocupe de recoger a los peques del cole y darles la merienda hasta que yo llegue.

—Bueno, no sé si la mejor, pero desde luego lo voy a hacer con todo el cariño del mundo —dijo Catherine.

Ver cómo aquel espacio nos servía para mucho más que para aprender a coser, cómo un puñado de mujeres había creado un mundo íntimo en el que se apoyaban para salir adelante era algo más que emocionante. Si la vida más allá de la puerta de El Cuarto de Costura fuese la mitad de amable que lo que habíamos creado allí juntas, el mundo sería un lugar mucho menos hostil. Estaba orgullosa de sentirme parte de algo tan especial.

—Seguro que te viene genial volver a trabajar, Laura, me alegro mucho. Se nota que eres una enamorada de tu trabajo. Ya verás como salir de casa después de tantos meses te va a ayudar a sentirte mejor. ¿Podrás seguir viniendo a clase? —preguntó Julia.

—Sí, claro, el trato con mi ex es el mismo, dos tardes a la semana se queda con los peques, así que aquí estaré lunes y viernes, a las cuatro en punto, como un reloj.

Doña Amelia entró por la puerta y se asomó a la sala algo sorprendida por no vernos a todas metidas en faena como era costumbre.

—Buenas tardes, vaya revuelo hay hoy por aquí —exclamó.

—Tenemos mucho que celebrar —explicó Julia—. Margarita, ¿le das tú la noticia?

—Estoy encinta, doña Amelia.

—Ay, al fin una buena noticia, cómo me alegro. ¿Para cuándo será?

—Estoy solo de una falta y aún no he visto a mi médico. Ya les contaré. Por ahora me encuentro bien salvo por los mareos matutinos que ya sufrí con mis dos hijos anteriores, pero seguro que se pasan pronto. Me hace mucha ilusión que este bebé nazca en España; estoy deseando llamar a mis padres en cuanto el médico lo confirme. Para mi padre va a ser una alegría enorme. Quizá hasta se animen a visitarnos cuando se acerque el alumbramiento. Nada me haría más feliz.

—Ya que estamos compartiendo buenas noticias, os cuento que por fin han operado a mi padre y parece que se está recuperando bien de la intervención.

—¡Qué bien, Sara! Es una noticia excelente —exclamó doña Amelia.

—¿Empezarán pronto con la quimioterapia? —preguntó Laura.

—Sí, en cuanto se reponga un poco. Pero aún no hay fecha.

—Seguro que va todo bien —añadió Catherine con ese tono amable que te llenaba de confianza en el futuro.

—Oye, Sara, por cierto, ¿qué le pareció a tu novio el cambio de look? ¿Le gustaron las mechas? —preguntó Marta, cambiando de tema.

—Yo diría que le encantaron. Al principio me vio rara,

pero luego no hacía más que decirme que estaba guapísima. Tuviste una gran idea. A ver si ahora aprovecho y cojo la costumbre de arreglarme más a menudo.

—Apúntate uno, Marta. Parece que diste en el clavo, aunque viniendo de ti no me extraña —le susurró Laura al oído, acercándose a su mesa cuando se quedó sola.

Marta se volvió hacia ella y le contestó discretamente.

—No sé de qué vas, Laura, ni a qué viene ese comentario, pero creo que sobra.

—Ya te digo yo que no —añadió, desafiante.

—¿Seguimos sin novedad? —preguntó Julia, entrando en la trastienda tras doña Amelia.

—Así es, pero me da que la semana que viene va a ser decisiva, crucemos los dedos. Don Armando aún no debe de saber nada de la reunión que mantuvieron los herederos con la señora Solano, de lo contrario me habría llamado. Está tan pendiente de este tema como nosotras, de eso puedes estar segura. No nos queda otra que esperar pacientemente, aunque estemos hechas un manojo de nervios.

—¿Nervios? Esta tarde me ha llamado Ramón y me insiste en que salgamos a cenar.

—Pues qué bien, ¿no? Si ya decía yo...

—Ay, no sé. Amelia, que no sé qué idea lleva este hombre, a ver si yo me voy a ilusionar para nada.

—Julia, escucha bien lo que te digo: no cometas el

error de las mujeres de mi generación. Si a ti te apetece cenar con él, cenas; si no te apetece, no cenas; si te quieres ilusionar, te ilusionas, y así todo. Disfruta del rato que estés con él si te hace sentir bien y deja de pensar en nada más que nunca te hizo falta un hombre para salir adelante, que eres libre y puedes decidir qué quieres y qué no. ¿Entendido?

—Sí, claro, pero no te enfades.

—Mujer, no es que me enfade, es que antes las cosas eran de otra manera. Nos educaban para que pasáramos la vida al lado de un hombre, siempre pendientes de ellos. Era prácticamente la única salida que teníamos, salvo que te quisieras quedar soltera, que no sé yo qué era peor. Tú te has hecho a ti misma, mira dónde estás y lo que has conseguido con tu esfuerzo y tu tesón. Si quieres a un hombre a tu lado, que sea por amor, que sea para construir una vida juntos que os llene a los dos. Así que vete a cenar con Ramón, pásalo en grande y lo que tenga que surgir surgirá y si no, al menos te habrás divertido.

—Tienes toda la razón, gracias, Amelia, siempre me das buenos consejos. Me voy a la sala, que nos queda un rato de clase y quiero que las chicas se centren.

Julia regresó a la sala, dio un par de palmadas para llamarnos al orden y cada una de nosotras se apresuró a volver a su patrón.

—Está claro que entre unas cosas y otras hemos echado la tarde. A ver si este ratito que nos queda lo aprovechamos bien. ¿Cómo vais?

—Julia, he pensado que me voy a hacer la blusa suelta, es más mi estilo —comentó Catherine—. Le hago las pinzas del pecho y luego una línea diagonal para que se separe del cuerpo como tú dijiste el lunes. ¿Así quedará más cómoda?

—Eso es. Dependiendo del modelo de blusa unas pinzas están más indicadas que otras. Desde luego, si no quieres marcar cintura, olvídate de la pinza vertical, que por algo se llama también «pinza de entalle». Escuchadme —dijo alzando un poco la voz—, no saquéis las vistas de las sisas porque vamos a aprovechar esta misma blusa para aplicarle unas mangas. Lo veremos en una clase muy pronto y también cómo unir cuerpo y falda para hacer un vestido, como os comenté el otro día.

Julia fue paseándose entre las mesas aprobando nuestro trabajo. Casi todas habíamos terminado ya de cortar el delantero y algunas ya estaban entretelando las vistas.

—Marta, ¿ya lo tienes? —preguntó acercándose a la mesa del centro.

—Aún no, pero antes de cortar, ¿puedes ver si está todo bien?

Julia revisó algunas de las medidas que Marta tenía apuntadas en su libreta y comprobó, regla en mano, que

estaba todo correcto. Solo tuvo que hacer una leve correc-
ción en la pinza del pecho.

—Muy bien, eres muy lista y lo pillas todo al vuelo.
Cuando llegues a casa con la blusa acabada, tu abuela se
alegrará mucho de haberte insistido para que vinieras a
clase. ¿No crees?

—Lo dudo, es muy perfeccionista, estoy segura de que
le sacará mil fallos. No es la típica abuela que se deshaga
en halagos con su nieta, más bien al contrario, le pone
pegas a todo lo que hago. Siempre ha sido muy seca conmigo y rara vez tiene una palabra amable. Me extrañaría
mucho que cambiase por mucho que yo aprenda a coser.

Julia siempre había visto a Marta como una mujer muy
decidida, fuerte y con las ideas claras. Su comentario dejaba ver una tristeza muy profunda, como si no se sintiera
merecedora del cariño de su abuela. Algo no le cuadraba.

—Yo creo que en el fondo no me tiene ningún aprecio.
Por lo que me ha contado mi tía, mi padre llevaba unos
años saliendo con una chica cuando conoció a mi madre,
la dejó y al poco tiempo se casaron. Mi abuela estaba encantada con la relación anterior y no encajó bien que mi
padre la dejara de la noche a la mañana para casarse con
mi madre. Creo que mi abuela, en el fondo, nunca la aceptó, ni a ella ni a nosotros, sus nietos. No nos tiene un
afecto especial. A mí me aguanta porque a las dos nos
conviene el trato que tenemos, pero poco más.

—¡Qué injusto me parece!

—Sí, pero así son las cosas. Mi abuela materna era otra historia. Se quedó viuda después de nacer mi hermano pequeño y se vino a vivir con nosotros. Nos adoraba, pero murió cuando yo tenía catorce años. Fue en un accidente de coche, mi padre y yo íbamos con ella. Imagínate el palo. Teníamos muy buen rollo y con la otra, que es la que me queda, ya ves, nada que ver. La aguanto por mi padre y porque vive donde vive que si no...

—Anda, busca las tijeras para papel, cortas y dejas el patrón ya listo para el próximo día. Has hecho un buen trabajo.

—Gracias, Julia.

—Chicas, vamos a ir acabando. Dejad los patrones colgados en las perchas y recoged las mesas. Poned aquí las reglas que yo me encargo de guardarlas. Os deseo buen fin de semana y nos vemos el lunes.

—Hasta el lunes —nos despidió doña Amelia en la puerta.

29

—¡Buenos días!

Hacía tiempo que aquel saludo no sonaba tan alegre.

—Buenas, qué contenta vienes esta mañana, Amelia.

—Sí, me he levantado con buen ánimo. Ayer me llamó un viejo amigo del que hacía muchísimo que no sabía. ¿Te acuerdas de que te conté que cuando era joven pasaba los veranos en San Sebastián? Allí tenía una pandilla con la que perdí el contacto poco después de casarme y hoy, sin más, me llama Pablo.

—¿Pablo no era aquel con el que tomasteis un coche prestado y cruzasteis la frontera hasta Biarritz?

—Qué memoria tienes, Julia. Sí, ese mismo. Yo no lo sabía, pero tenemos una amiga común, una conocida más bien, que le ha pasado mi teléfono. No sabes qué emoción hablar con él de nuevo. Al principio no reconocí su voz y en cuanto hemos empezado a charlar, éramos los mismos que cuarenta años atrás, como si no hubiese pasado el tiempo. Más de media hora hemos estado contándonos la vida y recordando viejos tiempos. Se mudó a San Sebastián hace unos diez años y sigue soltero. Ya apuntaba maneras de joven.

—Te habrá hecho mucha ilusión recuperar a un amigo del pasado. ¿O fue algo más que un amigo? —preguntó Julia con su habitual curiosidad.

—¿Ilusión, dices? Imagínate, me pasé el resto del domingo buscando fotos de aquellos años y disfruté como una niña pequeña recordando aquellos veranos. No te voy a negar que era el más guapo del grupo y que todas las chicas de la pandilla suspirábamos por él, pero, aparte de un tonteo muy inocente, nunca hubo nada entre nosotros. El caso es que me ha invitado a que vaya a verle en agosto y creo que no me lo voy a pensar mucho. Echo de menos aquello, don Javier prefería veranear en Marbella, pero yo siempre he querido volver. No será como cuando tenía veinte años, pero seguirá siendo un lugar precioso.

—Volver adonde una fue feliz me parece una gran idea. Llevas razón, aquello habrá cambiado mucho, pero aun así creo que será un acierto. La de horas que vais a pasar recordando anécdotas y lo mucho que os vais a reír juntos. Ni te lo pienses, ¡ya tienes plan para este verano! Yo también tengo algunas novedades, ¿sabes?

—Ah, ¿sí? Cuenta, cuenta.

—El viernes estaba ya cerrando cuando se pasó Ramón para invitarme a cenar. No estaba muy decidida, pero me acordé de nuestra conversación, decidí hacerte caso y quedamos para el sábado.

—Si es que tienes que aprovechar, que aún eres joven. Diviértete todo lo que puedas, que luego llega una a vieja y la cosa cambia.

—¿Vieja? No lo dirás por ti, ¿no? Bueno, a lo que iba, me llevó a un restaurante muy elegante por la zona de la plaza de Oriente, yo creo que quería impresionarme —sonrió Julia—. Y después de cenar estuvimos dando un paseo muy largo y charlando todo el rato. Hacía una noche preciosa y nos pusimos tiernos.

—¡Ja! Lo supe desde el primer momento y además te lo dije, de aquí sale algo, ¿te acuerdas?

—Vale, vale, ahora hay que ver en qué se convierte ese «algo». Me estuvo contando la historia de su familia. Sus padres se conocieron después de la guerra, y unos años después se casaron y emigraron a Francia en los cincuenta en busca de trabajo. Hicieron de todo para sobrevivir y a mediados de los setenta volvieron a España, a un pueblecito de Cuenca donde heredaron las tierras de los abuelos. Para entonces él ya tenía dieciséis años y empezó a trabajar en el campo, pero tenía muy claro que aquello no era para él. Con veintiún años se trasladó a Madrid y después de varios empleos entró en Singer donde se ha hecho con una buena cartera de clientes y está muy bien valorado. Cuenta con hacer carrera dentro de la compañía, le encanta su trabajo. Es muy agradable y se desenvuelve muy bien, dotes de comercial no le faltan. Pero ¿sabes? Le llevo seis años.

—Ay, Julia y ¿eso qué más da?

—Pues que no es lo normal, ¿no? Lo normal es que tu pareja sea mayor que tú.

—Eso es una tontería como otra cualquiera. Antes eran los hombres los que elegían esposa, por eso buscaban a mujeres más jóvenes que les pudieran dar hijos y se mantuvieran guapas por más tiempo. Los tiempos han cambiado, lo de la edad es otro convencionalismo más, el amor no tiene edad.

—Puede que lleves razón, pero me sigue pareciendo raro. Por el momento, yo estoy en una nube y me da un poco de miedo no tener los pies del todo en el suelo. No tengo experiencia en estas cosas y no quisiera salir malparada.

—El miedo solo es útil hasta donde el peligro es previsible, más allá, sobra. Aquí el único peligro es que te enamores y eso no debe asustarte. A mis años he aprendido que arriesgar es lo que te ayuda a avanzar. Si te cuentan que la vida es otra cosa no te lo creas. Y mira quién te lo dice, una que se conformó con ocupar el lugar que le asignaron y allí se quedó sin moverse hasta que murió su marido.

—Por cierto, se ha pasado tu amiga Matilde a traerme la tela para el traje de la pedida. Le he enseñado los tres modelos que había esbozado con las ideas que ella tenía y le ha costado decidirse, pero al final ha elegido el que más me gustaba a mí, así que tengo tarea por delante.

—Qué bien, Julia, eso hará que disfrutes aún más confeccionándolo.

—Sí, eso mismo he pensado yo, estoy deseando ponerme con él.

—Ahora tengo que salir a hacer unos recados por el barrio, voy a llevar un reloj a reparar y quiero pasarme por la firma de decoración, me apetece cambiar el estilo del salón. Necesito un ambiente más alegre y deshacerme ya de esas pesadas cortinas y esas tapicerías tan tristes que tengo. Quiero más color en mi vida y voy a empezar por el salón, veremos dónde acaba esto —rio doña Amelia—. Ya nos vemos esta tarde.

—Estupendo, hasta la tarde entonces.

Nada más marcharse llegó la temida notificación que ambas esperaban desde hacía días. Julia se puso muy nerviosa cuando vio al cartero despegar aquel cartoncillo rosa del sobre y se lamentó de que doña Amelia no estuviera allí en ese momento.

—Puede usted firmar por el destinatario si me da su DNI.

—Sí, claro, anote.

La carta no venía a su nombre y aunque su contenido le incumbía tanto como a su socia no quiso abrirla. Ahora que la tenía en las manos, se le hacía más difícil que nunca pensar en que el asunto podría solucionarse y que la academia podría seguir adelante. Quizá era el momento de valorar seriamente la alternativa que le propuso doña Amelia, olvidarse de la enseñanza y dedicarse a la confección a medida y a los arreglos.

«Con lo bien que había empezado la semana y ahora esto —pensó—. Me va a costar concentrarme hasta que Amelia vuelva. La pobre se ha ido tan feliz. ¡Qué injusto!».

Manu había vuelto a cancelar nuestros planes para el fin de semana. Estaba claro que unas simples mechas no iban a cambiar su interés por nuestra relación ni a aminorar su ritmo de trabajo. Ya ni me molestaba en enfadarme con él, esto era el pan de cada día.

No quería ser malpensada, pero empezaba a sospechar que algo se me escapaba. Que un viernes te quedes en la oficina hasta las diez de la noche pase, pero que tu jefe te líe fin de semana tras fin de semana me hacía dudar. O Manu tenía muy claro que esa era la forma de ganar puntos para ascender o me estaba ocultando algo.

Darle más vueltas no me llevaba a ningún sitio. Si comentaba el tema con mamá ella se ponía de su parte. Argüía que si trabajaba tanto era para poder ofrecerme un futuro mejor a su lado, una vida más cómoda, sin estrecheces, que era lo que yo me mecería. Esos argumentos cada vez me parecían más débiles.

Afortunadamente ya teníamos de vuelta la máquina de coser. Dediqué el sábado a practicar un poco con la idea de llegar el lunes a la academia lista para terminar la blusa. Mamá por fin hizo el mantel que tenía pendiente desde que compramos juntas la tela. Compartir ese rato con ella me ayudó a entender cómo la costura unía a las mujeres generación tras generación. Quizá años atrás fuera por necesidad, pero ahora lo hacíamos por placer, lo que me parecía aún más entrañable.

Aproveché ese momento para contarle que había llamado a mi tía. Por suerte no se lo tomó a mal y cuando le dejé caer que a lo mejor iba a verla tampoco hizo ningún comentario en contra. Supuse que su reacción respondía a una mejoría que yo había empezado a notar el día que al fin pudimos hablar de papá en casa. Aquello me hacía sentir bien, no solo por lo que suponía para ella, sino también porque rebajaba la tensión habitual.

Me encantaba adelantarme a las demás chicas porque así tenía la oportunidad de hablar un rato con Julia. Aquella tarde la noté muy angustiada. Me invitó a un café y nos sentamos a charlar, aún quedaba un cuarto de hora para empezar la clase.

Le preocupaba que tuviesen que cerrar la academia por el problema con los propietarios del local. No quiso entrar en detalles, pero el tiempo pasaba y aquello no parecía tener fácil solución. A ella no le iban a faltar las fuerzas para empezar de nuevo, lo que le preocupaba de verdad era que doña Amelia se viniera abajo. Era muy consciente de que este proyecto había cambiado muchas cosas en la vida de su socia y deseaba con todas sus fuerzas que saliera bien.

—Sara, a lo mejor estoy hablando demasiado, pero me hace mucho bien compartirlo contigo y confío en tu discreción. Además, tarde o temprano, si las cosas salen como parece que van a salir, tendremos que informaros a todas.

—Tranquila, Julia, no tengo intención de comentar nada con nadie. Ya te lo dije en su momento, puedes confiar en mí.

—Gracias.

—Estoy pensando que en la consultora donde trabaja Manu hay cientos de abogados, quizá haya alguno especializado en estos temas que os pueda echar una mano. Si quieres, le pregunto.

—Te lo agradezco, pero no es necesario. Amelia ha puesto el asunto en manos de su abogado. Ella confía ciegamente en él, por ese lado estamos tranquilas, pero todo es tan complicado que yo estoy perdiendo las esperanzas de que esto llegue a buen puerto.

Las chicas empezaban a llegar, apuramos el café y recogimos las tazas.

Estábamos a punto de empezar la clase cuando llegó Marta.

—Buenas tardes, ¿cómo tú por aquí un lunes? —saludó Julia.

—Es una historia muy larga, ya os contaré. Qué, ¿acabaremos hoy la blusa?

—Bueno, pues bienvenida. Y sí, espero que hoy os vayáis con la blusa acabada o casi.

Sacamos cada una nuestro patrón y nos dispusimos a seguir en el mismo punto en que lo habíamos dejado. Estaba deseando sentarme a la máquina.

Julia nos explicó en la pizarra cómo íbamos a hacer la abertura de la espalda y la trabilla que sujetaría el botón. De nuevo tocaba entretelar para darle un poco de cuerpo a las vistas.

Mientras Marta esperaba a mi lado a que yo acabara con la plancha le pregunté por esa «historia muy larga».

—Resulta que en la multinacional donde trabajo está prohibido que los empleados mantengan relaciones entre sí. Hace unos días salí con unos compañeros a celebrar que habíamos cerrado el proyecto de uno de nuestros mayores clientes. Ya os conté que tengo un rollo con un tío de la oficina, nada serio, y además hemos sido bastante discretos, pero a uno de los analistas de su equipo se le fue la lengua comentándolo en la cafetería esta mañana y ha llegado a oídos del jefe de proyecto. Al tipo no le va a pasar nada porque es un trepa y tiene al jefe en el bolsillo, pero a mí me han dado una semana de vacaciones forzosas, hasta que decidan qué van a hacer conmigo. La política de la empresa es no despedir a nadie, sino más bien invitarle a que se marche. Te hacen la vida imposible hasta que no puedes más y te largas. Vamos, que nos sale caro un polvo.

—No me puedo creer lo que me estás contando, Marta. ¿Tú te juegas tu puesto y él se va de rositas?

—Así son las cosas. Estas consultoras son todas iguales, normas americanas. Aquí mandan los de arriba y, como todos son tíos, se protegen entre ellos mientras nosotras pagamos el pato. Con suerte, me destinarán a otra oficina. Yo, desde luego, no me voy a ir por mi propio pie.

Noté cómo Laura nos miraba desde el otro lado de la sala intentando adivinar nuestra conversación.

Sonó la campanilla de la puerta.

—Buenas tardes, chicas. Qué concentradas os veo —saludó doña Amelia.

—Buenas tardes, contestamos a coro.

—Chicas, disculpadme un momento —se excusó Julia

acompañando a su socia hasta la trastienda—. Toma, ha llegado esta mañana.

Con la serenidad que acostumbraba mostrar en situaciones complicadas, doña Amelia colgó el bolso en el respaldo de la silla y tomó asiento. Sostuvo la carta en sus manos mirándola fijamente unos segundos antes de abrirla.

Las tiras de cartoncillo rosa que quedaban a ambos lados del sobre le atribuían un carácter oficial y no dejaban lugar a dudas sobre la importancia del contenido de aquella carta.

La leyó en silencio e informó a Julia.

—Justo lo que esperábamos. El abogado de nuestros arrendadores nos convoca a una reunión en su bufete para tratar el tema del contrato.

—¿Y no dice nada más?

—No, toma, léelo tú misma —le dijo, entregándole la carta—. Don Armando ya me tenía avisada de que no nos iban a adelantar nada, solo a citarnos. Si no te hago falta aquí, me marcho y le llamo discretamente desde casa.

—Claro, pero prométeme una cosa.

—Dime. —Doña Amelia ya estaba en pie lista para salir.

—No nos vamos a venir abajo, ¿de acuerdo? Esto nos acerca a la solución del problema, que es lo que queremos. Resolver el tema lo antes posible y seguir con nuestro negocio.

—Sí, Julia, sí —asintió sin mucha convicción.

Doña Amelia se despidió y Julia siguió con la clase.

—¿A ver cómo vais cada una? Mira que sois aplicadas, habéis cogido lo de la apertura de la espalda a la primera. Ahora, coged vuestros costureros, sacad una aguja de coser y acercaos todas a esta mesa. Os voy a enseñar a hacer la presilla. Podéis usar este hilo —dijo colocando unos conos en el centro de la mesa.

Nos dio a cada una un rectángulo de retor y nos explicó cómo formar la presilla que cerraría nuestra primera blusa. Había que tener en cuenta el diámetro del botón, elegir el hilo adecuado, saber cuándo optar por un ojal o por una presilla... Por entonces ya había entendido que en costura todos los detalles, por pequeños que sean, son importantes. Y si prestabas atención, el resultado solo podía ser un trabajo impecable.

—Lo dejamos aquí por hoy. Sois unas alumnas maravillosas, da gusto ver cómo lo cogéis todo al vuelo. Avanzáis muy rápido. Nos vemos el próximo día.

—Sara, ¿habéis probado ya la máquina? ¿Qué tal va? —me preguntó antes de salir.

—Sí, Julia, va genial. Estuve practicando un poco este fin de semana y mamá también la usó. Va perfecta. Muchas gracias por encargarte de la reparación. Pasamos un rato estupendo cosiendo juntas y me contó algunos trucos que ella usaba hace años. Me apetece mucho compartir la costura con ella porque, aunque nos llevamos bien, no tenemos muchos temas de conversación y creo que esta puede ser una actividad que nos ayude a salir de la monotonía del día a día. Además, ella parece muy ilusionada con la idea de volver a coser. Cuando sacó la ropa de primavera le sugerí hacer algunos retoques en las prendas que se quedaban en su armario sin usar temporada tras temporada. Podría ser la oportunidad perfecta para que retome la costura. Dale las gracias a Ramón de nuestra parte. Esta misma semana me paso por la tienda a pagarle.

—Me alegro mucho, Sara. A Ramón le encantará saberlo. Descuida, yo se lo cuento. Hasta el viernes.

—¡Hasta el viernes!

30

La noche anterior apenas había logrado conciliar el sueño. Se maquilló algo más que de costumbre para cubrir las ojeras. A sus sesenta años, doña Amelia aún conservaba algunos de esos rasgos aniñados que le hacían parecer más joven. Sus ojos seguían siendo muy expresivos; los años habían sido amables con ella, tenía las arrugas justas y seguía conservando su belleza de antaño.

Sacó de su vestidor un pantalón de lino azul marino y una blusa de satén de seda beige de manga larga, cuello a la caja, jaretas y botones dorados en los puños, un atuendo sobrio acorde con la ocasión. Se calzó unos salones bitono, decorados con pespuntes blancos en las costuras. Un bolso acolchado de cadena dorada completaba el conjunto.

No tenía el ánimo para carmín rojo, pero consideró que no debía mostrar ni la más mínima señal de preocupación. Su imagen debía ser impecable, cualquier cambio, por insignificante que fuera, dejaría su angustia al descubierto. Era consciente de que el día iba a ser complicado, pero al menos acabaría con la incertidumbre de las últimas semanas.

A la hora acordada, don Armando la recogió en el portal de su casa y fueron en su coche a las oficinas donde habían sido citados.

Durante el trayecto iba repasando mentalmente los meses que habían pasado desde aquella conversación con su hijo Alfonso que la decidió a dar el paso y embarcarse en semejante aventura. La visita a la oscura y polvorienta sombrerería meses atrás con Julia le parecía ahora tan lejana que le resultaba difícil recordar cómo era su vida antes. Lo que sí tenía claro es que, pasara lo que pasara ese día, había merecido la pena. Después de todo lo vivido junto a Julia, se sentía transformada y se negaba a aceptar sin más que lo que habían construido juntas pudiera derrumbarse. Estaba dispuesta a presentar batalla.

Don Armando aparcó el coche frente a un imponente edificio, una de esas moles de más de veinte pisos que tanto le horrorizaban. Tras pasar el control de seguridad, tomaron uno de los ascensores y subieron hasta la planta 23. Una vez allí, a su derecha, a través de las pesadas puertas de cristal se podía leer en grandes letras doradas el nombre del bufete.

Una señorita con traje oscuro les recibió a su llegada y les acompañó hasta una sala de reuniones que había junto a la recepción. Las vistas desde allí eran impresionantes. Se divisaba la Castellana con su habitual tráfico y, carente del ruido que solía acompañar la vida a pie de calle, Madrid resultaba una ciudad mucho más amable.

Pocos minutos después observaron atónitos cómo los cuatro arrendadores pasaban por delante de la sala y se dirigían a la salida. Doña Amelia y don Armando se miraron extrañados. Su asombro creció al ver cómo tras ellos salía también su abogado, maletín en mano y con el gesto contrariado y se sumaba a la discusión que los primeros mantenían ante los ascensores, tras las pesadas puertas de cristal.

La recepcionista se asomó a la sala.

—El abogado de la señora Solano les recibirá enseguida, disculpen la espera. ¿Les apetece un café?

—No, gracias —contestaron al unísono.

La joven cerró la puerta y regresó a su puesto.

—No entiendo nada, don Armando. ¿No nos había citado el abogado de la otra parte? ¿Qué pinta aquí la viuda?

—Así es, doña Amelia, no esperaba que nos viéramos con la señora Solano. No me cuadra, pero seamos pacientes, seguro que esto tiene una explicación.

Las palabras de don Armando, lejos de tranquilizarla

la inquietaban aún más. No conseguía imaginar por qué se habían marchado los propietarios, por qué parecían tan molestos y por qué su abogado, el que les había convocado para verse allí, salía ahora por la puerta sin que nadie les diera una explicación.

Tras una breve espera, la recepcionista los acompañó a un despacho donde les esperaba el abogado de la señora Solano. Sobre la mesa de cristal había varios documentos, lo que parecían unas escrituras de propiedad y unas cuantas carpetas.

—Buenos días, les ruego que tomen asiento —les indicó levantándose de su silla—, la señora Solano ha ido a refrescarse y enseguida se unirá a nosotros.

No había terminado de decir la frase cuando se abrió la puerta del despacho. La recepcionista traía una bandeja con unas botellas de agua, vasos y un cenicero limpio. En cuanto se marchó, don Armando tomó la palabra.

—Estábamos citados con el abogado de la otra parte y ¿nos recibe usted?

—Les pido disculpas. Todo ha sido muy repentino y no hemos podido avisarles. Enseguida empezamos.

Aquel tipo era tan estirado como Julia lo había descrito. Vestía un traje de chaqueta oscuro, una camisa de rayas de popelín en tonos azules con cuello blanco y una corbata con un nudo Windsor sujeta por un alfiler dorado con las iniciales de una conocida casa de modas italiana; un atuendo que casaba a la perfección con el emplazamiento de aquel bufete y el aire de arrogante elegancia de aquel despacho. Nada de lo cual impresionó a doña Amelia. Sin embargo, estaba hecha un manojo de nervios. Se esforzaba por mantener una postura erguida y mantenía las manos cruzadas sobre la mesa, como si una sujetara a la otra para impedir que se movieran llevadas por su angustia.

La señora Solano entró en la sala cerrando la puerta tras de sí. Al verla, doña Amelia se quedó sin respiración unos segundos. No podía creer lo que veían sus ojos.

—¿Patty?

—¿Se conocen? —preguntó don Armando.

—Eso creía yo —contestó doña Amelia con el tono más seco que fue capaz de usar.

—Señores, les ruego nos disculpen —intervino Patty, indicándoles la puerta para que ambos abogados las dejaran a solas.

La sorpresa fue mayúscula. Encontrar allí a aquella mujer vestida como salida de una comuna hippy de los sesenta, con el pelo lleno de trencitas, una falda de mil colores y unos zuecos era algo que ni don Armando ni doña Amelia podían esperar.

Doña Amelia pasó de la preocupación a la angustia, del asombro al estupor. Nada encajaba.

¿Patty era la señora Solano? ¿La madre de Malena era

la viuda que actuaba solo por despecho? ¿Cómo había podido pasar por la academia y mostrarse tan amable? ¿Por qué lo había hecho? —se preguntaba.

—Amelia, entiendo que estés desconcertada, pero déjame que te explique.

—¿Desconcertada? Esa es la palabra más suave que yo emplearía para describir mi estado de ánimo en este momento. ¿Qué está pasando aquí? ¿Qué pretendes?

—Te lo ruego, escúchame —insistió Patty.

—Lo estoy deseando, puede usted estar segura «señora Solano» —contestó doña Amelia mientras se servía un vaso de agua—. Soy toda oídos.

—Ante todo, quiero que sepas que nunca he pretendido causaros ningún mal, ni a ti ni a Julia, y que creo firmemente que las mujeres debemos apoyarnos.

—Precioso discurso, Patty, pero creo que llega tarde.

—Como ya sabes, soy la propietaria de una quinta parte del local que tienes alquilado. Ese inmueble pertenece desde hace décadas a la familia de mi segundo marido. Nosotros no tuvimos hijos en común y, cuando falleció hace unos años, heredé su participación no solo en ese local, sino también su parte de la sociedad patrimonial donde están agrupadas otras propiedades que comparto con mis cuñados.

—Mi abogado ya me ha contado esa parte —contestó doña Amelia lo más seca que pudo—. Pero sigo sin entender por qué vuestros problemas de familia tenemos que pagarlos nosotras.

—Verás, durante estos años los hermanos de mi marido, que nunca me tuvieron mucho aprecio, han manejado la sociedad a su antojo, dejándome de lado. Al principio yo no tenía ánimo para enfrentarme a ellos. La muerte de mi marido supuso una pérdida muy importante en mi vida.

—Yo también perdí a mi marido hace pocos meses y no por ello voy por ahí fastidiando a la gente. No entiendo adónde quieres llegar.

—Por favor, Amelia, escúchame. Yo era muy joven cuando me enamoré del padre de Malena, recorrimos medio mundo en caravana viviendo al margen de una sociedad de la que no nos sentíamos parte. Le inculcamos a nuestra hija el gusto por el arte, la música, el respeto a todo ser vivo y sobre todo intentamos educarla en libertad. Nuestro estilo de vida no era nada convencional, pero éramos muy felices y Malena crecía sana y fuerte. No podíamos pedir más. Ella acababa de cumplir doce años cuando mi marido murió en un accidente. Creí volverme loca, el mundo se derrumbaba a mis pies. Me sentía sola, perdida y me veía incapaz de seguir adelante.

Doña Amelia escuchaba con atención intentando ligar todo aquello al asunto del contrato sin que, por el momento, entendiera la relación.

—Una buena amiga en Madrid nos ofreció cobijo en su casa y cuidó de nosotras. Me costó unos meses darme cuenta de que no quedaba otra que levantarse de la cama y sacar a mi hija adelante como pudiera. Encontré trabajo en unos grandes almacenes y un uniforme de poliéster sustituyó a mis floreados vestidos. Era lo más parecido a una vida normal que había tenido nunca. A Malena le costó adaptarse, yo... yo ni pensaba. Actuaba como un robot, hacía lo que tenía que hacer para ganar un sueldo que me permitiera criarla sin que le faltara nada y poco más. Los días eran todos iguales y lo que había conocido hasta el momento, todos los sueños que había construido cayeron como un castillo de naipes ante mis propios ojos.

Se sirvió un poco de agua.

—Trabé amistad con un señor que frecuentaba la sección de perfumería donde yo trabajaba y poco a poco entablamos una relación. Él me ofrecía la estabilidad que yo no conseguía darle a mi hija. Venía de una familia de mucho dinero y pertenecíamos a mundos muy distintos. Yo hice lo imposible para encajar, tanto que me olvidé de mí misma. Cambié mi manera de vestir, mis costumbres, mi círculo de amistades... estaba dispuesta a todo para que su familia me aceptara. A los pocos meses nos casamos, en contra de la voluntad de sus padres y con la clara oposición de sus hermanos. Mi empeño era que Malena volviera a tener una familia, pero en plena adolescencia la convivencia se volvió un infierno. Ella me culpaba a mí y le retiró la palabra a mi marido. Salvador se esforzaba por ganársela, pero era insobornable. Al final la enviamos a un internado en Inglaterra. Desde que nació nunca nos habíamos separado y aquello me hundió. La única manera que encontré de sobrevivir fue adaptarme a aquel estilo de vida. Me desprendí de toda voluntad, me dejé arrastrar, cumplía con lo que se esperaba de mí y, mientras, me moría por dentro.

Doña Amelia se reconocía en algunos pasajes de aquel relato y sentía cada vez más interés por conocer el resto de la historia.

—Cambiamos a Malena varias veces de colegio, pero iba de mal en peor. Cuando cumplió dieciocho años dejó el colegio donde estaba y poco a poco perdimos el contacto. Pensé en separarme, pero no me veía capaz de empezar de cero otra vez. No tenía ninguna duda de que Salvador me quería, pero, aunque éramos muy diferentes, en ese momento sentí que él era lo único que me quedaba. Me convertí en otra persona, me había traicionado por completo y había perdido a mi propia hija. Hace unos años mi marido enfermó y murió repentinamente. Recuperar a Malena se convirtió en mi única obsesión. Encontré algunos números de teléfono en una antigua agenda y a final logré dar con ella. Vivía en Madrid, compartía piso con tres estudiantes y había encontrado un trabajo que le permitía vivir. Cuando necesitaba algo más de dinero ponía copas. Ya has visto cómo es, desparpajo le sobra para apañárselas sola.

Doña Amelia asentía con la cabeza y escuchaba con atención. No podía evitar pensar en Alfonso, los años que estuvo lejos de él fueron un calvario para ella.

—Desde que nos reencontramos, mi vida ha dado un vuelco, tiene un propósito, poco a poco voy recuperando a la persona que fui. No fue fácil deshacerme de la mujer en la que me había convertido, tuve que mirar muy dentro de mí para reconciliarme conmigo misma y perdonarme todo el mal que había causado para tapar la pérdida del padre de Malena, mi indefensión, mi tristeza. Uní mi destino y el de mi hija a un buen hombre, uno que nos garantizaba un futuro a ambas, pero me equivoqué y a punto he estado de perder a Malena. Esa es mi historia, Amelia, y te la cuento para que entiendas de dónde vengo y cuánto me ha costado llegar hasta aquí.

—¿Sabes? Insistí a mi abogado en reunirme contigo en privado para hacer lo mismo que acabas de hacer tú. Pensaba que si te contaba mi historia, nuestra historia, quizá consiguiera que recapacitases. Ni Julia ni yo tenemos la culpa de las rencillas que tienes con tus cuñados. Y créeme cuando te digo que te entiendo mejor de lo que crees. Pero, llegados a este punto, ¿podemos tratar el asunto que nos ha traído aquí?

—Por supuesto, mi mayor interés es dejar este tema zanjado.

—Pues, tú dirás.

—El contrato, como ya sabes, es nulo. Eso no admite discusión. Seguro que tu abogado está de acuerdo. Mis cuñados se escudan en que no pudieron localizarme y por eso te alquilaron el local sin contar conmigo. Como ya te he explicado no es lo primero que hacen a mis espaldas y por eso mi interés es parar esto como sea y hacer valer mis derechos. Sin embargo, aunque mi plan inicial era invalidarlo sin más, he querido encontrar una solución que no os perjudique. Malena me había hablado de lo bien que lo pasaba allí, de lo encantadora que es tu socia y del ambiente tan bueno que había entre sus compañeras de clase. Pero cuando visité la academia el otro día, me emocioné con la historia que me contó Julia. Que dos mujeres tan distintas como vosotras se hayan aliado para crear algo tan bonito me conmovió. No voy a destruir algo así.

—Agradezco que intentes solucionarlo de la mejor manera posible, pero aún no veo cómo —comentó doña Amelia aún llena de dudas.

—La solución es más sencilla de lo que parece y mis cuñados no han podido negarse.

—Explícate, ¿qué has pensado?

—Como sabrás, esta misma mañana mi abogado y yo nos hemos reunido con ellos. Vamos a tasar todas las propiedades que tenemos en común y voy a quedarme con las cuatro quintas partes restantes del local de Lagasca a cambio de mi participación en otros locales. Aún tenemos que hacer muchas cuentas, pero el plan es salir de esa sociedad patrimonial y gestionar yo misma los bienes que me queden.

—¿Y han aceptado?

—No les queda otra. Si se niegan se enfrentarían a un juicio por daños y perjuicios que podría durar años y que, casi con toda seguridad, perderían. Tendrían que pagar las costas y les obligaría a indemnizaros. Mientras tanto, el local solo generaría gastos de mantenimiento y no podrían alquilarlo. Además, según me ha informado mi abogado, yo también tendría derecho a ejercer acciones legales contra ellos. En fin, que con semejante panorama no tienen mucho que pensar.

—Entonces ¿tú y yo firmaríamos un nuevo contrato?

—Eso es, con las mismas condiciones que acordasteis en este. Aunque a lo mejor incluyo una reducción del precio de las clases de Malena en la negociación.

Doña Amelia tensó de nuevo la cara y se quedó callada.

—Mujer, es broma.

Las dos rieron a carcajada limpia.

—Mientras nosotras charlamos, mi abogado ya está informando al tuyo de todo y él preparará el nuevo contrato en cuanto el local esté registrado a mi nombre. Llevará un tiempo hacer el papeleo, pero entre tanto podéis seguir con la academia como hasta ahora. Mis cuñados están de acuerdo.

—Te lo agradezco mucho. No imaginas cuánto me alegra oír eso.

—Alegría la mía que por fin voy a sacar de mi vida a esos prepotentes estirados y disponer de la herencia de Salvador como me dé la gana.

—Para Julia va a ser también un gran alivio. Por su carácter, ella siempre confía en que las cosas saldrán bien, pero esta vez ha visto el final muy cerca. Las dos temíamos que nuestra aventura se acabara aquí.

—Pues nada, ahora son los abogados los que se tienen que poner a trabajar a buen ritmo a ver si solucionan rápido todos los trámites, que no serán pocos, y esto no quedará más que en un mal sueño.

Nos despedimos con un par de besos y quedamos en mantenernos en contacto.

Durante el trayecto de vuelta, don Armando, al tanto ya de toda la situación, comentaba con doña Amelia los siguientes pasos. Por delante quedaban aún tasaciones, compraventas, escrituras, registros, liquidación de impuestos... muchos trámites que llevarían unos meses, pero que solucionarían el conflicto de un modo completamente satisfactorio para ella y su socia. Lo más importante era que el negocio no se vería afectado. La idea de cambiar de arrendador y tratar ahora con Patty también le parecía atractiva.

—Le agradezco su ayuda, don Armando. Entiendo que ahora lo que queda son asuntos legales que la otra parte tendrá que solucionar y le informarán cuando todo esté listo para la firma del nuevo contrato.

—Así es. Ahora solo cabe esperar. Ya puede usted estar tranquila. He quedado a disposición del abogado de la señora Solano y él me mantendrá al tanto de todo.

—¿Podría dejarme en la calle Lagasca? A estas horas ya estará cerrada la academia, pero a veces mi socia se queda a mediodía para terminar algún arreglo. Así le cuento las novedades.

—Claro, donde usted me diga.

Pasados unos minutos, estaban frente a El Cuarto de Costura.

—Muchas gracias por todo, don Armando —se despidió doña Amelia al bajar del vehículo.

—Siempre es un placer. La mantendré informada —respondió él y continuó su camino.

Doña Amelia abrió la puerta de la academia y entró hasta la trastienda, pero no encontró allí a Julia. Supuso que estaría disfrutando del día en el Retiro como hacía algunas veces. Dejó su bolso sobre la mesa y se tomó un minuto para sentarse y recuperar el aliento, aún no acababa de asimilar lo que había vivido aquella mañana. Todo lo que tenía ante sus ojos era real, había dejado de ser un sueño a punto de desvanecerse. Le parecía casi un milagro que las cosas fueran a solucionarse. Tenía muchas ganas de contárselo a su socia y también de llamar a Alfonso, que, aunque confiaba en que el asunto se resolvería, andaba también muy preocupado.

31

Las clases seguían su ritmo habitual. Cada día estaba más ilusionada con todo lo que iba aprendiendo y con lo rápido que avanzaba. Se me hacía tan larga la espera entre clase y clase que aprovechaba cualquier rato libre para usar la máquina de mamá. Desde luego, le estábamos sacando provecho. Mis compañeras de la academia se quejaban en broma porque yo terminaba antes que ellas, para orgullo de Julia. En privado me decía que era su alumna favorita. La verdad es que teníamos una complicidad muy especial y podíamos considerarnos prácticamente amigas, con lo mucho que eso significaba para nosotras.

Aproveché esa pequeña ventaja para saltarme unas clases y viajar a Almuñécar. Desde que había hablado con mi tía por teléfono me moría de ganas de ir a verla. Estaba segura de que la visita despertaría en mí muchas emociones, pero intuía que serían todas buenas.

Me hacía mucha ilusión visitar de nuevo su casa. Aunque ya hacía años que faltaba mi abuela, sabía que la sentiría aún presente en cada uno de los rincones. Si no había cambiado, aquel lugar me traería dulces recuerdos escondidos en algún recóndito rincón de mi memoria durante mucho tiempo.

Aunque vivíamos lejos, en vacaciones la visita al pueblo de papá durante el mes de agosto era sagrada. A mamá no parecía hacerle especial ilusión, pero nosotros las disfrutábamos muchísimo. Correr sin peligro por las calles o salir solos a comprar golosinas era lo que más nos divertía a mis hermanos y a mí. Allí todo el mundo nos conocía. La señora del despacho de pan, el mancebo de la farmacia, la vendedora de chuches y el señor de los helados nos llamaban por nuestro nombre. Las amigas de la familia nos pellizcaban los carrillos y nos besuqueaban y, aunque no nos gustaba, de nada servía quejarse. En Madrid, las cosas eran muy distintas y llegar al pueblo era saborear una libertad de la que no gozábamos en nuestra vida cotidiana.

El viaje en autobús era muy largo, casi ocho horas, y la mitad del trayecto transcurría por una carretera convencional de doble sentido en la que el tráfico era tediosamente lento. De pequeña solía ir durmiendo la mayor parte del camino, apoyándome en el hombro de cualquiera de mis hermanos. Desde que salíamos de casa sonaba música en la radio, papá y mamá charlaban animados y nosotros no dejábamos de preguntar si quedaba mucho para llegar.

La salida de Madrid parecía un hormiguero y la monotonía de La Mancha solo se veía interrumpida por algún molino de viento abandonado o unos toros de chapa negra. Sin embargo, no quería perderme ni un solo detalle del paisaje, estaba decidida a saborear cada kilómetro, aunque a ratos resultara aburrido.

Justo después de cruzar el puerto de Despeñaperros me moría de ganas de ver asomar el mar por el horizonte. Aquel tramo me resultaba de una belleza abrumadora. La carretera parecía estar trenzada con cada uno de los cortes de las montañas y así discurría curva tras curva entre todos los tonos de verde que yo conocía.

Al fin divisé Salobreña y su viejo castillo encaramado a un peñón salpicado de casas blancas. Era la primera señal de que quedaba poco para llegar. Aquellos últimos kilómetros se me hicieron eternos.

La estación de autobuses estaba bastante tranquila comparada con el bullicio que solía rodearla en temporada de vacaciones. La casa de mi tía no quedaba lejos y yo no llevaba mucho equipaje, así que aproveché el paseo para reconocer aquellas calles que hacía siglos que no recorría. Muchas habían cambiado el empedrado original por baldosas más modernas, pero seguían manteniendo su encanto. Los balcones lucían cargados de geranios y algunas fachadas aún conservaban antiguas hornacinas con imágenes de santos o vírgenes.

Cuando estuve frente a su puerta, vi que la aldaba ya no era más que un detalle ornamental y su función había sido sustituida por la de un portero automático. Al llamar me contestó una voz que no reconocí. Empujé la enorme puerta de madera que daba paso a un pequeño descansillo iluminado por una lámpara de estilo mozárabe. De allí salía una escalera con peldaños de mármol y una barandilla de hierro forjado.

Al final de la escalera me esperaba una señora corpulenta con el pelo recogido en una coleta y un delantal de medio cuerpo con dos grandes bolsillos.

—Tú debes de ser Sara. Yo soy Rosario, vivo aquí con tu tía y cuido de ella. Desde luego doña Aurora no exageraba, hay que ver lo guapa que eres. Pasa a su cuarto, está en la cama —me indicó mientras cogía mi bolsa de viaje y la dejaba sobre una silla.

—¿En la cama? ¿A estas horas?

Noté cómo le cambiaba la expresión de la cara y se detuvo para adelantarme lo que me iba a encontrar.

—Tu tía hace mucho que no sale de la cama. Está bastante enferma. Si no te lo ha dicho habrá sido para no preocuparte, típico de ella.

—Cuando hablamos por teléfono me dijo que andaba

regular y que las piernas ya no le respondían como antes, pero no me imaginaba esto.

—Ya sabes que ella no es de quejarse, pero no está bien.

Tenía un minuto para recomponer en mi cabeza la imagen de mi tía. Me costaba imaginarla postrada en una cama cuando la recordaba como una persona inquieta y llena de vida. Necesitaba un momento antes de pasar a verla.

—Rosario, ¿me puedes dar un vaso de agua? —le pedí.

—Claro, acompáñame a la cocina.

Allí seguían los taburetes de enea donde me sentaba a merendar, el suelo de baldosas hidráulicas que la llenaban de color y las ollas relucientes ordenadas por tamaño en la balda de madera que había sobre la mesa. Olía a café recién hecho.

—¿Qué tiene? —pregunté mientras me servía el agua de una botella.

—Son los riñones. Cayó enferma hace unos años y desde entonces ha ido a peor. El ánimo no lo pierde, pero el cuerpo no la acompaña. Seguramente la encuentres más envejecida de lo que te imaginabas y, ahora, encima, con lo de tu padre... Nunca la había visto tan preocupada. Desde que supo que venías está como loca, tiene muchísimas ganas de verte, así que, anda, no la hagas esperar más.

—Claro, pero antes tengo que hablar con mi madre para decirle que he llegado bien. No tardo. —Dejé el vaso sobre la mesa y pasé al salón para llamarla.

—Mientras tanto, te dejo la bolsa en el dormitorio del fondo, yo duermo en la habitación pequeña para atender a tu tía, por si me necesita por la noche.

Cuando colgué, recorrí el largo pasillo observando las fotografías que colgaban de las paredes aún vestidas con el mismo papel pintado que recordaba.

—¡Sara, mi niña! Qué alegría más grande, acércate. ¡Dios santo, qué mayor estás y qué guapísima! —exclamó mi tía al tiempo que abría los brazos.

—¡Tía! —No acerté a pronunciar una palabra más.

Las dos nos fundimos en un abrazo. Ni siquiera intenté contener las lágrimas. Sentía cómo intentaba apretarme contra su pecho mientras me acariciaba el pelo. Rosario llevaba razón, aquellos brazos no eran los de antes, le fallaban las fuerzas. Después de unos segundos nos separamos y me tomó la cara entre las manos; apenas podía verla. Me sequé los ojos y me senté en una pequeña butaca a su lado.

En la mesita de noche había una lamparita a cuya tulipa le faltaban algunas cuentas, un buen montón de cajas de medicamentos, un rosario y la estampa de Nuestra Señora de la Inmaculada, de la que era muy devota.

—Ay, Sara, mi Sara, estás hecha una mujer. ¿Pero tú

has visto qué sobrina tengo? —le preguntó a Rosario, que nos observaba desde la puerta del dormitorio.

—Guapísima, doña Aurora, no exageraba usted ni una mijita —asintió Rosario.

—Me vas a sacar los colores, tía.

—Tenemos mucho de que hablar. Tus hermanos y los niños, ¿cómo están todos? Cuéntame. Ven, siéntate aquí —me indicó dando dos golpecitos en el borde de su cama.

—Los peques están para comérselos y dan mucha guerra. Son muy ricos, te he traído fotos, luego te las enseño.

—Ay, sí, que las últimas que vi son las que me trajo tu padre el verano pasado. Hija, qué disgusto tengo, qué mala suerte, el pobre. Menos mal que la operación ha ido bien. Esta mañana me decía que está convencido de que va a salir de esta, Dios le oiga.

—Seguro que sí —comenté, intentando animarla.

—Tendrás hambre, ¿quieres que Rosario te prepare algo? Mis amigas me trajeron pestiños ayer, creo que aún quedan. Te gustaban mucho, ¿no quieres uno?

—Tranquila, vengo con el estómago un poco revuelto del autobús, quizá más tarde.

Y era cierto, no me sentía bien del todo, pero lo atribuía a la impresión de encontrarla así, más que al propio viaje. Supuse que no me había dicho nada antes para que no me angustiara, pensaría que bastante tenía con lo de papá. Además, no recuerdo que se quejara nunca por nada. Lo que tenía delante no era más que un cuerpo muy delgado, sin apenas músculo y con la piel pegada a los huesos. Podía ver las venas de esas manos que tantas veces cosieron para mí. En su cara, los pómulos sonrosados que recordaba habían sido sustituidos por una afilada nariz que le daba un aspecto extraño y unos ojos hundidos de los que no brotó una lágrima, a pesar de la emoción. Verla así me partía el corazón.

—Hay días en que se la ve muy confundida, como si perdiera la noción del tiempo —me explicó Rosario cuando nos quedamos a solas—. El médico dice que es normal en su estado. A tu padre ni se lo ha contado, cuando la llama lo más que le dice es que está pachucha.

—Eso mismo me dijo a mí. ¿Cuánto hace que está así? —pregunté.

—Lleva unos años regular, pero en estos últimos dos o tres meses ha empeorado mucho. Está muy débil para caminar. Antes la sacaba de paseo en la silla de ruedas, pero ya ni eso. No tiene fuerzas. Cada vez aguanta menos las visitas, se cansa enseguida. Por las tardes rezamos juntas el rosario y yo le pido a la Virgen por ella, pero... Ay, no sé. Está muy malita, Sara.

Salí a la calle, necesitaba despejarme. Pensé que me sentaría bien pasear por la playa y encontrarme de nuevo con el mar, pero aquello me hizo sentir aún más triste. No dejaba de lamentarme por el tiempo perdido, aunque sabía que eso no tenía sentido. Semanas atrás había decidido olvidar el pasado y mirar hacia delante con esperanza. De pronto aquel propósito se revelaba mucho más difícil de lograr.

La vida me estaba jugando una mala pasada. Acababa de recuperar a dos personas importantes que podían volver a desaparecer con la misma rapidez con la que se marcharon años atrás. Era de locos. Recordé las palabras de Catherine, «La vida te habla». Pero yo estaba muy enfadada con la vida.

Me descalcé y caminé por la orilla hasta que me tranquilicé. Aquel paisaje tenía el poder de calmarme, solo necesitaba respirar frente al mar para ver las cosas de un modo diferente. En ese instante el sinsentido desapareció y comprendí que este era un regalo más. ¿Hubiera vuelto a ver a mi tía si papá no hubiese enfermado? ¿Hubiera vuelto a pisar este lugar? Las malas noticias, de nuevo, se convertían en oportunidades.

En los últimos meses había aprendido a buscar el lado bueno de las cosas, eso me reconfortaba. Sentía que estaba en manos de un destino caprichoso, pero confiaba en que, aunque hubiese capítulos dolorosos, en algún momento todo cobraría sentido y lograría aprender de ello. Paseando por aquella playa, las palabras de Catherine resonaban de nuevo en mi cabeza: «Me gusta pensar que la vida te habla, que lo bonito es saber escuchar cada mensaje que te envía y encontrarle sentido».

Volví a la casa. Rosario estaba preparando la cena.

—¿Te apetece un *liaillo* de jamón? Le estoy haciendo uno a tu tía, de un solo huevo. Con que se coma la mitad ya me doy con un canto en los dientes.

Había olvidado que en casa de mi abuela la tortilla francesa siempre había tenido otro nombre. Me hizo gracia volver a escuchar esa palabra que había olvidado.

—Me apetece muchísimo, ¿voy poniendo la mesa?

—No hace falta, le llevo la bandeja al dormitorio.

—Vale, pues yo me llevo otra y ceno allí con ella, en una silla.

Y así fue como terminamos el día, charlando de los viejos tiempos, de las correrías de mis hermanos y de las cosas de la abuela.

—Cuéntame, Sara, ¿cómo es que te ha dado por aprender a coser?

—Fue pura casualidad. Descubrí un sitio de arreglos en el que también daban clases de costura y me apunté sin más, no imaginaba que me iba a gustar tanto. La profesora me tiene mucho aprecio, dice que lo cojo todo al vuelo. Practico todo lo que puedo en casa con la máquina de mamá y paso muy buenos ratos. Cuando me pongo a coser es como si el tiempo se detuviera. Me trae muy buenos recuerdos de cuando os veía a la abuela y a ti.

—Oye, ¿y tienes novio? Porque con esa cara tan preciosa y sabiendo lo bonita que eres también por dentro...

—Sí, se llama Manu. Seguro que te acuerdas de él, un amigo de Gabriel desde que eran unos críos y, mira, al final hemos acabado de novios. Tenemos planes de casarnos, pero habrá que esperar un tiempo hasta que él tenga un contrato fijo y nos podamos meter en una hipoteca. Ahora mismo si no tienes para dar una entrada los bancos no te hacen ni caso y yo no trabajo, así que no lo tenemos fácil.

—Me acuerdo de Manu. Tu hermano Gabriel no dejaba de mentarlo cuando me contaba sus travesuras. Tu padre me dijo que habías empezado la carrera de Periodismo.

—Mamá pasó una racha muy mala y me necesitaba a su lado. Tuve que dejar la facultad. A veces fantaseo con la idea de volver ahora que la veo mejor. No sé, quizá algún día.

—Tu abuela siempre me animó para que estudiara. Es importante ser independiente, Sara. Casarte y construir una familia es muy bonito, pero nunca dejes de lado tus sueños. La vida es muy caprichosa y lo que un día es una renuncia voluntaria se puede convertir en una decisión que lamentes más adelante.

—Lo sé. Algunos días pienso que ese tren ya ha pasado, aunque quién sabe.

—Y ese Manu, ¿qué tal es?

—Nos conocemos bien, ha sido un gran apoyo estos

años. Está muy centrado en su carrera y nos vemos poco, pero ahora mismo tiene que ser así, hasta que consiga ascender y podamos casarnos.

—No te estoy preguntando eso, mi niña, ¿le quieres?

—Claro, se portó muy bien con nosotras cuando mamá estaba en su peor momento.

—No me estás contestando, Sara.

—Veo que no te vas a conformar con cualquier respuesta —reí—. La verdad es que es complicado. A veces me pregunto si estar con él es realmente lo que deseo o si casarme es solo la única solución que se me ocurre para salir de casa y tener una vida propia. Me siento muy atada a mamá e intento hacérselo ver a mis hermanos, pero ellos tienen familia y les es difícil estar pendientes de ella. Han delegado en mí y yo a ratos me siento atrapada.

—Entiendo. Parece que tienes mucho en lo que pensar. No tengas prisa, eres muy joven y, sobre todo, ten presente que, aunque nos lo hayan hecho creer, en esta vida nada es para siempre. Tenemos la posibilidad de cambiar nuestro camino cuantas veces queramos.

Se hacía tarde y parecía agotada, cada vez le costaba más hablar. Teníamos varios días por delante y pensé que era mejor dejarla descansar.

—Cuánto me alegro de haber venido y qué buenos consejos me das. Me voy a acostar ya porque estoy cansada del viaje, ¿no te importa?

—Claro, bonita, buenas noches.

Me quedé un rato charlando con Rosario, que estaba terminando de recoger la cocina. Al día siguiente entre las dos intentaríamos sacarla a pasear, seguro que le vendría bien un poco de sol y aire puro.

Las campanas de la iglesia me despertaron muy temprano. Aún no había movimiento en la casa, así que aproveché para salir a dar un largo paseo antes de que hiciera más calor. Tan solo me crucé con un par de barrenderos, unos carniceros descargando un camión y una señora en bata que paseaba a su perro. A pesar de la quietud de las calles, el aroma a café que salía a través de las rejas de algunas ventanas era la señal de que el pueblo estaba a punto de despertar.

Entonces me di cuenta de que nunca había visto un amanecer desde estas playas. Una de las cosas que más me gustaba de veranear aquí es que podía dormir hasta la hora que quisiera. Solía levantarme tarde, cuando el olor a Cola-Cao llegaba hasta mi cuarto. Después de desayunar, bajábamos a la playa donde, año tras año, nos encontrábamos con los mismos compañeros de juego. Las familias tenían la costumbre de ocupar la misma parcela cada verano y así los niños volvíamos a coincidir. El resto del año era como un paréntesis gigante en el que no existíamos los unos para los otros, pero durante el mes de agosto éramos los mejores amigos del mundo.

—Buenos días, ¡sí que has madrugado! —oí decir a Rosario nada más entrar.

—Buenos días, quería aprovechar para dar un paseo temprano. Es un verdadero lujo salir a estas horas con lo tranquilo que está todo. He pasado por el mercado y he comprado unas flores.

—Trae, busco un jarrón y las pongo en agua. Tu tía aún duerme. ¿Te preparo el desayuno?

—No, deja, ya lo hago yo.

—Mujer, no me cuesta nada, el café ya está listo —me indicó Rosario sacando dos tazas del armario.

—Si no me equivoco, el pan estará en esta bolsa —intuí al ver una bolsa de lino alargada colgada de un ganchito—. Yo pongo las tostadas.

—Doña Aurora dice que en la bolsa de tela el pan dura más tiempo fresco, aquí hay mucha humedad.

—La de veces que habré oído a mi abuela decir eso —reí—. ¿Llevas mucho tiempo trabajando aquí? ¿Conociste a mi abuela?

—No sabría decirte, pero sí, unos cuantos años ya. Cuando tu abuela vivía solo venía un par de veces a la semana a echar unas horas y cuando tu tía enfermó, como yo me acababa de quedar viuda, me ofreció venirme aquí con ella. Mi marido era pescador, una noche salió a faenar y nunca volvió, ni él ni dos compañeros que iban en la barca. Dios los tenga en su gloria —exclamó santiguándose—. La mar aquí no es brava pero ese día...

—Cuánto lo siento, Rosario. Qué duro debió de ser.

—Fue una tragedia, otras dos mujeres también perdieron a sus maridos. Una semana tardaron en encontrarlos. Suerte que mi hijo no embarcó, estaba malo y le insistí para se quedara en casa. Espera. Me parece que doña Aurora me está llamando —dijo levantándose del taburete—. Voy a ver.

—Voy contigo.

El dormitorio de mi tía estaba al final del pasillo. Era una habitación muy luminosa, decorada en un tono de rosa empolvado algo romanticón para mi gusto, pero resultaba acogedora.

—Buenos días, doña Aurora, ¿cómo estamos hoy?

—Buenos días, Rosario. ¡Ay, Sara! Ni me acordaba que estabas aquí, ¡qué cabeza la mía!

Me acerqué a la cama a darle un beso y me quedé allí sentada a su lado mientras Rosario le preparaba el desayuno.

—Se empeña en que coma y yo casi no tengo apetito. Claro que con la medicación tengo que comer, aunque sea poco —se quejó la tía Aurora.

—Anda, no te quejes que te tiene como a una reina.

—Qué razón llevas. Esta mujer es una bendición, nos

conocemos bien y nos tenemos mucho cariño. Lleva ya muchos años en esta casa.

—Precisamente ahora hablábamos de eso mientras me ponía un café.

Rosario volvió enseguida.

—Aquí tiene, su descafeinado y su tostada. Y en cuanto desayune se toma las pastillas que le dejo en la mesilla —anunció, entrando al dormitorio—. ¿La ayudo a incorporarse?

—Deja, yo me encargo —le contesté.

—Entonces, yo me voy al mercado, a ver qué pescado han traído hoy, y a por huevos, que no nos queda ni uno en la nevera.

—Ve tranquila que yo me quedo muy bien acompañada, ¿verdad, Sara?

—Las dos estamos muy bien acompañadas —añadí riendo mientras Rosario se marchaba.

Y era cierto. Estar con la tía Aurora era estar en buena compañía, con ella la conversación fluía con mucha facilidad. Me encantaba que me hablara de mi abuela; ella misma me había contado muchas cosas sobre su propia vida cuando era pequeña, pero no me importaba volver a escucharlas.

—¿Tu abuela te habló alguna vez de Bornos?

—No, nunca —mentí para volver a oír aquella historia que tanto me gustaba.

—Verás, ella y su hermana Beatriz se criaron en un pueblo de Cádiz, uno de esos pueblos blancos de calles estrechas y ventanas con rejas hasta el suelo. Bornos era de patios frescos y tardes silenciosas, especialmente en verano, cuando el reflejo del sol en las paredes dañaba los ojos y la siesta era más una necesidad que una costumbre. Su padre, tu bisabuelo, fue el encargado de la primera instalación eléctrica del lugar y ella «la que le dio al botón». Con estas palabras lo contaba ella y se emocionaba al recordarlo.

—Me la puedo imaginar; sigue, por favor.

—Su familia vivía en una casa con patio y allí, a la sombra de dos limoneros, se reunían las vecinas, cada una con su silla de enea, a bordar ajuares y a hacer remiendos. Aguja en mano pasaban las tardes, entre vainicas y puntillas, las que cosían para la marquesa; o remozando cuellos de camisas o zurciendo pantalones, las demás. Casi todas vestían de luto.

—Recuerdo muchas mujeres de negro cuando venía por aquí de pequeña —apunté.

—Así es, era muy común. Siempre había un luto que guardar por un padre, una madre o un familiar fallecido. El negro riguroso duraba según el parentesco y, pasados unos años, cambiaban a «medio luto», el alivio, lo llamaban. Eso les permitía incluir alguna pincelada de blanco o gris, pero muy discreta.

Era el mismo relato que mi abuela me había contado de niña. Escucharlo ahora de boca de mi tía Aurora, con los mismos detalles y esa descripción tan minuciosa, me transportaba a aquel lugar desconocido y me resultaba entrañable.

—Al final de la calle vivía una familia adinerada. Según me contó mi madre, contaban con más de siete naranjos en su patio, todos dispuestos alrededor de una fuente rodeada de geranios. En él se alternaban el olor a azahar en primavera con el aroma a jazmín y galán de noche en verano. El suelo de piedrecitas blancas y negras, hábilmente dispuestas, estaba flanqueado por pequeñas hileras de tomillos y romeros. A la entrada, en una hornacina, había una imagen de Nuestra Señora del Rosario, la patrona, réplica de la que, cada primer domingo de octubre, procesionaba por el pueblo. Una galería de arcos enmarcaba el patio y, al fondo, una escalera de madera labrada llevaba al primer piso, donde los señores residían en invierno. El matrimonio nunca tuvo hijos y la señora, doña María de la Concepción —vaya tino al bautizarla—, adoptó a mi tía Beatriz. Según me contaba tu abuela, no era extraño que las familias adineradas tutelaran a algunos niños de familias modestas. Pero en este caso esta singular adopción obedecía más a la realización de un sueño que a una causa benéfica —me explicó.

—¡Qué curioso! —exclamé como si fuese la primera vez que oía hablar de ello.

Según me dijo mi abuela en su día, aquellos años fueron los más felices de su vida. Aún con los ojos casi ocultos tras unos párpados vencidos más por la vida vivida que por la edad, los abría completamente cuando me hablaba de su niñez.

—Unos años después de aquello, su padre, tu bisabuelo, fue destinado a Granada, dejaron aquel lugar y se mudaron a la ciudad.

Recuerdo cómo mi abuela me había hablado de la tristeza que sintió al dejar atrás las calles estrechas, el frescor de los patios y la sombra de los limoneros de su pueblo. Al poco tiempo de instalarse en Granada, un tranvía acabó con la vida de su padre una Nochebuena y aquello precipitó las cosas.

—Tu abuela se casó muy joven —continuó tía Aurora—, quizá por eso me insistió tanto para que no me casara, para que viviera mi vida sin atarme a nadie. Llegó a Almuñécar por indicación de su médico, que le había recetado tomar unos baños. En aquel entonces, parecían ser la solución a todos los males. No tenía mucha fe en ello, pero la brisa del mar y un poco de sol tampoco podían hacerle daño. Contaba que tu abuelo, al verle las piernas, se enamoró de ella. Tenía diecisiete años, una niña. Siempre que lo contaba se levantaba la falda para mostrar esas piernas que seguían casi tan tersas y tan blancas como cuando era joven, y que jamás volvió a enseñar después del compromiso. Tu abuelo era muy buen hombre. Mi madre siempre dijo que se parecía a Clark Gable, el mismo bigote, el mismo porte, y que, además, le gustaba llevarla al cine.

—Ya estoy de vuelta —anunció Rosario desde la cocina.

—¡Dios santo! Se me ha pasado el rato volando.

—Pues sí —asentí—, a mí también, claro que me pasaría horas escuchándote.

—Qué bonica eres —dijo dándome unos golpecitos en la mano.

Y así, entre largas charlas transcurrió aquella semana que pasé en casa de tía Aurora. Durante esos días me habló con mucha nostalgia de los recuerdos que compartíamos, de viejas historias familiares de las que yo no había oído hablar siquiera y de su deseo de volver a ver a papá el próximo verano.

—Es lo único que le ruego a Dios —me dijo.

Antes de marcharme me pidió que le acercara al dormitorio sus utensilios de costura. Revolvimos entre ellos y me entregó varios tesoros: su antiguo costurero de madera, algunas telas que guardaba desde hacía años y sus apreciadas tijeras de corte. Intuí que, al darme aquellos objetos tan preciados para ella, en realidad me legaba una parte de su vida. A mí me tocaba custodiar ahora el recuerdo de sus tardes de costura con mi abuela y quizá, algún día, compartirlos con mi hija. Entendí que estaba en mi mano coser sus recuerdos a los míos y hacer que perduraran en el tiempo.

El día que me marché me hizo prometerle que volveríamos a vernos pronto y que vendría con Manu, para que pudiera conocerlo antes de que nos casáramos.

VERANO

1991

32

Me sorprendió encontrar a mamá tan animada a mi vuelta. Hablaba con ella cada noche mientras estaba fuera y parecía estar mejor, pero pensé que era una pose para que no me preocupara. Parecía que, en efecto, las cosas estaban mejorando y que ella al fin estaba saliendo de ese estado depresivo que mantenía en vilo a toda la familia desde hacía años.

Temía que al verse sola pudiera venirse abajo y pasó justo lo contrario. Las vecinas me dijeron que estaba más activa que nunca, que no había consentido que le trajeran la compra y que ella misma se había acercado al mercado casi cada día. Eso confirmaba mis sospechas, podía hacer mucho más de lo que hacía, solo había que dejar de ponérselo tan fácil. Tenía que volver a sentirse dueña de su propia vida.

Gabriel y Luis se habían acercado a verla con los niños

y la encontraron adecentando su antiguo dormitorio para convertirlo en un cuarto de costura. Estaba haciendo limpieza y llenando cajas con cosas viejas de las que quería deshacerse, había pedido ayuda a un vecino para desmontar las dos camas e incluso tenía pensado pintar las paredes. No tenía sentido seguir teniendo allí ese dormitorio que no usábamos más que de trastero y pensó que tener un espacio para coser nos animaría a ambas a pasar más rato dándole a la aguja. Fue toda una sorpresa verla con tanta ilusión y energía puesta en ese proyecto.

—Nos va a quedar muy bonito, ¿no crees?

—Estoy segura, mamá, no sé cómo no lo hemos pensado antes. Esta habitación tiene mucha luz y era absurdo tenerla desaprovechada.

—¿Me ayudarás a pintar?

—¡Pues claro! —Cómo iba a negarme. Hacía años que anhelaba verla tan llena de vida.

Estaba deseando volver a la academia tras mis breves «vacaciones». Confiaba en que no hubieran avanzado mucho o, al menos, en que podría ponerme al día muy rápido.

—Buenas tardes —saludé, entrando por la puerta.

—¿Sara? ¿Eres tú? —oí decir a Julia desde la trastienda—. Pasa, que estoy haciendo café.

—Sí —dije y solté el bolso sobre la mesa—. ¿Me invitas? —Aún quedaban unos minutos para que llegaran el resto de las chicas.

—¡No faltaba más! Qué alegría verte de vuelta, ¿cómo ha ido tu viaje?

—Ay, Julia, ha sido tan emotivo. Por un lado, volver a ese pueblo del que tantos recuerdos guardaba y, por otro, poder abrazar de nuevo a mi tía. No te imaginas lo que ha supuesto para mí.

—¿Cuánto hacía que no ibas por allí? —me preguntó.

—Calculo que unos doce años. Algunas cosas han cambiado, pero el lugar sigue teniendo mucho encanto. La pena es que mi tía no está bien. Por teléfono me dijo que estaba pachucha, pero la verdad es que está bastante mal de salud. Casi no sale de la cama, aunque hizo un gran esfuerzo durante mi visita e incluso pudimos sacarla a pasear en su silla un par de veces. Apenas come y se cansa enseguida, sin embargo, tiene la cabeza muy lúcida y pasamos muchos ratos charlando y recordando otros tiempos. Sacamos los álbumes de fotos de hace años y eso nos ha servido de excusa para compartir viejas historias de familia.

—Vaya, ya lo siento, Sara. Habrá sido muy duro verla así.

—Sí —contesté apurando el café. Pero a pesar de que el cuerpo no la acompaña, sigue siendo una persona muy positiva, da gusto hablar con ella. Le interesan tantas cosas y siente tanta curiosidad por conocer muchas más.

—Seguro que tu visita le ha hecho mucho bien.

—Creo que ha sido bueno para las dos. Me ha presentado a sus amigas; casi todas me conocían de pequeña, aunque yo no las recordaba. Están muy pendientes de ella y se turnan para ir a verla un rato cada día. Me contaban que antes jugaban a las cartas por las tardes, pero ahora ya está muy débil y casi no aguanta una partida.

—Buenas tardes —saludó Marta desde la puerta.

Julia se dispuso a recoger las tazas mientras yo salía a saludar.

—Hola, ¿qué tal? ¿Cómo va el «asunto» de tu trabajo? —le pregunté con discreción.

—Bueno, por el momento he vuelto a la oficina, pero ya me han avisado de que van a solicitar mi traslado, probablemente a Barcelona.

—¡Qué injusto! Me parece increíble.

—Pues, mira, yo ya me estoy haciendo a la idea y, la verdad, mudarme a Barcelona no creo que sea tan malo, seguro que es una ciudad llena de oportunidades.

—¿Oportunidades? Pero si ya vas con trabajo.

—Me refiero a chicos, boba —rio Marta.

Me quedé muy cortada. Me costaba imaginar que pudiera estar pensando en eso cuando en realidad lo que buscaba la consultora era quitársela de en medio. No me parecía un tema para tomárselo a la ligera.

—¡Buenas tardes! Anda, Sara, ¿ya de vuelta? Hola. —Laura saludó a Marta cambiando el tono de voz y esta le contestó con un movimiento de cabeza. La tensión entre ellas seguía igual.

—Sí. Y tú, ¿qué tal la vuelta al trabajo? ¿Cómo lo llevas? —quise saber.

—Estoy encantada, la verdad es que lo echaba de menos. Volver a estar en ese ambiente, con mis compañeros, a tope de adrenalina, sintiéndome útil, es justo lo que necesitaba. Además, feliz de contar con Catherine, mis hijos se han enamorado de ella literalmente.

Margarita y Catherine entraban por la puerta en ese momento.

—Hablando del rey de Roma... —exclamó Julia.

—¿Cómo?

—Nada, Catherine, les contaba que los críos están encantados contigo.

—Yo más aún, no tengas ninguna duda —contestó—. Me encanta estar con ellos, son muy buenos.

—Y tú, Margarita, ¿cómo llevas el embarazo? ¿Sigues con las náuseas? —pregunté.

—Buenas tardes, chicas. Ahí voy, Sara. Sigo algo mareada, sobre todo por las mañanas. Es como si viviera en un barco, pero pasará pronto. Ya me pasó en embarazos anteriores. Mis hijos están bien felices con la idea de tener un hermanito y Diego y yo, pues ni se imaginan.

—Uf, las náuseas, recuerdo esa sensación. Es tan desagradable —apuntó Laura.

—Buenas tardes —saludó doña Amelia desde la puerta—. Pensé que ya estaríais dando clase.

—¡Madre! Pero si ya son las cuatro y diez. Vamos, chicas. Empezamos —exclamó Julia haciéndonos un gesto con la mano para que nos sentáramos. Hoy os voy a explicar cómo trazar una manga base. Este patrón también lo podréis transformar y conseguir muy distintos tipos de manga: abullonada, de farol, francesa, de capa, manga tulipán... Todas ellas parten de este mismo patrón, por raro que parezca.

A medida que Julia nos contaba cómo se llamaban las distintas partes de la manga: alto de copa, largo de manga, contorno de muñeca... y cómo se obtenían las medidas, yo ya me imaginaba un montón de blusas y vestidos diferentes en los que aplicarlas.

De todos los modelos que dibujó en la pizarra, la manga de capa me resultó la más curiosa y, a simple vista, no parecía muy complicada. La tela que compré unas semanas atrás con mamá me serviría para coser una blusa sencilla con una manga de ese estilo.

—Coged un juego de reglas cada una y una pieza de papel. En las mesas altas podéis trazar el patrón a vuestra medida siguiendo las indicaciones que os he dado. También necesitaréis el patrón base del cuerpo. Recordad que la manga se traza en función de la sisa donde vaya a ir montada.

Margarita y Laura compartieron una de las mesas de corte y Marta se situó en la otra. No quise dejar a Catherine sola en la mesa del centro, así que me quedé allí con ella.

—Perdonadme un segundo, enseguida estoy con vosotras —nos pidió Julia mientras entraba en la trastienda.

Doña Amelia estaba sentada tomando café.

—¿Estás bien?

—Sí, no te preocupes, yo creo que es el calor que me baja la tensión y estoy un poco floja. Por cierto, ¿cómo vas con el traje de Matilde?

—Bien, esta semana la llamaré para que venga a probarse. Solo quedan los últimos detalles para terminarlo. ¿Te lo ha preguntado ella? —quiso saber Julia.

—No, no nos hemos visto, era solo curiosidad. La tela que ha escogido es una maravilla.

—Así es, yo creo que va a quedar precioso.

—Desde luego estará a la altura del sitio que ha elegido para la pedida, es un restaurante muy exclusivo con un jardín romántico ideal —apuntó doña Amelia—. Está empeñada en impresionar a la familia de su futuro yerno.

—Pondré todo de mi parte para que así sea. Te dejo, que voy a echar un vistazo a las chicas a ver cómo van.

—Sí, claro, ve.

Julia regresó a la sala y comenzó a revisar nuestros patrones.

—¿Qué tal sigue tu padre? —me preguntó Catherine.

—Se ha recuperado bastante bien de la operación, gracias. En estos días estoy esperando que me llame mi hermano Gabriel, que es quien está en contacto con él. Los médicos estaban planificando los ciclos de quimioterapia, aunque ya nos han adelantado que probablemente serán cuatro.

—Entonces no terminarán hasta después de verano.

—Así es. Tengo muchas ganas de verle, pero quiero esperar a que se reponga un poco. Después de tanto tiempo separados, unos meses más no serán gran cosa y prefiero verle cuando se encuentre algo mejor.

—Buena idea. Yo he hablado con mis hermanas en Inglaterra y quizá vaya a verlas en agosto. Mi hija y su marido están haciendo planes con amigos y no quiero ser un estorbo. Además, hace mucho que no voy por mi tierra y echo de menos a mi familia.

—Es un buen plan para huir del calor de Madrid.

—Eso seguro —rio Catherine—. Allí los veranos no son calurosos. ¿Tú tienes planes?

—Aún no. Me gustaría ir a algún sitio con Manu, aunque fuera solo una semana, pero es muy difícil contar con él.

—Seguro que encontráis el momento.

Julia se acercó a nosotras.

—Espero que además de charlar estéis trabajando —nos riñó con cariño—. No os olvidéis de marcar el patrón para tener claro cuál es la parte de la espalda y la del delantero. Al montar la manga no es difícil equivocarse y luego da mucha rabia tener que descoser. Margarita, ¿no prefieres trabajar sentada?

—Gracias, Julia, estoy bien aquí —contestó, mientras seguía trazando su patrón en la mesa que compartía con Laura.

Por las caras que ponían y las posturas que adoptaban, con toda probabilidad charlaban de sus hijos. Parecían bromear imitándoles. Marta, sin embargo, permanecía sola y en silencio, concentrada en trazar la manga.

—En la próxima clase tomaremos el cuerpo base que ya tenéis cosido y le aplicaremos esta manga. Os enseñaré a cerrarla, a unirla al cuerpo y a embeber cualquier pequeño exceso de tela que pueda haber.

—¿*Embequé?* —preguntó Marta levantando la cabeza.

—Eso mismo iba a preguntar yo —intervino doña Amelia.

—Ja, ja —rio Julia—, vale, entendido, nada de palabras raras antes de que os explique lo que significan.

—La próxima clase no me la pierdo, me has dejado intrigada, socia —bromeó doña Amelia.

—Estupendo, tenemos nueva alumna —anunció Julia—. Colgad este nuevo patrón en la percha junto con los demás. Habéis hecho un buen trabajo, chicas, felicidades. Nos vemos el próximo día.

Recogimos nuestras cosas, guardamos las reglas de patronaje y nos despedimos hasta el lunes.

Laura y yo compartimos parte del trayecto de vuelta a casa. Estaba agotada tras una noche de guardia, pero feliz de estar de nuevo al pie del cañón.

—¿Qué tal llevas lo de ver cada día a tu ex?

—Martín y yo trabajamos en distintas plantas del hospital y antes coincidíamos poco, aunque en estos días, desde que me incorporé, hemos retomado aquel momento del día en que nos buscábamos para tomar un café juntos. Por más que intento que me sea indiferente o apartarle de mi vida, no lo consigo. En el fondo, creo que, si me lo pidiera, volvería con él con los ojos cerrados. Le sigo queriendo, no puedo evitarlo. Si hubiéramos roto por terceras personas sería más fácil olvidarle, pero así, con las razones que me dio... es complicado. Además, es un amor con los niños, si le vieras...

—Bueno, quién sabe, quizá con el tiempo volváis.

—Puede ser, ya veremos. ¿Y tú con Manu? Se llama así tu novio, ¿no? En la foto que me enseñaste se le veía muy guapetón. ¿Cómo os va?

—Ay, no sé. Comentaba antes con Catherine que me da la sensación de que la única que apuesta por la relación soy yo. Es imposible quedar con él y cuando lo consigo me llevo cada plantón. Siempre se escuda en el trabajo y, claro, una tiene un límite; entiendo que tenga que echar muchas horas, pero esto ya es muy exagerado. Me cuesta creer que todo su equipo trabaje tanto como él y que esté tan pillado incluso algunos fines de semana.

—*Workaholic* lo llaman, adicto al trabajo —apuntó Laura.

—Ojalá fuese solo eso, a ratos sospecho que hay algo más.

—¿Otra mujer? —Laura trataba de averiguar si sabía algo.

La pregunta me pareció inocente en ese momento.

—¡No! ¿Qué dices? No creo. Bueno, no lo sé. —Laura me hizo dudar—. Me refiero a que está tan obsesionado con hacer carrera que está dispuesto a cualquier sacrificio. Si te soy sincera, a veces me siento tan fuera de su mundo que me cuesta mucho entenderle.

—Mira, yo solo te digo una cosa y si te parece que me estoy metiendo donde no debo, eres libre de decirlo.

—Por favor, Laura —la interrumpí—, creo que ya tenemos cierta confianza.

—Mi ex y yo éramos amigos de una pareja que trabajaba en una de esas consultoras y nos contaban que los líos entre empleados eran mucho más comunes de lo que pudiésemos imaginar. Según ellos, se producían por los niveles de estrés a los que estaban sometidos y a las largas jornadas de trabajo. Ya sabes eso que dicen de que «el roce hace al cariño». En el hospital también pasa algo parecido y hay cada caso... Yo no conozco a tu novio, pero sé cómo va la historia. Si de verdad quieres a Manu, átalo en corto y mantén los ojos abiertos.

—Me dejas de piedra. No entiendo adónde quieres llegar.

—Sara, no te estoy diciendo nada en concreto. Solo que tengas presente que tú vales mucho, de eso no tengas ninguna duda. Mereces tener a tu lado a alguien que te trate como a una reina. No te conformes con menos.

—Lo tendré en cuenta —contesté, con cierta perplejidad.

—Perdona, no me hagas mucho caso. He tenido una guardia horrible y puede que no sepa ni lo que digo. Disculpa si me he excedido.

—Tranquila, te entiendo. —Supuse que había detectado el cambio de tono en mi voz.

Caminamos un rato en silencio hasta llegar a la calle donde nos separábamos. Normalmente nos costaba despedirnos y alargábamos las charlas paradas en ese punto. Sin embargo, ese día no fue así.

—El lunes nos vemos, Sara. Y perdona de nuevo.

—Nada, mujer. Que descanses —me despedí.

Aquellas palabras me dejaron con la mosca detrás de la oreja. Tenía la sensación de que algo estaba pasando y que yo era la única que no se estaba enterando. Sí, teníamos cierta confianza, pero Laura me hablaba casi como si fuera mi madre. Diría que era como si me estuviera riñendo y no entendía muy bien por qué. Supuse que estaba proyectando sobre mí la frustración que sentía por su separación y por el fracaso de su matrimonio.

No voy a decir que me molestara su franqueza, pero sí me incomodó que pensara que Manu era de esos, sin conocerlo si quiera. Estaba convencida de que volveríamos a ser los de antes en cuanto pudiese tomarse unas vacaciones, olvidarse del trabajo y pasásemos algunos días juntos. Yo lo estaba deseando.

33

Esa mañana Julia ya había terminado unos cuantos arreglos cuando llegó doña Amelia.

—¡Buenos días! Qué calor hace ya a estas horas, el verano se nos echa encima —exclamó entrando por la puerta.

—Buenas, yo llego tan temprano que no me entero y luego cuando salgo a mediodía me llevo la sorpresa.

—¿Tienes mucha tarea?

—Algunos bajos que meter y unas chaquetas para remozar. Me levanto temprano y prefiero venir antes y adelantar trabajo que quedarme en casa sin hacer nada, ya me conoces.

En ese momento sonó el teléfono y doña Amelia se acercó al pequeño mostrador de recepción para contestar.

—Hola, Amelia, soy Patty —se oyó al otro lado.

—Patty, buenos días, ¿cómo estás?

—Bien, bien, te llamo para ponerte al corriente de cómo va todo. Ya se han tasado las propiedades que tengo en común con mis cuñados y parece que uno de ellos no está muy conforme con el valor que le han adjudicado a este local. El caso es que quiere cambiar de tasador. Espero que puedan solucionarlo, porque un desacuerdo entre ellos ahora podría retrasarlo todo.

—Vaya, entonces ¿eso cambia el plan inicial? —doña Amelia se puso en lo peor.

—En absoluto —contestó tajante—. Tampoco pensaba yo que esto iba a ir como la seda, pero esos temas ya están en manos de nuestros abogados y nosotras no tenemos de qué preocuparnos. Solo te lo comento para que sepas que el asunto está en marcha. Si surge algún inconveniente, puede que la firma del nuevo contrato se retrase, pero el plan sigue siendo el mismo. Este tema es entre tú y yo y las dos tenemos claro lo que queremos. De eso no tengas duda. Lo que sí es cierto es que pasarán unos meses hasta que quede todo como habíamos acordado, estas cosas llevan su tiempo. Calculo que, para septiembre u octubre a más tardar, estará todo listo para la firma.

—Me dejas algo inquieta —apuntó doña Amelia.

—Tengo al mejor bufete de la ciudad trabajando en este asunto, en serio, saldrá bien. Solo he querido llamarte para comentártelo por si a tu abogado le parece que va todo algo más lento de lo que nos gustaría —aclaró Patty. Dentro de nada estaré de vuelta en Madrid y quedaremos para celebrarlo.

—De acuerdo.

—Regreso a Italia pasado mañana, pero estaremos en contacto para lo que necesites.

—Entonces ¿te marchas ya? —preguntó doña Amelia.

—Sí, vine a Madrid para resolver este tema en persona. Ahora les toca a los abogados hacer las gestiones oportunas. Estoy deseando volver porque tengo un viaje pendiente con una amiga.

—Eso suena muy bien. Me gustaría invitarte a comer antes de que te marches. ¿Qué haces mañana?

—Claro, perfecto. He quedado con Malena esta noche para despedirnos y no tengo planes para almorzar. Me paso por la academia y así me despido también de Julia, ¿te parece?

—Muy bien, reservaré mesa en algún restaurante cercano. Mañana nos vemos.

Colgó el teléfono y se volvió hacia su socia.

—Era Patty, se ve que las cosas con sus cuñados se complican. —Su voz no ocultaba su preocupación.

—Por Dios, Amelia, no me digas eso. Pero si llegasteis a un acuerdo, ¿no? Al menos eso fue lo que yo entendí. ¿Tenemos que preocuparnos?

—Ella me asegura que no, que eso solo significa que

quizá tarden algo más en solucionar todo el asunto, pero que podemos estar tranquilas. Hemos quedado mañana para comer, a ver si le saco algo más. ¿Te apetece acompañarnos?

—Me encantaría, pero he quedado —contestó Julia.

—¿Con Ramón?

—Sabes de sobra que sí, no te hagas la sorprendida.

—Tienes razón, no me sorprende en absoluto. Ya sabes que fui la primera en darme cuenta de lo vuestro, incluso antes que tú. Me alegro mucho por ti, te mereces compartir tu vida con alguien que te haga feliz y a la vista está que Ramón te sienta muy bien —rio Amelia.

—Me ha preguntado si tengo planes para este verano. Aún no lo hemos hablado, pero supongo que cerraremos la academia en agosto, ¿verdad?

—Sí, claro, eso sin duda. La ciudad se queda desierta y nosotras nos merecemos unas vacaciones después de estos meses tan intensos. ¿Te ha propuesto algo?

—Bueno, nada en concreto, pero este fin de semana me ha dejado caer que le gustaría que pasáramos unos días juntos. A mí me parece un poco precipitado, tampoco nos conocemos desde hace tanto ni tenemos tanta confianza como para irnos juntos de viaje, creo yo.

Era curioso que una persona de la valentía y la determinación de Julia se mostrara tan indecisa. Probablemente se podría achacar a la educación que había recibido y a la falta de experiencia, pero doña Amelia tenía claro que la iba a animar a aceptar esa invitación cuando llegara el momento.

—Lo desconocido siempre nos da miedo y eso nos paraliza. Eres una chica joven y te queda mucho por vivir, deja que las cosas sucedan. No tengas miedo, Julia. Hazme caso.

Hablaba una mujer que sabía de primera mano lo que era quedarse quieta viendo la vida pasar y sintiéndose cada vez más desgraciada. Una mujer de la que afortunadamente poco quedaba ya. Los cambios que había experimentado doña Amelia en estos últimos meses daban buena cuenta de ello.

—En el fondo sé que llevas razón, pero me da apuro, entiéndelo.

—Pues claro que te entiendo. Mira, en esta vida, a veces hay que dejarse llevar, escuchar lo que te dicta el corazón y apostar por ello. Si no pensara así, tú y yo nunca hubiéramos abierto este negocio.

—Eso es verdad. Aún me quedan unos días para pensarlo, así que por ahora no voy a darle más vueltas —dijo Julia zanjando el tema y volviendo a sus costuras.

—Voy a hacer unos recados por el barrio y a acercarme a recoger un reloj que llevé a reparar. Te veo esta tarde.

Doña Amelia estaba cogiendo el bolso para marcharse cuando apareció su hijo Alfonso acompañado de otro joven.

—Pero, bueno, ¿qué haces tú aquí? ¿Cómo no me has avisado? —exclamó.

—Tenía que venir hoy a Madrid a solucionar unos asuntos y quería darte una sorpresa, ha sido todo bastante repentino. Me vuelvo esta noche en el puente aéreo. No tengo mucho tiempo, pero quería verte, aunque fuera solo unos minutos —explicó Alfonso mientras se saludaban.

—¿Alfonso? —Julia se levantó de la máquina para saludar y se dirigió a la entrada.

—¿Cómo estás, Julia? ¿Mucho trabajo?

—Sí, por suerte —dijo, orgullosa. Arreglos, encargos y dos grupos de alumnas por las tardes, estamos muy entretenidas.

—Eso está bien. Este es Felipe, un compañero del estudio —dijo para presentar a su acompañante, un tipo con muy buen porte, vestido con un traje de lino claro.

—Un placer —le saludó doña Amelia extendiéndole la mano.

—Encantada —añadió Julia.

—Igualmente. Alfonso me ha hablado mucho de vosotras y de este lugar, desde luego no se quedó corto al describirlo. Le habéis dado un aire muy ecléctico con esa lámpara, es una maravilla.

—Gracias, me alegro de que te guste. Dudábamos si

incluirla en el diseño final y luego vimos que era todo un acierto. ¿Tenéis tiempo para ir a tomar algo?

—Lo siento, mamá, pero vamos muy justos. Si veo que acabamos pronto, te llamo antes de ir hacia el aeropuerto y quedamos.

—Entiendo, no te preocupes. Muchas gracias por pasarte, me has alegrado el día.

—¿Por qué lo dices? ¿Pasa algo?

—Quizá no sea nada, pero esta mañana he tenido noticias del asunto del contrato del local y ando un poco angustiada.

—Pero, me habías dicho que estaba todo solucionado.

—Sin embargo, ahora uno de los propietarios está poniendo pegas con las tasaciones y eso podría retrasarlo todo.

—Seguro que no tienes de qué preocuparte. Anda, confía en mí. Hablamos en otro momento, que ahora tenemos que marcharnos, nos están esperando.

—Claro, dame un beso. Si no nos vemos esta tarde, que tengáis buen viaje de vuelta —les despidió desde la puerta.

—Gracias —contestaron ambos a la vez.

Julia volvió a ocupar su lugar detrás de la máquina y doña Amelia entró de nuevo en la sala para coger el bolso y seguir con su plan.

—Vaya visita más inesperada, qué ilusión me ha hecho

ver a mi hijo, aunque hayan sido solo unos minutos. Bueno, nos vemos luego, voy a ver si me da tiempo a hacer esos recados antes de que cierren —dijo al salir.

—Hasta la tarde.

El traje de Matilde estaba casi listo a falta de coser el bajo y terminar algunas aplicaciones de encaje que enmarcaban el escote. Julia contaba con que la próxima prueba fuese la última y poder entregar el vestido en unos días. Estaba feliz de realizar este tipo de encargos. Hacer arreglos no era nada creativo y con estas prendas disfrutaba mucho.

Las amigas de su socia eran un buen escaparate y Julia estaba convencida de que cuanto más cosiera para ellas más encargos llegarían. Los tiempos en que las señoras del lugar vestían a medida ya habían pasado, pero aún existía entre ellas ese gusto por las cosas bien hechas y no reparaban en gastos cuando se trataba de ocasiones especiales.

Llegué a la academia poco antes de las cuatro, como ya era costumbre. Julia acababa de hacer café y aprovechamos para hablar antes de la clase.

—Cómo disfruto de este rato —le comenté—. En casa, los temas de conversación con mi madre son siempre los mismos.

—A mí también me encanta charlar contigo. He estado pensando, a ver qué te parece, que a lo mejor a la vuelta de verano pongo en marcha un curso especial para transformar ropa vieja. Aún no lo he comentado con Amelia, pero creo que es una idea novedosa que podría interesar a mucha gente. En la clase de los martes hay una chica, Malena, que hace maravillas con los vestidos usados de su madre. Todas tenemos en el armario ropa que sabemos que no nos volveremos a poner. Creo que podría ser divertido encontrar la forma de darles una segunda vida.

—Es una idea estupenda, yo desde luego me apuntaría sin dudarlo —contesté, entusiasmada—. Sería una buena oportunidad para poner en práctica lo que nos enseñas, aprovechar prendas en desuso y echarle imaginación a la costura. Por supuesto, si la idea sale adelante, cuenta conmigo.

—Se me acaba de ocurrir, pero creo que podría funcionar.

En ese momento llegó doña Amelia y fue a la trastienda a dejar sus cosas.

—Buenas tardes —saludamos las dos.

La campanita de la puerta anunciaba que el resto de las chicas comenzaban a llegar.

—Buenas tardes a todas —saludó Julia mientras ellas soltaban las cosas y se acomodaban a la mesa. Sacad del armario el cuerpo base que hoy le coseremos las mangas.

—¿Estás más descansada? —pregunté a Laura cuando volvíamos a la mesa.

—Martín se llevó a los niños y he dormido como un tronco este fin de semana. Me hacía mucha falta. ¿Qué tal tu fin de semana?

—En casa, imposible quedar con Manu. Lo de siempre. Mi madre y yo hemos estado entretenidas pintando y redecorando uno de los dormitorios para convertirlo en cuarto de costura.

—Anda, ¡qué bien! Me alegro. Seguro que le sacáis mucho provecho y a ella le viene bien hacer cosas nuevas. Eso fue lo que me recomendó mi médico y mira, aquí estoy. Salta a la vista que esta ha sido una buena forma de sacarme de donde estaba e ilusionarme con una actividad diferente.

—Bueno, hubiera preferido haber quedado con Manu, pero ya sabes...

—Otra vez el trabajo, claro. En fin.

Julia llamó nuestra atención para seguir con la clase.

—Yo también tengo mi cuerpo base y la misma manga que trazamos el otro día. Fijaos bien cómo se cose. Plegamos la pieza enfrentando los derechos y cosemos desde este punto hasta este —señalaba sobre la prenda al mismo tiempo que nos explicaba—. Marcamos el centro de la copa con un piquete en la tela. Luego con el cuerpo del revés, metemos la manga por la sisa de manera que los derechos de la manga y el cuerpo se toquen. A partir de ahí hacemos coincidir el centro de la copa con la costura del hombro y la costura de la manga con la costura del costado.

Todo sonaba lógico, pero conociendo a Julia estaba segura de que había algo más.

—Prestad atención a las indicaciones de vuestro patrón. Es importante fijarse bien para no montar las mangas al revés.

Nunca dejaba ningún detalle sin explicar, supongo que por eso todo me parecía más fácil de lo que imaginaba.

—¿Os acordáis de que el otro día mencioné la palabra «embeber»? Bien. Os cuento. Es muy normal que os sobre algún centímetro en el recorrido de la copa de la manga con respecto a la sisa. Lo que hacemos en estos casos es *embeber* la manga para adaptarla a la sisa y conseguir que encaje a la perfección.

Julia tomó las piezas de su patrón y nos mostró en detalle cómo hacerlo.

—Si estuviéramos cosiendo la tela definitiva os recomendaría hilvanar antes de montar la manga y hacer una prueba antes de coser definitivamente. Sin embargo, como trabajamos con retor, os voy a perdonar el hilvanado y, si queréis, podéis cerrar la manga en la máquina y volver aquí para montarla sobre el cuerpo.

Las máquinas estaban enhebradas y no tardamos más

de un par de minutos. Mientras tanto Julia seguía explicando.

—Os habréis dado cuenta de que aún no tenemos una manga completa, nos faltarían el puño y la sardineta, si estuviéramos hablando de una manga de camisa, por ejemplo. Por ahora, nos vamos a quedar con esta manga simple, para que aprendáis a montarla, que es lo que nos interesa hoy. Más adelante veremos esas otras partes, que son más complejas.

Volvimos a la mesa, Julia nos indicó cómo unir ambas piezas y nos fuimos turnando para entrar en el probador y comprobar que nos quedaban bien antes de acabar de coserlas a máquina.

Estábamos todas encantadas con el resultado final y coincidimos en que, explicadas por Julia, todas las instrucciones parecían sencillas.

—Me alegro de que os hayan quedado tan bien. Otro día veremos cómo transformarlas, ahora en verano no queremos mangas largas, ¿verdad? —preguntó buscando nuestra complicidad.

—A mí me gustó mucho la manga de capa que dibujaste en la pizarra en la clase anterior —apunté.

—Pues si queréis os explico esa manga el próximo día y os podéis hacer alguna blusa de verano con ella.

—Me parece una buena idea —señaló Catherine—, mis brazos estarán mucho más cómodos en una manga así.

—Es muy bonita, desde luego, a mí también me llamó la atención —añadió Margarita. Tuve un vestido con esa manga hace algún tiempo.

—No se hable más, el próximo día nos dedicamos a la manga capa —anunció Julia—. Sabed que también la llaman manga mariposa, si os fijáis bien —dibujaba en la pizarra—, tiene cierto parecido con las alas del insecto.

—¡Qué bien! —exclamó Margarita—, por ahora me vale mi ropa, pero tendré que ir pensando en blusas y vestidos sueltos bien pronto.

—Yo cogí mucho peso en mis embarazos casi desde el primer día —explicó Laura—. El ginecólogo me regañaba visita tras visita y me producía mucha angustia. Un día le dije que prefería estar gorda a estar estresada, a partir de ahí, ni una palabra más sobre el peso.

—Bien dicho —aplaudió Catherine.

Mientras charlábamos, Julia se movía de una mesa a otra recogiendo, colocando las sillas, apagando las máquinas. La noté nerviosa y supuse que la conversación la incomodaba. En alguna ocasión habíamos hablado sobre lo mucho que le hubiera gustado tener hijos y formar una familia, pero ella, a su edad, estaba convencida de que ya era demasiado tarde para ser madre. Yo no opinaba igual, en los últimos meses la vida me había demostrado que las cosas podían cambiar de un día para otro.

34

El viernes me desperté con olor a café y tostadas recién hechas. No era lo habitual, normalmente mamá se levantaba tarde y era yo la encargada de preparar el desayuno. Desde que volví de Almuñécar parecía haber recobrado energías y estaba mucho más activa. Ver cómo después de tanto tiempo volvía a hacerse cargo de pequeñas tareas cotidianas me hacía pensar que estaba recuperándose a sí misma y conquistando de nuevo su independencia.

—Buenos días, perezosa —saludó al entrar en mi dormitorio—. ¿Lista para desayunar?

Yo dormía con la puerta abierta, siempre «de guardia» por si mi madre me necesitaba. Desde que intercambiamos los papeles esta era la primera vez que sentía que estábamos pasando página. Yo volvía a ser la hija y ella, la que tomaba las riendas de la casa.

—Buenos días, mamá. ¡Qué olorcito más rico a café!

—Estoy haciendo mermelada con las fresas que trajiste el otro día, algunas estaban ya muy pochas. No podremos tomarla hoy, pero mañana desayunamos con mermelada casera, ¿quieres?

—¡Claro! —respondí, sorprendida—. Recuerdo que cuando éramos pequeños solías hacerla y te salía muy buena.

No tenía ninguna duda de que mi ausencia durante el viaje al pueblo de mi tía había obrado maravillas. Ahora tenía claro que mamá se había apoyado demasiado en mí y, aunque eso la había ayudado, también la había liberado de la responsabilidad de valerse por sí misma. Esta mejoría en su estado era una gran noticia.

—Dame un minuto y ahora mismo voy a la cocina.

Cuando llegué me encontré una mesa preciosa. Había puesto el mantel nuevo y sacado un juego de café que nunca usábamos, la mantequilla estaba cortada en cuadraditos y las tostadas, en unas cestitas de mimbre que seguramente habían quedado olvidadas en algún armario desde hacía siglos.

—Vaya mesa más bonita, mamá.

—Gracias, me alegro de que te guste. Anoche, cuando estábamos viendo la tele, miré al aparador del salón y pensé que hacía mucho que este juego de café no salía de allí. Si una no disfruta de las cosas, no tiene sentido conservarlas.

—Tienes toda la razón, yo creo que a las de Duralex ya les hemos dado bastante uso, nos merecemos unas tazas de buena porcelana para desayunar.

—Bien dicho —asintió, y nos echamos a reír—. Hoy voy a hacer ensaladilla rusa para comer, ¿te apetece?

—Mucho, con estos calores es lo que mejor sienta, algo fresquito.

—Iré al mercado a comprar unas gambas, sale mucho más rica si le pongo gambas, y traeré también tomates para hacer un gazpacho.

—Buena idea, te acompaño.

—No, no hace falta.

—No quiero que vengas cargada con bolsas. Dame unos minutos, me visto y vamos juntas.

—Como quieras, pero date prisa, que prefiero volver a casa antes de que empiece a apretar el calor.

No puedo decir que su cambio de actitud fuese repentino porque ya venía observándolo desde hacía un tiempo, sin embargo, no dejaba de sorprenderme. Estaba decidida a aplaudir cada paso que diera hacia delante para que siguiera recobrando su confianza y mantuviese un estado de ánimo que le permitiera dejar atrás sus años más grises, que también eran los míos. Parecía que se acercaba el momento de retomar viejos sueños o de construir nuevas ilusiones sin estar condicionada por sus necesidades. Eso me hacía sentir mucho más ligera.

Era ya media mañana cuando doña Amelia llegó a la academia.

—Buenos días, Julia —saludó desde la puerta.

—Buenas, estoy terminando el bajo del vestido de tu amiga Matilde —contestó cortando el hilo.

—Déjame ver... Pero, Julia, ¡qué maravilla! Es increíble lo bonito que ha quedado. Lo encuentro elegantísimo, en el punto exacto, ni demasiado llamativo ni demasiado discreto. Le va a encantar, estoy segura.

—Estoy muy contenta con el resultado y deseando llamarla para que venga a recogerlo. Le pediré que se lo pruebe antes de llevárselo por si hubiese que hacer algún ajuste, pero no creo.

—¡Qué manos tienes, socia!

—Me alegro de que te guste —contestó Julia, satisfecha.

—Me gusta a mí y le gustará a ella, te lo garantizo. Hoy comías con Ramón, ¿no?

—Sí, me ha llamado esta mañana para confirmarlo, pasará a recogerme sobre las dos. ¿Sabes? Estuve dándole vueltas a lo que me decías el otro día acerca de que a veces hay que arriesgarse y decidir con el corazón. Creo que, si al final me propone pasar unos días juntos, voy a aceptar.

—Di que sí, me parece una gran idea. No conozco a nadie que se merezca tanto ser feliz y estoy segura de que esta relación llenará tu vida de felicidad. ¿Qué te apuestas a que vamos de boda el año que viene?

—¡Ay, Amelia, qué cosas tienes! —Y ambas se echaron a reír a carcajadas.

—Voy a terminar de planchar el bajo y llamo a Matilde.

—Perfecto, yo voy a buscar las facturas que tenemos pendientes y pasárselas al contable para que nos prepare los impuestos de este trimestre.

Faltaban unos minutos para las dos cuando Patty entró por la puerta. Llevaba el pelo recogido en dos trenzas, un vestido largo de bambula con bordados de flores en el delantero y un chaleco corto decorado con pasamanería y pequeños espejos redondos estilo hindú.

—Buenas tardes —saludó Amelia al verla llegar.

—Hola, Amelia, ¿lista para ir a comer? —preguntó Patty.

—¡Lista! He reservado aquí mismo, en Alfonso XII, no tardamos más de diez minutos en llegar. A ver si te gusta el restaurante.

—Ya te digo que sí, he comido de todo en todo tipo de sitios. Te puedes imaginar —rio.

—Buenas tardes —saludó Julia saliendo de la trastienda.

—Julia, me alegra verte, ¿te unes a nosotras?

—Ya me gustaría, pero tengo otro compromiso. Me ha dicho Amelia que te marchas mañana.

—Así es. Lo que vine a solucionar ya está encauzado y tengo ganas de volver a casa.

—Pues te deseo feliz viaje de vuelta y espero que vengas a vernos cuando visites Madrid la próxima vez.

—Dalo por hecho. Me ha encantado conocerte y me voy feliz sabiendo que este lugar está gobernado por dos mujeres como vosotras —añadió despidiéndose de ella con un abrazo—. Amelia, ¿nos vamos?

—Te veo esta tarde, Julia. Que disfrutes de tu almuerzo —comentó doña Amelia mientras ambas salían por la puerta para dirigirse al restaurante.

Caminaron por Alcalá, cruzaron la plaza de la Independencia y, en menos de diez minutos, estaban sentadas a la mesa.

—Me alegro mucho de que podamos compartir una comida en un ambiente distendido, tan distinto de aquel en el que nos vimos por última vez.

—Desde luego, los despachos no me gustan nada, están llenos de tipos demasiado estirados para mi gusto. No me siento cómoda entre trajes y corbatas —señaló Patty.

—Me hago una idea —bromeó Amelia.

—Como te dije por teléfono, me marcho mañana, pero tienes mi número y puedes hacerme llegar cualquier mensaje a través de Malena, si es necesario. No quiero que pienses que me voy y lo dejo todo en el aire, mi abogado tiene instrucciones muy precisas y todo queda según acordamos. No hay de qué preocuparse. Si surgen imprevistos te tendré al tanto. Vuelvo a casa muy feliz de haber podido solucionar este asunto y me alegra ver lo que habéis conseguido juntas Julia y tú en la academia. Formáis un gran equipo —añadió Patty.

—Muchas gracias. Para mí también es un gran alivio ver que todo ha podido solucionarse y confío en que resolveremos cualquier contratiempo que pueda presentarse. Además, me ha encantado conocerte. ¿Sabes?, en el fondo tenemos muchas cosas en común.

—¡Quién lo diría!

—En un despacho y rodeada de tipos estirados como tú dices no era el lugar más idóneo para contarte mi historia, pero escuchando la tuya me sentí tan identificada que enseguida vi que nuestras vidas tenían mucho en común —explicó Amelia—. En un momento dado, las dos tuvimos que sacrificar a nuestros hijos para seguir al lado de nuestros maridos.

—Interesante, sigue, te escucho.

—Provengo de una familia acomodada, como se suele decir, y desde niña me educaron para casarme y tener una familia. Mi marido era uno de esos señores que tú llamas «estirados», un hombre de negocios hecho a sí mismo que trabajó duro para montar un imperio empresarial y poner a su heredero al frente. Todo iba según lo previsto, pero nuestro hijo Alfonso no respondió a las expectativas de mi esposo y entonces empezaron los problemas. Yo estaba dispuesta a asumir el papel que se me había asignado de esposa fiel y solícita, pero mi hijo se rebeló contra su padre, fue mucho más valiente que yo y eso nos salió caro a ambos. Las discusiones entre ellos eran constantes y la relación se fue deteriorando. Hasta que la situación se volvió insostenible y Alfonso decidió poner tierra de por medio.

—Cuánto lo siento, Amelia, sé lo que eso duele.

—Así es. Al morir mi esposo volvimos a retomar nuestra relación y los lazos que antes nos unían se han estrechado. Somos los mismos que nos despedimos hace doce años con lágrimas en los ojos. Hemos recuperado aquello tan especial que teníamos, justo como te ha pasado a ti con Malena.

—Exacto. Cuando murió mi marido se me vino el mundo encima, pero entonces me di cuenta de que aún podía tratar de recuperar a mi hija, que no estaba todo perdido. Entonces todo cambió. No me avergüenza reconocerlo, al contrario, su muerte me trajo una nueva vida. Él me adoraba, pero, a pesar de mis esfuerzos, no conseguía encajar en su mundo y menos aún sumida en la tristeza que me produjo que Malena decidiera alejarse de mí.

—Te oigo y es como si me estuviera oyendo a mí misma. No puedo más que dar las gracias a la vida por habernos regalado esta segunda oportunidad.

—Brindemos por eso —sugirió Patty, levantando su copa.

—Ha sido un acierto venir a este restaurante, está todo exquisito, y mira que la cocina italiana me encanta.

—Oye, ¿qué era eso de que te ibas de viaje con una amiga?

—Sí, queremos visitar la Toscana este verano antes de que se llene de turistas. Tengo muchas ganas de conocer esa zona, me han hablado maravillas de sus paisajes. ¿Tú qué tienes pensado para este verano?

—En agosto cerraremos la academia y pasaré casi todo el mes en San Sebastián. Solía veranear allí cuando era joven, pero desde que me casé no he vuelto a ir. Aún tengo algunos amigos de aquellos años y me hace mucha ilusión reencontrarme con ellos.

—Pues otro brindis por nuestras vacaciones y por los amigos —exclamó Patty.

—De acuerdo, pero que sea el último, que el vino se me está subiendo a la cabeza y esta tarde tengo que trabajar —añadió doña Amelia en tono jovial.

El resto de la comida transcurrió en el mismo ambiente distendido y cuando se despidieron en la puerta del restaurante, doña Amelia puso rumbo a la academia. Eran casi las cuatro y las chicas estaban a punto de llegar.

Julia y yo, como de costumbre, tomábamos café cuando llegó Laura.

—Buenas tardes —oímos que decía desde la puerta.

—Pasa, Laura, estamos en la trastienda, ¿quieres un café? —preguntó Julia.

—No, gracias, vengo muerta de calor, pero si me das un poco de agua te lo agradezco —contestó mientras dejaba el bolso sobre la mesa.

—Claro, toma.

Laura cogió el vaso de agua y se lo bebió de un trago.

—Estaba seca, gracias. ¿De qué habláis? —quiso saber.

—Julia me estaba contando que ha comido con su novio.

—Bueno, novio, novio... En fin... —me corrigió Julia—. Me ha propuesto que nos vayamos juntos de vacaciones.

—¡Qué callado te lo tenías! —bromeó Laura.

—A ver, es que tampoco puedo decir que sea mi novio. La verdad es que todavía es pronto para llamarlo así, creo.

—Pues lo llamaremos tu «rollo», como dice Marta. —El tono de Laura lo decía todo.

—¿Puedo preguntar qué te pasa con Marta? Parece

que últimamente está la cosa un poco tensa entre vosotras —pregunté.

—Nada, un detalle feo que no me ha gustado. Cosas mías.

—Está bien, tú sabrás —dijo Julia.

—No, Julia, es que no soporto a la gente que no va de frente, ni a las listillas, ni a los machitos... Mejor lo dejamos.

En ese momento llegó doña Amelia y a continuación el resto del grupo. Se acomodaron y nos sentamos a la mesa del centro, estábamos listas para empezar la clase.

—Hoy vamos a ver cómo transformar la manga base en una manga de capa o manga mariposa. Marta, cuando termine me pongo contigo y mientras ellas hacen su patrón, te explico cómo cerrar la manga base, que fue lo que vimos en la clase del lunes, será solo un minuto —añadió Julia—. Lo vas a entender enseguida. Luego tendrás tiempo de trazar esta otra manga.

Cogió el patrón de una manga sencilla y lo cortó para quedarse con una manga corta. Luego trazó una serie de líneas perpendiculares a la base que llegaban hasta la copa y cortó con tijeras.

—¡Ojo! Veis que estoy cortando con las tijeras para papel, ¿verdad? Tomad nota: Nunca cortéis papel con las tijeras de tela, no me voy a cansar de repetirlo. El número de líneas y la separación entre ellas puede ser el que vosotras decidáis, según la amplitud que queráis darle.

Tomó una pieza de papel, colocó la manga encima y empezó a abrirla dejando un espacio idéntico entre línea y línea. Esto lograba darle amplitud a la base de la manga. Ingenioso y lógico y fácil, al mismo tiempo.

—Ahora fijamos la manga modificada sobre este otro papel con un poco de celo y dibujamos la silueta. Ya tenemos la nueva manga trazada. Hablaba pausadamente para que sus palabras acompañaran al movimiento de sus manos y no nos perdiéramos en la explicación. No os olvidéis de marcar el centro de la copa antes de desechar la manga original.

—Creo que esa va a ser también mi manga favorita, Sara, debe de ser muy cómoda —apuntó Catherine.

—Yo la veo un poco flamenca —señaló Marta—, me gustan más las mangas normales.

—¿Normales? Anda ven, que te enseño en un momento a cerrar las *mangas normales* —rio Julia—. Chicas, mientras, trazad vosotras esta manga y si tenéis dudas me preguntáis. Ya sabéis dónde está el papel.

De nuevo Margarita y Laura trabajaron juntas en una de las mesas altas y Catherine y yo en la otra.

—Ayer mismo le dieron a mi padre la primera sesión de quimio —le conté.

—¡Qué bien! Ya está un poco más cerca de terminar el tratamiento, una menos. Pronto empezará a perder el pelo, pero eso es lo normal. Aunque cada sesión le debilite también lo hace con sus células cancerígenas y eso significa que va ganando la batalla.

—Bueno, viéndolo así.

—Hay que pensar en positivo, Sara, y hacerle ver que estáis cerca por si necesita de vosotros. Del resto se ocupa la medicina. Ahora toca acompañar y tender la mano.

Catherine siempre tenía algún consejo que darme, pero lo hacía desde la humildad y la experiencia, sin imponer su criterio y con esa dulzura que me resultaba tan reconfortante. Compartir estas tardes de costura con ella era un regalo.

—Yo ya tengo mi patrón —anuncié en voz alta.

—Estupendo, Sara, en un minuto estoy contigo y comprobamos que está todo correcto —comentó Julia, que estaba terminando con Marta.

—Casi al inicio de las clases fui con mi madre a comprar tela para hacerme una blusa y voy a usar este patrón, creo que va a quedar muy bien y, como tú dices, la manga será muy cómoda —le conté a mi compañera de mesa—. Desde que termino un patrón hasta que coso la prenda se me hace el tiempo eterno, no tengo paciencia para estas cosas.

—Ja, ja —rio Catherine—, los jóvenes lo queréis todo ya. Ya sabes lo que dice Julia, en la costura como en la vida mejor ir despacio, hay que dejar las cosas reposar y no tener prisa por acabar.

—La teoría me la sé, pero...

Margarita y Laura también habían terminado y se acercaron a nuestra mesa. Catherine estaba terminando de recortar su patrón.

—Sara, me ha parecido escuchar que tu padre ya ha empezado con la quimioterapia —quiso saber Laura.

—Así es, por ahora solo le han dado la primera sesión.

—¿Cuántos ciclos le van a poner?

—El médico nos ha dicho que serán cuatro.

—Era cáncer de pulmón, ¿no? Entiendo.

—Sí —asentí.

—Pues toca armarse de paciencia, esperar lo mejor y sobre todo confiar en la medicina. Seguro que está en buenas manos.

—Eso dice mi hermano Gabriel, que está bien atendido y que el hospital donde le tratan en Toulouse tiene muy buena reputación.

—A ver, que os dejo solas y enseguida os ponéis a darle a la lengua. Dejadme ver esos patrones. —Julia fue revisando cada una de las mangas para verificar que estaban bien trazadas y que la copa de la nueva manga tenía el mismo recorrido que la original—. Habéis hecho un buen trabajo. Si os animáis, el próximo día sacamos este patrón en tela y cosemos una blusa con manga de capa. ¿Os apetece?

—¡Claro! —contestamos todas a la vez.

—Perfecto, ya tenemos trabajo para el lunes —anunció.

Doña Amelia nos observó durante toda la clase, pero sobre todo no le quitaba ojo a Julia. Se diría que la miraba con una mezcla de orgullo y admiración más propios de una madre que de una socia al uso.

—Nos vemos el próximo día, os deseo un buen fin de semana.

Terminamos de recoger, guardamos nuestros patrones en el armario y nos despedimos de Julia y de doña Amelia.

Me marché muy feliz, estaba a punto de coser mi primera blusa y sabía que le seguirían muchas más.

35

El fin de semana transcurrió sin pena ni gloria, incluyendo un plantón más de Manu, totalmente previsible. Ya estaba tan acostumbrada que empezaban a traerme sin cuidado.

Me disponía a salir para la academia cuando sonó el teléfono. Mamá me llamó desde el salón.

—Sara, preguntan por ti.

Solté el bolso en la puerta para atender la llamada. Por la hora que era no podía ser Manu, de haber sido él mamá le hubiese saludado y estarían charlando hasta que me lo pasara. En vez de eso, dejó el auricular sobre la mesilla y siguió con sus cosas en la cocina.

—¿Diga?

—Hola, Sara, soy Rosario.

—¿Rosario? Dime, ¿pasa algo?

—No sé cómo decirte esto —le temblaba la voz—.

Tengo que darte una mala noticia. Doña Aurora ha fallecido hace solo unas horas. La semana pasada empeoró, pero me pidió que no te llamara, no quería preocuparte.

Rompí a llorar sin poder contenerme. No podía creer lo que estaba oyendo. Sabía que ese momento tenía que llegar, pero aún no estaba preparada.

—¿Qué pasa, Sara? —quiso saber mamá, que entró en el salón alertada por mi llanto.

—Es la tía Aurora. Ha muerto —contesté tapando el auricular.

Me acercó una silla y me trajo un vaso de agua. Se quedó un rato a mi lado hasta cerciorarse de que estaba más tranquila.

—Perdona, Rosario, me ha cogido por sorpresa —me disculpé como pude.

—Claro, entiendo. Es normal.

—Entonces ¿ha sido esta misma mañana? ¿Cuándo será el entierro? —pregunté.

—Sí, entré a llevarle el desayuno y... —Rosario no pudo acabar la frase—. La misa y el entierro serán mañana por la tarde, pero no hace falta que vengas, niña. Estará muy bien acompañada, además, ya sabes cuántas amigas tenía y lo mucho que se la quería en este pueblo.

—Creo que hay un autobús que sale por la noche. Así podría estar ahí a primera hora. Voy a llamar a la Estación

Sur de Autobuses para informarme. Quiero ir a despedirla como se merece. Lo necesito. Te llamaré esta noche para confirmarte a qué hora llego.

—Está bien, hasta la noche —se despidió Rosario.

Colgué el teléfono y me quedé un rato a solas en el salón. No esperaba este desenlace tan pronto. Aún saboreaba los buenos ratos que habíamos pasado juntas hacía poco más de una semana. Quizá ella ya sabía que no volveríamos a vernos y quiso entregarme una parte de su memoria para que siguiera viva a través de mí. Comprendí que ese era su último regalo y me prometí guardarlo como un tesoro.

La cabeza me iba a toda prisa. Tenía que contárselo a mis hermanos. Esta vez solo estaría fuera un par de noches, tres a lo sumo. Dejar a mamá unos días ya no era un problema, pero aun así avisaría a las vecinas para que estuvieran pendientes.

Llamé a la academia para avisar a Julia de que no asistiría a clase, sabía que ella lo entendería y sabría disculparme. No me veía capaz de ir esa tarde, ni estaba de humor ni quería dar explicaciones. Las chicas estaban muy animadas últimamente y no quería ser yo la portadora de malas noticias.

—Lo siento muchísimo, Sara, te acompaño en el sentimiento —contestó Julia al otro lado del teléfono—. Suerte que pudiste ir a verla hace poco, quédate con eso.

Por la clase no te preocupes, te excusaré con tus compañeras y cuando vuelvas te ayudaré a ponerte al día. Que tengas buen viaje, nos vemos a la vuelta.

—Gracias, Julia.

Busqué el número de la estación de autobuses y confirmé los horarios. Tenía tiempo de acercarme a por el billete. Así me despejaría un poco.

—Mamá, voy a ir a comprar el billete para esta noche.

—Hija, ¿te lo has pensado bien? Es un viaje muy largo.

—No hay nada que pensar, voy a ir. Está decidido.

—En ese caso, ¿quieres que te acompañe?

—No, mamá, no va a ser un trago agradable, y regresaré enseguida. De verdad, estaré bien. Si llama Manu esta noche dile que intentaré localizarle mañana.

—Como quieras, pero no me hace gracia que estés sola en un momento así.

—Rosario es buena compañía y todas las amigas de la tía a las que conocí en mi última visita también. En serio, no tienes de qué preocuparte. Antes de que te des cuenta estaré de vuelta.

Me refresqué la cara con un poco de agua fría y, nada más cruzar el portal me fui directa a la boca de metro de Gran Vía. Por suerte, la estación no estaba lejos de casa. Solo tenía que hacer un transbordo en Sol y en unos diez minutos estaría en Palos de la Frontera. A esas horas hacía mucho calor en Madrid, pero por suerte la boca del metro estaba solo a unos pasos de la Estación Sur.

Aquel lugar, al que no le presté atención semanas atrás, me mostraba ahora todas sus miserias. El olor me resultaba insoportable, el aire estaba tan lleno de humo que costaba respirar y los andenes presentaban un tono gris oscuro que probablemente habían ido adquiriendo con el tiempo y que lo convertían en un lugar lúgubre.

En menos de una hora estaba de vuelta con mi billete en la mano. Llamé a Rosario para confirmarle la hora de llegada y preparé una bolsa de viaje con lo indispensable.

Aún tenía que llamar a Gabriel y a Luis. Ellos no habían vuelto a tener contacto con la tía Aurora desde hacía mucho tiempo, pero los afectos permanecían intactos y tenía la certeza de que les dolería escuchar la noticia de su muerte.

—Hola, Gabriel, perdona que te llame al trabajo, pero tengo que darte una mala noticia. Se trata de la tía Aurora.

—Sara, dime, ¿qué ha pasado?

Aunque habíamos hablado de su estado de salud después de mi visita, supuse que no se hizo una idea de lo mal que estaba. Era difícil imaginarlo sin haberla visto.

—Entonces ¿te vas esta misma noche? —preguntó.

—Sí, a las once. Hazme el favor de llamar tú a Luis y contárselo, yo aún tengo que hacer algunas cosas antes de marcharme.

—Descuida, yo me encargo. Cuídate, Sara.

Esa misma noche, en el autobús camino del pueblo, empecé a sentir un miedo desconocido. No era la primera vez que perdía a un ser querido, mi abuela murió cuando yo era muy pequeña, pero ahora era mucho más consciente de todo y me costaba hacerme a la idea. Intenté dormir. Me esperaba una noche muy larga y un día aún más duro. Por suerte, el autocar iba casi vacío y pude ocupar dos asientos y acomodarme más o menos para tratar de descansar un poco.

A las siete de la mañana llegamos a la estación. Rosario estaba allí esperándome. Nos fundimos en un largo abrazo y secándonos las lágrimas, caminamos en silencio hasta la casa.

La mañana se me hizo eterna. Una procesión de amigos, vecinos y conocidos desfilaron por la casa. Todos tenían una palabra amable para ella. Había sido maestra durante más de treinta años y se había ganado el cariño de varias generaciones.

La misa se celebró en la misma iglesia a la que iba con mi abuela algunos domingos. Después nos trasladamos al cementerio. Hacía mucho calor. Comencé a acusar la falta de sueño y el cansancio del viaje.

Al terminar el entierro, se me acercó un señor.

—Tú eres Sara, ¿no es cierto?

—Así es —contesté con la voz entrecortada.

—Te acompaño en el sentimiento. Yo soy Juan, el abogado de tu tía. Sé que este no es momento, pero imagino que no te vas a quedar mucho tiempo por aquí y tendría que hablar contigo de las últimas voluntades de doña Aurora.

—Gracias, disculpe, pero ahora mismo no sé de qué me habla.

—Es normal. Deja que te lo explique. Después de tu visita, tu tía me llamó para que fuera a verla. Me contó que habíais retomado vuestra relación y estaba feliz por ello. Me hablo de ti y de tus hermanos y de lo mucho que os quería, aunque debido a las circunstancias hubieseis permanecido separados durante tantos años.

—Nosotros también le tenemos, le teníamos —corregí conteniendo las lágrimas— un cariño muy especial.

—Ella testó a favor de tu padre hace mucho tiempo, pero tras vuestro encuentro, quiso modificar su testamento y dejar a sus sobrinos parte de su patrimonio. Me dijo que confiaba en que eso te ayudaría con tus planes de futuro y que te daría cierto margen para decidir con libertad. Supongo que tendrá algún sentido para ti.

Aquello me pilló por sorpresa. No me lo esperaba y, a la vez, me parecía tan propio de ella, preocuparse de nosotros hasta el final. Probablemente, al hablarle de mi futura boda con Manu y nuestra la idea de comprarnos un piso pensó en ayudarnos.

—Vaya, no contaba con ello, no sé qué decir.

—En los próximos días me ocuparé de tramitar los papeles de la herencia, la liquidación de impuestos y demás. Ella era muy organizada y lo ha dejado todo bien atado. Tan solo déjame tu número de teléfono para mantenerte informada y poder avisarte cuando esté todo resuelto —me explicó mientras sacaba una pequeña agenda para tomar nota—. Aquí tienes mi tarjeta.

—Gracias, se lo comentaré a mis hermanos para que estén al tanto, se lo agradezco. Ahora tengo que dejarle.

Busqué a Rosario entre el grupo de gente que quedaba en la puerta del cementerio, nos despedimos de las amigas de mi tía y emprendimos el camino de vuelta a casa. Estábamos en la parte más alta del pueblo, dentro del recinto de un antiguo castillo árabe que estaba rodeado de casas encaladas con puertas de madera. Las empinadas cuestas que llevaban hasta la parte baja del pueblo eran de piedrecitas blancas y negras, encantadoras, pero difíciles de transitar. En las pequeñas plazas que salpicaban el barrio no era raro ver un brasero en invierno o unas sillas de enea en las tardes de verano, pero a esa hora estaban desiertas.

—¿Te quedarás unos días, Sara? —me preguntó Rosario mientras volvíamos a casa.

—Pensaba marcharme mañana pero ahora creo que retrasaré mi vuelta, así me será más fácil asimilar su pérdida y puedo ayudarte a recoger la casa.

—Doña Aurora dejó indicaciones de lo que quería que hiciera con sus cosas y sus amigas están al tanto. Ella sabía que no le quedaba mucho tiempo y quiso dejarlo todo en orden, ya sabes cómo era, pero no te voy a negar que me vendrá bien que me eches una mano.

—Claro, estaré encantada. En el cementerio se me ha acercado su abogado y me ha contado que hace unos días cambió el testamento.

—Sí, don Juan, le hizo venir a casa y luego vino el notario también. Tu tía confiaba en él desde hacía muchos años, le consideraba un amigo. Es muy *apañao*, así que seguro que se lo deja todo arreglado en un santiamén. Cuando te marchaste me comentó que tenía mucho interés en dejaros a los sobrinos una parte de su herencia.

La casa estaba más vacía que nunca. Desde la calle llegaba el sonido de las familias que después de la siesta se dirigían de nuevo a la playa con cubos, palas, sombrillas y demás. Me reconocí en esos niños impacientes por bañarse en el mar. La abuela siempre nos decía que había que esperar dos horas después de comer antes de meterse en el agua y nos contaba el caso de algún conocido al que le había dado un corte de digestión por no respetar esa norma. Mi tía y ella eran las que nos retenían en casa hasta que se cumplían las dos horas de rigor mientras mis padres descansaban.

Esas tardes, mis hermanos y yo escuchábamos todo tipo de relatos. Mi favorito era la leyenda de una pareja de enamorados que se arrojaron al mar desde lo alto de un peñón porque las familias se oponían a su relación y su unión era imposible. De aquellas aguas emergieron dos rocas como testigos de su amor. Mi abuela iba decorando la historia y añadiendo florituras según el interés que veía en nuestras caras y así lograba estirarla hasta que mis padres se levantaban de la siesta.

—Sara, he hecho café, ¿te apetece uno? —oí a Rosario preguntar.

—Sí, me ayudará a espabilarme un poco —contesté desde el salón.

—No te levantes, yo te lo acerco.

—Muchas gracias. Mirando estas fotografías me vienen a la cabeza los recuerdos de los buenos tiempos.

—Dejé sobre la mesita la foto que tenía en la mano y acerqué el sillón a la mesa donde Rosario había servido el café.

—A tu tía también le gustaba mirarlas. Doña Aurora me contaba a menudo anécdotas de los días que pasabais aquí y se lamentaba de haberos perdido. La oí discutir con tu padre muchas veces por teléfono, pero ella era muy comprensiva y después de un tiempo entendió que lo mejor para todos era hacer lo que él le pedía. Cuando tu abuela murió, acusó aún más vuestra falta. Nunca dejó de preguntar por vosotros y os tenía muy presentes, pero os echaba muchísimo de menos. No sabes lo feliz que la hiciste cuando viniste a verla. Después de que te marcharas no hablaba de otra cosa que no fuera lo guapa que eres, que qué ojos más bonitos tienes y qué dulzura de jovencita...

—Yo también me alegro mucho de haber venido. Fue duro encontrarla tan fastidiada de salud, sin embargo, creo que esos días fueron un regalo para ambas. —Otra vez se me llenaron los ojos de lágrimas—. Siempre estuve muy unida a ella, desde pequeña. Es cierto que no pasábamos mucho tiempo juntas, pero para mí era como una segunda madre. Aunque solo nos veíamos en verano, nunca dejó de llamarme por mi cumpleaños y siempre me llenaba de regalos. Tengo guardadas un montón de cartas suyas, le encantaba escribirme. Era una persona muy cercana y supongo que, al no tener hijos, mis hermanos y yo éramos mucho más que simples sobrinos para ella. Perdimos el contacto cuando mis padres se separaron. Nadie nos dio una explicación. Solo dejamos de venir. Y desde entonces la he echado mucho de menos.

Terminamos el café en silencio, me cambié de ropa y

salí a comprar el billete de vuelta. Me propuse recorrer el camino a la estación grabando en mi memoria todos los detalles de aquel lugar. No sabía si alguna vez volvería a pisar sus calles, y quería que su recuerdo permaneciera lo más vivo posible en mi memoria.

A pesar del calor, dormí profundamente aquella noche y a la mañana siguiente me desperté tarde. Oí a Rosario trajinando en la cocina. Había salido a hacer la compra y estaba colocando las cosas en su sitio.

—Buenos días, ¿has podido descansar? —me preguntó al verme aparecer por la puerta—. No he querido despertarte porque supuse que estarías muy cansada. He ido al mercado a por pescado y he comprado sémola para hacerte unas migas con boquerones. ¿Te apetecen?

—Ay, Rosario, muchas gracias, claro que me apetecen. He dormido como un tronco, estaba agotada.

—¿Te caliento un poco de café?

—No, deja, ya lo hago yo. ¿Tú ya has desayunado?

—Sí, hace un par de horas —contestó.

—Claro, es que es tardísimo. Estoy aún en una nube. Demasiadas emociones para un solo día.

—Es normal. Estas cosas son difíciles de asimilar. Necesitarás un tiempo para hacerte a la idea. Yo lo he ido viviendo más de cerca, pero tú...

Me senté en uno de los taburetes de la cocina a tomarme el café mientras Rosario me contaba qué pescado había llegado hoy al mercado. Era todo pesca local, los barcos salían de noche y al volver, de madrugada, los marineros llevaban las capturas a la lonja para subastarlas.

—Esta mañana me he encontrado con algunas personas que no sabían que doña Aurora había fallecido y me han dado el pésame. Se la quería mucho en el pueblo. Quizá te parezca precipitado, pero voy a empezar a vaciar los armarios hoy mismo. Quiero dejar la casa lista cuanto antes, sé que no hay prisa, pero estas cosas si las dejas, luego cuestan más. Lo sé por experiencia.

—Sí, ya me imagino —asentí apurando el café—. ¿Te parece que nos pongamos esta tarde? Ahora me gustaría dar un paseo si no necesitas que te ayude.

—Claro, mejor por la tarde, después de la siesta. Anda, vete tranquila. Yo voy a limpiar a fondo el salón, que hubo mucho trajín aquí la noche del velatorio y quiero fregar bien el suelo. Y luego me pondré con la comida.

Recogí la habitación, me di una ducha y salí a la calle. El día estaba nublado y corría una brisa que hacía el calor bastante llevadero. Desde el paseo marítimo se divisaba un mar de sombrillas de todos los colores y una avioneta que lanzaba pelotas de Nivea para deleite de los bañistas. Estuve caminando casi dos horas y volví a casa a tiempo de ver cómo Rosario preparaba las migas.

—Estas no tienen nada que ver con las que se comen por ahí. Aquí también se hacían de pan, pero eso era antes, en los cortijos, las de sémola son más finas y están más buenas.

—A mi abuela le salían riquísimas y estas no tienen mala pinta —apunté.

Abrí la mesa de la cocina y comimos juntas. Me preguntaba qué sería ahora de Rosario, si tendría dónde vivir y cómo ganarse la vida.

—Tengo casa en el pueblo y buscaré algún trabajillo por horas, no será difícil, conozco a mucha gente. Mi hijo tendrá que acostumbrarse a tenerme por allí otra vez —rio.

—Muchas gracias por tu hospitalidad y por cuidar de mi tía como lo has hecho. Me reconforta saber que ha tenido a alguien tan bueno como tú a su lado todo este tiempo.

—No se merecen. Las gracias se las tengo que dar yo a ella, nos hemos hecho mucha compañía la una a la otra. Salvando este último año que ha sido más duro, hemos pasado muy buenos ratos juntas. Doña Aurora era una mujer muy especial, siempre tenía tema de conversación y no perdía la sonrisa, aun estando ya muy enferma.

Rosario troceó una raja de melón y sacó dos tenedores de postre de un cajón.

—Verás qué dulce y qué fresquito está.

—Gracias.

Terminamos de comer, recogimos la cocina entre las dos y nos retiramos a descansar.

Me desperté de la siesta y entré en el dormitorio de tía Aurora pensando que Rosario ya estaría allí, pero, al parecer, aún no se había levantado. Allí sola, me senté en su cama y observé cada uno de los detalles de su habitación, el tocador de madera con sus lamparitas a los lados, la descalzadora, las láminas con motivos botánicos... nada había cambiado y, sin embargo, sin ella, todo era diferente. Me invadió una profunda tristeza y no quise reprimir las lágrimas.

—Sara, bonita, no llores —oí decir a Rosario pasados unos minutos.

—Es que me cuesta tanto creer que no voy a volver a verla.

—Es normal, pero piensa que a ella no le gustaría verte así. Anda, refréscate un poco y vamos a ponernos con la tarea, si nos mantenemos ocupadas, se nos hará más llevadero.

Fue muy doloroso recoger sus armarios. Me sentía casi como una intrusa, pero Rosario tenía instrucciones precisas y yo solo tenía que seguir sus indicaciones. Me limité a hacer lo que me pedía intentando no dejarme llevar por una pena inmensa que me asaltaba a ratos. Recoger todas aquellas pertenencias era solo una forma más de despedirme de ella y eso dolía.

—En ese armario están los abrigos y las chaquetas, ve sacando las perchas y poniéndolas aquí sobre la cama. La ropa de verano en este otro lado. En estos días la llevaré a la parroquia para el ropero de Cáritas. Te voy a traer un taburete y así bajas los zapatos del altillo. Espera —dijo Rosario mientras salía del dormitorio.

Estaba sacando las chaquetas cuando sonó el timbre. Oí a Rosario contestar al telefonillo desde la cocina y encaminarse hacia la escalera.

—¡Don Francisco, Dios santo! ¿Cómo no me ha avisado usted de que venía? Pase, pase. Traiga, deje que le coja la maleta.

—Buenas tardes, Rosario. Gracias, no se moleste.

Sin saber cómo, las prendas que sujetaba en la mano se me cayeron al suelo. Me quedé inmóvil. Intenté averiguar si lo que había oído era cierto o fruto de mi imaginación. Sentí que el corazón se me salía del pecho. Algo tan inesperado no me cabía en la cabeza. Era del todo imposible. Aquella voz... Sorteé la montaña de chaquetas que se había formado en el suelo y corrí hacia la entrada.

Estábamos solo a unos metros el uno del otro y nos mirábamos intentando reconocernos. Sus ojos eran los mismos, sus manos eran las mismas, algo más flaco, algo mayor y la misma bondad en su cara.

—¡Papá!

—Sara, mi niña. Ven aquí —exclamó abriendo los brazos.

No sabría decir cuánto tiempo permanecimos abrazados ni cuántas lágrimas pudimos derramar, pero parecieron borrar toda la tristeza que sentía hacía solo un instante.

—Vengo a despedir a mi hermana y me encuentro con mi hija, ¿cómo puedo ser tan afortunado? Déjame que te vea, te has convertido en una preciosa mujer y yo en el padre más dichoso del mundo. Gabriel me dijo que habías venido al entierro y que te volvías enseguida. No esperaba encontrarte aquí todavía. Doy gracias al cielo de que las cosas hayan sucedido de esta manera. Gracias, Aurora —exclamó levantando la vista—, por este último regalo que me has hecho.

Me tomó por el hombro ofreciéndome su pañuelo y pasamos al salón. Rosario entró con nosotros a subir la persiana para que nos entrara la luz de la tarde y nos ofreció algo de beber.

—¿Me traerías un vaso de agua? Muchas gracias.

—¿Cómo es que has venido? Un viaje tan largo en tu estado, papá, ¿cómo se te ocurre? —pregunté limpiándome las lágrimas.

—Tranquila, hablé con los médicos y me dijeron que no había ningún problema. Tu tía ya me dijo la semana pasada que presentía que le quedaba poco tiempo de vida, así que no lo dudé y compré un billete de avión. Me apena no haber llegado a tiempo, pero a cambio... a cambio te tengo a ti ahora conmigo y no puedo estar más feliz.

Ay, Sara, cómo iba a imaginar que te encontraría aquí. Dime que te quedarás unos días, tenemos tanto de que hablar.

—Tengo billete de vuelta, pero lo puedo cancelar. Claro que me quedaré unos días, todos los que quieras. ¿Seguro que estás bien?

—Sí, no tienes de qué preocuparte, estoy cansado, pero es normal. Ha sido un viaje muy largo, he tenido que hacer escala en Madrid, coger un avión a Málaga y luego un taxi hasta aquí. Han sido muchas horas, pero ha merecido la pena. De eso no hay duda. Me acostaré temprano y mañana estaré como nuevo. Ahora voy a llamar a casa para avisar de que he llegado bien.

—Claro —le dejé en el salón y fui a buscar a Rosario, que estaba preparando el dormitorio que ocupaban mis padres cuando veníamos en verano.

—Vaya sorpresa, ¿eh? ¿Cuántos años hacía que no veías a tu padre?

—Desde que se marchó de casa... doce años. ¡Imagínate!

—En un minuto acabo de hacer la cama y dejo la habitación lista. Voy a prepararos algo para cenar, supongo que don Francisco estará agotado después del viaje.

—Muchas gracias, Rosario. Sí, voy a procurar que se acueste pronto. Supongo que le conviene descansar todo lo que pueda. Mañana será otro día y tendremos ocasión de hablar largo y tendido. Estoy emocionada, ha sido toda una sorpresa.

Una vez más, un acontecimiento triste se transformaba en algo positivo. Cada vez era más fácil ver el lado bueno de las cosas y no podía dejar de sentirme agradecida por un regalo como este, inesperado y maravilloso. Estaba convencida de que alguien desde el cielo estaba sonriendo en este momento.

36

Cuando me desperté a la mañana siguiente, Rosario y papá charlaban en la cocina.

—Buenos días, perezosa, veo que se te siguen pegando las sábanas como cuando eras niña —bromeó papá.

—Es que aquí se duerme de lujo —contesté mientras le daba un beso.

—El aire de la playa le sienta bien a cualquiera —añadió Rosario—. Para desayunar os he traído unos churros de donde Teófilo.

—¡Qué detallazo! Muchísimas gracias, eres un sol —exclamé—. Espero que sigan estando tan ricos como siempre.

—Pruébalos y ya me dirás. Yo voy a hacer las habitaciones.

—Estupendo. Papá, ¿cómo tomas el café? —pregunté.

Había tantas cosas que no sabía sobre él. Ahora tenía

la oportunidad de conocerlo como una mujer adulta, descubrir lo que le gustaba, cómo pensaba y qué inquietudes tenía y por qué.

—Con leche, muy caliente, si puede ser.

—Marchando dos con leche. Dime, ¿has descansado bien? ¿Cómo llevas el tratamiento? Supongo que estarás fastidiado.

—Tranquila, estoy bien, algo flojo, pero bien. Será un proceso lento y me iré adaptando poco a poco. Todavía puedo hacer vida normal o casi, por eso decidí venir ahora, más adelante quizá no hubiera podido. Con todo lo que ha pasado no me lo hubiera perdonado.

—No quiero agobiarte, trato de saber cómo estás. Son muchas emociones.

—Estoy bien, de verdad, he aprendido a medir mis fuerzas. Por cierto, muchas gracias por tu carta, me hizo mucha ilusión recibirla y llegó en el momento perfecto. Enfrentarme a la operación no fue fácil. Aunque sabía que estaba en las mejores manos, siempre te queda algo de duda. No te lo voy a negar, los médicos no se muestran muy optimistas. Pero he decidido que esto tenga un final feliz, tengo mucho por lo que luchar y teniéndote a ti aquí delante encuentro más razones que nunca para superarlo.

—Seguro que sí. Oye, qué churros más ricos, ¿no? —exclamé añadiéndoles más azúcar.

—Los mejores —rio papá.

Seguimos charlando un buen rato frente a aquel plato con restos de azúcar y las dos tazas de café ya vacías. Le hablé de mi nueva afición a la costura, de mis planes con Manu, de mis sobrinos, de mis hermanos y de lo mucho que había cambiado Madrid.

—Tu hermano me tiene al tanto, pero dime, tu madre, ¿cómo está?

Temía que llegara esa pregunta, pero sabía que era inevitable. Al fin y al cabo, llevaba años deseando hablar abiertamente con él y conocer su versión, para saber qué pasó en realidad entre ellos. Pero en los últimos meses sentía que quizá lo importante fuera el futuro.

—Vaya, parece que os han gustado los churros —exclamó Rosario, satisfecha, entrando en la cocina—. Anda, pasad al salón que yo tengo tarea aquí. No toquéis ni un plato, ya recojo yo.

—Gracias —contestamos a la vez.

Nos acomodamos en los orejeros del salón y observé cómo papá fijaba la vista en el aparador donde mi tía tenía sus fotografías. Estaba segura de que aquel despliegue de recuerdos despertaba en él muchas emociones.

—Qué vacía está la casa sin Aurora, la voy a echar mucho de menos. Ella ha sido mi pilar desde que era un niño.

—Cuánto siento que no llegaras a tiempo para despedirte de ella, papá.

—Sí, es una lástima, pero de nada sirve lamentarse. Bueno, dime, ¿cómo está tu madre?

—Hemos pasado unos años muy malos, supongo que Gabriel te habrá contado algo, sin embargo, en los últimos meses ha mejorado mucho y estas últimas semanas parece otra persona, por fin vuelve a ser ella. Por eso he podido venir. Me siento más libre para moverme. Ha sido muy duro aparcar mi vida para atenderla, aunque lo haya hecho de mil amores.

—Me alegro, aunque siento que hayas tenido que pasar por eso. Verás, Sara, quiero contarte lo que sucedió entre tu madre y yo, quiero que lo sepas por mí.

—Papá, eso ya da igual, estamos aquí, dejemos el pasado atrás. Me interesa mucho más el tiempo que tenemos por delante.

—Esa es mi intención, pero para ello necesito explicártelo todo.

Me acomodé en el sillón con todos mis sentidos puestos en su relato. Me parecía justo darle la oportunidad, no ya de justificarse, sino de conocer la historia desde una perspectiva distinta. Si mamá pudo sincerarse con nosotros y eso, en cierta medida, la liberó, mi padre tenía el mismo derecho. En el fondo estaba deseando conocer su verdad. Suponía que había capítulos de la historia que yo desconocía y, pensándolo bien, quizá de esa forma podríamos dejarlos por fin atrás.

—Tu madre y yo nos casamos muy enamorados. Ninguno de los dos era ya un chiquillo para la época. Yo llevaba varios años viviendo en Madrid y ella trabajaba de telefonista. Gabriel nació al poco de casarnos, dos años después llegó Luis y cuando ya pensamos que la familia estaba completa llegaste tú, mi tesoro. Pero esa historia ya la conoces. Mientras yo vivía volcado en el trabajo, tu madre se ocupaba de la casa, de hacer malabarismos con mi sueldo para llegar a fin de mes y de criar a tres hijos, lo que no era tarea fácil. Siempre fue una luchadora. Como recordarás no vivíamos con grandes lujos, pero tampoco nos faltaba de nada y nos esforzábamos por daros todo cuanto podíais necesitar. Yo diría que éramos muy felices. Pero entonces Fermina volvió a quedarse embarazada. Desde las primeras semanas me decía que intuía que algo no iba bien y no quisimos anunciarlo al resto de la familia. Estaba casi de tres meses cuando tuvo un aborto.

—No sabía nada de un aborto.

—Es normal, debías de tener unos diez años, y no era un tema para comentarlo con vosotros —añadió papá—. El caso es que a partir de ese momento cambiaron muchas cosas. Tu madre se sumió poco a poco en una tristeza que yo no entendía y eso nos fue distanciando. Tiempo después, me di cuenta de que no supe acompañarla en ese dolor, no fui consciente de que lo que para mí fue solo un accidente, para ella supuso mucho más, perder el hijo que llevaba en sus entrañas, y eso la rompió por dentro.

—Ella nunca me habló de ello.

—Esas cosas no se hablaban, supongo que eso fue parte del problema. No poder compartir su dolor y vivir ese acontecimiento en completa soledad no debió de ser fácil para ella. Yo estaba muy perdido, no sabía cómo ayudarla, cada vez estaba más deprimida, se convirtió en una sombra de lo que había sido. No entendía nada y tomé la salida más fácil. Me refugié en el trabajo y allí fue donde conocí a Natalia. No puedo encontrar un modo de justificarme, solo puedo decirte que me enamoré locamente de ella y que quise ser muy honesto con tu madre. A veces las cosas pasan, sin más, el corazón manda y poco puedes hacer para luchar contra ello. Se lo conté a Fermina y ella me pidió que siguiera a su lado, que no se opondría a la relación, pero que no rompiera la familia por lo que ella consideraba «un capricho» del momento.

—Entiendo —asentí.

—Pero la solución no era esa. Durante un tiempo intenté aceptar el trato, pero no me parecía justo ni para Natalia ni para tu madre y, sobre todo, no era justo para mí, ni para vosotros. Llegó un punto en que hube de decidir si vivir una doble vida, que no nos hacía felices a ninguno de nosotros, o si apostar por lo que de verdad sentía. Sabía que corría el terrible riesgo de perderos, pero no podía vivir de espaldas a mis sentimientos. Aun teniendo la certeza de que una decisión así sería dolorosa, entendí que debía sacar el valor suficiente para seguir el camino que me dictaba el corazón.

—Sigue, te escucho. —Oír aquellas palabras me resultaba duro, pero quería saber, y, sobre todo, entender lo que pasó.

—Durante un tiempo me tuve que conformar con hablar con vosotros por teléfono, de eso te acordarás.

—Sí, y también sé por qué dejaste de llamar.

—¿Lo sabes? —Asentí con la cabeza—. No fue solo la petición de divorcio lo que le sentó mal a tu madre. Natalia, mi mujer, estaba embarazada y tu madre pensó que, si no hubiera perdido al niño, quizá yo no hubiera acabado con otra mujer. Aquello la llenó de amargura y su tristeza se convirtió en rabia. No atendía a razones, hice lo que me pidió y puse tierra de por medio. Afortunadamente, nunca me fui del todo. Después de su boda, Gabriel consiguió localizarme a través de la empresa y hemos estado en contacto estos años. Permanecer en la sombra, no oír tu voz ni ver tu cara durante todo este tiempo y no conocer a mis nietos más que por fotos, créeme que ha sido durísimo para mí.

—Tú al menos sabías lo que pasaba y tenías una relación que te llenaba. Para mí y para mis hermanos nada tenía sentido. Sobre todo para mí, porque no supe nada hasta hace unos meses, justo antes de saber de tu enfermedad. Te marchaste y eso era lo único que sabía. La sensación de abandono me hizo pensar que no éramos suficiente para ti, que no te merecíamos. En casa todo se derrumbó. Mamá empezó a tomar pastillas, luego a mezclarlas con alcohol... bueno, ya sabes todo lo que pasamos.

—Lo dejé ahí, no quería que mis palabras sonaran a reproche.

—Sara, te pediría perdón de rodillas si eso pudiera cambiar las cosas, pero de lo único que podrías acusarme es de tener la valentía de pensar que merecía ser feliz y de que vosotros estabais también viviendo una mentira y tampoco os lo merecíais. Todo se reduce a eso. Las cosas podrían haber sido diferentes, pero fue imposible negociar con tu madre. Lo intenté todo, de eso no tengas ni la más mínima duda. Y ahora que la vida me está poniendo a prueba con esta maldita enfermedad, aquel acto cobra todo el sentido. No elegimos de quién nos enamoramos, sucede sin más, y, en ocasiones, eso nos obliga a tomar decisiones que duelen pero que son necesarias.

En cierta medida sí era un acto de valentía, era apostar por algo teniéndolo todo o eso parecía.

—Me alegro mucho de que me lo hayas contado. Ahora me resulta más fácil entenderlo. Tenemos por delante una oportunidad de oro para recuperar este tiempo perdido y pretendo poner todo de mi parte para que así sea. Quiero tenerte de nuevo en mi vida y quiero conocer a tu nueva familia. Dime, ¿a quién se parece mi hermano?

—¿Fran? Me recuerda mucho a Gabriel cuando era pequeño, tiene los mismos andares que él y es igual de trasto, a Natalia la trae loca. Es muy listo pero un poco vago. Luego te enseño alguna foto que tengo en la cartera. Pero ahora, ¿no te apetece que salgamos un rato? Me muero por tomarme una clara en alguna terraza.

—Muy buena idea, voy a preguntarle a Rosario a qué hora estará la comida, ¿o prefieres comer fuera?

—Comemos aquí mejor, porque así me puedo echar un rato después, tengo muchas ganas de calle y más contigo, pero este cuerpo me pide calma.

—Vale, pues voy a preguntar.

Salimos de casa buscando una plaza tranquila lejos del bullicio y nos sentamos en una mesa a la sombra de un inmenso ficus. Habíamos pasado tantos años separados que teníamos mil cosas que contarnos y la conversación fluía entre recuerdos y risas.

—Cuéntame qué es de tu vida, ¿qué planes tienes?

—¿Planes?

—Sí, Sara, que qué vas a hacer ahora que tu madre está mejor.

—No, si te entiendo, aunque creo que lo que me pasa es que no tenía nada pensado. Bueno, Manu y yo tenemos planes de futuro, pero no sé, últimamente, no parece tener mucho interés en nuestra relación.

—Pues no tengas prisa, aún eres muy joven y tienes toda la vida por delante para hacer realidad tus sueños, tendrás ilusiones, algo que quieras hacer, ¿no?

—Bueno, hasta ahora me he limitado a resolver el día a día. A veces fantaseo con retomar la carrera.

—Parece buena idea. Me da la sensación de que te has centrado tanto en tu madre estos últimos años que te has olvidado de pensar en ti. Es de admirar que te sacrifiques por ella, pero el precio no puedes ser tú. Yo aprendí esa lección hace ya mucho.

—Puede que tengas razón, pero creo que me falta tu coraje.

—Cuando te ves en peligro sacas fuerzas de donde sea y en este caso el peligro es abandonarte y acabar perdiéndote a ti misma. Sé valiente, decide qué quieres y ve a por ello. Todos nos merecemos ser felices.

—Lo tendré en cuenta, papá. Oye, se nos hace tarde, ¿nos vamos? —pregunté mientras miraba qué hora era.

—Sí, claro, no quiero hacer esperar a Rosario.

—Qué buena mujer es, ¿verdad?

—Sí, un encanto, y se ha portado muy bien con Aurora. Le estoy muy agradecido.

Pagamos la cuenta y nos dirigimos a casa.

Los dos días siguientes transcurrieron entre horas de charlas, largas siestas, paseos a media tarde y los deliciosos platos que nos preparaba Rosario.

Cuando hablé con mi madre para avisarla de mi vuelta no quise mencionar a papá. Quería contarle cara a cara cómo había sido nuestro encuentro y, sobre todo, quería que supiera que este viaje había servido para cerrar viejas heridas. El futuro, aunque incierto, se presentaba como una oportunidad única de recuperarle, y no la iba a desaprovechar.

Papá cogió un taxi hasta el aeropuerto solo unas horas antes de que saliera mi autobús. Nos despedimos con la promesa de volver a vernos muy pronto, quizá cuando acabara el tratamiento.

Antes de marcharme recorrí toda la casa por última vez, guardando cada uno de sus rincones en la retina, y me despedí de Rosario.

—Espero verte por aquí dentro de un tiempo.

—Una parte de mí se queda en este lugar y sin duda volveré. De eso puedes estar segura.

—Te acompaño a la estación —anunció con determinación.

—No, deja, de verdad, no te molestes.

—¡Virgen santa, casi se me olvida! ¡Qué cabeza la mía!

—¿Qué pasa? —pregunté, extrañada.

—Doña Aurora dejó dicho que te llevaras su máquina

de coser. No es la que tú recordarás, cambió la Negrita por otra eléctrica más moderna, pero es muy buena. Me hizo probarla hace una semana, funciona como un reloj.

Y entonces me derrumbé. Me eché a llorar como una niña y Rosario me abrazó como lo hubiera hecho mi tía.

—Así que al final te acompaño al autobús sí o sí, no quiero que vayas cargada —sentenció.

Nos encaminamos hacia la estación buscando las calles más sombreadas, el sol de julio era casi insoportable. Al llegar me ayudó a meter el equipaje en el maletero y nos despedimos con un abrazo. Rosario se quedó de pie en el andén agitando la mano derecha hasta que me perdió de vista.

En el autobús de vuelta a Madrid intenté poner en orden mis emociones. La muerte de mi tía suponía un golpe muy duro y creo que no habría podido hacerme a la idea si no hubiera compartido esos instantes de dolor con las personas que formaron parte de su vida. En cierto modo, me reconfortaron y me ayudaron a percibir su pérdida como algo real. Pero aparejado a ese dolor estaba la inmensa alegría de haberme encontrado con mi padre, algo que celebraba como si fuese un regalo del cielo.

Volver a mi vida rutinaria no sería fácil después de estos días. Habían sido muy intensos y quería tomarme un tiempo para reflexionar, hablar con mamá y con mis hermanos. Estaba segura de que la máquina que llevaba conmigo se iba a convertir en mi aliada para mantener las manos y la cabeza ocupadas en los días siguientes. En Madrid me esperaba la blusa que había cortado hacía poco y ya estaba deseando acabarla.

37

Despedirme de aquel lugar fue más difícil de lo que imaginaba. En cierto modo, la alegría de reencontrarme con mi padre había amortiguado el golpe por la pérdida de tía Aurora, pero, aun así, su muerte me afectó más de lo que hubiera imaginado. Apenas tenía ganas de salir a la calle. Incluso me salté varias clases, algo que ni me hubiera planteado antes. Perderla así, tan pronto, justo después de que hubiéramos retomado el contacto, me afligió mucho. Sin embargo, en mi interior sabía que mi estado de inapetencia y tristeza no se debía solo a eso. Cerrar ese capítulo de mi vida y decir adiós a alguien tan querido de forma tan repentina sin duda era complicado, pero intuía que había algo más.

Durante las largas tardes que compartimos mi tía y yo esa última semana, hablamos de muchas cosas. Además de rememorar recuerdos comunes, tuvimos ocasión de hablar de mujer a mujer. Ella me habló de su vida, de sus ilusiones, de sus sueños y de cómo intentó siempre vivir en consonancia con lo que su corazón le dictaba. Y eso me hizo pensar en mí, en qué estaba haciendo yo. Recordaba sus palabras y lo que poco a poco fueron poniendo en evidencia.

—No puedes ser feliz si lo que piensas y lo que sientes no están en sintonía. Con demasiada frecuencia nos hacen creer que nuestro camino está marcado y esa es la razón por la que nos cuesta encontrar argumentos para trazar nuevos senderos. Nada te hará más infeliz que no ser dueña de tu propia vida, pero hay que ser muy valiente para agarrar con fuerza las riendas y elegir tu propio destino. En ocasiones te encontrarás con un montón de obstáculos que creerás insalvables, pero ¿sabes qué? No es verdad. Sara, mi niña, te mereces un mundo en el que puedas decidir por ti misma, con libertad. Que no te falte nunca el coraje para perseguir aquello que quieres.

—Tía, ¿y cómo puedo saberlo?

—Eso es lo más difícil. Has de ser muy honesta contigo misma. A veces conocemos la respuesta, pero necesitamos tiempo para enfrentarnos a ella.

—¿Eso fue lo que tú hiciste?

—Sí, y no fue fácil. Eran otros tiempos. Yo tuve la suerte de que mi madre siempre estuvo de mi parte y no quiso empujarme a seguir un camino que no era el mío.

Ella sabía bien que hacer lo que se espera de ti solo complace a los demás. Olvidarse de una misma es la forma más silenciosa de morir.

Al escuchar aquellas palabras intenté ponerme en la piel de otra generación de mujeres que ni siquiera podían soñar con las opciones que yo tenía. Salirse del plan trazado era complicado, tanto que quizá muchas ni siquiera supieron que podían hacerlo.

—Sara, yo tuve que estudiar a escondidas de un padre que esperaba que, como mis amigas, me echara novio y me casara. Elegí una vida distinta a la que se suponía que debía llevar y hubo quien me señaló por ello, pero siempre supe que era lo que quería. Hoy vivo sola, pero me acompaña el recuerdo de los lugares que he visitado, de las experiencias que he vivido, de la libertad que he podido saborear gracias a una decisión complicada, pero de la que nunca me he arrepentido. Y te lo digo desde la cama, presa de un cuerpo que casi no reconozco, pero feliz por no haber perdido la ilusión. La vida te sorprende cuando menos te lo esperas y ahora, míranos, hablando como dos mujeres adultas después de tantos años. Nada podría hacerme más feliz en este momento. Sara, las ilusiones son lo que nos mantiene vivas. Si pierdes las ganas, si todo lo que ves ante ti se torna gris, estás perdida porque entonces no podrás reconocer lo bueno cuando lo tengas delante de ti. Aun así —me contaba—, aunque consigas saber qué quieres y encuentres la manera de vivir conforme a lo que sientes, es posible que tengas que renunciar a muchas cosas y eso siempre duele. A ratos la balanza se inclinará tanto hacia un lado que te costará volver a equilibrarla. Pero, créeme, vale la pena el esfuerzo porque el premio eres tú.

Aquellas palabras calaron hondo en mí. Además, haber tenido la oportunidad de hablar con mi padre me ayudó a cerrar heridas del pasado y encontrar la fuerza que necesitaba. Entonces me di cuenta: la tristeza tan inmensa que sentía no era solo producto de una despedida dolorosa. Mi tía me había puesto frente a un espejo para que descubriera quién era y qué quería hacer con mi vida. Porque ¿dónde estaban mis ilusiones?, ¿qué había soñado para mí? ¿qué esperaba de mi relación con Manu o del propio Manu más allá de conseguir quedar con él? Me obligaba a preguntarme qué había sido de mis sueños, por qué permanecía inmóvil, por qué dejaba que otros decidieran por mí. Ese había sido su legado.

Enfrentarme a tantos interrogantes me hacía sentir mucho vértigo y contestar esas preguntas iba a suponer un ejercicio muy duro. Tendría que buscar dentro de mí, darme tiempo y recuperar a aquella niña que un día abandonó sus ilusiones. Tenía muchas preguntas que hacerme y comprendí que era vital encontrar respuestas. Había llegado el momento.

Cuando volví de Almuñécar, mamá se convirtió en mi gran apoyo. Se alegró sinceramente de que hubiese tenido la oportunidad de reunirme con papá, de ver cómo estaba y hablar con él cara a cara después de tantos años. Cuando vio mi expresión al entrar por la puerta, creo que supo al instante cómo me sentía, y supo darme el espacio y el cariño que necesitaba.

—No hay prisa, tómate tu tiempo, aún eres muy joven. Lo importante es que tengas presente que puedes elegir libremente y que no sientas que nada te ata. Ahora debes pensar en ti. El último verano que pasamos en casa de tu tía, recuerdo que no te separabas de ella. Tu padre y yo ya no estábamos bien entonces. Y después de eso yo comencé a borrarme como mujer primero y supongo que también como madre. Siento mucho si he estado ausente para ti y para tus hermanos desde que tu padre se fue, pero no supe encajarlo. Creí que era culpa mía, que sí él me dejaba era porque yo no era suficiente. Me educaron así. Pero ahora sé que eso no es cierto. No funciona así. Y no quiero que tú cometas el mismo error. Tú tía tenía razón. Tienes que ser libre. Encontrar el propósito de tu propia vida. Solo así hallarás la felicidad. Y quiero que sepas que yo siempre voy a estar a tu lado decidas lo que decidas.

—Me alegro de que lo veas así, mamá, porque esa es la conclusión a la que he llegado. No puedo seguir aplazándolo. Debo decidir sobre muchas cosas, pero ando muy perdida, no sé por dónde empezar.

—Yo también creo que ha llegado el momento de que decidas qué quieres hacer en el futuro. Sin duda, tu tía llevaba razón. Quizá no fuimos las mejores amigas, pero siempre admiré su manera de enfrentar la vida y su determinación. De alguna manera me siento responsable de que no hayas seguido tu camino y si de alguna forma puedo compensarte por lo mucho que has hecho por mí es animándote a que tomes las riendas de tu vida.

Para mí era muy importante saber qué pensaba mamá al respecto y oír aquellas palabras me daba fuerzas. Tenía la sensación de que, al fin, habíamos vuelto a asumir los papeles que nunca debimos intercambiar. Volver a sentirme arropada por mi madre era muy reconfortante.

Después de tres o cuatro días decidí que no podría seguir así, no podría tomar una decisión si permanecía inactiva.

Por las mañanas salía temprano, cuando aún hacía fresco, y caminaba hasta que el calor empezaba a ser sofocante. Recorría las calles sin rumbo, dejando que mis pies decidieran adónde ir. Entonces me venían a la cabeza las frases de mis compañeras de la academia: «coser y descoser, caer y levantarse, como la vida misma», «tú vales mucho, Sara», «cada cosa sucede por un motivo», «si vivimos de espaldas a lo que sentimos, no vivimos del todo»...

Aún no podía contestar a todas las preguntas que tía Aurora había hecho que me planteara, pero si de algo era consciente, era de cómo me sentía. Sabía que no era feliz y empezaba a sospechar que los planes de futuro que tenía tampoco iban a proporcionarme esa felicidad.

En uno de esos paseos, volví a escuchar a Catherine: «La respuesta es siempre más amor». Esa era la clave, más amor. Pero, esta vez, se trataba de mí. Me había volcado tanto en los demás que me había olvidado de quererme a mí misma y ahora me sentía merecedora de todo ese amor.

Había pasado estos últimos años cuidando de otros y olvidándome de mí. No acusaba mi renuncia porque no la consideraba importante, pero ese desafecto existía y había puesto fin a muchas ilusiones. Ahora no me planteaba retomarlas, ni pedir a nadie que me recompensara por ello, pero lo que sí iba a hacer era decidir qué quería para mí, qué podía hacerme feliz y cuál era el camino que deseaba recorrer. Había caído en la misma trampa que mamá, había asumido un papel que le daba un propósito a mi vida y me había librado de la responsabilidad de tomar decisiones. Tenía que aprender a hacerme cargo de mí misma. Sentía que había llegado el momento de buscar en mi interior, tal y como mi tía me dijo. Sabía que encontraría la valentía para hacerlo. «El premio eres tú», me repetía. Ponerme en primer lugar no iba a ser fácil, pero intuía que era el primero de los cambios que debía hacer. Estaba segura de que a partir de ahí otras muchas cosas cambiarían conmigo.

Aceité la máquina de mi tía y me decidí a pasar por la academia una mañana para recoger la tela de la blusa y el último patrón que tracé. Pensé que si mantenía las manos ocupadas lograría centrar mi atención y conseguir algún momento de quietud.

—¡Sara! ¡Qué alegría verte por aquí! —exclamó Julia nada más verme entrar por la puerta.

—Buenos días, Julia. Pensé que este era un buen momento para pasar a saludarte.

—Claro, ¿cómo estás? Cuéntame. Pasa y nos tomamos un café. ¿Quieres? —me preguntó soltando la plancha.

—Me vendrá de perlas. Últimamente no duermo bien y me paso el día adormilada. Tengo demasiadas cosas en que pensar y en cuanto me acuesto, empiezo a darle vueltas a la cabeza.

—¿Y eso?

—Desde que volví no paro de pensar qué voy a hacer con mi vida. Creo que ha llegado el momento de tomar decisiones.

—Entiendo. Hay veces que la única opción es seguir el camino que tienes por delante, pero cuando aparecen más alternativas es importante tener el coraje de elegir la que te haga feliz. En ocasiones a eso lo llamamos suerte.

—Supongo que llevas razón. No me hagas mucho caso, ando bastante revuelta. La buena noticia es que en casa de tía Aurora coincidí con mi padre. Hacía doce años que no le veía y fue maravilloso compartir unos días con él. Fue algo inesperado para ambos, pero aprovechamos al máximo el tiempo que pasamos juntos. Tuvimos ocasión de aclarar muchas cosas y le vi bastante bien de aspecto, claro que el tratamiento no ha hecho más que empezar.

—Sara, cuánto me alegro por ti. Sé lo que te dolía no tenerle en tu vida.

—Ha sido un regalo. Y tú, ¿qué tal estás? Anda, cuéntame, ¿qué tal va la cosa con Ramón?

—Ay, Sara, ¡mejor que bien! Nos vamos a ir juntos de vacaciones a Torremolinos este verano. Me lo propuso hace unos días. Yo no lo tenía muy claro, pero Amelia me animó. Total, no tengo nada que perder. Estoy tan ilusionada que hasta me estoy haciendo un vestido de tirantes para estrenarlo allí. Cada día estoy más a gusto con Ramón, es un encanto y empiezo a sospechar que puede ser el hombre de mi vida. ¿Y tú? ¿Tienes planes con Manu?

—Cuánto me alegro, te lo mereces. A estas alturas aún no hemos hablado de las vacaciones. En estos últimos días casi no he sabido de él. Yo andaba muy tristona y necesitaba tiempo. Y no parece que le haya costado mucho dejar de llamarme. Vete a saber, quizá hasta le he hecho un favor. En fin...

—A lo mejor solo ha querido dejarte tu espacio.

—Puede ser, ya no sé qué pensar.

—¿Sabes ya cuándo le volverás a ver?

—El viernes mi madre se va unos días con mi hermano Luis y su familia a una casa rural y nosotros hemos pensado aprovechar para pasar el fin de semana juntos. Voy a hacer todo lo que pueda para que disfrutemos de estar solos. Creo que nos vendrá bien para hablar de nuestras cosas, salir al cine, pasear, ir de copas, no sé, lo normal de una pareja.

—Pareces muy disgustada con él.

—Estoy cansada de sus plantones, Julia, de que su trabajo siempre esté antes que yo, me agota tener que competir por conseguir su atención. El otro día charlando con Laura me preguntó si creía que podía haber otra mujer. En principio me pareció una idea absurda, hasta me sentó mal, pero la verdad es que me dio que pensar. Tengo que replantearme muchas cosas, y nuestra relación es una de ellas. Si no nos lleva a ninguna parte, quizá lo mejor sea dejarlo aquí. Desde hace un tiempo noto que ha perdido el interés. Tengo la sensación de que puede que esté utilizando el trabajo como excusa para alejarse de mí. Una de las cosas que me dijo mi padre es que hay que ser valiente y actuar conforme a lo que sientes. Él lo pagó caro, pero a la larga obtuvo su recompensa. Puede que sea el momento de tomar decisiones, aunque duelan. Como ves ahora mismo dudo de todo. Quién sabe, quizá solo necesitemos pasar unos días juntos para volver a encontrarnos.

—Seguro que sí, ya verás como todo se soluciona. Oye, ¿y cuándo te vas a incorporar a las clases? Te echamos de menos.

—Muy pronto, no lo quiero dejar más. Me hace mucho bien compartir tardes de costura con todas vosotras, aunque también he empezado a coser en casa. De hecho, venía a por la tela que tengo en el armario para acabar la blusa en estos días. La señora que cuidaba de mi tía me entregó su máquina de coser al marcharme. Por lo visto le dijo que quería que la tuviera yo, fíjate qué detalle. —Se me quebró la voz—. Es una Singer de los ochenta y va fenomenal.

—¡Qué bien! Y a la blusa, ¿le vas a poner la manga de capa al final?

—Eso pretendo, a ver si me queda bonita.

—No tengo ninguna duda. Se te da muy bien la costura, lo entiendes todo a la primera y estás muy atenta a los detalles. Se me está ocurriendo... Estoy hablando sin haberlo consultado con Amelia, pero...

—Di, suéltalo ya.

—Exactamente no sé cuándo, pero en algún momento, a la vuelta de vacaciones, necesitaremos a alguien que se ocupe de los arreglos, quizá te podría interesar. Yo te enseñaría lo necesario, aprendes rápido. Sería un trabajo de media jornada para que yo pudiera dedicarme más a los encargos.

—Me halagas, Julia, gracias. Ahora mismo no sé qué decirte, pero lo tendré en cuenta.

—Acabo de entregarle un vestido a una conocida de Amelia, Matilde se llama la señora. Es para la pedida de su hija. Ha sido verlo y ya me ha dicho que cuenta conmigo para hacerle el traje para la boda. A mí me hace mucha ilusión coser este tipo de encargos, pero dispongo de poco tiempo si tengo que hacer también los arreglos. Por ahora es solo una idea, ya iremos viendo.

—Claro, entiendo. Oye, y las chicas ¿qué tal? ¿Alguna novedad?

—Todas bien, cada una con sus cosas, ilusionadas con empezar las vacaciones. Ay, Sara, se me hace raro verte tan flojita, tú que pareces siempre tan alegre. Confío en que pronto te encuentres mejor.

—Eso espero, Julia. Te voy a dejar, que se me hace tarde. Mi madre se estará preguntando dónde me he metido.

—Entonces ¿vendrás el viernes? Anda, dime que sí. Te vendrá bien, créeme.

—¡Me has convencido! Quedarme en casa no ayuda mucho y no quiero descolgarme del resto del grupo. Me sentará bien.

—Hasta el viernes, entonces —me despidió en la puerta.

Me crucé con doña Amelia a unos metros de El Cuarto de Costura. Llamaba la atención lo conjuntada que iba siempre, sus movimientos tan pausados, su porte tan elegante y sus labios rojos.

—Buenos días, Sara, ¿cómo estás? Me comentó Julia lo de tu tía, te acompaño en el sentimiento.

—Gracias. Precisamente vengo de verla y me ha animado a retomar las clases.

—Seguro que eso te ayuda. Espero verte muy pronto. Cuídate.

—Hasta pronto, doña Amelia —contesté.

Me quedé mirando cómo se alejaba y pensé sonriendo para mí misma en esos labios rojos. Ella había hecho del carmín su símbolo de fortaleza e independencia. La tenía como un referente de rebeldía y determinación, sin duda un ejemplo a seguir.

El rato de conversación con Julia me había sentado muy bien. Su espíritu era increíble. Por lo que sabía de su vida, las cosas nunca fueron fáciles para su familia y, sin embargo, ahí estaba ella cumpliendo un sueño. Después de muchos años de esfuerzo, sacrificio y decisiones firmes, pero también mucho corazón y mucha confianza en sí misma.

Quizá era necesario que la vida te pusiera las cosas difíciles para sacar tu lado más combativo.

Mi instinto me pedía alejarme, dejar todo atrás y quedarme a solas conmigo para descubrirme, resolver los conflictos del pasado y empezar de cero. Me parecía un buen plan, me ponía en el centro de mi vida y me subía al primer puesto de mi lista de prioridades. ¿Sería capaz de llevarlo a cabo?

38

El viernes me levanté más animada, supongo que la idea de volver a ver a las chicas en la academia y los planes para el fin de semana tuvieron algo que ver. Después de hacer algunos recados, mi madre y yo estuvimos dándole forma a la masa de las croquetas que ella misma había preparado la noche anterior. A Manu le encantaban las croquetas de mamá y yo quería agasajarlo con algunos de sus platos favoritos.

Mi hermano Luis pasó a recogerla en coche poco antes de la hora de la comida, aprovechando que tenía que ir al colegio a por los niños. Estaba muy ilusionada con la idea de ir a pasar el fin de semana en la sierra con sus nietos. Su actitud estaba en línea con los cambios que había experimentado en las últimas semanas. Estaba más habladora, más comunicativa y con ganas de salir, incluso había cogido un par de kilos que le sentaban muy bien. Era un poco más dueña de su vida, volvía a sentirse independiente y cada vez se parecía más a la de antes.

Mis dos hermanos aceptaron con naturalidad invitarla algunos fines de semana a sus respectivas casas, ahora sí podía echarles una mano con los niños o incluso cuidar de ellos si la pareja salía. Ella se sentía útil, les leía cuentos, sacaba los juegos de mesa y los niños disfrutaban de sus historias de juventud que siempre se encargaba de adornar según la edad de su público.

—Disfruta mucho del fin de semana, mamá, y no te preocupes por mí, que estaré entretenida. Voy a dejarlo todo listo ahora y así esta tarde podré ir a la clase de costura y volver antes de que llegue Manu.

—Dale un beso de mi parte, me alegro de que hayáis podido quedar al fin. Os vendrá bien estar juntos estos días, ya verás.

Luis la estaba esperando en la puerta de casa parado en doble fila.

—Pasadlo bien —le grité desde la ventana cuando me asomé para despedirla.

Me hice un sándwich de jamón y queso para no perder mucho tiempo y poder terminar algunas de las cosas que estaba preparando. Había puesto mucha ilusión en este fin de semana y estaba deseando que pasaran las horas rápido para empezar a disfrutarlo a solas con Manu. A las tres y media salí para la academia.

Cuando llegué, doña Amelia estaba en el pequeño mostrador de recepción hablando animadamente por teléfono. Empujé la puerta de entrada, la saludé en silencio y pasé a la sala. Julia debió de oírme y salió a recibirme.

—¡Sara! Sabía que no te echarías atrás. Qué alegría más grande. ¿Un cafelito? Pasa.

—Mejor un vaso de agua, no sabes el calor que hace en la calle —contesté entrando en la trastienda.

—Buenas tardes, Sara, perdona que no te saludara al llegar, estaba hablando con mi hijo, Alfonso.

—¿Qué le ha parecido tu propuesta? —quiso saber Julia.

—Le ha encantado la idea, se viene conmigo a San Sebastián el mes que viene —contestó doña Amelia sin disimular su alegría.

—Cuánto me alegro, lo vais a pasar en grande, estoy convencida. Cuánto han cambiado las cosas en los últimos meses y qué distinto es todo ahora, ¿no crees?

—Nunca hubiera soñado algo así, Julia. He estado pensando, ¿os parece que organicemos una merienda para despedirnos hasta el curso que viene? —preguntó girándose hacia mí.

—¡Qué buena idea! —apunté entusiasmada.

—¡Fiesta! —exclamó Julia dando palmadas—. La organizamos para el martes, aviso a las chicas del otro grupo y así lo celebramos todas juntas. Podría estar bien, ¿no?

—Perfecto, a ver si les cuadra al resto de las alumnas.

Fui hacia la sala con intención de sacar mi costurero y prepararme para la clase y oí cómo seguían charlando en la trastienda.

—Qué ilusión que Alfonso pase las vacaciones contigo.

—No solo eso, Julia, no he querido decir nada delante de Sara, pero me ha preguntado si podía venir también Felipe —contestó en voz baja.

—¿Su colega del estudio? Y ¿qué le has dicho?

—Que estoy deseando conocerle mejor, ¿qué le voy a decir? Yo encantada. Se acabaron los secretos a voces, el esconderse y el aparentar. Demasiado ha sufrido ya mi hijo.

—Totalmente de acuerdo.

Se oyó la campanita de la puerta. Catherine y Laura dejaron sus cosas sobre la mesa y me rodearon nada más verme.

—Sara, ya nos contó Julia. Te acompaño en el sentimiento, ¿cómo estás? —preguntó Laura saludándome con un par de besos.

—Lo siento mucho —dijo Catherine sumándose al pésame.

—Gracias, ha sido un golpe muy duro, pero ya estoy más repuesta. He estado recluida en casa unos días dándole muchas vueltas a la cabeza y por fin hoy me he animado a venir a clase.

—Te vendrá bien algo de distracción —apuntó Laura.

—Sí, con las manos ocupadas la cabeza está más tranquila —añadió Catherine.

—Eso mismo he pensado yo, estar en casa no ayuda mucho.

En ese momento llegaron Marta y Margarita. Ambas me saludaron con mucho cariño. Era muy reconfortante sentir cómo habíamos conseguido formar una pequeña familia en estos meses de costura. Doña Amelia y Julia salieron juntas a saludar al resto de las chicas y la primera tomó la palabra.

—Buenas tardes a todas, Julia y yo hemos estado hablando y se nos ha ocurrido celebrar una merienda el martes que viene para despedirnos hasta el próximo curso. ¿Os gustaría?

—¡Claro! —exclamaron todas a la vez.

—A mí me vais a perdonar, pero me marcho mañana —contestó Marta—. La consultora me traslada y me mudo a vivir a Barcelona. Esta noche mi chico me organiza una fiesta de despedida y saldremos el sábado temprano. Se ha ofrecido a llevarme en coche y me viene de lujo, porque tengo mucho equipaje, como podéis imaginar.

—¿Tu chico, Manuel? —preguntó Laura en un tono burlón.

—Sí, Manuel. Te lo presenté la noche que coincidimos en el Villa Rosa, ¿te acuerdas?

—Claro, cómo olvidarlo.

Noté que Laura no me quitaba los ojos de encima, pero no acerté a adivinar qué quería decir esa cara tan seria ni supe interpretar el tono de su conversación.

—Mis compañeros se han empeñado en quedar esta noche para tomar unas copas y despedirnos. No puedo negarme, ya sabéis lo que me gusta una fiesta —rio Marta.

—Pues te echaremos de menos, Marta, te deseo mucha suerte en Barcelona —intervino doña Amelia.

—Gracias, yo estoy deseando mudarme. En la oficina de Madrid ya no hay buen ambiente y un cambio me vendrá bien.

—Yo no tengo canguro para dejar a los peques, ¿os importa que los traiga? —preguntó Laura cambiando de tema.

—En absoluto, me hace ilusión conocerlos —se apresuró a contestar Julia—, me encantan los niños. Sara, estás muy callada, quizá no te apetezca el plan. Sería totalmente comprensible, habla con confianza.

—No, no es eso, es que... nada, no me hagáis mucho caso.

—¿Os parece que traigamos cada una algo para merendar? Yo les podría traer un rollo de guayaba para chuparse los dedos. Es un postre típico de México y ahora que me ha dado por lo dulce me muero por tener una excusa para que me preparen uno y compartirlo con ustedes. Está bien bueno, ya verán.

—Qué buena idea, me parece estupendo. Tendré que revisar mis recetas de repostería —añadió Catherine—. Hace mucho que no enciendo el horno y me encantará preparar algo para vosotras.

—Estoy deseando probar esos dulces. En casa el postre estrella es un bizcocho de naranjas y nueces muy esponjoso, le diré a mi madre que me pase la receta.

—¡Os vais a poner moradas! Casi me alegro de no estar aquí el martes —exclamó Marta.

—Pues, como de dulce vamos a ir servidas, yo me encargo de preparar limonada casera, ¿de acuerdo? —propuso rápidamente Laura.

—Me hace muchísima ilusión que conozcáis también a las alumnas del otro grupo, seguro que pasamos una tarde estupenda, aunque igual hay que dar una última clase para enseñaros a ensanchar prendas después de la merienda. No vaya a ser que no podáis estrenar vuestras creaciones este verano —añadió Julia riendo a carcajadas.

—Aquí la única que sabe con seguridad que se va a engordar en estos meses soy yo —intervino Margarita—. Claro que no puedo estar más contenta. No les he contado: en unos días llegan mis papás de México D.F. y tenemos pensado viajar a Cantabria. ¿Se acuerdan de que les conté que mi bisabuelo provenía de allí? Mis padres y yo misma veníamos soñando desde hace tiempo con conocer esa tierra y esta es la ocasión perfecta. Hemos reservado un hotel padrísimo en la ciudad de Santander y tenemos intención de visitar toda la comunidad. Para entonces ya se me habrán pasado las náuseas y espero disfrutar muchísimo de tener a mi familia conmigo.

—¡Qué bien! Y las demás, ¿qué vais a hacer en agosto? —preguntó Julia.

—Mi ex me ha propuesto unas vacaciones en familia. Me ha sorprendido la idea, aunque me hace muchísima ilusión. No quiero lanzar las campanas al vuelo, pero me parece que puede que se arreglen las cosas entre nosotros. Creo que nos estamos dando cuenta de que nos queremos demasiado como para dejar que nuestra historia se acabe sin más.

—Ojalá tengas razón. Tus hijos son muy pequeños y es importante que tengan a su padre cerca —apunté.

—Eso mismo pienso yo, veremos qué tal nos va. Cruzo los dedos —añadió Laura haciendo el gesto con ambas manos.

—¿Y tú, Catherine?

—Me voy todo el mes de agosto a Inglaterra. Visitaré a mis hermanas. Hace mucho que no las veo y ellas no tienen apenas posibilidades de venir a España. Volver a mi tierra siempre es agradable y más en verano, con el calor que hace aquí. Allí aún tengo muchas amigas y las echo de menos.

—Qué bien, Catherine, me alegro mucho por ti, bueno, por todas. Nosotros aún no hemos hecho planes. No sé cuándo podré contar con Manu. Ya iré viendo cómo se presentan las cosas. La verdad es que lo que me apetece es perderme, aunque sea unos días. Estas últimas semanas han sido muy intensas y necesito desconectar.

—Es normal, Sara, date tiempo —dijo Julia.

—Sí, Sara, hazlo. Además, ¿no dicen que el tiempo todo lo cura? —intervino Marta restándole importancia a la conversación—. Pues eso, dentro de nada estarás otra vez tan fresca.

—Realmente, el tiempo no sirve para olvidar, pero sí para comprender y para aceptar. Cuando asimiles todo lo que ha pasado te sentirás mejor. Es importante saber despedirse y seguir adelante. No tienes por qué olvidar, pero sí ser capaz de mirar atrás y celebrar haber tenido a esa persona en tu vida. —Catherine siempre encontraba las palabras adecuadas para hacerme sentir bien.

—Bueno, chicas —Julia dio un par de palmadas—, no creáis que vamos a estar toda la tarde de tertulia. Vamos, sacad vuestros costureros y ¡manos a la tela! El último día dejamos un vestido a medio hilvanar y hoy quiero verlo prácticamente acabado. Probáoslo cuando terminéis de hilvanarlo para ver qué tal os sienta. Si está todo correcto podréis coserlo a máquina. Sara, saca tu patrón del cuerpo base del armario y vente aquí conmigo, que te explico lo que hemos visto estos días.

Mis compañeras siguieron las indicaciones de Julia y, en unos minutos, ya estaban trabajando cada una sobre su prenda. Les quedaba muy poco para terminarla y estaban ansiosas por ver el resultado final.

—Si os aplicáis podéis dejarlo listo a falta de coser el dobladillo. El lunes os lo podréis llevar a casa y lucirlo en vacaciones —les indicó. Y volviéndose a mí comenzó a explicarme—: Tus compañeras compraron metro y medio de tela y casi han terminado de coser el vestido que tú empezarás ahora. Ha sido un poco precipitado, pero tenían muchas ganas de coserlo. Me muero de ganas de ver sus caras cuando esté listo —añadió.

Sentadas a la mesa del centro, Julia me fue explicando con todo detalle cómo transformar aquel patrón para convertirlo en un vestido de corte evasé. Mientras la escuchaba con atención, deseaba encontrar algo en mi vida que provocase en mí esa misma pasión que ella transmitía cuando hablaba de la costura. Esa podría ser la clave para empezar a encontrar las respuestas que tanto necesitaba.

Al ver cómo una prenda podía convertirse en otra cambiando cuatro detalles entendí que también mi vida podía convertirse en algo totalmente diferente. Tan solo tenía que descubrir qué cambios hacer para transformarla por completo. Daba algo de vértigo, pero cada vez lo tenía más claro.

—Muchas gracias por dedicarme este rato, Julia, esto es casi una clase particular, todo un lujo.

—Anda, no seas tonta, yo encantada. Oye, ¿al final vas a pasar el fin de semana con Manu?

—Sí, y espero que no me falle porque me he esforzado mucho para que estos dos días estemos a gusto y no nos falte de nada. Estoy ilusionada, sin embargo, no sería la primera vez que me deja colgada sin aviso previo y eso me hace desconfiar. Yo creo que esta va a ser una prueba de fuego, Julia. De este fin de semana van a depender muchas cosas.

—Mujer, no digas eso, verás como todo va bien. Chicas —dijo alzando la voz—, ¿cómo va ese hilvanado? ¿Os habéis probado ya los vestidos? Quiero veros con ellos puestos.

Era increíble esa capacidad que tenía de estar pendiente de todo.

—Mira, ya lo tienes —exclamó—. Recorta el patrón y déjalo colgado en tu percha, el lunes tendrás tiempo de cortar las piezas y, aunque no puedas llevártelo acabado, con la soltura que tienes, no tendrás problema para coserlo en casa.

—¡Genial! Si no te importa, voy a marcharme ya, que estoy un poco intranquila. Lo he dejado todo preparado, pero quiero cambiarme y ponerme mona antes de que llegue mi chico.

—Claro, como quieras. Espero que vaya todo bien. Nos vemos el lunes.

Me despedí de doña Amelia y del resto de mis compañeras y salí de la academia sin perder ni un minuto. Calculé que aún quedaba una hora hasta que llegara Manu, eso me daba un poco de tiempo. La casa era nuestra durante todo un fin de semana y quería disfrutarlo.

39

Hacía mucho tiempo que necesitábamos un fin de semana como este para volver a encontrarnos. Podríamos salir a pasear, quizá ir al cine; el sábado bajaría temprano a comprarle esos cruasanes que tanto le gustaban y nos prepararía un desayuno en la cama.

Mientras lo revisaba todo, llegué a sentirme culpable por imaginar cosas que no eran. Su distanciamiento seguramente no era culpa suya, sino de ese trabajo que tanto le absorbía. Le conocía muy bien y no tenía por qué dudar de él. Toda mi familia le adoraba y estaba claro que era buena persona.

Sonó el teléfono. Sabía que sonaría el teléfono. Respiré hondo antes de contestar, esta era la última apuesta que estaba dispuesta a hacer y presentía lo que, una vez más, parecía estar a punto de pasar.

—Sara, bonita, me voy a retrasar un poco, todavía estoy reunido con el cliente, la comida se ha alargado y aún nos queda parte de la presentación, pero creo que para las siete y media estoy ahí.

—Vale, aquí estaré, tenemos todo el fin de semana para nosotros, podré esperar un poco más. Sin problema.

—Ya, bueno, luego hablamos de eso. Ahora tengo que colgar.

Aquella frase no me hizo presagiar nada bueno. Había pasado decenas de veces antes, no sé por qué esta habría de ser distinta. Estaba tan acostumbrada a estos plantones, todo en nombre de una carrera profesional que le llevaría a la cumbre y que nos permitiría vivir sin estrecheces por siempre jamás, un piso grande, un buen coche, vacaciones en el extranjero, quizá un chalé en la sierra... ¿Y? Si eso era tan importante para él, a lo mejor él no era para mí.

Había tenido mucho tiempo para reflexionar en los últimos días y no estaba dispuesta a que todos mis propósitos quedaran en nada. Ya había oído antes esa historia de boca de doña Amelia. Una vida sacrificada en pos de la carrera de tu marido, una pose aprendida y mil veces repetida hasta que pareciera convincente a los ojos de los demás, una sonrisa en la calle y un carmín olvidado en un cajón. La infelicidad, en una palabra. No, no estaba dispuesta a resignarme. Ahora ya no.

Tenía dos opciones, abrir una cerveza y aceptar las migajas que me ofrecía Manu o montar el número y mandarlo a paseo. A mitad de la tercera cerveza las opciones se confundían, seguir bebiendo y tomar las migajas y mandarlo a la mierda. Un tres en uno. A estas alturas hasta me parecía divertido.

Eran algo menos de las ocho cuando sonó el interfono, tenía exactamente dos minutos para atusarme el pelo, repasarme los labios, tirar las latas vacías a la basura y ponerme toda digna. Me sobró uno.

Llegó de lo más efusivo, el alcohol me hizo descartar mi plan y me dejé seducir. Era un zalamero, sabía las palabras exactas que debía utilizar, se esforzó por pedirme disculpas e hizo mil promesas que ambos sabíamos que no irían a ninguna parte.

—Sí a todo, cariño, sí a todo. Qué tenemos, ¿una hora? ¿Dos? Anda, vamos a la habitación.

Su cara de incredulidad me provocó una carcajada que lo desubicó totalmente. No estaba acostumbrada a beber y no es que estuviera tan borracha como para ignorar que estaba con un auténtico imbécil, pero esa noche me serviría para darle un gusto al cuerpo.

Mientras cerraba la puerta y apagaba luces él ya estaba desnudo en la cama. Bajo el vestido llevaba mi mejor conjunto de lencería, así que me lo quité en la puerta e hice el paseíllo hasta la cama en plan *femme fatale,* mientras él me observaba y sonreía pícaro. Sabía que con eso me tenía ganada.

La hora y pico no dio para mucho, fue más un «vengo para cumplir» que un «te voy a hacer una reina» —como él solía anunciar antes de nuestros encuentros íntimos—, o al menos esa fue la sensación que me dio. Ya me había acostumbrado a las citas fugaces y ambos sabíamos cómo llegar al clímax sin muchos preliminares. La verdad es que añoraba aquellos días en los que el solo roce de su piel me erizaba el vello de todo el cuerpo. Sí, añoraba aquellos días, pero nosotros ahora éramos otros.

Mientras veía cómo Manu se levantaba para ir al baño miré a mi alrededor. Todo parecía tan cotidiano, tan lo de siempre, tan «vamos, que tengo prisa». Había dejado su ropa colocada de manera impecable sobre la silla que había junto a la ventana. La corbata y los pantalones sobre el asiento, la camisa estirada, las hombreras de la chaqueta perfectamente asentadas sobre el respaldo, en el suelo, sus Oxford de cordones y sus calcetines de rombos. Al llegar se había vaciado los bolsillos sobre la mesita de noche y allí estaban las llaves del coche, el reloj y la cartera. Solo faltaban la ternura, las pausas, los susurros, las caricias eternamente infinitas y los dibujos que solía hacer sobre mi espalda. Faltaban las miradas, sus manos entrelazadas con las mías. Faltaban los planes, nuestros sueños.

Oí cómo se pasaba por la cocina a coger un cenicero. Cuando regresó a la habitación, se tumbó en la cama a mi lado encendiendo un cigarrillo.

—Sara, no te va a gustar nada lo que tengo que contarte —anunció—. Lo siento mucho, pero no puedo quedarme esta noche.

Me incorporé dispuesta a oír una sarta de excusas perfectamente hiladas.

—El cliente para el que estamos trabajando está interesado en asociarse con una empresa catalana. Esta noche tengo que cenar con él y mañana por la mañana salimos para Barcelona. Quiere conocer la ciudad antes de la reunión que hemos fijado el lunes a primera hora.

¿Barcelona? Aquel detalle captó toda mi atención.

—Ya te he contado otras veces que mi jefe solo chapurrea el inglés y por eso confía en mí para que sea yo el que le acompañe.

—¿A Barcelona?

—Sí, eso he dicho.

—Ya. O sea, que tienes que cenar esta noche con un cliente —repetí con la entonación más burlona de la que fui capaz— y mañana te vas con *él* a Barcelona. En coche, supongo. —Me levanté de la cama y no pude evitar caminar de un lado a otro de la habitación.

—Sí, en coche. Claro. Sara, ¿se puede saber qué te pasa?

¿Era esto lo que Laura me quiso decir sin mencionarlo? La cabeza me daba mil vueltas mientras Manu me miraba extrañado desde la cama. Mentiría si dijera que algo en mí se derrumbó, más bien los escombros dejaron de ser invisibles. No había querido ver y ahora la realidad se presentaba ante mí con una claridad despiadada.

—Bonita, de verdad que lo siento. Tengo que irme ya —anunció apagando el cigarrillo y levantándose de la cama—, llego tarde. Te prometo...

—Calla. No hace falta que prometas nada.

—Mira, no sé qué te pasa, pero esperaba un poco más de comprensión por tu parte.

—Ah, ¿sí? No sabes cuánto lo lamento, Manuel.

—Estás muy rara, Sara, mejor lo hablamos otro día.

Le observé en silencio mientras se vestía. Recorrí cada centímetro de su piel con la mirada como hace el que parte de un lugar al que sabe que no volverá jamás. Le regalé mi última sonrisa, me dejé besar y le despedí en la puerta. Solo yo sabía que sería nuestro último beso, nuestro adiós. Y no era por despecho, ni por venganza, ni siquiera albergaba un poco de rencor, porque en el fondo sabía que Manu y yo no teníamos futuro, o, en el mejor de los casos, teníamos el futuro gris de otras muchas parejas que había visto a mi alrededor.

Cerré la puerta y me metí en la ducha. No sabría decir cuánto tiempo permanecí bajo aquel chorro de agua abrasadora, imaginando que cuanto más caliente estuviera, menos huellas quedarían sobre mi piel, menos mentiras, menos excusas y menos palabras vacías.

Recordé la tarde en la que Amelia me confesó cómo

se sintió el día que descubrió que no era nada en la vida de su marido, pero también la dulcísima historia de amor que había vivido Catherine. Pensé en la complicidad de la que hablaba Margarita, la tristeza con la que Laura había dejado partir a su compañero de vida con el corazón roto de dolor y la ilusión que tenía ahora por recuperarlo. En esas tardes entre telas e hilos descubrí que el amor existe, que perdura más allá de lo que podamos imaginar, que puede tener muchas formas y que se puede manifestar de muchas maneras, pero que hay algo indiscutible, quien te quiere te cuida. Y ese no era el caso de Manu.

Sonó el teléfono y salí de la ducha lo más rápido que pude.

—¿Sara? Hola, soy Laura, le pedí a Julia tu teléfono esta tarde al acabar la clase y quería haberte llamado antes, pero he estado liada acostando a los niños. Supongo que estás sola, ¿verdad? Lo que tengo que contarte no es fácil, es un tema delicado, pero creo que debes saberlo.

—Hola, Laura. Sí, dime, ¿pasa algo?

—Es sobre Manu —contestó.

—Creo que sé lo que me vas a decir. Nuestro fin de semana juntos se acaba de cancelar, tiene una cena esta noche y mañana se marcha a Barcelona.

Laura me contó cómo había descubierto que Manuel, el *rollo* de Marta, y Manu eran la misma persona. La noche que Laura salió con sus compañeras del hospital coincidió con Marta en un bar de copas y esta se lo presentó, incluso charló con él un rato. Unos días después, llegué a la academia mientras Margarita y ella presumían de hijos sacando las fotos que llevaban en la cartera. Me sumé a la conversación, les enseñé las fotos de mis sobrinos. Recordaba esa tarde con nitidez. Llevaba una foto de Manu en mi cartera y Laura me preguntó quién era, cuando le dije que era mi novio me la devolvió y cambió de tema bruscamente. Ahora comprendía la tensión que había entre ella y Marta, el tono con el que Laura le hablaba y la insinuación que me hizo cuando me preguntó si sospechaba que podría haber una tercera persona en nuestra relación. Todo cuadraba.

—Siento no habértelo comentado antes, pero, entiéndelo, yo...

—No te preocupes, Laura, no te correspondía a ti decir nada, no te culpo. Si hay aquí alguna culpable de algo soy yo, que no he querido ver lo que estaba pasando. De todos modos, lo nuestro se ha acabado. Lo que ha pasado esta noche me ha ayudado a decidirme.

—¿Estás bien?

—Sí, de verdad. No te preocupes. Te agradezco la llamada. Nos vemos el lunes en clase. Adiós.

En realidad, el problema no era que se tratase de Marta, podría haber sido otra Marta o cualquiera, en realidad:

otro cliente, otro jefe. Lo único cierto era que yo no era, ni habría sido nunca, lo primero en la vida de Manu.

El sábado me desperté sola, no comí cruasanes ni desayuné en la cama, pero la aspirina y el café me supieron a gloria. Recorrí la casa, sola. Me detuve en algunos rincones, abrí algunos cajones, miré algunos álbumes de fotos. No sé qué buscaba, quizá solo me buscaba a mí, la Sara que se perdió hace unos años y que ansiaba recuperar.

Me di una ducha. La casa seguía siendo para mí todo el fin de semana, así que me puse una camiseta vieja, me calcé unas alpargatas y, con la cabeza casi en su sitio, retomé la idea de acabar la blusa con la tela que me había traído de la academia. Estaba segura de que concentrarme un rato en coser me vendría bien, podría evadirme como otras tantas veces y mantendría la mente en otras cosas.

Se trataba de una manga de capa, estaba empeñada en hacerme una blusa con ella, pero no había manera. Juraría que estaba bien cortada, pero puede que las manos que tejieron esta tela lo hicieran pensando en un vestido y no en una blusa. Quizá por eso la tela se resistía a tomar esa forma caprichosa. No me parecía descabellado pensar que las telas tuvieran vida, ¿cómo si no podrían transformarse y adoptar formas tan elaboradas?

Quizá la aspirina todavía no me había hecho efecto, el caso es que el cóctel de emociones, la noche que había pasado en vela —sin olvidar las cervezas que me bebí— y aquella dichosa manga, me trasladaron a mi niñez y me vi de repente en casa de mi abuela.

De niña lo que más detestaba eran las pruebas, sobre todo porque mi tía era muy perfeccionista. No bastaba con una ni con dos, aunque repitiera patrón. Aunque le asegurara que no había crecido en la última semana. Siempre había que volver a probar.

—Súbete en el taburete, bonica. Cuidado, que solo está hilvanada. A ver, ¿la fruncimos un poco más o te gusta así?

—Ay, yo qué sé, como tú veas.

—Espera, que no encuentro las gafas. Ponte derecha. ¡No te muevas, leñe!

—Me están esperando abajo. Así está bien.

Mi tía me confesó que era la abuela quien montaba las mangas, ella decía que las mangas no eran lo suyo, aunque estoy segura de que era una excusa. Ella podía coser lo que quisiera. Había dedicado tantas horas a la costura a lo largo de su vida que costaba creer que no pudiera con unas mangas tan simples. O eso me parecía a mí.

Recordaba con nostalgia aquellos días mientras esa manga de capa se me resistía. A ratos sentía como si, de alguna manera, aquellas puntadas que vi dar a mi tía y a mi abuela hubieran cosido más que telas y nos hubieran unido de una forma especial.

—Espérate solo un minuto, anda, primor, la paso por la máquina y te la pruebo por última vez —solía pedirme cuando la prenda estaba casi acabada.

—Tía Aurora, venga, que me quiero ir.

Daba igual lo que dijera. Mientras la abuela me entretenía con cualquier excusa, ella se sentaba, le daba con todas sus ganas al pedal de la Negrita y en un minuto tenía la costura hecha.

—Toma un duro y te convidas a algo. Un beso para mí y otro a la abuela antes de irte, anda.

De pequeña me parecía raro que no tuviera marido. Con los años, averigüé que tuvo un novio que incluso llegó a pedir su mano. El día de la pedida, mientras el abuelo le ofrecía un cigarro a su «pretendiente», la abuela se la llevó a la cocina, cerró la puerta con sigilo y le repitió sin parar, casi rogándole, casi ahogando una súplica:

—No te ates a nadie, hija, no te cases, ¡no te cases! —Sus ojos azules, entonces casi transparentes, se llenaban de lágrimas.

Probablemente calló el porqué, lo que no podía contar a una hija, lo que si no se decía no existía; calló como, antes que ella, tantas mujeres habían aprendido a callar.

Fue la última vez que él apareció por aquella casa. El abuelo culpó del fallido compromiso a la mantelería amarilla que su hija había bordado y que vestía la mesa donde se sirvió el café. Aquel pasó a ser el color de la mala suerte para él. Cualquier excusa era buena antes que culpar a la muchacha. Según me contaron, tenía unas margaritas pequeñas en cada una de sus cuatro esquinas, un calado central y estaba rematada con un fino bordado. Después de aquello, quedó relegada a un cajón del que nunca más salió, aunque cada año se abriera para renovar las bolitas de alcanfor.

«No te ates a nadie hija, no te cases, ¡no te cases!», casi podía escuchar a mi abuela advirtiendo a mi tía. Quizá ella, al escuchar aquellas palabras, se dio cuenta de que tenía otras opciones, de que había otras formas de vivir la vida, de ser feliz. Exactamente igual que lo que me ocurría a mí.

Quién sabe si de haber ignorado aquel consejo, su vida hubiese sido muy distinta. Lo que es cierto es que los vestidos que cosió para mí los hubiera llevado otra niña y ahora no recordaría la de veces que me pinchó con sus alfileres, cómo se lamentaba al instante y corría a darme un beso. Pinchazo por beso, no sé, imagino que entonces pensé que no me compensaba. Pero ahora los hubiera cambiado sin dudarlo.

Quién sabe si aquella foto del aparador del salón en casa de mi tía, en la que yo sujetaba una guitarra con la misma gracia que ganas, hubiera lucido así de bonita sin aquel vestido. Tenía unos bolsillos en forma de fresa y estaban festoneados a mano con un hilo tan vivo que las fresas parecían hasta jugosas. Mi tía había bordado una por una las semillas con un hilo negro que acabó de un marrón parduzco de tanto como me lo puse.

Pensé en tomarme un respiro, otro café y otra aspirina. Aquello no era solo una resaca, era mucho más, la confirmación de que mis planes de futuro no iban a ninguna parte y eso dolía. «Si no sale la manga hoy, saldrá mañana. Debe de ser la sisa, no sé, juraría que tomé bien la medida. En fin, tampoco estoy yo como para comerme la cabeza», pensé, y la abandoné en el cesto de costura. A fin de cuentas, el frunce de una manga de capa no era tan importante.

Quizá aquellos recuerdos de mi infancia se agolpaban en mi cabeza para recordarme esas sensaciones que una atesora de pequeña y de las que nunca llega a desprenderse del todo. Seguí recorriendo con mi memoria aquel aparador. Al lado de mi foto, la de mi hermano mayor. Él con un balón sujeto entre sus manos, esta vez sí, con gracia y con ganas. Lucía despeinado, con los ojos muy abiertos y con cara de pillo. Todos los niños tenían cara de pillo entonces.

En una esquina, una foto de juventud, probablemente obra de un viejo amigo de Madrid que solía visitarla con frecuencia. Rosario me contó que en los días más nostálgicos, cuando las tardes, a pesar de ser largas no daban para recordar a todos los que le faltaban, mi tía sacaba sus fotos. Más que imágenes, eran para ella un ancla para permanecer unida a sus días de mejillas marcadas, labios carnosos y frente despejada.

En aquel mueble las fotos en blanco y negro convivían con las de color. En un marco de plata, la abuela, posando con una cala, su flor favorita, el día de mi primera comunión. Vestía una blusa de hilo con un cuello impecablemente montado y botones forrados, el pelo cardado, un cinturón finito alrededor de una cintura generosa contenida por una faja, y unos pendientes de topacio que tiempo después prometió regalarme.

Mi niñez, la casa de mi abuela... qué agradable era volver a recordar. Me olvidé de la costura, cogí algo de comer de la nevera y pasé la tarde viendo una película.

40

El domingo desperté en el sofá con la cabeza abotargada, bañada en sudor y entre triste y aliviada.

Allí seguía la manga inacabada en mi cesta de labores. Sonó el teléfono.

—¿Qué tal, Sara? ¿Cómo va todo por casa?

—Bien, bien, mamá. ¿Qué tal vosotros?

—Estupendamente, la casa rural es preciosa, tiene un jardín enorme y una piscina para los niños, ¡tendrías que ver las hortensias! Tu hermano ha pensado que nos quedemos una semana más. Él subirá y bajará a Madrid estos días hasta que le den vacaciones y luego igual pasamos aquí el resto del mes. La casera dice que lo tiene libre. Me parece mucho tiempo para estar fuera de casa, pero se está mucho más fresquito en la sierra y se duerme mejor que en Madrid. Además, los niños me están insistiendo mucho, son un encanto. Podrías venirte, hay sitio de sobra.

—Cuánto me alegra oír eso, quién sabe, igual es una buena idea. Déjame que lo piense y te digo.

—Tu hermano se pasará esta tarde por casa para recoger algunas cosas que necesito, refresca mucho por la noche y no me vendría mal una rebequita y un pijama de manga larga. ¡Figúrate! Si no vas a estar, déjalas en una bolsa y le doy mis llaves para que las coja. De verdad, estoy tan a gusto, este aire me sienta de maravilla.

—Vale, dime qué quieres y lo preparo todo.

Me dio una lista de cosas que encontré sin mucha dificultad —medicación, algo de ropa—, y lo metí todo en un pequeño bolso de viaje que encontré en el armario maletero de su habitación. Entonces, al recolocar uno de sus cajones descubrí una carpeta y, en su interior, algunas cartas de mi padre de cuando eran novios. Hasta entonces pensaba que las había roto todas y me alegré de que las conservara. Eran la prueba de que en algún lugar de su corazón guardaba celosamente los recuerdos de días felices a los que no quiso renunciar.

Pasé el día dándole vueltas a muchas cosas, intentando centrarme, como si tuviese un gran puzle por delante y un tiempo limitado para encajar todas las piezas. Entendí que el siguiente paso solo podía ser hacia delante. Me lo debía a mí misma. Aún en medio de una actividad frenética, la sensación de ligereza y de alivio se iban haciendo cada vez más presentes. Me sorprendía comprobar que, lejos de sentirme traicionada o abandonada, comenzaba a sentir una especie de liberación. Ahora me doy cuenta de que era yo la que me aferraba a esa relación, era mi tabla de salvación, la que me permitiría salir de casa y empezar la vida que anhelaba. Quizá aquello no fuese amor, quizá era lo que había, pero no lo que debía ser. Los pensamientos fluían en un sentido y en otro.

Aún en el dormitorio de mamá, sin saber bien por qué, observé un clavo en la pared. Aquel del que colgó la fotografía de su boda y que dejó allí como testigo de un pasado que luego se afanó en olvidar, pero cuya herida nunca curó.

Comí los restos de la comida que había preparado para compartir con Manu, metí los vídeos en una bolsa para devolverlos el lunes al videoclub, tendí las sábanas de mi cama que había arrancado llena de furia el día anterior, me duché y salí a la calle.

Había olvidado por completo que mi hermano Luis pasaría esa misma tarde, pero tenía llaves y la bolsa de mamá estaba a la vista, la encontraría sin problema. Casi mejor así, no quería encontrarme con él y menos que percibiera algo raro en mí que me obligara a contarle qué había pasado. De niños éramos inseparables y de mayor contaba con mi complicidad para inventarse cualquier plan creíble y fugarse los fines de semana a Valencia a cambio de contarme con pelos y señales qué era eso de la ruta del bacalao. Desde que se casó hablábamos menos, y como era natural, me sentía más distante de él.

Caminé sin rumbo fijo a paso acelerado durante un par de horas. Podía sentir el calor que salía de las baldosas de cada acera, del asfalto de cada paso de peatones que cruzaba. Estaba siendo uno de los veranos más calurosos que recordaba y allí estaba yo, sintiendo cómo se derretían las suelas de mis sandalias y vagando de una calle a otra bajo un sol de justicia, dejándome llevar absorta en mis pensamientos. La blusa se me pegaba al cuerpo, me notaba débil y tenía la boca seca. Entré en un 7-Eleven a por un refresco.

—¿Estás bien? ¿Necesitas sentarte un momento? —me preguntó el dependiente.

—Sí, estoy bien, gracias. Es solo que llevo caminando un rato y hace un calor espantoso ahí fuera.

—Siéntate y quédate un momento, aquí se está fresquito. Estas horas son las peores del día para salir.

—Lleva usted razón. Gracias.

Abrí la lata y tomé un par de sorbos, eso y el chorro de aire acondicionado que me daba directamente en la cara me devolvieron a la vida.

—¿Eres de por aquí? ¿No recuerdo haberte visto antes en la tienda?

—No, no vengo mucho por esta zona.

Seguro que el dependiente solo intentaba ser amable, pero no estaba yo para charlas. Pagué el refresco y salí de allí. En mi camino de vuelta me asaltó una idea y al llegar a casa llamé a Gabriel.

—Si esa es tu decisión la respeto. Entiendo que tras todo lo que has vivido estas últimas semanas y después de haber roto con Manu necesites poner algo de distancia, pero no me hace gracia que te vayas sola.

—Estoy bien, Gabriel —le tranquilicé—. El dinero de la herencia me servirá para tirar un tiempo. Según Rosario, tía Aurora le dijo que me serviría para decidir con libertad. Ahora sé a qué se refería realmente y no podría haber estado más acertada. Gracias por ocuparte de todos los trámites, supongo que su abogado se pondrá en contacto contigo muy pronto para comunicarte que ya está todo zanjado. Hablé con mamá hace solo unos días y ella entiende que ya es hora de que decida qué quiero hacer con mi vida.

—La verdad es que te noto bastante entera y, quizá lleves razón, salir de Madrid por un tiempo te puede venir bien.

—Se me parte el alma por no despedirme de mamá, de Luis, de los niños, pero sé que si los veo no seré capaz de marcharme. Espero que lo entiendan, cuento contigo para ello. No sé cuánto tiempo estaré fuera, pero estaremos en contacto, lo prometo.

—Bueno, esta misma semana, alguna tarde que salga pronto del trabajo me acerco a verla y le explico lo que ha pasado. Nos apañaremos, no te preocupes. Lo de Manu, si te parece, se lo cuento a mamá sin mucho detalle, tampoco creo que haga falta. Ya sabes el cariño que le tiene. Sabremos hacerlo, de verdad, no te angusties, tranquila. Buen viaje, Sara.

Estaba a punto de colgar el auricular cuando grité.

—¡Gabriel!

—¿Qué?

—Te quiero, a ti, a Luis, a mamá, a los niños, nunca os lo he dicho y quería que lo supieras. Díselo a ellos de mi parte, ¿vale?

—Pues claro, hermana, nosotros también te queremos, anda, no te pongas tierna.

—Hasta pronto.

Si algo no sobra nunca es un «te quiero» y no quería dejar este sin pronunciar. Damos por sentadas tantas cosas, que a veces olvidamos el bien que hace escucharlas, el poder que pueden tener y el efecto que pueden causar. No sabía cuánto tardaría en oír de nuevo la voz de Gabriel y quería que recordara mis palabras.

Mi cabeza era una mezcla de ilusión e incertidumbre y notaba que la sangre corría por mis venas más viva que nunca. Era emocionante, inesperado, aterrador, divertido, arriesgado, improvisado, loco, exagerado, pero era mío, eran mis emociones, era mi decisión, era mi aventura.

A la mañana siguiente lo veía todo aún más claro. Sentí que Gabriel había encajado la noticia mejor de lo que yo esperaba y que contaría con su ayuda para que mamá y Luis también lo hicieran, aunque sabía que no sería fácil.

Ducha, café, un vestido ligero y a la calle. Era un lujo caminar cuando aún había una temperatura decente, unas horas más tarde la ciudad se convertía en un horno. No era extraño ver gran número de tiendas cerradas en verano, soportar Madrid en esas fechas era casi imposible y muchos comerciantes aprovechaban el mes de agosto para salir disparados hacia la costa.

A cuatro manzanas de casa estaba la agencia de viajes frente a cuyo escaparate tantas veces había soñado mirando con tristeza aquellas fotografías de lugares maravillosos que entonces pensaba que nunca conocería. Empujé la pesada puerta de cristal para entrar, estaba todo a media luz y en el mostrador no había nadie.

—Buenos días —saludé en voz alta para llamar la atención.

Se encendieron algunas luces y sonó *A quién le importa* de Alaska en el hilo musical. No pude evitar sonreír.

—Buenos días, perdone, acabo de abrir y estaba soltando el bolso —contestó una chica que debía de tener más o menos la misma edad que yo.

Ocupó su silla tras el mostrador y encendió el ordenador.

—Nada. Quería salir mañana mismo de viaje, no sé si es posible. ¿Se puede comprar un billete de un día para otro?

—Depende, ¿adónde quiere ir?

Empecé a hablar sin parar, estaba delante de una extraña y las frases fluían como si estuviera de cañas con una amiga. Le conté lo de mi ruptura con Manu, le hablé de mi madre, de mi sorpresa al no sentirme abatida sino ligera y con ganas de poner distancia, de mi nueva afición por la costura y de cuánto disfrutaba dándole a la aguja, de la decisión de cambiar muchas cosas en mi vida y de la necesidad de emprender un nuevo camino. Era como un volcán, las palabras se sucedían unas tras otras, como si necesitaran salir de mi boca, como si yo misma necesitara oírlas, como si al pronunciarlas se hicieran realidad.

La chica de la agencia me miraba atónita y asentía con la cabeza en las pausas que hacía para tomar aire. Alargó la mano para acercar el cenicero y encendió un cigarrillo mientras me ofrecía el paquete.

—La verdad es que lo normal sería que yo estuviera aquí para contratar un viaje de novios —continué—, pero ya ves, las cosas pueden cambiar en cualquier momento. Y tú dirás, y a mí para qué me cuenta esta chica todo esto, ¿verdad? No lo sé, no lo sé. Me vale casi cualquier cosa, solo quiero alejarme un tiempo.

Y seguí hablando sin parar mientras ojeaba los folletos

que estaban a mano en el mostrador y ella se concentraba en la pantalla sin alterarse. Supongo que no era tarea fácil lo que le pedía.

—La cosa está complicada por las fechas en que estamos, pero, con todo, le puedo ofrecer varias opciones que tienen salida mañana temprano desde Barajas.

Ahora era ella la que hablaba sin parar describiéndome cada uno de los destinos disponibles, que no eran muchos, enumerando ventajas e inconvenientes de cada uno de ellos, haciéndome pregunta tras pregunta sobre mis preferencias, presupuesto, tipo de viaje...

—¿Conoce Londres?

—No, apenas he viajado.

—Es una ciudad llena de vida, siempre hay mil cosas que hacer y la gente es de lo más diversa. Solo pasearse por sus calles se convierte en un espectáculo. Hay un montón de mercadillos y de tiendas de ropa de segunda mano, es pura creatividad. Por lo que me cuentas, creo que Camden te encantaría, allí te encuentras con todo tipo de tiendas curiosas y mucho artista. Yo estuve el verano pasado y me quedé con ganas de más.

—¿Tiendas de segunda mano? Suena muy interesante —recordé la idea de Julia de empezar un curso para transformar ropa vieja en nuevas prendas y de repente eso despertó mi curiosidad—. La pena es que no hablo mucho inglés.

—Si hay un sitio donde eso no importe seguramente sea Londres.

Después de un rato barajando las diferentes opciones, por fin había tomado una decisión.

—Aquí tiene, solo ida —dijo al final entregándome una cartera plastificada con toda la documentación.

—Mil gracias y perdona por la brasa, no sé qué me ha pasado —intenté excusarme.

—No pasa nada —se rio—. Después de todo lo que me ha contado es normal que esté algo nerviosa. Disfrute mucho de su viaje, espero que encuentre lo que anda buscando.

—Gracias, seguro que sí.

Debía dejar unas cosas en orden antes de marcharme, ir al banco y pasar por el videoclub a devolver las películas. Volví a considerar la idea de despedirme de mi madre, la descarté rápidamente y me centré en volver a casa cuanto antes. Aún me quedaba mucho por hacer.

41

El despertador sonó a las cinco de la madrugada. Aún tenía unas horas antes de salir para el aeropuerto, el tiempo suficiente para terminar de cerrar maletas y dejar la casa lista. Al salir de la ducha, abrí las ventanas de mi dormitorio para sentir el aire fresco mientras me preparaba un café.

Curiosamente, estaba mucho más tranquila de lo que esperaba. Aquel era un paso importante, pero saber que mi familia me apoyaba me dio la serenidad que necesitaba para afrontarlo. Contaba con que mamá lamentaría que no le hubiera dicho nada a ella, no haber tenido la oportunidad de despedirse, pero también tenía la certeza de que la mujer que dejaba ahora era esa madre que tanto había cuidado de mí en las últimas semanas, que entendería mejor que nadie mi decisión y la respaldaría. Mis hermanos serían mis grandes aliados para hacerle comprender por qué me había ido de este modo. Temía que cualquiera de ellos pudiera intentar persuadirme de lo contrario y, aunque mi decisión era firme, no quería que alguno de sus argumentos me hiciera dudar de ella.

Sin embargo, no tuve esa impresión cuando hablé con papá por teléfono el día anterior. Tan pronto le expuse mis razones entendió que, aunque la decisión que había tomado era difícil, era lo mejor para mí. Él mismo debió de sentir algo parecido cuando se marchó años atrás. El tiempo que pasamos juntos en casa de tía Aurora nos sirvió para aclarar muchas cosas, pero, sobre todo, para darme cuenta de lo importante que es escuchar a tu corazón y vivir en armonía con lo que sientes. Era algo que había aprendido en las últimas semanas y ahora me tocaba aplicarlo. Me marchaba con la confianza de que el tratamiento de papá seguiría su curso y de que, en un futuro cercano, volveríamos a vernos. La sensación de ligereza que me invadía me ayudaba a reafirmarme en que hacía lo correcto.

Aún en ropa interior y con la taza de café en la mano, me tomé unos minutos para despedirme de la casa, no con nostalgia, sino con agradecimiento. Aquel lugar había sido mi refugio y ahora me tocaba volar sola y descubrir lo que la vida me deparaba.

Me asomé una por una a las habitaciones. Primero, la de mi madre. Repasé con la mirada cada rincón, reconociéndola en cada pequeño detalle de la decoración, su manera de extender la colcha sobre la cama sin dejar una sola arruga, la disposición de los cojines y el orden casi enfermizo con que estaban colocados cada uno de los objetos que había sobre la cómoda. Su olor trajo a mi mente cientos de imágenes asociadas a aquella estancia. Me quedé con la más bonita de todas: mi madre sentada en su tocador, un domingo cualquiera, arreglándose para salir de paseo como cuando éramos niños.

A continuación, me asomé al que fuera el dormitorio de mis hermanos, reconvertido ahora en el cuarto de costura, ese lugar donde tanto había cambiado en los últimos tiempos. Metí la máquina de coser de mi tía en su maleta y recogí algunas cosas que había dejado por medio. Hilos, alfileres, jaboncillos, que me eran tan ajenos hace apenas unos meses y que ahora casi formaban parte de mí, o al menos de este nuevo yo que había descubierto.

Echando la vista atrás, todo empezó en primavera cuando caí en la cuenta de que unas tardes de costura me ayudarían a sobrellevar mejor la situación que vivía en casa. Conocer a mis compañeras y compartir con ellas nuestras vivencias fue fundamental para que saliera del aletargamiento en el que estaba sumida. En aquellas mujeres encontré la hermana que nunca tuve, la madre que se ausentó y las amigas que se quedaron por el camino. Como ya me adelantó Julia nada más conocerla, la costura tenía el poder de sanar, pero ahora sé que lo que de verdad nos cura es sentirnos acompañadas, conocer las vidas de otras mujeres y aprender de su experiencia, apoyarnos unas en otras y crecer juntas. Si aquellas clases fueron un refugio para Laura, un hogar lejos de casa para Margarita o un bálsamo para Catherine, estaba segura de que el sueño de Julia había superado con creces sus expectativas. Probablemente, doña Amelia jamás sospechó tampoco que esa arriesgada idea de poner en marcha un negocio podría transformar la vida de alguien tanto como había cambiado la mía a lo largo de estos meses.

Marcharme sin acudir a aquella última clase, negándome la oportunidad de abrazarlas y agradecerles lo mucho que habían hecho por mí, me resultó descorazonador. Sin embargo, no contaba con la fortaleza necesaria para enfrentarme a ello. Opté por escribirles una carta de despedida.

Podía sentir su apoyo y su comprensión incluso sin haber hablado con ellas. Guardaría como un tesoro cada una de nuestras conversaciones, las que estaban salpicadas de risas y las que me dejaron al borde de las lágrimas. Me preguntaba cómo era posible que, en tan corto espacio de tiempo, una persona pudiera entrar a formar parte de tu día a día hasta el punto de no poder imaginarte tu vida sin ella. ¿Qué extraña cualidad podrían tener para haber ayudado a esta transformación de un modo tan sutil? Sin duda, el poder de la amistad y el hermanamiento entre mujeres era algo mucho más poderoso de lo que imaginaba. Entendí, además, que mi agradecimiento debía extenderse también a Marta. En el fondo, al cruzarse en el camino de Manu, me había ayudado a abrir los ojos y a tomar una decisión que de otro modo hubiese sido más complicada.

Imaginaba el mes de septiembre, cuando volvieran a encontrarse y continuaran compartiendo aquellas tardes de costura que tanto bien nos hacían a todas. Suponía que, para entonces, Julia y doña Amelia ya respirarían tranquilas y el tema del contrato del alquiler del local quedaría resuelto definitivamente. Con suerte, Martín volvería a casa junto a Laura y los niños, y casi podía ver a Margarita, que estaría guapísima luciendo ya una incipiente barriga y feliz por haber conocido al fin la tierra de sus antepasados. Si Catherine volvía a casa de su hija en Madrid, seguro que retomaría las cases y tendría mil historias graciosas que contar de su verano en Inglaterra. Me hacía mucha ilusión pensar en que las vacaciones de Julia y Ramón habrían dado buen fruto y que tendrían por delante la oportunidad de construir una vida juntos. No tenía ninguna duda de que la iban a aprovechar.

Los hilos con los que cosimos nuestras primeras prendas nos habían unido para siempre.

Seguí recorriendo las estancias de casa. En el salón me detuve en las fotografías que había sobre el aparador, mis hermanos y yo de pequeños en tiempos más felices, fotos de mis sobrinos, cajitas de porcelana y todas aquellas figuritas de cristal, que a mi madre le encantaban. En la estantería de madera se quedaban la enciclopedia Espasa, las fotos de las bodas de mis hermanos y alguna pieza de Lladró pasada de moda.

Entré en la cocina y vacié los restos de un cartón de leche, coloqué los tapones de ambos fregaderos y tiré algunas cosas del frigorífico que estaban a punto de caducar.

Hice la cama con esmero, como sabía que a mi madre le gustaba, un detalle en el que estaba segura de que repararía y, echando un vistazo alrededor, a punto estuve de añadir a la maleta algunas cosas más, pero me contuve —calculé que en el aeropuerto ya tendría que pagar por exceso de equipaje—. Bajé las persianas y cerré todas las ventanas de la casa. Llamé al taxi, me vestí con ropa cómoda y cogí una chaqueta vaquera por si el aire acondicionado del avión era demasiado fuerte. Metí la bolsa de aseo en la maleta pequeña y la cerré. Me quedé un instante mirando mi equipaje.

—Nos vamos, compañeras, la vida nos espera —dije en voz alta y sonreí por primera vez en los últimos días.

Saqué las maletas al descansillo, cerré la puerta con dos vueltas de llave y llamé al ascensor. El taxi esperaba en el portal.

—Buenos días, a la calle Lagasca, 5, y luego a Barajas, gracias.

A esas horas había muy poco tráfico y el taxi pudo parar justo en la puerta.

—No tardo, es solo un minuto —le indiqué al conductor.

—Sin problema, señorita, aquí la espero.

Bajé del coche y me quedé un instante mirando el rótulo de la academia, El Cuarto de Costura, aquel nombre que leí por primera vez escrito en una tarjeta meses atrás y que me era ahora tan familiar. Allí estaba de nuevo, quizá por última vez o no. «Quién sabe», pensé.

Me agaché, metí la carta por debajo de la puerta y al levantarme vi mi reflejo en el cristal. Sonreí, al fin, con los labios rojos y, por delante, una vida por vivir.

En un par de horas estaría en manos de Julia, que la leería emocionada.

Queridísimas amigas:

Me voy, pero no os dejo, no huyo. Me libero, recupero el control de mi vida por primera vez desde hace mucho tiempo.

En los meses que hemos compartido, me habéis enseñado tanto que no viviré lo suficiente para agradeceros vuestra generosidad. Me apena no despedirme de cada una de vosotras como merecéis, pero en este momento siento que no sería capaz. Si lloro mientras escribo estas palabras, no puedo imaginar cómo sería al abrazaros una a una al despedirme de vosotras.

Siento que hemos cosido más que blusas y vestidos, siento que un hilo invisible nos ha unido para siempre. Me habéis ayudado a descubrir que vivía aletargada, que sobrevivía, más bien. Que había renunciado a luchar por mis sueños. Al abrirme vuestros corazones, compartir tan generosamente conmigo vuestras experiencias, he aprendido que tengo toda una vida por delante y que solo me corresponde a mí vivirla.

He roto con Manu, la relación no iba a ninguna parte. He entendido que una vida en común no nos iba a hacer felices a ninguno de los dos. Nuestros mundos son muy distintos y nuestros sueños también. Todos necesitamos proyectos con los que ilusionarnos, son el motor de nuestras vidas, pero yo convertí en una ilusión un sueño que no era el mío.

De momento me voy a Londres y quién sabe si desde allí daré el salto a otro lugar. Necesito cambiar de aires y vivir aventuras. Por lo que me han contado es una ciudad llena de vida y estoy segura de que tendrá mucho que ofrecerme. Además, me vendrá bien mejorar mi inglés. No creo que encuentre un lugar como El Cuarto de Costura ni compañeras como vosotras para compartir mis tardes entre telas, pero lo que es seguro es que no dejaré de coser. Me llevo conmigo el último regalo que me hizo mi tía, su máquina de coser.

Mi camino siempre ha estado marcado por las necesidades de los demás y ahora siento vértigo porque, por una vez, estoy decidida a centrarme únicamente en las mías. Aun así, siento que debo enfrentarme a mis miedos y disfrutar de lo que la vida tenga que ofrecerme, tomando cada despertar como un regalo precioso.

Conservaré vuestras historias grabadas en la memoria, estoy segura de que serán buenas compañeras de viaje. Sé que nuestros caminos volverán a encontrarse porque, en cierta manera, no nos separamos del todo. La distancia no tiene el poder de separar nuestras almas.

Confío en que comprenderéis mi decisión y que os alegrará saber que estoy haciendo lo que el corazón me dicta, que al fin he encontrado el silencio que necesitaba a mi alrededor para escucharme. Todo cambio empieza con un primer paso y no sé adónde me llevarán mis pies, pero estoy convencida de que este viaje que hoy emprendo me ayudará a desprenderme de muchas de las cosas que me ataban y me hacían infeliz.

No quiero una vida gris, quiero sentirme vibrar cada mañana, poder agradecer cada amanecer, sentir el sol en mi piel y el viento en la cara, ser capaz de bailar bajo la lluvia y emocionarme con una puesta de sol. En definitiva, sentirme viva.

Me habéis enseñado que la vida es lo que hacemos de ella, lo que vamos encontrando en nuestro camino, incierto, solitario y duro a veces, pero nuestro. Me libero de la culpa y me aferro a mi merecida parcela de egoísmo para sentir la ligereza que necesito para partir.

Os seguiré imaginando por las tardes dando puntadas alrededor de una mesa, cortando telas, cosiendo a máquina, charlando de todo y de nada. Escucharé el ruido de las tijeras, los tacones de doña Amelia paseando por la sala, la risa nerviosa de Julia, las historias de tus hijos, Laura —qué madre tan grande tienen—, el cálido acento de tu voz, Margarita, y la mirada amable y las manos tiernas de Catherine cada vez que os recuerde.

Deseo de corazón volver a encontrarme con vosotras y volver a compartir tardes de costura, pero por el momento debo despedirme. Un gracias se me queda pequeño, amigas del alma. Os llevo en el corazón.

SARA

Agradecimientos

A Rafa, mi compañero de aventuras, por estar.

A Eva y Lucía, los soles de mi vida, por ser.

A mi primera familia que me sostiene, desde distintos lugares. Sois un gran pilar. En especial a mi tía y a mi abuela entre cuyos retales quisiera seguir jugando. Ellas habitan mis primeros recuerdos de costura.

Gracias a las amigas, que buscaron en su memoria y generosamente compartieron conmigo sus recuerdos. A todas, gracias también por caminar junto a mí, por poseer el don de alegraros con mi alegría y emocionaros conmigo. Me siento muy afortunada de teneros.

A Helena, que guio mis primeros pasos en la costura entre tazas de té y tabletas de chocolate; y a sus hijas, Rebeca y Carolina, que nos unieron. Ojalá hubieras podido leer ese libro.

A mi nueva amiga, de quien tanto he aprendido en los

últimos meses, por su generosidad y su empatía. Gracias, Cova, por ayudarme a transitar por mis emociones y acompañarme a cumplir un sueño largamente acariciado.

A Lydia de la «Colección López-Trabado», que me ayudó a vestir a mis personajes y despertó en mí la curiosidad de conocer la historia de la moda española.

Mi agradecimiento también a todas las personas que me sirvieron de inspiración para construir esta historia y a las que, sin saberlo, han estado a mi lado mientras la escribía: mi comunidad de seguidores. Sin vosotros esta novela quizá no hubiese existido nunca.

No me olvido de Eva González e Isabel del Río, que me empujaron a una loca aventura que hizo que acabara enamorándome de la costura y compartiendo mis humildes conocimientos. A veces, la vida nos lleva por calles que desembocan en plazas muy bonitas.

Gracias a Ariane y a Carmen por darme la oportunidad de gritar al mundo que nuestro camino no está trazado, que lo vamos dibujando puntada a puntada y que cada paso es solo nuestro.

Mi agradecimiento a todas aquellas personas que han tocado mi vida; al fin y al cabo, estamos compuestos por retales de todos los colores, formas y texturas, o al menos eso es lo que me gusta pensar.

Escanea este QR para acceder a los tutoriales
de creaciones inspiradas en las protagonistas de
Siete agujas de coser: